KB181933

한민족문화학회 창립 20주년 학술논문 선집

한민족 문학 · 문화연구의 동향과 전망

_ 국어학

한민족문화학회

국학자료원

목 차

세종시대의 어문정책과 훈민정음 창제 목적

정 달 영*

1. 들머리

일반적으로 훈민정음은 세종대왕께서 친히 창제하셨다고 인정한다. 또 세종시대에 제정된 훈민정음에 대해 누구나 높이 평가하는 것은 문자가 없는 우리나라에 처음으로 문자가 만들어 졌다는 것 때문이다. 문자는 문화를 창조하고 전달하는 기능을 가졌으므로, 문자를 창제한다는 것은 어느 시대나 어느 사회를 막론하고 문화사적, 역사적 측면에서 커다란 의의를 가지는 것이다. 따라서 문자가 없는 나라에서 자국의 문자를 창제하였다는 사실은 문화적 역사적 가치가 매우 크다고 인정할 수밖에 없는 것이다.

문자 발달사의 관점에서 볼 때, 문자는 인간의 지혜가 발달함에 따라 자연발생적으로 생성된 것으로 보는 것이 일반적인 해석이라 할 수 있다. 수천 년의 역사를 가지고 있는 한자나 로마자도 창시자에 대해서 알려진 바가 없는 것이다. 문자의 기원은 대개 비슷한 것이며, 어느 특정인에 의해서 창제되기에는 힘든 것이 문자 생성의 본질이라 할 수 있다.

* 대진대학교

그런데 우리의 고유문자인 훈민정음은 여타의 문자와 같이 상고시대부터 자연발생적으로 발달되어 온 것이 아니라 인간에 의해서 창제되었다는 것이다. 역사적 상황과 과정이 다른 문자에 비해 매우 특이한 점이 있다는 것이다.[1] 그러므로 그 문자의 창제자가 밝혀진 훈민정음이 가지는 문화사적 가치는 대단히 큰 것이며, 그 창제의 공을 세종에게 돌리고, 세종을 역대의 군주 중에서 빼어난 성군으로 추앙하는 것은 당연하다 할 것이다.

그러나 필자는 '훈민정음 창제자는 곧 세종대왕'이라는 일반적 통념에 대하여 의문을 가지게 된다.[2] 훈민정음의 세종 창제설은 어디까지나 사관들이 기록한 조선왕조실록의 자구(字句)를 충실히 해석하고 추종한 결과로 연유된 것이라 할 수 있다.[3]

그뿐만 아니라 하나의 민족이 형성한 국가나 그들이 이룩한 역사 문화를 살피는 데 있어서는 역사의 주인공으로서 활동한 당시의 민족을 먼저 생각해야 한다. 그러나 우리의 과거 역사는 왕조 중심의 역사였으며, 주

---

1) 세종실록(권113) 세종 28년 9월조에 "是月 訓民正音成 御製曰 (중략) 正音之作 無所祖述"(이달에 훈민정음(책)이 완성되었다. 임금이 지어 말하기를 (중략) 정음을 만든 것은 옛 사람이 저술한 바가 없다고 하여 세종이 처음으로 훈민정음을 지었음을 밝히고 있다.

2) 이익섭, 채완 공저, 『국어문법론강의』, 학연사, 2006, 208쪽 참조. 이 책 참조 부분의 예문 (16a)에서는 "훈민정음은 세종이 혼자 직접 창제하였다."라고 제시한 문장이 있다. 이런 예문을 보고 배우는 국어국문학과 학생들은 부지불식간에 그것을 사실로 인정하고 넘어갈 것이다. 그러나 조금만 깊이 생각하면 이런 사실에 대하여 의문을 가지게 되는 것은 자연스런 일이며, 또 그러한 의문점에 대하여 탐구할 가치도 있는 것이다.

3) "훈민정음의 창제는 세종이 직접 지은 것으로 명기되었다. '조선왕조실록', 특히 '세종실록'에서는 훈민정음의 '세종 親製'라는 사실을 여러 차례 강조하였다. 이것은 훈민정음이라는 新文字를 세종이 친히 지은 것을 강조하여 문자의 권위와 그로 인한 어떠한 부작용도 제왕의 그늘 속에 묻어버리려는 뜻이 있을 것이지만, 그래도 세종이 신문자 28자를 직접 제작했다는 실록의 기사는 어느 정도 신빙성이 있는 기사다."－정광, 『훈민정음의 사람들』, 2006, 8쪽 참조.

동적인 것을 왕실과 관료들의 행적에서 찾으려 했다는 것은 주지의 사실이다. 이제 그 기록들은 새로운 관점에서 해석해 볼 필요가 있으며, 해석하는 입장을 국민 또는 국가 사회에 두어야 할 것이다.

훈민정음의 제정이 세종 시대에 이룩된 여러 업적 중 하나라는 사실과, 훈민정음은 세종대왕이 혼자 직접 창조하였다는 것과는 별개인 것이다. 종래의 국어학사에서 흔히 훈민정음 서문의 확대 해석과 세종의 치적, 그리고 그분의 학문을 좋아하는 성품, 혹은 막연한 추측으로 세종대왕을 신격화 내지 우상화하여 초인적인 능력을 가진 사람으로 과신하는 경향이 지나치게 강조되어 온 것이 사실이다.

그러나 과학으로서의 학문적 입장에서는 세종 당대의 주변적 상황을 살펴보고, 우리 민족의 역사와 문화적 산물인 훈민정음에 대하여 객관적 사실을 평가하는 것이 중요한 일이라고 생각된다. 훈민정음의 제정은 하루아침에 이루어진 것이 아니라고 본다. 우리나라에는 오래 전부터 한글과 같이 우리말을 기록하는 표음문자의 필요성을 인식하고 일찍부터 한자를 이용하여 여러 가지 방법으로 우리의 고유어를 표기하려고 시도하였다. 또 세종 당시 한반도에 절대적인 영향을 미쳤던 중국대륙의 문화를 수입하기 위하여 중국어의 학습과 연구가 필요하였다. 그런데 표의문자인 한자를 사용하는 중국어와 한문을 학습하기 위하여 발음기호가 필요했다. 이러한 표음문자의 필요성은 오래전부터 우리나라에서 문자생활을 해온 지식인들에 의하여 끊임없이 요구되었던 것이다.[4] 그러므로 본고는 훈민정음이 새로운 문자로 생성되는 과정에서 추진되었던 어문정책에 관해 살펴보고, 훈민정음의 창제 동기나 목적에 대해서도 알아보고자 한다.

---

4) 정광, 『훈민정음의 사람들』, 서울: (주)제이앤씨, 2006, 10쪽 참조.

2. 훈민정음 제정 당시의 언어관 형성과 언문정책

이 장에서는 훈민정음 제정 당시의 언어관 형성과 어문정책에 대하여 살펴보고자 한다. 지금까지의 국어학사에서 훈민정음 제정에 관한 연구에는 다소 문제점이 있다. 이는 세종대왕 개인의 연구와 훈민정음 제정의 배경에 관한 고찰이 다소 결여되었다는 것이다.[5] 오직 세종에 대한 찬사와 비판 없는 서술이 있을 따름이다. 이런 식으로는 우리 민족의 고유 문자의 제정 대한 여러 사실의 진상 파악을 기대하기 어렵다고 본다. 우리가 나라와 백성을 위하여 진력한 세종대왕의 업적을 존중하고 기리는 것은 마땅하다고 생각한다.[6] 그러나 세종대왕의 훈민정음 창제설을 문자 기록에만 의존하여 신봉하는 것은 다소 문제가 있다. 세종대왕이 훈민정음을 창제했다는 근거로 내세우는 사실들을 살펴보면 대략 다음과 같은 것들이라 하겠다.

① '세종실록'의 세종 25년(1443) 12월 경술조에는 "是月上親制諺文二十八字 其字倣古篆 分爲初中終聲 合之然後乃成字 凡于文字及本國俚語皆加得而書 字雖簡要 變換無窮 是謂訓民正音"이라고 하였다.

② '세종실록' 세종 28년(1446) 9월 甲午條에 "是月訓民正音成 御製曰 國之語音 異乎中國…"

③ '훈민정음'에 "國之語音 異乎中國 與文字不相流通 故愚民有所欲言 而終不得伸其情者多矣 予爲此憫然新制二十八字 欲使人人易習 便於日用耳"라고 밝히고 있다.

---

5) 이숭녕, "世宗의 言語政策에 關한 硏究"−특히 운서편찬과 훈민정음제정과의 관계를 중심으로 하여−, <아세아 연구>제1권 제2집, 고려대학교 아세아문제연구소, 1958, 29쪽 참조.

6) 특히 세종 시대에는 유교중심의 이상적인 국가 경영의 목표를 달성하기 위하여 각 분야에 걸쳐 모든 정책을 힘차게 펼쳤고, 그 결과 內治는 물론 外交, 國防, 文化 등 여러 분야에서 눈부신 성과를 이룩하였음을 우리나라 歷史에서 잘 밝히고 있다.

④ 정인지의 '訓民正音解例 序'에도 "癸亥冬我殿下創製正音二十八字 略揭例義示之 名曰訓民正音…"이라고 되어 있고,

⑤ 발문(跋文)에는 "…若其淵源精義之妙 則非臣等之所能發揮也 恭惟我殿下 天縱之聖 制度施爲 超越百姓 正音之作 無所祖述…"이라고 되어 있다.

⑥ 制字解에는 "吁 正音作而天地萬物之理咸備 其神矣哉 是殆天啓聖心而假手焉者乎"라고 기록되어 있다.

위와 같은 기록들은 세종실록이나 훈민정음해례에 그 바탕을 두고 있다 하겠다. 그런데 이 기록들에서 공통적으로 나타나는 점은 훈민정음의 제작 동기나 목적이 고결한 이상을 지닌 문자임을 밝히고 있다. 또한 그 문자의 연원과 정밀한 뜻의 묘함에 있어서는 신하들이 능히 발휘할 수 있는 바가 아니며, 하늘이 우리 임금 세종에게 성인의 마음을 열어주고, 솜씨를 빌려준 것이라고 밝히고 있다.

우리는 이러한 기록에 대하여 관점을 달리해 볼 필요가 있다. 전제군주 체제 하에서는 군주와 신하라는 특별한 관계 때문에 군주의 업적을 미화하여 기록하는 사관들의 태도가 있었음을 인식해야 할 것이다. 따라서 우리가 세종의 신하인 사관들의 그러한 태도를 그냥 간과해서는 안 될 것이다.

오히려 세종대왕을 너무 신격화 하지 말고, 가능한 한 객관성을 견지하면서 인간적으로 볼 필요가 있다. 또한 훈민정음도 세종의 개인적 창제물로 인식하는 것보다는 그 시대의 역사 문화적 환경의 산물로 보는 것이 합리적이라고 생각한다. 이제 우리는 역사적 기록에만 너무 집착한 것 같은데, 그 기록들은 새로운 각도에서 해석할 필요가 있다고 본다. 가령 문자가 창제되기 이전의 사회 상황과 인접 국가들의 어문정책을 살펴 그것이 우리에게 미친 영향 등을 알아보는 것이 중요하다고 생각된다. 이러한 생각에서 훈민정음의 제정에 관련된 당시의 언어관이나 어문정책 등의 문제에 대하여 주저함이 없이 논란을 펴보는 것은 의의가 있다 할 것이다.

1) 세종 시대의 언어관 형성과 그 배경

세종 시대를 중심으로 한 조선 전기의 언어관은 여러 가지 복합적인 요인에 의하여 형성된 것이다. 이러한 요인들 가운데 제일 먼저 생각해 볼 수 있는 것은 조선의 건국이념인 유교라고 할 것이다. 세종 시대의 가장 중요한 어문정책이 고유문자인 훈민정음 창제로 실현되었지만, 이러한 위대한 업적도 그 시대의 사상적, 학문적 배경이었던 유교중심의 언어관에서 나온 것으로 볼 수 있다.

조선은 송학에 바탕을 두고 새로운 국가 체제를 확립하려 하였던 것이다. 송학은 송나라 때에 고도로 발달하였던 유교 철학을 말하는 것이다. 강신항(2003)은 조선 시대 이전에도 우리나라에는 유교가 전래되어 있었지만, 세종 시대인 조선 전기에 특히 존숭한 것은 교화에 중점을 둔 성리학이었다고 한다. 또 이것은 고려 충렬왕 때에 안유(安裕)의 제창으로 전래되어 온 송나라 유학의 영향으로써, 고려 말기부터 조선 초까지에 걸쳐서 이제현, 이색, 정몽주, 정도전, 권근 등에 의해 연구되었다는 것이다.

특히 이들 성리학자들이 주로 강론한 서적은 여러 유교 관련 서적 가운데서도 정이(程頤)의 '역전(易傳)'과 주희(朱熹)의 '사서집주(四書集註)'였다고 한다. 거기에다 세종 초에 전래된 '사서대전(四書大全)' 등이 세종과 그 보필자들의 언어관 형성에 가장 결정적인 영향을 준 것으로 보인다고 하였다.[7] 이처럼 조선조의 유교는 송학에 바탕을 둔 것이었으므로, 우주 만물의 모든 현상을 역(易)의 원리나 태극설로 설명하는 송학자들의 우주관에 따라서 인간의 성음(聲音)도 파악했던 것이다. 훈민정음 제자해의 이론을 보면 대부분 송학 이론을 응용한 문자론으로 일관하고 있음을 알 수 있다. 이는 유교인 주자학을 국시(國是)로 하여 건국한 조선으로서는 당연한 일이라 할 것이다.

---

7) 강신항, 『수정증보 훈민정음연구』, 성균관대학교출판부, 2003, 16~17쪽 참조.

또한 세종 당시에는 유교의 예악사상(禮樂思想)에 의하여 정성(正聲)·정음(正音)의 설정이 치국의 요결이라고 생각하였던 것을 알 수 있다. 곧 유학자들은 '예(禮)'를 아는 것이 치국안민(治國安民)을 위하여 불가결한 일이며, '악(樂)'은 치국(治國)의 요결(要訣)이라고 생각하였던 것이다. 그들은 '예'를 일체의 제도 곧 의식으로 여겼으며, '악'은 百姓들의 근심과 즐거움이 표현되는 것으로 보았다. 또한 음악의 용도는 백성의 소리(民聲)를 온화하게 하는 데 있다고 보았다. 그러므로 정음(正音)의 사정(邪正)이 사람들의 행위에 영향을 미칠 수 있다고 생각한 것이다.[8]

이와 관련하여 '예기(禮記)' 권37의 악기(樂記)에서는 "치세지음(治世之音) 안이락(安而樂) 기정화(其政和)"를 강조하고 있다. 이는 곧 정치가 잘 다스려지는 세상의 음악은 편안하고 즐거우며, 그 정치도 평화롭다는 것이다. 그리고 음(音)이란 것은 인심에서 생기고, 정(情)은 마음에서 우러나는 것이므로 소리(聲)로 나타나게 된다는 것이다. 또 소리가 조화를 이루어 아름다운 곡조를 이룬 것을 음악이라고 하였다. 그러므로 태평세월의 음악은 편안하고도 즐거우며 그 정치도 평화스럽고, 난세의 음악은 원망스럽고 노여우며 그 정치도 인심과 어긋나 있고, 망국의 음악은 슬프고도 근심스럽고, 그 백성들은 고달프다고 하였다. 그러므로 성음(聲音)의 도(道)는 이렇게 통한다고 하였다.[9]

또 정인지의 '훈민정음해례본 서문'에서는 훈민정음이 창제되어 "칠음(七音)이 고르게(因聲而音叶七調) 되고", "노래의 음계(音階)도 고르게(樂

8) '禮記' 권37의 樂記에는 "凡音之起 由人心生也 人心之動 物使之然也 感於物而動 故形於聲"(대개 소리는 사람의 마음에 따라 생긴다. 사람의 마음이 움직임은 외물이 시켜서 그런 것이니, 외물에 감응하여 움직이게 된다. 그러므로 성(소리)으로 나타나게 된다)라고 밝히고 있다.

9) '禮記' 권37의 樂記에 "凡音者 生於人心者也 情動於中 故形於聲 聲成文謂之音 是故治世之音 安而樂 其政和 亂世之音 怨而怒 其政乖 亡國之音 哀而思 其民困 聲音之道 與政通矣"라고 되어 있다.

歌則律呂之克諧) 되었다고 하였다. 이것은 훈민정음의 창제가 단순히 표기 수단만을 해결하려던 것이 아니라, 음악도 정비하려 했던 것임을 밝힌 것이라 할 수 있다.

그뿐만 아니라 당시의 유학자들은 성인지도(聖人之道)를 옳게 이해하려면 성운학(聲韻學) 곧 중국 음운학(音韻學)과 문자학(文字學)에 관한 이론적인 연구가 필요하다고 보았다. 이는 송나라 유학자들의 학설을 따른 것이고, 홍무정운 서문 등에 나타난 표준음으로서의 정음 설정 사상에서도 영향을 받았다고 할 것이다.[10]

2) 세종 시대의 어문정책과 그 보필자들의 언어사상

세종이 가지고 있었던 언어관과 이 언어관을 바탕으로 수행된 어문정책으로 나누어 고찰할 수 있을 것이다. 세종 시대에는 이상적인 정치를 실천해 보고자 하는 이념 밑에서 유교 국가의 여러 시책이 실시되었으며, 어문정책도 전개되었다.

게다가 세종과 그의 보필자들은 송나라 학자들과 마찬가지로 성인(聖人)의 도(道)를 옳게 이해하기 위해서는 모든 학문의 기초가 되는 성운학과 문자학에 관한 이론적인 연구가 필수적인 요소로 인식하고 있었다. 이러한 여러 가지 요인들이 세종과 그 보필자들로 하여금 하루 속히 우리 어음에 맞는 고유문자를 창제하여, 올바른 언어 정책을 시행하여야 할 필요성을 느끼게 하였다.

특히 세종 당시에는 중국 주변의 이웃 여러 나라들이 한자 아닌 고유문자를 창제하여 사용하고 있었다. 그런데 우리나라만 고유문자가 없다는 사실을 알고 있었다는 것이다. 그래서 세종과 그 보필자들은 중국 성운학

---

10) 강신항(2003), 앞의 책, 26쪽 참조.

과 문자학 이론을 바탕으로 하고, 여러 나라 문자를 참고로 하여, 표음문자인 훈민정음(한글)을 창제하게 된 것이다.

그뿐만 아니라 세종 시대에는 '우리 고유문화'에 대한 인식과 자각에서 우러나온 여러 시책이 펼쳐졌다.11) 이러한 시대적 요구에 따라 어문정책도 활발히 전개되었고, 우리의 고유 문자인 훈민정음도 창제되었던 것이다. 이에 대하여 강신항(1984)에서는 세종 시대에 전개된 어문정책을 다음과 같이 요약하여 제시하였다.12)

1) 고유문자인 훈민정음의 창제
2) 외래어음인 우리 한자음의 정리 – 표준 한국 한자음의 설정
3) 중국 본토 표준 자음의 제시 – 표준 중국 자음(字音)의 제시
4) 이웃 여러 민족어 학습을 위한 사학(四學)의 장려

이상과 같은 일들은 서로 밀접한 관련 아래 유기적으로 진행된 사업이라고 하였다. 특히 고유문자인 훈민정음은 백성들에게 표기 수단을 마련해 주기 위한 것이었으나, 同時에 나머지 3개항의 문제도 해결해 주어야 하는 필요성에서 창제된 것이라고 하였다.13)

그러므로 훈민정음은 다음과 같은 세 가지의 시대적 요구를 다 충족시켜 주어야 될 문자였다는 사실을 재인식할 필요가 있다.

---

11) 집현전과 경연을 뒷받침으로 해서, 고제도 연구, 육진 개척, 법령 정비, 고려사 편찬, 지리지와 지도 작성, 전제 정비, 측우기 설치, 아악제정 등 '우리 것'에 대한 인식과 자각에서 우러나온 여러 시책이 함께 펼쳐졌다. 홍이섭, <세종대왕>, 세종대왕기념사업회, 1980, 3판, 참조.

12) 강신항, 「세종조의 언어정책」, 『세종문화 연구(II)』, 한국정신문화연구원, 1984. 4쪽 참조.

13) 이에 대해서 오늘날 많은 사람들이 오해를 하는 경우가 있다. 세종대왕의 백성에 대한 '愛民思想'만을 강조한 나머지 다른 몇 가지 측면을 소홀히 다루는 경향이 있다. 그러나 훈민정음의 창제 목적을 애민사상 같은 감성적 사고에 바탕을 두는 것은 바람직하다고는 볼 수 없다.

1) 순수한 국어의 표기
2) 개정된 우리 한자음의 완전한 표기
3) 외국어음의 정확한 표기

이밖에 당시의 정책 수용자들이 표방하고 있던 교화와 훈민 정책에도 이용될 수 있는 문자이어야만 했다.[14]

그러면 훈민정음을 창제한 세종대왕과 그 보필자들의 언어관을 바탕으로 하여 훈민정음이 어떻게 창제되고, 그와 관련된 어문 정책들은 어떻게 추진되었는지 살펴보고자 한다.

3) 훈민정음의 창제 목적 및 관련 사업

세종 시대의 어문 정책 가운데 가장 뛰어난 업적은 훈민정음의 창제이다. 고유문자의 창제로 우리 겨레는 비로소 마음대로 자기 의사를 기록할 수 있는 표기 수단을 갖게 되었다. 이로써 당시 우리 민족의 문자 생활은 한자나 한문으로 하고, 일상 언어생활은 우리말 구어로 행해 오던 '이중 언어생활'에서 어느 정도 벗어나게 되었을 것이다. 그리고 쓰기에 편리한 고유문자를 가지게 되면서 고유문자에 의한 문장어(文章語)가 발달될

---

14) 훈민정음을 창제한 목적이 '우민'(한자 교육을 받지 않은 일반 백성)들에게 표기 수단을 갖게 하는 동시에 이들을 교화하여 유교 국가에 순응시키려는 뜻도 있었으므로, 훈민정음 창제 후 곧 착수된 운서 편찬 사업 이외에도 다른 번역 사업이 바로 계획되었다.
세종은 1431년(세종 13)에 교화를 위하여 간행한 한문으로 되어 있는 「三綱行實圖」를 訓民正音으로 번역하여 대중화시키면, 忠臣, 孝子, 烈女가 輩出될 것으로 기대했었다. 경서의 번역은 세종 시대에 이루어진 것은 없으나, 일찍부터 계획은 수립되어 있었고, 世宗이 儒教의 經典인 '四書五經'을 飜譯시키려고 노력하였음을 알 수 있다.

수 있는 길이 열렸을 것으로 이해된다.[15)]

그러면 당시에 훈민정음이라는 문자 체계가 어떻게 해서 만들어졌으며, 그 창제의 목적이 무엇인가에 대해서 살펴볼 필요가 있다. 훈민정음의 창제 목적에 대하여 정인지는 '훈민정음해례본 서문'(1446년, 세종 28년)에서 다음과 같이 밝혔다.

> 國之語音 異乎中國 與文字不相流通 故愚民有所欲言 而終不得伸其情者多矣.
> 予爲此憫然 新制二十八字 欲使人人易習 便於日用矣(耳).

위의 훈민정음 서문은 아주 짧고 간단한 기록의 내용이지만, 일반적으로 훈민정음 제정의 목적을 살펴보기에는 이보다 더 직접적인 자료는 없다고 한다.[16)]

그러나 이 서문은 신중하게 검토되어야 할 것이다. 세종 어제 서문의 내용을 구체적으로 알아보기 위하여, 첫째 "國之語音 異乎中國 與文字不相流通"을 자세히 살펴보면, 우리 국어의 한자음은 중국어음과 달라서 문자생활이 서로 통하지 않는다고 하였다.[17)] 여기서의 '문자(文字)'는 '한자

---

15) 훈민정음 창제 이전에는 우리 문학 작품들이 漢字와 漢文으로 기록되어 왔으며, 口碑文學은 민중들의 입에서 입으로 전승돼 오다가, 훈민정음이 제정됨으로써 비로소 우리의 고유문자로 기록되어 전승된 것이다.

16) 그러나 훈민정음 서문에 나타난 記錄에만 의존하여 字句를 해석하는 것은 곤란하다고 생각한다. 당시에 언어정책이 추진된 시대적 상황 등을 고려하여 해석을 하는 것이 중요하다고 본다.

17) 姜吉云, 「훈민정음 창제의 당초목적에 대하여」, 『국어국문학』 제55~57호, 1972. 16~17쪽 참조. 강길운은 훈민정음 창제 목적이 한자음을 스승의 도움 없이 바르게 전하는 데 있다고 직접 밝힌 문헌이 있다고 하면서, 신숙주와 세종 시대에 가장 뛰어난 어학자였던 성삼문(1418~1456)이 쓴 <直解童子習> 序에 기록된 원문 일부를 소개한 바 있다(원문 생략). 그는 위의 같은 책 17−18쪽에서 "훈민정음 창제의 당초목적은 크게는 한자, 한문 더 나아가서는 중국어까지도 스승 없이 쉽게 배울 수 있게끔 韻書에 훈민정음으로 注音 하는 데 있었고, 작게는 동국정운의 주음

(漢字)'를 가리키므로, 곧 중국의 한자어음과 우리 국어의 한자어음이 서로 통하지 않는 까닭에 어리석은 백성이 말하고자 할 바가 있어도 제 뜻을 펴지 못하는 자가 많았던 것이다.[18]

윗글에서 "國之語音 異乎中國 與文字不相流通"이라는 구절은 분명히 훈민정음 창제의 동기와 목적을 말한 대목이다. 그런데 우리 어음(語音)이 중국의 어음(語音)과 다를 것은 너무 당연한 일인즉, 단순하게 고유한 우리 국어를 기사(記寫)하기 위함이었다면, 결국 이 대목은 불필요한 군소리에 지나지 않을 것이다. 따라서 우리말이 한문자와 통하지 아니한다는 말도 쓸 데 없는 말이 될 것이다. 차라리 그렇게 쓸 바에야 "우리말의 소리를 제대로 표기할 수 있는 문자가 없어서"라고 하였더라면 백성들에게 보다 더 떳떳했을 것이다. 그럼에도 불구하고 굳이 "國之語音"이 "中國(之語音)"과 "서로 달라서"라고 함은 한자와 한문에 대한 관심을 표현한 것이라고 보아야 할 것이다. 곧 "國之語音 異乎中國 與文字不相流通"이라는 구절은 "우리나라의 한자어음은 중국과 달라서 한문자와 더불어 서로 통하지 아니한다는 뜻으로 풀이하여야 할 것이다. 따라서 훈민정음 창제의 목적을 한자 · 한문의 문제와 분리시켜 생각하는 것은 다소 문제가 있다 할 것이다.

또 훈민정음과 관계가 깊은 다른 문헌에서 "어음(語音)" 및 "문자(文字)"를 어떤 뜻으로 사용하였는가를 살펴보면, 우선 동국정운 서문에 "然則語音之 所以與中國異者 理之然也 至於文字之音則宜若與華音相合矣……"라는 구절이 있는데, 여기서 "문자(文字)"는 한자(漢字)를 가리킴이 분명하다. 그러나 여기서 "어음(語音)"이 우리 고유어의 음만을 가리키는 것이라고 속단해서는 안 될 것이다.

을 하는 데 있었다고 말할 수 있다."라고 주장하였다.

18) 이숭녕, 「世宗의 言語政策에 關한 硏究」, 『아세아 연구』 제1권 제2집, 고려대학교 아세아문제연구소, 1958. 43쪽 참조.

다음에 보이는 바와 같이 홍무정운역훈 서에서는 그것이 한자어음을 가리킴이 분명하다고 보기 때문이다.

> 洪武正韻譯訓 序에 보면, "於是以吾東國世事中華 而語音不通 必賴傳譯 首命譯洪武正韻 命今禮曹參議臣成三問 ……. 及申叔舟等 稽古證閱 ……. 而悉親臨課定 叶以七音 調以四聲 諧之以淸濁 縱橫經緯始正罔缺 然語音旣異 傳訛亦甚 乃命臣等 就正中國之先生學士 往來至于七八 所與質之若干人

홍무정운역훈 서에서 특히 "語音旣異 傳訛亦甚"의 "어음(語音)"은 틀림없는 한자어음을 의미한 것이다. 중국 한림학사 황찬을 일부러 찾아가거나, 예겸을 맞이하여 물어본 것이 우리 고유어의 음일 까닭이 없다. 그것은 중국인에게 물어서 알 일이 아니고, 우리가 더 잘 알고 있기 때문이다.

그리고 홍무정운역훈 서문에서 "語音不通 必賴傳譯 首命譯洪武正韻……"의 "어음(語音)"도 그것이 통하지 않기 때문에 잘 통하게 하기 위하여 홍무정운의 음역(音譯)을 명한 것이므로, 한자어음을 가리킴이 분명하다 할 것이다. 따라서 동국정운 서문에 기록된 "然則語音之 所以與中國異者 理之然也"의 "어음(語音)"도 역시 한자어음을 가리키는 것이라고 볼 수 있다.

한편 훈민정음이 창제되기 이전에는 한자의 훈과 음을 빌어서 이두문을 써 보거나 한자를 가지고 우리말의 어순에 맞도록 적는 서기체(誓記体) 등을 써보기도 하였으나, 한자 차용 체계로써는 국어의 표현을 정확하게 하기에는 부적당하다는 것을 알게 된 것이다. 우리말을 표기하는 데에 한자로써는 통용할 수 없다고 밝힌 것은 평범한 일 같기도 하지만, 당시의 사대주의가 팽배한 시대 상황에서 이런 명시적 선언을 할 수 있었던 점은 높이 평가되어야 한다.

둘째, "故愚民有所欲言 而終不得伸其情者多矣."를 풀이하면, 어리석은

백성이 말하고 싶어 하는 바가 있어도 끝내 제 뜻을 펴지 못하는 사람이 많다고 하였다. 이는 세종 시대의 일반 백성들이 정상적인 문자 생활을 하지 못하고 있다는 사실을 밝힌 것이다. 특히 한자가 배우기가 어려웠고, 소리언어와 문자언어 간의 이중 언어생활에서 오는 고통이 많았음을 강조하고 있는 것이다. 정인지는 서문에서 "但方言之言 不與之同 學書者患其旨趣之難曉 治獄者病其曲折之難通"이라고 하여, 한자, 한문의 병폐를 지적하고 한자로써는 정상적인 문자 생활을 영위할 수 없음을 말하고 있다. 곧 훈민정음의 제작 동기와 목적이 일반 대중의 정상적인 문자 생활을 도모하기 위함이었다는 사실을 밝힌 것이라 할 수 있다.

셋째, "欲使人人易習 便於日用矣"라는 훈민정음 서문의 구절은 정음의 제자(制字)에 있어서 대중성, 실용성에 입각한 문자의 보편화를 기도한 것이다. 어제서(御製序)에서 "백성들로 하여금 쉽게 익혀서 나날이 쓰는 데 편하게 하고자 할 따름이다."라고 한 것은 지금까지 한자, 한문의 어려움 때문에 문자 생활을 제대로 하지 못하고 있는 백성들을 위해 신문자를 만든 것임을 나타낸 것이다. 한자가 수입된 지 수 천년이 되어도 漢字·漢文은 특권층의 전유물처럼 되어 왔고, 일반 백성들은 쉽게 제 뜻을 펴지 못하고 있었던 것이다. 익히기 쉽고 쓰기 쉬운 문자를 만들고자 한 기본 정신은 훈민정책(訓民政策)으로서 국민 교화의 정도(政道)를 실현하고자 한 원대한 이상을 밝힌 것이다.[19]

특히 세종은 집현전을 설치하여 유교 교육과 새로운 제도의 조사 연구에 힘을 쏟았다. 이 때의 정치와 학문의 기본은 명실 공히 유교이념과 성리학이었다. 유교에 대한 관심의 고조는 필연적으로 한문에 대한 연구를 수반하게 되었다.

특히 세종 시대에는 조선 초기의 건국이념인 유교를 바탕으로 하여 예

---

19) 이근수, 『<朝鮮朝의 語文政策 硏究』, 서울: 개문사, 1979, 84~98쪽 참조.

禮)와 악(樂)을 치국안민의 요결이라고 생각하고 있었고, 이와 밀접한 관계가 있는 성음(聲音)이 순정(純正)해야만 된다고 생각하고 있었다.[20] 그래서 치국의 요체로서 악(樂)과 성음(聲音)을 생각하였던 정책 담당자들은 '洪武正韻 譯訓 序文' 등에 나타난 바와 같이 표준음(標準音)으로서의 '정음(正音)'과 '정성(正聲)'을 설정해야 한다고 생각하였다. 또한 송나라 학자들과 마찬가지로 성인의 도를 옳게 이해하기 위해서는 모든 학문의 기초가 되는 성운학(聲韻學)과 문자학(文字學)에 관한 이론적인 연구부터 필수적으로 시작해야 한다고 느끼고 있었다.

더욱이 중국 주변의 이웃 여러 나라에서는 한자가 아닌 자기들의 고유문자를 창제하여 사용하고 있는데, 우리 조선만이 고유문자가 없다는 사실을 알고 있었다. 때마침 당시 무르익고 있던 '우리 문화'에 대한 자각으로 삼국시대부터 漢字 · 漢文으로 표기 생활을 해오고 있는 것이 억지라는 것을 알고 있었고, 신라 때부터 사용해 오던 한자음훈차표기법에 대해서도 불만을 가지고 있었다는 것이다. 따라서 우리는 국자가 없었던 시기에 우리 나랏말을 고유문자로 적을 수 있는 새로운 방안이 더욱 필요했던 것이다.

이 밖에 건국초부터 적극적으로 추진해 온 역학정책(譯學政策)을 원활히 수행하기 위해서는 적절한 표음문자의 필요성을 절감하고 있었다는 것이다. 곧 조선 건국 초기부터 이웃 여러 나라들과 원활한 외교 관계를 유지하기 위하여 사역원(司譯院)을 설치하고, 역학 정책을 펴는 과정에서 외국어음(外國語音)을 정확히 파악하기 위해 이를 옳게 표기할 표음문자의 필요를 느끼고 있었다.[21]

그리고 훈민정음이라는 글자의 뜻이 바로 훈민정음 창제의 동기이며 목적이 될 수 있다고 본다. 훈민정음 창제 후의 세종의 치적을 보면 충분

---

20) 강신항(2003), 앞의 책, 16쪽 참조.
21) 유승국, 『世宗朝文化研究』(II), 한국정신문화연구원, 1984, 6쪽 참조.

히 창제의 뜻을 알 수 있다.[22] 즉 백성을 사랑하고 그들의 생활을 향상시키고, 백성들에게 문화생활을 쉽게 할 수 있도록 하여 국민 교양을 높이고자 하는 성군(聖君)으로서의 이상이 담겨 있다고 볼 수 있다.

또 다른 관점에서 훈민정음의 창제 동기와 목적을 알아보면, 고유문자인 훈민정음의 창제는 세종 시대에 새롭게 일어난 '우리 민족문화'에 대한 자각에서 나온 것으로 이해된다.[23] 더군다나 세종과 그 보필자들은 다음과 같은 언어관을 가지고 있었으므로 이와 같은 언어정책의 추진이 가능했다고 본다. 이러한 확고한 언어 의식이 새 문자를 만들게 된 근본 동기와 목적이 된 것이라고 할 수 있다.

그러나 훈민정음 서문에 기록된 내용만을 가지고 언뜻 생각하면, 국어 표기에 적합지 못한 기존의 문자 체계 곧 한문자에 대체될 민족의 고유문자로 훈민정음을 만든 것 같이 보일 수 있다. 그러나 세종대왕이 훈민정음만으로 우리말을 적고, 한자는 쓰지 말아야겠는 생각을 하였다고는 보기 어렵다. 만일 그랬다면, 훈민정음 창제 후의 초기 한글 문헌 가운데 어느 한 권의 책도 한자 없이 발행된 책이 없었다는 사실은 쉽게 이해가 되지 않는다.[24] 세종 시대의 출판 업적들을 보면, 오히려 당시의 어문정책

---

22) 訓民正音이란 말의 뜻을 종래와 같이 "백성을 가르치는 바른 소리"라고 풀이한 것과는 달리, "백성에게 正音(바른 말소리)을 가르치다"라는 뜻으로도 해석하는 경우가 있다. 이는 고전에 나오는 "后稷 敎民稼穡(후직이 백성들에게 가색(곡식 농사)을 가르쳤다)"이라는 한문 문장의 구조와 같다는 것이다. 따라서 '訓(가르칠 훈)' 자와 '敎(가르칠 교)' 자는 간접목적어를 취하는 受與動詞로써 '누구에게 무엇을 가르치다' 풀이하는 것이 바람직하다는 것이다.

23) 무엇보다도 삼국시대부터 한자, 한문을 차용하여 사용하고 있는 것이 실제로 음성 언어생활과 이중적인 표현 생활을 해오고 있어서 이런 일이 한문을 많이 배우지 못한 백성들에게는 억지라는 것을 뼈저리게 느끼고 있었다. 궁여지책으로 사용해 온 차자표기법을 가지고는 도저히 만족할 만한 언어생활을 할 수 없다는 것을 알게 되었다.

24) 1443년(세종 25) 12월 고유문자인 '훈민정음' 창제에 성공하자 세종은 정인지 이하 8명의 '정음' 전문가들에게 이 새 문자에 대한 해설서를 편찬하도록 명하였다. 이

이 이원론적인 바탕 위에 있었던 것으로 이해된다. 당시에는 새 문자를 제정하였으나, 그것으로 공문서를 작성하며 역사를 기록하고 학술을 논하는 데 사용하려 하지는 않았음을 유추할 수 있다. 이처럼 훈민정음은 우리의 고유어인 국어뿐만 아니라, 한자음과 이웃의 여러 나라의 언어음도 표기할 수 있도록 다목적으로 창제된 표음문자였다고 할 것이다. 따라서 훈민정음의 창제 목적 중에는 標準 한국 한자음 체계를 설정하고, 표준적인 중국 본토 자음(字音)을 충실히 나타낼 수 있는 방법을 찾으려는 것도 포함된다 하겠다.[25]

실제로 훈민정음이 창제된 뒤로 여러 종류의 어려운 한문 서적을 쉽게 번역할 수 있게 되어 훈민, 교화 사업도 순조롭게 추진할 수 있게 되었다. 특히 훈민정음 창제 후에 곧 이어서 지은 「용비어천가」와 「월인천강지곡」은 새 문자로 창작된 문학 작품이 정착될 수 있는 가능성도 보여 주었다.

이에 따라서 여러 한문책이 언해되고, 표준 한국 한자음을 나타내는 운서가 편찬되었으며, 아악(雅樂)도 정리되었다. 이와 같은 세종 시대에 이룩된 어문 관계의 주요 업적을 열거해 보면 다음과 같다.

1) 1443년(세종 25) 12월: 새로운 음소문자인 고유문자 훈민정음 창제.
2) 1445년(세종 27)~1447년(세종 29): 「용비어천가」 보완 완료.[26]

책은 1446년(세종 28) 9월에 완성되었는데, 한문으로 씌어졌으며, 한글로 표기된 단어의 예가 123개 나타나 있고 책 이름은 역시 '훈민정음'이었다. 이뿐 아니라 용비어천가(세종 27년), 석보상절(세종 29년), 월인천강지곡(세종31년), 등을 보아도 한자와 훈민정음이 동시에 쓰이고 있다.

25) 유승국(1984), 앞의 책, 4쪽 참조.

26) 조선의 건국이 하늘의 뜻에 의하여 이루어지고, 세종의 六代祖 以來의 공덕에 의하여 저절로 건국되었다는 사실을 증명하기 위하여 세종은 용비어천가를 짓게 하였다. 「용비어천가」는 중종 때까지 궁중연회용 음악 가사로 사용되었다고 하므로, 세종 시대에 있어서는 가장 중요한 사업의 하나였으며, 이 노래의 제작으로 國文歌辭가 새로운 문자인 訓民正音에 의하여 정착되는 길이 열렸다.

3) 1445년(세종 27)경~1445년(단종 3): 표준 중국 한자음용 「홍무정운역훈」[27] 「사성통고」 편찬 완료, 한어 교재인 「직해동자습역훈평화」 편찬 완료.
4) 1446년(세종 28) 9월: 훈민정음의 해설서인 「훈민정음」(해례본) 편찬 완료.
5) 1447년(세종 29) 9월: 표준 한국 한자음용 「동국정운」 편찬 완료[28]
6) 1447년(세종 29): 「석보상절」 편찬 완료[29]
7) 1449년(세종 31년): 「월인천강지곡」 편찬 완료(추정)

이상과 같은 어문 정책과 관련된 대사업을 수행하는 데는 단편적인 기록이나마 훈민정음 전담 기구가 엄연히 있었음을 알 수 있다. 「세종실록」 28년 11월 8일(壬申)의 기사에 의하면, 용비어천가의 보수를 '언문청(諺文廳)'에서 담당하였는데 '언문청'은 궁중에 있었다고 하였다. 이 '언문청'이 '정음청(正音廳)'이라고 불린 듯한데, 「문종실록」의 기사에 여러 차례 '정음청'으로 나오는 것을 보면 두 가지 이름이 통용된 것으로 보인다. 어떻든 새로운 고유문자를 창제하고, 이와 관련된 사업을 추진하는 기구로

27) 세종 시대의 언어정책에 있어서 「동국정운」 편찬 사업 못지않게 주력한 것은 「홍무정운역훈」의 편찬 사업이었다. 세종이 훈민정음을 창제하자마자 「홍무정운」을 언역(주음)시킨 것은 무엇보다도 중국에 대한 외교를 원활히 수행하기 위함이었다. 세종은 「홍무정운」의 음계만 알면 중국의 표준자음을 알 수 있을 것이라고 믿었다. 그래서 새로 만든 훈민정음으로 「홍무정운」에 대하여 주음하도록 명하였다. 편찬 과정에서는 담당자가 많이 바뀌었으나 핵심 인물인 신숙주, 성삼문은 그대로 남아 있었다.
28) 1444년(세종 26)경부터 「고금운회거요」 언역 사업 대신에 진행된 「동국정운」 편찬 사업은 1447년(세종 29) 9월에 완성된 후, 모든 언해류에 나타나는 한자마다 '동국정운식 개정 한자음'을 훈민정음(한글)으로 표기하는 방향으로 전개되었다.
29) 朝鮮은 崇儒抑佛의 사회였지만, 불교에 대한 일반 대중의 신앙심으로 세종조차 불교를 인정 내지 비호하였고, 1434년(세종 16) 이후에는 불교 행사에 직접 참여하기도 하였다. 이러한 불교에 대한 세종의 태도는 昭憲王后가 승하하자, 그의 명복을 빌기 위하여 1447년에 釋迦譜와 法華經 등의 佛經에서 뽑아서 訓民正音으로 飜譯한 散文體의 傳記로 '釋譜詳節'을 간행하는 데까지 나아갔다.

서 '정음청'을 설치한 것은 세종이 어문정책추진 사업에 얼마나 큰 관심을 가지고 있었는가 하는 점을 보여준다.

3. 마무리

이상으로 살펴본 본론의 내용을 요약 정리하겠다. 훈민정음은 세종대왕의 개인적인 창제물로만 인식하는 것보다는 그 시대의 역사 문화적 산물로 보는 것이 합리적이라고 생각한다. 세종 시대에는 조선 초기의 건국이념인 유교를 바탕으로 하여 예와 악을 치국안민의 요결이라고 생각하고 있었고, 이와 밀접한 관계가 있는 성음이 순정해야만 된다고 생각하고 있었다. 그래서 치국의 요체로서 악과 성음을 생각하였던 정책 담당자들은 '홍무정운 역훈 서'에 나타난 바와 같이 표준음으로서의 '정음'과 '정성'을 설정해야 한다고 생각하였다. 게다가 송나라 학자들과 마찬가지로 성인의 도를 옳게 이해하기 위해서는 모든 학문의 기초가 되는 성운학과 문자학에 관한 이론적인 연구부터 필수적으로 시작해야 한다고 인식하고 있었다.

이밖에 조선 건국 초기부터 이웃 여러 나라들과 원활한 외교 관계를 유지하기 위하여 사역원을 설치하고, 역학 정책을 펴는 과정에서 외국어음을 정확히 파악하기 위해 이를 옳게 표기할 표음문자의 필요성을 느끼고 있었다. 그래서 세종과 그 보필자들은 중국 성운학과 문자학 이론을 바탕으로 하고, 여러 나라 문자를 참고로 하여 표음문자인 훈민정음(한글)을 창제하게 된 것이다.

고유문자인 표음문자를 창제함으로써 문자의 표기 생활을 자유자재로 할 수 있게 되어, 우리 국어의 훌륭한 문장어가 육성될 수 있는 길이 마련되었다. 실제로 훈민정음이 창제된 뒤로 여러 종류의 어려운 한문 서적을 쉽게 번역할 수 있게 되어 훈민, 교화 사업도 순조롭게 추진할 수 있게 되었다.

특히 훈민정음 창제 후에 곧 이어서 지은 「용비어천가」와 「월인천강지곡」은 새 문자로 창작된 문학 작품이 정착될 수 있는 가능성을 보여 주었다. 그리고 「동국정운」을 편찬하여 표준 한국 한자음 체계를 설정하고, 이를 여러 간행물에서 제시하였으며, 표준적인 중국 본토 자음을 충실히 나타내기 위하여 「홍무정운역훈」도 편찬하였다. 따라서 훈민정음의 창제 목적 중에는 표준 한국 한자음 체계를 설정하고, 표준적인 중국 본토 자음을 충실히 나타낼 수 있는 방법을 찾으려는 의도가 있었다.

또 표음문자의 창제로 역학 정책도 원활히 수행할 수 있게 되어, 조선 500여 년 동안 대외 관계에 필요한 역학서가 꾸준히 간행될 수 있는 기틀이 마련되었다.

이와 같이 세종 시대에는 성운학을 바탕으로 한 언어 이론에 관한 연구가 고도로 발달되었으며, 이를 토대로 한 언어 정책이 활발히 전개되었다. 세종대왕은 그 시대의 최고 학문을 깊이 소화하고, 그 진수를 터득하여 마침내 우리 국어의 문자화까지 성공했다는 면이 위대하다고 할 수 있을 것이다. 그러나 세종 시대에 이와 같은 언어 정책을 성공적으로 수행할 수 있었던 것은 '집현전'과 같은 전문 연구 기관과 '정음청'과 같은 전담 기구가 있어서 세종의 뜻을 충분히 펼 수 있도록 그 보필자들이 성실하게 보필하였기 때문이라 할 것이다.

동부경남방언 'X하－'와 어미 {－아}와의 활용형 설정에 대한 연구

신 기 상*

1. 서론

방언은 이형태(異形態)가 많고 그 모든 이형태가 생동하는 방언으로 쓰이므로 이형태를 규제할 수도 없고 규제할 대상도 아니다. 방언의 이러한 다양한 변이(變異)야말로 언어 생명력의 본질이기 때문에 긍정적 현상으로 보아야 한다.[1)]

그러나 방언사전을 엮는다는 전제로 이 이형태를 대하면 다양한 이형태를 어떻게 처리할 것인가 하는 문제가 간단하지 않고, 특히 용언은 기

---

* 서울과학기술대학교

1) 구멍~구무~구녕~구영~굶~구녕ㅋ~구엳 (명사)
조만하다~조맨하다~조깬하다~쪼만하다~쪼맨하다~쪼깬하다~쪼매하다~째맨하다~조많다~조맪다~조깮다~쪼많다~쪼맪다~쪼깮다~쪼맣다~쪼맿다~째맿다 (형용사)
위의 보기와 같이 방언의 이형태는 다양하지만 어느 하나만을 대표형으로 잡아 우대해야 할 이유가 없다. 표준어는 이형태 중에서 어느 한두 형태를 표준어형으로 정하고, 나머지는 비표준어로 처리하는 것과는 대조된다.

본형(基本形)이 다양하면 그 기본형에 따른 활용형(活用形)도 다양하고, 독특한 활용형에 대한 정보는 방언사전에 제시하여야 하기 때문에 더욱 깊은 관심의 대상이 된다.

본고는 동부경남방언(東部慶南方言) 사전을 가정하여 동부경남방언[2] (이하 '이 방언'이라 한다.)의 'X하-'와 그에 결합되는 어미 {-아}[3]와의 활용형에 대해 기술하고자 한다.

『현대국어 어휘사용빈도 조사』(조남호 2002:825)에 의하면 동사 '하-'는 의존명사 '것'에 이어 빈도 순위 2위다. 여기에 보조용언 '하-'(7위)만 더하여도 순위는 당연 1위이며 '않다'(11위), '같다'(22위), 對하다(24위) 등 숱한 'X하-' 어휘를 감안하면 국어에서 '하-'는 사용빈도 절대적 1위의 어휘다. 이 점은 이 방언에서도 중앙어와 다르지 않다.

이 방언의 'X하-'는 본딧말의 이형태도 많고 준말의 이형태도 많으며, 활용형(活用形)은 본딧말(쪼깬하다)의 활용형(쪼깬하고, 쪼깬하여~쪼깬해…)도 있고 준말(쪼깮다)의 활용형(쪼깮고, 쪼깮애…)도 있는데 이 방언 특유의 형태를 지니는 경우가 적지 않다. 동부경남방언 사전을 가정하여 이 방언의 'X하-'의 여러 이형태의 기본형들을 어떻게 설정할 것인가 하는 문제[4]와 '여변칙' 'ㅎ변칙'과 관련하여 'X하-'와 어미 {-아}와의 활용형을 어떻게 설정할 것인가가 중심 과제다. 이러한 문제를 논의하는 과정에 이 방언 'X하-'는 'ㅏ'탈락, 'ㅎ'탈락, '하'탈락으로 줄어진 형태(준말)의 이형태가 다양함을 확인하고, 'X하-'에 결합되는 어미 {-아}는

---

2) 동부경남방언이란 필자의, 다른 동부경남방언 관련 연구와 마찬가지로 현재의 울산직할시(蔚山直轄市)와 양산시(梁山市)를 두루 묶은 지역을 말하며 그 가운데서도 울산직할시 울주군 웅촌면(蔚山直轄市 蔚州郡 熊村面)의 방언이 그 중심이다.
필자는 현재 '동부경남방언 사전' 편찬을 위한 자료를 정리 중에 있으며, 본고에 제시된 자료도 그 중의 일부다.

3) 어미 {-아}는 어미 /-아~-어~-여/를 대표하는 형태소 {-아}다.

4) 방언 사전의 표제어 선정 문제에 대한 논의는 김영태 외(「방언사전 편찬 방법론」, 『人文論叢』 제6집, 경남대 인문과학연구소, 1994: 68쪽.) 참조.

X하−'가 어떠한 경우라도 철저히 '−애'이고 '−애'는 'X'의 모음에 따라 −애∼−에'로 분간(分揀)되어야 함을 논의한다.

이 방언의 '애∼에'와 '으∼어'는 각각 ɛ와 з로 중화되지만, 설명의 편의를 위하여 중앙어에 준하여 구분해 적도록 한다. 이 방언은 고저와 장단이 변별되지만, 논의의 진행에 고저나 장단이 관여하는 부분에서만 고저 장단을 표시하기로 한다.

2. 'X하−'와 어미 {−아}

1) '하−'의 형태음운[5]에 관한 연구 성과

'X하−'는 '여'변칙용언이고(하아→하여, 하았−→하였−), 색상어의 'Xㅎ−'은 'ㅎ'변칙 형용사다(노랗아→노래). 'X하−'의 'ㅏ'나 '하'가 잘 탈락한다(아무러하든→아무튼, 똑똑하다→똑똑다).

'X하−'의 이러한 특성의 본질을 파악하고자 하는 노력은 'X하−'가 후행 요소와 결합할 때 나타나는 다양한 교체 양상을 기술한 허웅(1975:463∼467), 안병희(1978:81∼85) 등을 비롯해 최근의 활발한 연구가 있다. 본고의 이해를 돕기 위한 범위에서 'X하−'에 대한 선행연구 중의 대표적 논문을 가려 발표순으로 그 요지를 발췌하면 다음과 같다.

> 'ᄒᆞ다(爲)'의 이전 단계형을 '*히다'가 아니었을까 생각할 수 있다 (이때 '히다'는 'ᄒᆞ다'의 사역형 '히다'와 구별되어야 한다). 즉, '*히다'

---

5) 본고에서 형태음운(形態音韻)은 어형 변화에 따른 음운의 교체(交替)란 통상적 개념으로 쓰였다.

가 국어사의 어느 단계에선가 형성되어 있다가 15세기에 들어오면서 어형이 'ᄒᆞ다'로 변화되었는데 아직도 이 형태는 '*ᄒᆡ다'를 잊지 못하고 있다는 것이다. 현대의 용어로 하자면 'ᄒᆞ다'의 기저형은 '*ᄒᆡ다'로 볼 수 있다는 말이 된다. (이현희 1985:227~228)

'ᄒᆞ-'에 부사형 어미 '-아/어'가 통합될 때, 아무런 이유 없이 소위 형태론적으로 조건된 이형태 '-야'가 출현할 리가 없다. '*ᄒᆡ다'를 확보함으로써 'ᄒᆞ야', 'ᄒᆞ욤'(실은 '*ᄒᆡ야', '*ᄒᆡ욤'인데 /j/interlude에 의해 /j/가 둘이 되므로 앞의 것이 빠져 이렇게 표기된 것이다.) 등의 어형이 'ᄀᆞᆯᄒᆡ야', 'ᄀᆞᆯᄒᆡ욤'(擇) 등과 동궤의 것이라는, 즉 음운론적으로 조건되어 교체된 것이며 자동적 교체를 보이는 것이라는 점을 인식할 수 있다. (이현희 1986/1987:235)

(15세기 국어의 공시적인 측면에서) 'ᄒᆞ-'가 동사어간 형성의 파생 접사의 역할을 하는 등에 의하여 'ᄒᆞ+-아/-어'의 연결에서 'ᄒᆞ야'로 나타나는 것은 모음충돌을 피하기 위한 [j]의 介入이 일반화되어 그 기저형이 'ᄒᆡ-'로 굳어진 때문으로 생각된다.

'ᄒᆞ다(爲)'의 15세기 이전 어형으로 '*ᄒᆡ다'를 재구한, '*ᄒᆡ→ᄒᆞ→하-'의 변화이기보다 'ᄒᆞ-'에 '-아/-어'가 연결될 때 삽입된 [j]가 15세기의 'ᄒᆞ-'의 기저형이 되었을 가능성이 더 많다. (정광 1986:116)

(필자가 요약하면) 중세국어에서 어미-아/-어는 모음조화규칙을 엄격히 준수하고 있었는데 약간의 예외 중에 다음과 같은 예외가 있었다. 곧, 어간말음절에 j하향모음을 가진 동사의 경우 어간말음절 모음이 양모음일 때 어미는 -어로 실현된다. 예. 내여(生, 曲 186, 釋 6:9), ᄃᆡ외여(爲, 釋 19:3), ᄆᆡ여(結, 杜初 8:53) 등.

훈민정음 창제 당시의 문헌에는 어간이 j로 끝나는 동사가 어미 -아/어와 결합하면 예외 없이 j가 삽입된다. 예. ᄇᆡ야(孕, 釋 11:18), ᄭᆡ야(醒, 杜初 8:13), ᄀᆞᆯᄒᆡ야(別, 月 10:68), 뮈여(動, 月序 3), 긔여(匍, 月 1:15) 등 (cf. 뎌(디+어)(落, 杜初 21:23), 너펴(너피+어)(廣, 釋 9:29)

둥). ‘ᄒᆞ’에 ‘-아/-어’가 아닌 ‘-야/여’가 결합된 ‘ᄒᆞ야 〉 ᄒᆞ여’는 ‘ᄒᆞ’를 ‘히-’로 받아들인 결과다. (최명옥 1988:55~56)

‘ᄒᆞ야’의 어간 ‘ᄒᆞ-’는 어간말음이 i 음계가 아니면서도 어미를 ‘-아/어’가 아닌 ‘-야/여’로 취하는 특이한 활용을 보이는 동사이다. ‘ᄒᆞ-’의 이 예외성은 중세에서 현대 국어에까지 일관해 오고 있다. 이 예외성을 형태음소론적 층위에서 설명한다면 ‘ᄒᆞ-’의 직전 단계의 소급형을 ‘*ᄒᆡ-’라고 추정할 수 있어 이에 의해 ‘*ᄒᆡ-아→*ᄒᆡ-야→ᄒᆞ-야’의 과정을 설명할 수 있다. (이등룡 1993:15)

(‘하-+여→해’로 활용되는 이른 바 ‘애’불규칙 어간(최명옥 1988)을 설명하기 위해 이현희 (1987), 정광(1986), 이광호(1984), 최명옥(1988, 1993)을 요약 · 소개하고 비판한 후) 16세기 후반의 청주 북일면 청주 언간(전철웅 1995)과 17세기 초엽의 현풍 곽씨 언간에 대한 최근의 판독문(백두현 1997) 및 일부의 근대국어 문헌자료를 중심으로 이들 구어 자료에 ‘ᄒᆞ여 〉 ᄒᆡ여 〉 ᄒᆡ’로의 점진적인 발달과정이 일종의 변이현상으로 출발하여 확산되어 왔음을 제시하려고 한다. 이러한 변화의 마지막 단계 ‘ᄒᆡ여 〉 ᄒᆡ’는 19세기 후기 지역방언에 이미 대부분 완료되어 있다. 동시에 이러한 변화의 출발 ‘ᄒᆞ여 〉 ᄒᆡ여’는 제1차 움라우트 현상(피동화음의 이중모음화)으로 이해하려 한다. (최전승 1998:343)

(이현희(1985), 이광호(1985), 정광(1986), 이등룡(1993)을 소개하고 중세국어 이전 단계에서 ‘*ᄒᆡ-’를 재구하거나, 또는 중세국어 단계의 기저형 /ᄒᆡ-/를 설정하는 방법들이 지닌 문제점들을 지적하며) ᄒᆞ야, ᄒᆞ야늘, ᄒᆞ야시늘, ᄒᆞ야도소니, ᄒᆞ야지이다, ᄒᆞ얫거시늘 등과 같은 예들에서 ‘요, 야, 유, 여’가 발생하는 이유는 어간 ‘ᄒᆞ-’(爲)의 기저형에 그 원인이 있는 것으로 보인다. 다시 말해서 ‘ᄒᆞ-’(爲)는 단순히 ‘ㆍ’로 끝나는 어간이 아니라 잠재음 ‘ㅣ’로 끝나는 어간으로 보는 방법이다. 그리하여 이 잠재음 ‘ㅣ’가 뒤에 오는 모음 어미의 초성으로 재음절화한 결과 ‘요, 야, 유, 여’가 발생한 것으로 해석하고자 한다.(박종희 2001:14)

이상의 논문들은 도출 과정, 설명 방법, 배경 이론이 각각 달라도 'ᄒᆞ-~하-'의 '기저형~소급형'으로 'ᄒᆡ-'를 설정하는 데에는 의견이 일치한다. 본고에서 왜 'X하-'에 어미 /-아/가 아닌 /-여/가 결합되는 것이 자연스러운 현상인가 하는 의문이 전제되는데, 이 의문에 대한 답은 위의 일치된 견해에 동의하는 것으로 대신하고 달리 설명하지 않기로 한다.

2) 'X하-'가 취한 /-아/와 /-애/

'Xᄒᆞ-'로 소급되는 다음 (1)은 어미 ㈎/-아/를 표준어로 삼고 있다.

(1)	㈎	㈏
갇ᄒᆞ ->같-	:같아	~같애
만ᄒᆞ ->많-	:많아	~많애
올ᄒᆞ ->옳-	:옳아	~옳애
아니ᄒᆞ->않-	:않아	~않애

'같-, 많-, 옳-, 않-'에 /-아/를 취하는 것은 '한글 맞춤법 통일안(1933)' 이래 오늘까지 규범화하고 있는데, 재구조화한 이 어간들을 '막-, 잡-, 녹-, 좁-' 등 다른 양성모음 어간과 동일시하여 /-아/로 통일한 것이다.[6] 이 표기로 미루어 보아 당시 서울말은 이미 /-아/를 취하고 있었을 것으로 추정되지만 결코 한반도 방언 전반에 걸친 보편적 현상에 따른 것이 아님에 주목해야 한다. 이들은 'Xᄒᆞ-'에 소급되는 것이기에 /-아/를 취하지 아니하고 '하여~해'에 소급되는 /-애/를 취하는 것이 보다 자연스러운 현상이다.

6) 한글맞춤법통일안 제8항 / 한글맞춤법 15항

국어의 자연스러운 언어 현상이 인위적인 규범화 교육에 의해서 의도하는 대로 변형될 수도 있지만[7] 교육으로도 뿌리 깊은 국어의 자연 현상을 송두리째 바꾸기란 쉬운 일이 아니란 사실을 이 'X하-'와 어미 {-아}와의 결합에서 볼 수 있다.

(1)에서 본 '같아~같애, 많아~많애, 옳아~옳애, 않아~않애'의 두 가지 유형, 곧 표준어형과 방언형의 분포가 1933년 한글맞춤법통일안이 제정된 이래 반세기가 넘는 동안의 국어 교육이 시행된 오늘날에 어떻게 나타나고 있는가를 보기로 한다. 그러기 위해서 한국정신문화연구원(1990~95)『한국방언자료집』 I ~IX을 참고 자료로 삼기로 한다.

이 자료에 '옳다'는 조사 항목에 들지 않았고, '않다'는 '춥지 않다~안 춥다, 깨끗하지 않다~안 깨끗하다, 생각하지 않다~안 생각하다, 나무하러 가지 않다~안 나무하러 가다'형으로 조사되어 우리의 논의에 도움이 되지 않는다. 그래서 '592.B 많아도'와 '619.B 같아서'의 두 항만을 분석해 보기로 한다.

분석의 주안점은 어간 '같-'과 '않-'에 어미 {-아}가 /-아/로 실현되는 곳의 수와 /-애/로 실현되는 곳의 수를 대비해 보려는 것이다.

'592.B 많-아도' 항에서 어미 {-아}의 실현은 다음과 같다.

경북(23곳) -Edo(20), -ado(3)
경남(19곳) -Edo(10), -ado(9)
전북(13곳) -edo(7), -edo~-iədo(1), -ədo(1), -ado(4)
전남(22곳) -Edo(11), -ɛdo(6), -ɛya(1), -Edo~-ado(1), -ədo(1), -ado(2)
충북(10곳) -ədu(7), -ədo(1), -adu(2)
충남(15곳) -edu(7), -edo(1), -ɛdu(1), -Edu(1), -ədu~-ədo(5)

7) 대표적인 예로 표준어 교육에 의해 방언 지역에서도 표준어를 쓰게 된 현상이다.

강원(15곳) −εdu(2), −ədo(1), −ədu(1), −əsə(1), −adu(9), −ado(1)
경기(19곳) −Edu(1), −ədu(8), −əsə(1), −adu(9)
제주(2곳) 해당되지 않는 조사형[8)]
합 : 조사지역 138곳 e∼ε∼E(68), e∼iə(1), E∼a(1), ə(27), a(39), 해당 없음(2)

'619.B 같−아서' 항에서 어미 {−아}의 실현은 다음과 같다.

경북(23곳) −EsƎ(17), Ǝi(2), −asƎ(4)
경남(19곳) −EsƎ(17), −asƎ(1), 부적절 조사형(1)[9)]
전북(13곳) −esə(4), −esə∼isə(1), −isə(4), −əsə(3), −ədo(1)
전남(22곳) −Esə(4), −esə(1), −εsə(2), −əsə(14), 부적절 조사형(1)[10)]
충북(10곳) −εsə(1), −E∼−əsə(1), −E∼−ədu(1), −əsə(6), −asə(1)
충남(15곳) −εsə(5), −əsə(8), −asə(2)
강원(15곳) −εsə(8), −ε(1), −Esə(2), −asə(3), 부적절 조사형(1)[11)]
경기(19곳) −εsə(13), −ε∼−əsə(1), −asə(5)
제주(2곳) −an(2)
합 : 조사지역 138곳 e∼ε∼E(75), e∼i(1), ε∼ə(1), E∼ə(2), i(4), Ǝ(2), ə(32), a(18) 부적절 조사형(3)

총합 : 조사지역 276곳 e∼ε∼E(143), e∼iə(1), e∼i(1), E∼a(1), ε∼ə(1), E∼ə(2), i(4), Ǝ(2), ə(59), a(57) 해당 없음(2) 부적절 조사형(3)

분석된 자료에서 중간형들은 모두 제외하고 /−아/와 /−애/만을 대비해 보는 것으로도 'X하−'의 현상을 분명히 파악할 수 있다. '많−아도'와

8) 제주도는 '많−'이 아닌 '하−'이다.
9) '−káthδi'는 어미 '−아'가 아니라 어미 '−(으)니'다.
10) '−ɨŋk'E'는 어미 '−아'가 아니라 '−(으)니까'이다.
11) 전혀 무관한 어형이다.

'같-아도'의 두 항을 합하여 대비해 보면 /-애/가 68+75= 143, /-아/가 39+18=57로 약 3:1의 비율이다. 표준어형 /-아/는 한글맞춤법통일안 제정 당시의 서울방언에 반세기 넘는 기간의 표준어 교육의 영향으로 바뀐 지역의 합으로 보아야 한다. 그런데도 '-애:-아=3:1'이라고 하는 것은 'X하-'에는 어미 /-애/가 결합되는 것이 자연스러운 현상임을 강하게 말해 준다. 또한 오랜 표준어 교육에 의해서도 'X하-'의 본질을 변화시키지 못하였음을 보여 준다.

동부경남방언에는 표준어와는 다르게 '같-, 많-, 옳-, 않-'은 철저히 '-아'가 아닌 (나)'-애'를 취한다.

3. 동부경남방언의 'X하-'와 어미 {-아}와의 활용형 설정

1) 동부경남방언 'X하-'의 어미 {-아}

(1) {-아}의 분간어미와 /-여/

이 방언의 어미 {-아}는 어간의 모음에 따라 '-이, -ɛ, -ɜ, -우, -오, -아'로 분간(分揀)된다. 이 분간은 어간의 모음이 그 흔적을 조금도 남기지 않고 탈락하는 완전탈락, 어간모음의 탈락 보상으로 장조화하는 불완전탈락, 어간의 모음과 어미의 모음이 동일하여(이이, ɛɛ, ɜɜ, 우우, 아아) 탈락하는 동음탈락, 어간모음의 자질이 약모음이어서(i, ɨ, u) 탈락하는 약모음탈락, 어간의 모음이 활음(j, w)을 거쳐 타락하는 활음탈락으로 구분된다.(신기상 1999:46~66)[12]

---

12) 이 방언 {-아}의 분간을 이렇게 구분하는 과정에는 고저장단과 관련되고 고저장단은 각기 고장조 H:, 고단조 H, 저장조 L:, 저단조 L로 표시한다.

(2) (勝) 이기 + 이 → 이기HL　　완전/동음탈락
(匍) 기 + 이 → 기L:　　불완전/동음탈락
(逢) mannε + ε →mannεHL　　완전/동음탈락
(疊) kε + ε → kεH:　　불완전/동음탈락
(立) s3 + 3 → s3L　　완전/동음탈락
(濾) k3li + 3 →k3ll3HL　　완전/약모음탈락
(助動詞) 뿌 + 우 → 뿌L　　완전/동음탈락
(食) 묵 + 우 → 무H:　　불완전/동음탈락
(尿) 누 + 오 → 노L:　　불완전/활음탈락
(夢) 꾸 + 오 → 꼬L:　　불완전/활음탈락
(行) 가 + 아 → 가L　　완전/동음탈락
(學) 배우 + 아 → 배아HL　　완전/약모음탈락

이 방언의 어미 {−아}는 이와 같이 다양하게 실현되지만 'X하−'는 앞서 본 'ᄒᆞ−~하−'의 '기저형~소급형'에 잠재한 원인에 의해 /−여/를 취하여 'X하여~X해'로 실현된다.

(2) 'X해'의 모음 'ㅐ~ㅔ' 분간

'X하여'의 준말 'X해'의 모음을 어근 'X'의 모음이 양성인가 음성인가에 따라 'ㅐ'또는 'ㅔ'로 분간하여 표기해야 할지 'ㅐ'로만 표기해야 할지를 먼저 논의하기로 한다.

이 표기에 대한 표준어는 일관성이 부족하다. 다음 (3) 에서 보는 표기는 'X'의 양성 · 음성에 따라 'ㅐ'와 'ㅔ'로 분간하여 적고 있다.

(3) ㄱ. 파랗다/파래, 빨갛다/빨개, 노랗다/노래, 말갛다/말개
ㄴ. 퍼렇다/퍼레, 뻘겋다/뻘게, 누렇다/누레, 멀겋다/멀게

그러나 역시 'X하-'에 소급할 수 있는 다음 (4)는 'X'의 모음이 음성임에도 (4ㄱ)과 같이 'ㅐ'로 적고 있다.

(4) ㄱ. 이렇다/이래, 저렇다/저래, 그렇다/그래, 어떻다/어때, 어찌하다/어째
ㄴ. *이레, *저레, *그레, *어떼, *어쩨

이러한 상반된 표기를 두고 어느 쪽이 합리적인가를 생각할 때, 그 어원을 거슬러 올라, 15세기 이후의 표기 '하야~해 〉하여~해'의 변화과정을 생각한다면 양성 쪽에 무게를 두어 'ㅐ'로 통일하여 표기할 수도 있겠다 싶지만, '이러하다 〉이렇다'와 같은 어간의 재구조화와 'X'의 모음에 무게를 두고, 또, (3) 의 표기와 일관되게 하려 한다면 (4) 도 'X'의 모음에 따라 분간하여 'ㅔ'로 적어야 한다고 생각한다.[13]

이 방언은 비록 'ㅐ'와 'ㅔ'가 'ɛ'로 중화된 모음체계지만 형태음운에 보다 충실하기 위해 본고에서는 일체를 'X'모음의 양성 · 음성에 따라 'ㅐ'나 'ㅔ'로 분간하여 적기로 한다. 따라서 어간의 이형태에 따라 다음과 같은 다양한 표기가 가능하다.

(5) 보얗다/보얘, 보얘도 뽀얗다/뽀얘, 뽀얘도
보앟다/보애, 보애도 뽀앟다/뽀애, 뽀애도
부옇다/부예, 부예도 뿌옇다/뿌예, 뿌예도
부엏다/부에, 부에도 뿌엏다/뿌에, 뿌에도

13) 현대국어에서 모음조화현상은 문란하여 '막아~막어, 잡아~잡어'가 통용되나, '먹어~*먹아, 접어~*접아'처럼 아직도 음성모음의 영역은 고수되고 있다. 다만 표준어에서도 '애~에'의 변별력이 떨어지고 있어 엄격한 구분의 요구는 무리가 있다고 본다.

2) 동부경남방언 'X하－'의 준말과 어미 {－아}

(1) 안해～안애～않애～않아

이 방언에서 '아니하－～않－'과 {－아}와의 활용형을 어떻게 설정해야 할 것인가를 생각해 보기로 한다.

(6)
*파라하－ 〉파랗－ : ① 파랗여 → ② 파라여～ ③ 파래
하－ : ④ 하여 ～ ⑤ 해
아니 하－ : ⑥ 아니 하여 ～ ⑦ 아니 해～⑧안 해
↘않－ : ⑨ 않여→ ⑩ 안여 ～ ⑪ 안애
↘ ～ ⑫ 않애
↘ ～ ⑬ 않아

(6)의 ①→ ②～③, ④～⑤, ⑥～⑦～⑧, ⑬ 은 한글맞춤법의 철자다. 어원이 같은데도 재구조화 과정이 달라서 ⑧ 과 ⑬ 으로 달리 철자하고 있는 것도 한글맞춤법이다. ⑨ 는 ①→ ②～③에 준하면 ⑪ 과 같이 철자되지만, 본고에서는 '않－'이 재구조화한 어간으로 굳어진 점을 중시하여 ⑫ 를 취하기로 한다. 그러면 다른 양성모음 어간의 모음조화에 유추한 한글맞춤법의 표기 ⑬ 과의 대조가 분명해진다.

⑧ '안 해'의 'ㅎ'이 묵음으로 [아내]로 발음되고 ⑫ '않애'의 'ㅎ'도 묵음으로 [아내]로 발음되어 결국 발음은 같아지지만 ⑫ 는 '앉고/앉아, 밟고/밟아'처럼 '않고/않애'로 어간과 어미를 구분하여 철자(설정)하기로 한다. 이하에서도 이러한 구분에 유의할 일이다.

(2) 이러하-~이렇-~잃-~이러-~일-

'이러하다'는 '이러하-~이렇-~잃-~이러-~일-' 등의 이형태를 가지고 이들도 모두 /-아/ 아닌 /-애/를 취하는 것이 자연스럽다.

(7) ① 이러하- ~②이렇-/이렇에~③잃-/잃에
④이러-/이러애~⑤일-/일에
㉠ 요로하- ~㉡요롷-/요롷애~㉢욣-/욣애
㉣요로-/요로애~㉤욜-/욜애

이것과 같은 계열의 '그러하다, 저러하다, 우짜하다, 우야하다, 어떠하다'등은 각각 다음(8)과 같은 이형태와 /-애/와의 활용형을 보인다.[14] (9)의 '우짜하다, 우야하다, 어떠하다'는 상대적으로 이형태가 적다.

(8)
① 이러하-② 이렇-③ 잃-④ 이러-⑤ 일-㉠ 요로하-㉡ 요롷-
㉢ 욣-㉣ 요로-㉤ 욜-
이러해-이레-잃에-이레-일에-요로해-요래-욣애-요래-욜애

① 저러하-② 저렇-③ 젏-④ 저러-⑤ 절-㉠ 조로하-㉡ 조롷-
㉢ 좋-㉣ 조로-㉤ 좋-
저러해-저레-젏에-저레-절에-조로해-조래-좋애-조래-좋애

① 그러하-② 그렇-③ 긇- ④ 그러-⑤ 글-㉠ 고로하-㉡ 고롷-
㉢ 곯-㉣ 고로-㉤ 곯-
그러해-그레-긇에-그레-글에-고로해-고래-곯애-고래-곯애

14) 본고와는 논지가 다른 문제이기는 하나 '이, 그, 저'와 관련하여 '이러하다, 그러하다, 저러하다'의 도출에 관련해서는 다음 논문이 참고된다. 도수희 「{그러나, 그러고… 그러니, 그러면…}등 어사고」, 『한국언어문학』 3, 한국언어문학회, 1965.

(9)

① 우짜하-~어짜하-② 우짷-~어짷- ④ 우짜-~어짜-
우짜해-어짜해-우째-어째-우째-어째

① 우야하-~어야하-② 우얗-~어얗- ④ 우야-~어야-
우야해-어야해-우얘-어얘-우얘-어얘

① 어떠하-② 어떻-
어떠해-어떼

앞서 본 대로 '이레~잃에~일에; 요래~욣애~욜애'가 발음상에 차이를 보이지 않는다 하더라도 사전 등재에는 철자상의 구분이 필요하다.

(3) -지 아니하-~잖-

위에서 이 방언의 '아니하-~않-'과 결합하는 {-아}는 /-애/로 실현된다는 것을 확인했었다. 뿐만 아니라 '-지 아니하-'로 소급되는 (10)과 같은 준말도 /-애/로 실현되는 것이 자연스럽다. 도출과정은 '않-'과 동일하므로 도출과정 설명은 생략한다.

(10) 같잖애, 갠찮애(괜찮아), 개않애(괜찮아), 기찮애(귀찮아), 대단찮애, 대수롭잖애, 만만찮애, 머잖애, 밴밴찮애(변변찮아), 부럽잖애, 삼실찮애, 성찮애, 수얼찮애(수월찮아), 시언찮애(신통찮아), 시원찮애, 어집잖애(어줍잖아), 언잖애, 적잖애, 점잖애, 좋잖애, 진찮애, 팬찮애(편찮아), 하찮애

(4) −다랗−∼−다맣−

접사 '−다랗−∼−다맣−'도 'X하−'에 소급되는 것으로, 그 탈락 과정이 다양하고 그 과정의 여러 이형태가 공존한다. '지−(길−)'와의 결합형을 보이면 다음과 같다.

(11)
① −다란하− ↗②−다라하−→③−다랗−→④−닿−
↘⑤−단하−→⑥−닪−
① 지다란하− ↗②지다라하−→③지다랗− ④지닿−
↘⑤지단하−→⑥지닪−

㉠ −다만하− ↗㉡−다마하−→㉢−다맣− ㉣−닿−
↘㉤−단하−→㉥−닪−
㉠ 지다만하− ↗㉡지다마하−→㉢지다맣− ㉣지닿−
↘㉤지단하−→㉥지닪−

(11)의 탈락 과정의 여러 이형태가 모두 다음 (12)에서 보는 바와 같이 /−아/ 아닌 /−애/만을 취한다.

(12)
①지다란하−∼②지다라하−∼③지다랗−∼④지닿−∼⑤지단하−∼⑥지닪−
지다란해∼ 지다라해∼ 지다랗애∼ 지닿애∼ 지단해−∼ 지닪애
㉠지다만하−∼㉡지다마하−∼㉢지다맣−∼㉣지닿−∼㉤지단하−∼㉥지닪−
지다만해∼ 지다마해∼ 지다맣애∼ 지닿애∼ 지단해∼ 지닪애

(12)와 같은 현상은 접사 '−다랗−∼−다맣−'이 결합된 다음 (13)과 같은 'X하−'에 공통으로 보이는 현상이다.[15)]

---

15) '가느다랗−∼가느닿−, 곱다랗−∼곱닿−, 굵다랗−∼굵닿−, 기다랗−∼기닿−,

(13) 가느다랗-~가느다맣-, 곱다랗-~곱다맣-, 굵다랗-~굵다맣-, 널다랗-~널다맣-, 높다랗-~높다맣-, 좁다랗-~좁다맣-, 커다랗-~커다맣-

(5) 'X하-'의 'ㅏ' 탈락과 '하' 탈락

'X하-'의 X말음이 유성음(모음, ㄴ, ㄹ, ㅁ, ㅇ)인 용언은 'ㅏ'가 탈락하는 것이 일반적이다.16) 이 방언에서는 이렇게 형성된 준말이 줄기 전 말보다 더 널리 쓰이는 편이다. 이들 준말도 /-아/ 아닌 /-애/를 취하는 것이 자연스럽다.

(14) 모음 : 괗애
ㄴ : 가낳애, 가뿧에, 개읂에, 고닿애, 단닿애, 만맣애, 무덯에, 무앟애, 미앟애, 서읂에, 숳에, 시웛에, 심랗애, 애밓에, 애

널따랗-~널땋-, 높다랗-~높닿-, 좁다랗-~좁닿-, 커다랗-~커닿-'의 준말에 대한 사전 등재 여부와 {-아}와의 결합형을 어떻게 다루고 있는지 『표준국어대사전』, 『우리말 큰사전』, 『국어 대사전』, 『새 우리말 큰사전』을 보면 다음과 같다. ×표는 표제어나 해당하는 정보가 없는 것이다.

	가느닿다	곱닿다	굵닿다	기닿다	널땋다	높닿다	좁닿다	커닿다
표준국어대사전	가느대	곱대	×	기대	×	'높다랗다'의 경기 방언	×	커대
우리말 대사전	활용예 없음	활용예 없음	×	활용예 없음	×	'높다랗다'의 경기 방언	×	커대
국어 대사전	×	활용예 없음	×	활용예 없음	×	×	×	~대
새 우리말 사전	×	→ 곱다아	×	활용예 없음	×	×	×	→커다랗다

같은 접사가 붙은 말인데도 처리에 차이를 보인다. 처리가 일치하는 몇몇은 국어 현실의 반영이라기보다 사전 상호간의 베껴 쓰기에서 비롯되지 않았나 싶다.
이 자료는 표준어에서 'X닿-'형이 매우 불완전함을 말해 주고 동시에 {-아}와의 활용형도 불완전함을 말해 준다.

16) 대부분이 형용사이고 동사는 '장많-, 당ㅎ-' 등이다.

읺에, 어중갆애, 엄젆에, 여젆에, 재옍에, 주옍에, 조깮애,
쪼맪애, 튼튽에, 팬않애(편안해), 팮애(편해), 히얂애(희한해)

ㄹ : 똘똟애, 뽈뽏애, 삼삻에, 서늟에, 수웛에, 어욿에, 정갏애,
짭짏에, 칠칧에, 칼캻애, 허숧에, 헌춣에, 훓에

ㅁ : 감감ㅎ애, 개심ㅎ에(괘씸해), 궁금ㅎ에, 깸ㅎ에, 끼끔ㅎ에, 끼룸ㅎ에, 난
감ㅎ애, 심심ㅎ에, 오감ㅎ애, 홍감ㅎ애

ㅇ : 걸망ㅎ애, 부랑ㅎ애, 불상ㅎ애, 성ㅎ에, 수왕ㅎ애, 싱싱ㅎ에, 앙통ㅎ애,
어중ㅎ에, 용ㅎ애, 이상ㅎ애, 이양ㅎ애, 재영ㅎ에, 조용ㅎ애

'X하－'의 X말음이 폐쇄음 'ㄱ, ㅅ[ㄷ], ㅂ'일 경우는 '하'를 생략하는 것이 일반적이다. 이 경우도 어미 {－아}는 /－애/를 취하는 것이 자연스럽다.

(15) ㅂ : 까곱애, 깝깝애, 답답애, 분답애, 섭섭에
ㅅ : 깨끗에[17]
ㄱ : 고약애, 똑똑애, 빡빡애, 삭삭애, 생각애, 시작애

(6) '카－~커－~쿠－'와 어미 {－아}

'~고 하다, ~고 말하다'의 '카－'는 '카－~커－~쿠－'의 이형태가 있다. 이 '카－~커－~쿠－'는 '하－'의 형태가 외형에 나타나 있지 않지만 '하－'와 축약(縮約)된 형태다.[18]

---

17) 이 방언 화자들은 '깨끗이'는 [깨끄시]로 발음하나, '깨끗에'는 [깨끄데]로 발음한다.

18) 이와 같은 용언은 이른 어느 시기에 축약된 것으로 보인다. 이들을 인용동사라고도 하였다. 이현희 「중세국어의 용언어간 '－ᄒᆞ－'의 성격에 대하여」, 약천 김민수 교수 화갑기념 『국어학신연구』, 탑출판사. 1986/87: 236쪽.
"두쇼셔" 커늘(龍歌 107장)
經像前에 對하야 "이것둘 홀 ᄇᆞ리노이다"커나 시혹 經像ᄋᆞᆯ 供養커나(月釋 23:53b)
"올타"커니와(月釋 23:53b)

(16) ㈎　㈏　㈐　㈑　㈒　㈓　㈔　㈕　㈖
카다, 카고, 카지, 카더라, 카머, 캐, 캐서, 캐도, 캐라
커다, 커고, 커지, 커더라, 커머, 케, 케서, 케도, 케라
쿠다, 쿠고, 쿠지, 쿠더라, 쿠머, 케, 케서, 케도, 케라

(17) 가가(걔가) 마라(뭐라) 카노(~커노~쿠노)?
늦까(늦게) 온다 캐서(~케서) 지다린다(기다린다).
또 온다 캐도(~케도) 몬(못) 믿는다.
마이(많이) 주가(달라) 캐라(~케라).

'카-~커-~쿠-'가 'X하-'용언인 것은 ㈓-㈖의 '캐/케, 캐서/케서, 캐도/케도, 캐라/케라'에서 볼 수 있는 'X하여→X해'형에서 확인할 수 있다. 그리고 그러한 활용형은 /-아/ 아닌 /-애/와의 결합형이다.

이 말에서 파생된 '꾸짖다, 야단치다'의 뜻을 가진 '마라카-~마라커-~마라쿠-'도 '마라캐~마라케~마라케'로 /-애/만을 취한다.

3) 그 밖의 ㅎ종성 용언

얼핏 'X하-'와 비슷해 보이지만 어미 /-애/는 절대 취하지 않고 /-아/만 취하는 용언이 있다. 이러한 용언들과 지금까지 다루었던 용언들을 견주어 보아 'X하-'와 유관한 것은 모두 /-애/를 취함을 다시 한 번 확인하기로 한다.

(18) ㄱ 놓아~*놓애, 닿아~*닿애, 샇아~*샇애, 옇어~*옇에(넣-),
뽛아~ *뽛애(빻-)
ㄴ 끓어~*끓에,
ㄷ 긇어~*긇에, 땋아~*땋애, 앓아~*앓애

ㄹ 땅ᇂ아~*땅ᇂ애, 영ᇂ어~*영ᇂ에[19]

(18)은 'ㅎ, ㄶ, ㅀ, ㅇㅎ' 종성의 용언이다. 이들 어간은 /−아/만을 취하지 절대 /−애/를 취하지 않는다. 곧, 이들은 'X하−'와는 무관한 용언들이다.

그러나 다음 (19)는 조금 더 살펴보아야 할 문제가 있다.

(19) ㄱ 좋−/좋아~*좋애
　　ㄴ 싫−/싫어~*싫에

중앙어에서는 물론 어미 '−아'를 취하고 '−애'는 나타나지 않고, 이 방언에서도 역시 '−아'만을 취하고 '−애'는 나타나지 않는다.

그런데 '좋−, 싫−'의 중세 자료에는 'X하−'와 유사한 활용을 보인 예가 있다.(유창돈 1964/71 등)

(20) 이제 다 됴ᄒᆞ야 겨신가(今都好了) <朴초三 38>
　　ᄀᆞᆺ 됴ᄒᆞ요ᄃᆡ <三강忠 11>

(21) 사ᄅᆞ미 受苦ᄅᆞᆯ 맛나아 老病死ᄅᆞᆯ 슬ᄒᆞ야 ᄒᆞ거든 <석보 13:17~8>
　　그 내 더러우믈 슬ᄒᆞ야 다 머리 여희며(嫌其臭滅咸皆遠離) <능八 5>
　　오히려 有를 슬ᄒᆞ야 空을 着하니(猶厭有着空) <法화二 100>
　　나가긔 슬ᄒᆞ야커늘 <三강裂 16>
　　슬희여 <三譯八 18> 슬희욤 <圓上一之二 106>
　　슬허여(不厭) <小언 五 9> 슬허여 <恩重 12>
　　슬희여ᄒᆞ거든 <救要 3> 슬희여ᄒᆞ고(厭貧) <小언五 100>
　　슬히여ᄒᆞ다(厭) <漢 209c>

---

19) 머리 − 땅ᇂ는다[땅−−], 땅ᇂ고[땅코], 땅ᇂ지[땅치], 땅ᇂ게[땅케]
　영개(이엉) − 영ᇂ는다[영−−], 영ᇂ고[영코], 영ᇂ지[영치], 영ᇂ게[영케]

이들 예를 통하여 '좋-, 싫-'도 과거 어느 시기에는 'X하-'와 유사한 음운환경을 지닌 것으로 보인다. 그러나 현대 국어에서는 '-아'가 자연스러운 어미로 실현되는 것은 다른 'X하-'와는 전혀 다른 변화를 겪었음이 분명하다. 'X하-'에 소급되는 것은 중앙어에는 '-아'를 취하여도 이 방언에서는 '-애'를 취함을 확인했었는데 '좋-, 싫-'는 이 방언에서마저 '-아'를 취하고 있는 점에 주목한다면 특별한 변화 경로가 있을 것으로 보여 별도의 과제가 될 만하다.

4. 결론

표준어는 표준어로 정한 한두 형태 이외의 것은 비표준어로 규정하여 쓰기를 제한하지만, 방언은 다양한 이형태(異形態)가 아무런 제약 없이 생동하게 쓰이는 것이 특징이다. 그래서 방언은 인위적 제약 없이 변화하기도 하고 국어의 옛 모습을 고스란히 유지하기도 한다.

방언사전에는 다양한 이형태를 모두 등재(登載)해야 하고, 용언에서는 독특한 활용형에 대한 정보도 제시해야 한다. 본고는 동부경남방언 사전을 가정하여 이 방언의 'X하-'의 여러 이형태의 기본형들을 어떻게 설정할 것인가 하는 문제와 '여변칙' 'ㅎ변칙'과 관련하여 'X하-'와 어미 {-아}와의 활용형을 어떻게 설정할 것인가를 논의했었다.

이 방언의 'X하-'는 본딧말의 이형태도 많고(조만하다~조맨하다~조깬하다~쪼만하다~쪼맨하다~쪼깬하다~쪼매하다~째맨하다) 준말의 이형태도 많으며(조많다~조맪다~조깮다~쪼많다~쪼맪다~쪼깮다~쪼맣다~쪼맿다~째맿다) 활용형(活用形)은 본딧말의 활용형도 있고(쪼맨하고, 쪼맨해…) 준말의 활용형도 있는데(쪼맪고, 쪼맪애 …) 그 가운데는 이 방언 특유의 활용형이 적지 않다.

'X하－'는 'ᄒᆞ－～하－'의 '기저형～소급형'이 'ᄒᆡ－'이기 때문에 어미 {－아}와의 활용형에서 /－아/를 취하지 아니하고 /－여/를 취한다. 이런 'X하－'의 자질을 감안하면 'Xᄒᆞ－'에 소급되는 '같다, 많다'를 '같아, 많아'로 /－아/를 취하는 것보다 여러 방언에서 '같애, 많애'로 실현되는 쪽이 더 'X하－'의 형태음운의 본질에 가깝다. 동부경남방언의 'X하－'는 {－아}와의 활용형에서 철저히 /－아/ 아닌 /－애/를 취함을 확인하였다.

이 방언 'X하－'는 'ㅏ'탈락, 'ㅎ'탈락, '하'탈락으로 인한 준말의 이형태가 다양하여 중앙어에서 볼 수 없는 {－아}와의 활용형이 많다. 동부경남방언 사전에는 이러한 'X하－'의 다양한 이형태와 어미 {－아}와의 독특한 활용형에 대한 정보를 제시해야 할 것이고 그 기저에는 이 방언의 'X하－'는 {－아}와의 활용형에서 철저히 /－아/ 아닌 /－애/를 취한다는 것이 전제된다.

본고에서는 'X해－'의 /－애/는 어근 'X'의 모음이 양성인가 음성인가에 따라 다시 /－애/와 /－에/로 분간(分揀)하여 기록하였으나, 이 방언은 'ㅐ'와 'ㅔ'가 'ɛ'로 중화된 모음체계이기에 이 방언 사전에 /－애/와 /－에/로 분간하여 기록하는 것은 큰 의미가 없다고 본다.

현대 한국어의 음운론적 닿소리 체계도 연구

– 조음방법 관계 갈말의 의미자질 분석을 중심으로

박 종 덕*

1. 머리말

다음은 최근 이삼십 년 사이(1980년부터 2006년까지)에 나온 현대 한국어(이하 '현대국어'라 함.) 음운론 개론서이다.

- 강옥미(2003), 『국어 음운론』, 태학사.
- 구현옥(1999), 『국어 음운학의 이해』, 한국문화사.
- 김무림(1992), 『國語音韻論』, 형설출판사.
- 김미형(2005), 『생활음운론』, 한국문화사.
- 배주채(2003), 『국어음운론 개설』, 신구문화사.
- 신지영 · 차재은(2003), 『우리말 소리의 체계』, 한국문화사.
- 오정란(1993), 『현대 국어음운론』, 형설출판사.
- 이기문 · 김진우 · 이상억(1984), 『국어음운론』, 학연사.
- 이문규(2004), 『국어 교육을 위한 현대 국어 음운론』, 한국문화사.
- 이진호(2005), 『국어 음운론 강의』, 삼경문화사.
- 이철수(1985), 『한국어 음운학』, 인하대출판부.

---

* 국립국어원

- 정연찬(1980), 『개정 한국어 음운론』, 한국문화사.
- 최명옥(2004), 『국어 음운론』, 태학사.
- 최윤현(2000), 『國語音韻論』, 와이제이학사고시.
- 허 웅(1985), 『국어 음운학』, 샘문화사.

이들에서는 모두 현대국어의 닿소리 체계에 들어가는 소리 부류에 대하여 기술해 두었다. 이에 관련된 갈말(술어)은 (1)과 같다.

(1)[1] ㄱ. 조음방법

닿소리[또는 자음]
장애음
공명음
자음소
파열음[또는 폐쇄음, 정지음, 터짐소리, 파열음소]
마찰음[또는 갈이소리, 마찰음소]
파찰음[또는 붙갈이소리, 파찰음소]
비음[또는 콧소리, 비음소]
유음[또는 흐름소리, 설측음, 혀옆소리 · 떨음소리 · 두들김소리, 유음소]
반모음[또는 반홀소리, 반자음, 부음, 활음소]

ㄴ. 조음위치

입술소리[또는 양순음, 순음, 양순음소]
잇몸소리[또는 치조음, 치경음, 치음, 혀끝소리, 치경음소]
센입천장소리[또는 경구개음, 구개음, 치경구개음, 경구개음소]

1) 닿소리 체계에 들어가는 소리 부류는 조음방법과 조음위치를 주요한 기준으로 하고, 목청의 울림이나 내는 힘을 부수적인 기준으로 하여 분류한다. 따라서 여기에서는 부수적인 부류에 속하는 것은 생략하였다. 그 생략된 것은 아래와 같다.
※ 울림과 힘: 평음[또는 예사소리, 약한소리, 평음소]
격음[또는 거센소리, 유기음, 격음소]
경음[또는 된소리, 경음소]

여린입천장소리[또는 연구개음, 후설음, 연구개음소]
목청소리[또는 성문음, 후두음, 성문음소]

(1)에서 보듯이, 거의 대부분의 갈말이 둘 이상으로 되어 있다. 그런데 갈말의 뒤섞임(혼재)은 조음위치와 관련된 경우에는 현행 학교 말본(문법)에서 정한 갈말의 명명 방식[2]에서 비롯된 것으로 보이나 조음방법에 관련된 경우에는 반드시 그러한 까닭에서 비롯된 것으로 보이지는 않는다. '파열음'을 보자.

> "막힌 기류가 파열되면서 나는 소리라 해서 일반적으로 '파열음'이라고 하지만, 폐쇄시킨 것을 기준으로 삼아 '폐쇄음', 기류의 흐름이 일시 정지된 것을 기준으로 삼아 '정지음'이라는 술어를 사용하기도 한다."(최윤현, 2000: 30)

곧, 조음방법에 관련된 갈말의 뒤섞임은 소리에 대한 관점의 차이가 반영된 결과인 것이다. 그렇다면, 음운론적인 관점에서 현대국어의 닿소리 체계도를 세우고자 할 경우에는 조음방법에 관련된 갈말 중에서 가장 바람직한 것이 무엇인지를 밝히는 일이 앞서야 할 것이다.

한편, 위의 저서 중에서 강옥미(2003), 구현옥(1999), 김미형(2005), 배주채(2003), 신지영 · 차재은(2003), 이문규(2004), 이진호(2005), 최명옥(2004), 최윤현(2000), 허웅(1985) 등에서는 소리의 부류를 바탕으로 현대국어의 닿소리 체계도를 명확하게 그림으로 제시하였다. 그것을 서로 비슷한 것끼리 묶어 유형별로 보이면 아래와 같다.[3]

2) 현행 학교 말본에서는 조음위치에 따른 닿소리의 이름은 '고유어[한자어]'로 명명하고. 조음방법에 따른 닿소리의 이름은 '한자어'로 부르고 있다.
3) 유형을 나눈 기준은 아래와 같다.
<기준1> 조음위치 및 조음방법에 들어가는 아랫갈래의 갈말이 같은가?
<기준2> 아랫갈래의 목록에 들어 있는 낱낱 음소가 같은가?

<제 I 유형>

○ A유형[이진호(2005: 48)][4]

조음위치		양순음, 치조음, 경구개음, 연구개음, 후두음
조음방법	장애음	파열음(평음, 유기음, 경음), 마찰음(평음, 경음), 파찰음(평음, 유기음, 경음)
	공명음	비음, 유음

○ B유형[강옥미(2003: 107)][5]

조음위치		양순음, 치경음, 경구개음, 연구개음, 성문음
조음방법	장애음	파열음(평음, 유기음, 경음), 마찰음(평음, 경음), 파찰음(평음, 유기음, 경음)
	공명음	비음, 유음, 반모음

○ C유형[배주채(2003: 25)][6]

조음위치		양순음, 전설음, 후설음, 성문음
조음방법	장애음	폐쇄음(평음, 유기음, 경음), 마찰음(평음, 경음), 파찰음(평음, 유기음, 경음)
	공명음	비음, 유음

4) 이는 정연찬(1980: 28~35)에서와 거의 같다. 다만, 정연찬(1980: 28~35)에서는 닿소리 체계를 그림으로 제시하지는 않고 있을 뿐이다. 한편, 둘 사이에는 갈말의 차이가 약간 있다. 이진호(2005: 48)에서 사용한 '치조음, 경구개음, 후두음'은 정연찬(1980: 28~35)에서는 '치경음, 구개음, 성문음'으로 제시되어 있다.

5) 이 유형은 [Ⅰ-A]유형과 대체로 같다. 그러나 [Ⅰ-A]유형에서 '치조음, 후두음'이라 한 것이 이에서는 '치경음, 성문음'으로 되어 있고, [Ⅰ-A]유형에 없는 '반모음'이 '공명음'에 설정되어 있다.

6) 이 유형은 '치음, 치조음, 경구개음'을 전설이라는 하나의 조음위치로 합치고, 이에 맞추어 '연구개음'을 후설로 설정한 것이다.

<제II유형>

[최명옥(2004: 38)][7)]

<table>
<tr><th>조음위치</th><th colspan="2">양순음소, 치경음소, 경구개음소, 연구개음소, 성문음소</th></tr>
<tr><td rowspan="3">조음방법</td><td>자음소</td><td>파열음소(평음소, 경음소, 격음소), 마찰음소(평음소, 경음소, 파찰음소(평음소, 경음소, 격음소), 비음소</td></tr>
<tr><td colspan="2">유음소</td></tr>
<tr><td colspan="2">활음소</td></tr>
</table>

<제III유형>

○ A유형[이문규(2004: 87)]

조음위치	양순음, 치조음, 경구개음, 연구개음, 성문음
조음방법	파열음(예사소리, 된소리, 거센소리), 파찰음(예사소리, 된소리, 거센소리), 마찰음(예사소리, 된소리), 비음, 유음

○ B유형[신지영 · 차재은(2003: 69)][8)]

조음위치	양순음, 치경음, 치경경구개음, 연구개음, 성문음
조음방법	폐쇄음[파열음](평음, 격음, 경음), 마찰음(평음, 격음, 경음), 파찰음(평음, 격음, 경음), 비음, 설측음

○ C유형[김미형(2005: 54)][9)]

조음위치	양순음, 치조음, 경구개음, 연구개음, 성문음
조음방법	폐쇄음[파열음], 마찰음, 파찰음, 비음, 설측음

7) 이 유형에서는 '음성'과 '음소'를 구별하여 음소에 대해서는 'ㅁㅁ음소'식으로 명명하고 있다. 이러한 점은 다른 유형에서는 발견되지 않는다. 그리고 조음방법을 '자음소, 유음소, 활음소' 등으로 설정한 것도 다른 유형에 없는 점이다.

8) 이 유형은 [III－A]유형과 대체로 같다. 그러나 [III－A]유형에서 '치조음, 경구개음, 예사소리, 된소리. 거센소리, 유음'이라 한 것이 이에서는 각각 '치경음, 치경구개음, 평음, 경음, 격음, 설측음'으로 나타나고 있다.

9) 이 유형은 [III－A]유형과 거의 같다. 다만, [III－A]유형에서 '유음'이라 한 것은 이에

<제IV유형>

○ A유형[허웅(1985: 45)]

자 리	입술, 혀끝, 센 입천장, 여린 입천장, 목청
방 법	터짐(약한, 된, 거센), 갈이(약한, 된), 코, 혀옆, 떨음, 두들김

○ B유형[구현옥(1999: 119)][10)]

자 리	입술, 혀끝, 센 입천장, 여린 입천장, 목청
방 법	터짐(약한, 된, 거센), 붙갈이(약한, 된, 거센), 갈이(약한, 된), 코, 혀옆, 떨음, 두들김

위에서 보듯이, 닿소리 체계도는 크게 네 유형으로 나누어진다. 이는 소리에 대한 관점의 차이에 의한 것이라 할 수 있다. 예컨대, / j, w, ɰ / 등을 닿소리로 보면 이는 닿소리의 체계에 들어가게 될 것이나, 이를 홀소리로 보면 홀소리의 체계에 들어가게 될 것이다. 이에서 우리는 위에 제시된 여러 유형의 닿소리 체계도 중에서 음운론적인 관점에서 현대국어의 닿소리 체계를 가장 잘 보여 주는 것이 어떤 것인지, 만약 음운론적인 관점에 근거한 새로운 닿소리 체계도의 확립이 필요하다면 그것은 어떠한 형태이어야 하는지 등에 대해 논의할 필요가 있음을 느낀다.

이 글은 바로 이러한 점에 착안하였다. 그래서 이 글에서는 현대국어의 닿소리 체계도에 관련된 갈말 중에서 현행 학교 말본에서 정한 갈말의 명명 방식으로 생긴 뒤섞임이 아닌, 관점의 차이에 의해 뒤섞임이 발생한 갈말, 곧 조음방법에 관련된 갈말을 대상으로 음운론적인 관점에서의 적격성을 밝히고자 한다. 또한, 그를 바탕으로 현대국어의 닿소리 체계를

서는 '설측음'이라 하고, '파열음, 파찰음, 마찰음' 등의 아랫갈래를 나누지 않은 점이 다를 뿐이다.

10) 이 유형에는 [IV－A]유형과 달리 '붙갈이소리'가 설정되어 있다.

음운론적인 관점에서 세우고자 한다. 이를 위해 이 글에서는 최근 이삼십 년 사이에 나온 국어 음운론 개론서에 기술된 닿소리 체계도 관련 갈말의 의미자질을 분석할 것이며, 분석의 결과를 바탕으로 그것이 음운론적 갈말로 적절한지를 논의할 것이다. 그리고 이어서 앞의 네 가지 유형의 닿소리 체계도가 음운론적으로 적격성이 인정되는지를 밝히게 된다.

2. 조음방법 관련 갈말의 적격성

1) 닿소리 · 자음

'닿소리' 또는 '자음'에 대한 국어 음운론 개론서의 정의는 (2)와 같다.

(2) ㄱ. 닿소리
  a. 공기의 흐름이 입안의 어떤 자리에서 '막음'을 입는 소리 (허 웅, 1985: 34)
  b. 막음이 있는 소리(구현옥, 1999: 60)
 ㄴ. 자 음
  a. 모음이 아닌 음성(정연찬, 1980: 21)
  b. 구강 내에서 어떤 장애나 차단이 수반되면서 나는 소리 (오정란, 1993: 28)
  c. 성대를 통과한 공기가 조금이라도 장애를 받는 소리(배주채, 2003: 17)
  d. 입술이나 구강 내에서 장애를 받거나 마찰을 일으킬 정도로 좁혀져서 나는 소리(강옥미, 2003: 47)
  e. 기류가 구강의 중앙 통로에서 방해를 받으면서 만들어지는 소리의 무리(신지영 · 차재은, 2003: 22)

f. 홀로 발음되지 못하고 모음에 의지해서 발음되는 소리.'닿소리'라고도 함(이진호, 2005: 26)

g. 소릿길이 좁아지면서 완전히 폐쇄됨으로써 그 사이로 공기가 지나가면서 만들어지는 소리로 막음이 있는 소리(김미형, 2005: 42)

(2)를 의미자질로 분석하여 제시하면 (3)과 같다.

(3) ㄱ. 닿소리
a. [+음]
b. [+막막음]
ㄴ. 자 음
a. [−모음]
b. [+장애, +차단]
c. [+장애]
d. [+장애, +좁힘]
e. [+방해]
f. [+기댐]
g. [+막음]

(3)에서 보면 '닿소리'와 '자음'은 동일한 의미를 지닌 것이기도 하고 그렇지 않은 것이기도 하다. 그런데 의미자질로 제시된 [막음], [장애], [차단], [좁힘], [방해], [기댐] 등은 음운론적인 것이라기보다 음성학적인 것이다.[11] 따

11) 이러한 사실은 다음과 같은 말에서 확인된다.
"음성학적 관점에서 보면 자음은 조음 기관의 접촉, 또는 마찰이 생길 정도의 접근을 수반하는 소리이고, 모음은 조음 기관의 접촉이나 마찰이 생길 정도의 접근을 수반하지 않는 소리이다. 그러므로 모음을 조음할 때는 폐로부터 나오는 기류를 조음 기관의 장애를 받지 않고 입 밖으로 탈출한다." — 『국어음성학』(이호영, 1996: 44) ※원문에는 밑줄이 없음.

라서 음운론적인 갈말로서의 '닿소리' 또는 '자음'을 어떻게 세울 것인지에 대해 생각해 보아야 한다.12) 이런 점에서 (4)와 같은 진술은 매우 중요한 의미를 지닌다고 할 수 있다.

(4) "지금까지 국어음운론에서는 '음성'과 '음소'를 구별하지 않고 그 둘을 모두 동일한 명칭으로 불러왔다. 즉 [ ]로 표시되는 음성 [k(ㄱ)]나 // 로 표시되는 음소 / k(ㄱ) / 를 모두 자음 'k(ㄱ)'로 불렀다. 이렇게 할 때에 문제가 되는 것은 음운론적인 것과 음성학적인 것이 혼동된다는 것이다. 한 가지 예로서, '구개음화'를 들 수 있다. 동사 '다니-(行)'가 어미 '-어도'와 통합하면 [다녀도(taɲʌdo)]로 실현된다. 이때 'ㄴ(n)'가 ɲ로 실현되는 것을 'ㄴ'구개음화라고 한다. 이와는 달리, 중세국어 동사 '디-(落)'와 '뎍-(記)'이 근대국어에 와서 '지-(落)'와 '적-(記)'으로 되는데, 그것을 'ㄷ(t)'구개음화라고 한다. 명칭만 보면 두 종류의 '구개음화'가 동일한 성격을 가지는 것으로 이해된다. 그러나 실제로 앞의 구개음화는 음성적인 것이고 뒤의 구개음화는 음운론적인 것이다. 다시 말하면, 'ㄴ(n)'가 ɲ로 되는 것은 이음으로 되는 것이므로 음성학적인 것이고 'ㄷ(t)가 'ㅈ(č)'로 되는 것은 서로 다른 음소로 되는 것이므로 음운론적인 것이다. 이러한 혼동을 피하기 위해서, 음성에 대해서는 '파열음, 연구개음'이나 '전설모음, 고모음' 등으로, 음소에 대해서는 '파열음소, 연구개음소'나 '전설모음소, 고모음소' 등과 같이 부르기로 한다."(최명옥, 2004: 27~28)

12) 실제로 국어 음운론 개론서 및 국어 음성학 개론서에서는 음성적 차원과 음운적 차원의 구별 없이 '닿소리' 또는 '자음'이라는 갈말을 사용하고 있다. 그래서 '닿소리(자음) 분류표, 우리말의 닿소리(자음) 체계, 국어의 닿소리(자음) 분류표'등에 나오는 '닿소리' 또는 '자음'이 음운론적인 것인지 음성학적인지 알 수 없다. 그래서 음운론적인 갈말로서의 '닿소리' 또는 '자음'을 나타낼 갈말의 필요성이 생기기도 한다.

(4)에 비추어 볼 때, 음운론적인 '닿소리' 또는 '자음'을 설정하고, 이를 '닿소리 음소', '자음 음소', '자음소' 등으로 부르는 것도 고려해 보아야 한다.[13]

요컨대, 국어 음운론 개론서의 '닿소리' 또는 '자음'에 대한 정의는 다분히 음성학적인 것이어서 음운론적 갈말로는 적절해 보이지 않는다.

2) 장애음 · 공명음

<제 I 유형>의 닿소리 체계도에서 보면 '장애음'과 '공명음'이 조음방법에 들어 있다. 이는 잘못된 것으로 보인다. '장애음'과 '공명음'은 닿소리를 가르기 위한 조음방법에 의한 소리 부류가 아니기 때문이다. '장애음'과 '공명음'의 특성은 (5)와 같다.

(5) ㄱ. 장애음: 소음이 동반되는 소리
ㄴ. 공명음: 소음이 동반되지 않는 소리

(5)를 의미자질로 제시하면 (6)과 같다.

(6) ㄱ. 장애음: [+소음]
ㄴ. 공명음: [−소음]

요컨대, '장애음'과 '공명음'은 조음방법에 의한 소리 갈래가 아니다. 따라서 이들은 비록 음성학적으로 적절한 갈말일지라도 닿소리 체계도의 조음방법에 속하는 갈말로는 부적절한 것이다.[14]

---

13) 이 글의 논의 방향은 갈말의 적격성 판정이다. 따라서 음운론적 닿소리의 갈말 확립에 대하여는 이 정도로 그친다. 그렇지만 이에 대한 논의는 앞으로 계속될 필요가 있다고 본다.

3) 자음소 · 유음소 · 활음소

이는 최명옥(2004: 37~38)에서 설정한 갈말이다. 이에서는 '자음소'에 대해서는 정의를 내리지 않아 '자음소'가 어떠한 것이지 분명히 알 수 없다. 다만, '유음소'와 '활음소'에 대해서는 (7)과 같은 정의를 내리고 있다.

(7) ㄱ. 유음소: 설첨이 치조를 가볍게 치거나 치조에 붙어 부분적인 폐쇄를 일으키지만, 그 폐쇄의 옆으로 기류가 통과하면서 조음되는 음소.
ㄴ. 활음소: 조음체가 조음위치를 폐쇄하지는 않지만, 고모음소 / 이 / 나 / 우 / 보다 혀의 높이가 높은 상태에서 조음되는 음소. 반모음소 또는 반자음소이라고도 함.

(7)ㄱ의 '유음소'는 [+부분 폐쇄, +혀옆 기류 통과] 라는 의미자질을 갖고 있다. 이는 다음 (8)ㄱ의 '설측음'과 그 의미자질이 가장 비슷한 것이다.

(8) ㄱ. 설측음: 혀끝을 윗잇몸에 대면서 혀의 양 옆으로 내는 소리 (김미형, 2005: 57)
ㄴ. 유 음: a. 청각적으로 흐르는 듯한 느낌을 주는 소리(이호영, 1996: 46)
b. 소리의 청각적 인상이 마치 유동체에 같다고 해서 붙여진 이름(최윤현, 2000: 31)
c. 공기가 구강에서 장애를 별로 받지 않고 흘러나옴으로써 조음되는 자음(이진호, 2005: 45)

---

14) '공명음'과 '장애음'을 나누어 설정하는 까닭은 이들이 음운론적 행동에 관여하며, 또한, 음운론적 행동을 다르게 취하는 일이 있기 때문이다. 예컨대, 우리말에서 '장애음'들은 종성의 위치에서 평폐쇄음화를 경험하나 '공명음'은 이를 경험하지 않는 것을 들 수 있다. 이 경우에 닿소리 체계에 '장애음'과 '공명음'을 나누어 두면 이러한 음운 현상을 이해하는데 도움이 된다.

ㄷ. 흐름소리: 청각적으로 흐르는 듯한 느낌을 주는 소리(구현옥, 1999: 71).

그런데 (8)에서 보면, '설측음'은 조음방법에 의한 소리 부류를 나타내는 갈말의 의미를 지니고 있고, '유음' 또는 '흐름소리'는 음향음성학적 특성에 따른 소리 부류를 나타내는 갈말의 의미를 지니고 있어 서로 차원이 다르다는 것을 알 수 있다. 따라서 (7)ㄱ의 '유음소'는 비록 '유음'이라 하지는 않았지만 '유음+음소'의 합성어로 보여 '설측음'보다는 '유음'으로 인식될 우려가 있다. '유음'으로 인식된다면 이는 조음방법에 의한 소리 부류로는 적절한 것이 되지 못한다.

한편, '활음'은 미끄러져 지나가는 듯한 느낌을 주는 소리이다. 따라서 '활음'이라는 갈말은 음향음성학적인 특성을 반영한 것이다. 비록 '활음'이라고 부르지 않고 '활음소'라고 하였지만 이 역시 '활음+음소'의 합성어로 보이기 때문에 조음방법에 의한 소리 부류를 나타내는 갈말이 되지 못한다. 즉, '활음'이 음운론적으로 닿소리에 드는 소리이냐 홀소리에 드는 소리이냐 하는 것과는 별도로, '활음소'라는 갈말이 음향음성학적인 관점이 반영된 갈말이라는 것에 문제점이 있다.

요컨대, '자음소'는 그 정의가 분명히 제시되지 않아 그 의미가 명확하지 않은 갈말이고, '유음소'와 '활음소'는 조음방법에 속하는 소리 부류를 나타내는 갈말이 아니다. 따라서 이들은 닿소리 체계도의 조음방법에 속하는 갈말로는 적절하지 않다.

4) **파열음 · 폐쇄음 · 정지음 · 터짐소리 · 파열음소**

이들과 관련한 국어 음운론 개론서의 정의는 (9)와 같다.

(9) ㄱ. 폐쇄음

a. 공기가 성도의 어느 곳에서 폐쇄되는 소리(김무림,1992: 16)

ㄴ. 폐쇄음(파열음)

a. 입술이나 입안의 어떤 자리를 막았다가 날숨으로 거기를 터뜨려서 내는 소리(김미형, 2005: 54)

b. 구강 내에서 일순간 장애를 받아 폐쇄된 기류를 개방하여 기류가 갑자기 나가면서 만들어지는 음(강옥미, 2003: 57)

c. 숨을 막았다가 파열시킬 때 나는 자음(오정란, 1993: 30)

ㄷ. 폐쇄음(파열음, 정지음)

a. 기류가 완전히 막혔다가 터져 나오는 소리(배주채, 2003: 20).

ㄹ. 파열음

a. 구강과 비강을 완전히 막아 공기가 아무데라도 새지 못하게 하여, 조음점 뒤에 압력이 형성되도록 하였다가 파열시키는 소리(이기문 · 김진우 · 이상억, 1984: 47)

b. 특정한 조음 위치에서 '폐쇄－지속－파열'의 세 단계를 거쳐 만들어지는 자음(이진호, 2005: 39)

c. 구개범(口蓋範)이 올라가서 비강 통로를 막고, 숨이 구강 내부의 어느 부위에서 완전히 폐쇄되었다가 그것이 파열되면서 나는 음성(정연찬, 1980: 32)

d. 구강의 어느 곳에서 기류의 흐름을 일시적으로 폐쇄시켜 공기의 압력을 높였다가 파열(개방) 시키면서 내는 소리(최윤현, 2000: 30)

ㅁ. 파열음(터짐소리)

a. '폐쇄－지속－개방'의 세 단계에 의해 나는 소리들(이문규, 2004: 32)

ㅂ. 터짐소리

a. 앞혓바닥이나 혀끝이 윗잇몸에 가 닿아서 공기를 일단 완전히 막아서 내는 소리(구현옥, 1999: 69)

ㅅ. 터짐소리(파열음, 정지음)

a. 공기의 흐름을 어떠한 자리에서 일단 완전히 막거나, 또는 두 입술이 완전히 닫혀서 공기의 흐름을 일단 완전히 막거

나 해서 나는 소리(허웅, 1985: 30)

ㅇ. 파열음소

a. 성도 내의 어딘가에서 완전한 폐쇄가 이루어지고 구개범(口蓋帆)이 인두벽에 붙은 상태에서 조음되는 음소(최명옥, 2004: 36)

(9)에서 보듯이, 이들 갈말의 명명 방법은 모두 여덟 가지이다. 이들을 의미자질로 나누어 제시하면 (10)과 같다.

(10) ㄱ. 폐쇄음

a. [+폐쇄]

ㄴ. 폐쇄음(파열음)

a. [+폐쇄(+막음), +파열(+터뜨림)]

b. [+폐쇄, +파열(+개방)]

c. [+폐쇄(+막음), +파열]

ㄷ. 폐쇄음(파열음, 정지음)

a. [+폐쇄(+막음), +파열(+터짐)]

ㄹ. 파열음

a. [+폐쇄(+막음), 파열]

b. [+폐쇄, +지속, +파열]

c. [+폐쇄, 파열]

d. [+폐쇄, +파열]

ㅁ. 파열음(터짐소리)

a. [+폐쇄, +지속, +파열(+개방)]

ㅂ. 터짐소리

a. [+폐쇄(+막음)],

ㅅ. 터짐소리(파열음, 정지음)

a. [+폐쇄(+막음)]

ㅇ. 파열음소

a. [+폐쇄]

(10)에서 보면, 이들은 [+폐쇄], [+폐쇄, +파열], [+폐쇄, +지속, +파열] 등의 세 가지 꼴의 자질을 갖고 있다. 따라서 음운론적 갈말로 이들을 정리할 경우, '폐쇄음'이 가장 적절한 것이라 할 수 있다.[15] 이는 (11)과 같은 말을 통해서도 드러난다.

(11) ㄱ. "폐쇄음은 실제 실현에서 폐쇄와 개방의 두 국면을 모두 가진 외파음과 폐쇄와 개방의 두 국면 중 폐쇄의 국면만을 가진 불파음으로 나뉜다. 그런데 파열음보다는 폐쇄음으로 부르는 것이 좋다. 그 이유는 이 무리에 속하는 불파음을 폐쇄음이라는 용어로 아우르는 것에는 무리가 없으나, 파열음이라는 용어로 아우르는 것은 조금 무리가 있기 때문이다." (신지영 · 차재은, 2003: 26)

ㄴ. "국어에서 파열음으로 분류된 자음의 변이음 중에는 파열의 단계가 생략되는 미파음도 있다. 파열음에 속한 음소의 변이음에 파열이 되지 않는 것이 존재한다는 것은 타당하지 않으므로 파열음이라는 용어 대신에 폐쇄음이라는 용어를 사용하기도 한다. 그런데 엄밀히 말하면 파열음과 폐쇄음은 대등한 지위에 있는 용어가 아니다. 음성학적으로 볼 때 파열음은 폐쇄음의 하위 부류에 속한다." (이진호, 2005: 40)

ㄷ. "파열음을 폐쇄음이라고도 한다. 이들 음성의 실현에 폐쇄는 필수적이나 파열은 언제나 있는 것이 아니기 때문이다." (정연찬, 1980: 33)

요컨대, '폐쇄음', '파열음', '터짐소리', '정지음' 등의 갈말 가운데에서 가장 적격한 것은 '폐쇄음'이라 할 수 있다. 그런데 '폐쇄음'은 음운론과

15) 음운론에서 대표성을 가리는 기준인 비교적 자유롭게 여러 자리에 많이 나타나는 빈도가 높은 것, 음성적 환경의 영향을 안 받았거나 비교적 덜 받은 것 등을 적용하면 '파열음'보다는 '폐쇄음'이 더 적절한 갈말이다. 그렇지만 학교 말본, 표준 발음법, 외래어 표기법 등에서는 '파열음'으로 통일하여 부르고 있다.

음성학에 두루 쓰이는 갈말이기 때문에 음운론적인 갈말로만 이해되지 않는 문제점이 있다. 이 경우, 최명옥(2004: 27~28)에서 제안한 '음소' 표지를 붙여서 부르는 방법, 곧 '폐쇄음소'를 상정해 볼 수 있다.[16)]

5) 마찰음 · 갈이소리 · 마찰음소

(12)를 보자.

(12) ㄱ. 마찰음

a. 조음기관의 어느 부분이 좁아져서 아주 가까이 접근하여 마찰을 일으키는 소리(김미형, 2005: 56)

b. 구강 어느 지점을 아주 좁혀 마치 창틈으로 공기가 지날 때 같이 마찰시키는 소리(이기문 · 김진우 · 이상억, 1984: 47)

c. 조음자와 조음점이 마찰을 일으킬 정도로 근접(협착)한 소리(강옥미, 2003: 59)

d. 좁은 틈 사이로 공기가 통과하면서 마찰이 일어나 발음되는 자음(이진호, 2005: 40)

e. 조음점과 조음체의 사이를 완전히 막지 않고 좁은 틈을 남겨 놓아 공기가 그 사이로 빠져나가게 하여 마찰을 일으켜 내는 소리(배주채, 2003: 21)

f. 입속에 좁은 틈을 만들고 그 틈으로 숨이 지나가면서 마찰을 일으켜 내는 음성(정연찬, 1980: 34).

g. 구강의 어느 조음 부위를 아주 좁혀서 그 좁은 간격 사이로 공기가 빠져 나오느라고 마찰 소리를 내는 소리(최윤현, 2000: 31)

---

16) 학교 말본에서 조음 위치에 따른 닿소리의 이름은 '고유어[한자어]'로 부르고 있음을 고려할 때 '폐쇄음소'를 고유어로 나타낸 '막음소리 음소[폐쇄음소]'로 부르는 것도 고려해 볼 수 있다.

h. 성문에서 입술에 이르는 좁은 틈으로 숨이 갈려 나오며 나는 자음(오정란, 1993: 30)
i. 성문에서 입술에 이르는 성도의 일부가 바싹 좁혀지고 그 사이로 기류가 마찰되어 거칠어지면서 나는 음(김무림, 1992: 16)
j. 능동부를 고정부에 닿기 직전의 상태까지 최대한 접근시켜 만들어지는 좁은 틈으로 공기를 통과시키면 그 사이에 마찰이 일어나면서 나는 소리(이문규, 2004: 39)

ㄴ. 갈이소리
a. 발음부의 어떠한 자리가 아주 좁아져서, 공기가 이 작은 틈을 통과할 때에 갈이가 생겨나는 소리(허웅, 1985: 32 / 구현옥, 1999: 73))

ㄷ. 마찰음소
a. 두 개의 조음기관을 접근시켜 그 사이를 통과하는 기류가 귀에 들리는 마찰적 조음을 일으키며 조음되는 음소(최명옥, 2004: 37)

(12)에서 보듯이, '마찰음'이 [+마찰(+갈이)]의 의미자질을 지니고 있다는 데 다른 견해가 없다. 그렇지만 이것은 음운론과 음성학에 두루 쓰이는 갈말이기도 하다. 따라서 이것도 '음소' 표지를 붙여서 부르는 방법을 고려해 보아야 한다. 이 경우, '마찰음소' 또는 '갈이소리 음소'를 생각해 볼 수 있다.

6) 파찰음 · 붙갈이소리 · 파찰음소

'파찰음'은 '파열음+마찰음', '파찰음소'는 '파찰음+음소', '붙갈이소리'는 '터짐소리+갈이소리'의 합성어이다. 따라서 이들에 대한 의미자질 역시 '파열음(터짐소리)', '마찰음(갈이소리)'을 합성한 [+폐쇄(+막음), +

마찰(+갈이)]로 나타난다. 그래서 이것도 '파찰음소'를 적절한 갈말로 생각해 볼 수 있다. 다만, '파열음'보다 '폐쇄음'이 더 적절한 갈말이라는 점에서 '파찰음소'보다는 '폐찰음소'가 선호된다고 본다.[17]

7) 비음 · 콧소리 · 비음소

'비음'과 '콧소리'는 한자어와 고유어로 정확히 맞선다. 따라서 어느 것이 적절한 갈말인지를 따질 필요가 없다. 그리고 '비음소' 역시 '비음+음소'로 이해됨에 틀림없다. 문제는 이들이 조음방법에 따른 닿소리 아랫갈래인가 하는 점이다. 코에서 나는 소리, 즉 조음위치가 코인 소리가 '비음(콧소리)'으로 보이기 때문이다. 따라서 '비음(콧소리)'을 조음방법으로 분류해 내는 방법을 생각해 보아야 한다. 이 경우, '비음'은 폐쇄음에 들 수 있다.

한편, 국어 음운론 개론서의 '비음(콧소리)'에 대한 정의는 (13)과 같다.

(13) ㄱ. 비 음

a. 입안의 통로를 막고 소리를 내보내는 음(김미형, 2005: 57)

b. 공기가 비강으로 빠져 나가게 하는 소리(이기문 · 김진우 · 이상억, 1984: 51)

c. 연구개를 내려 비강으로 공기가 흐르면서 생산되는 음(강옥미, 2003: 62)

d. 공기가 비강을 통과하면서 나오는 소리(이진호, 2005: 42)

e. 목젖이 비강 쪽 통로를 막지 않아 기류가 비강을 통해 나오면서 울려 나는 소리(배주채, 2003: 21)

---

17) 이에 맞서는 고유어 갈말은 '붙갈이소리 음소'가 되겠지만 이에 대해서도 좀더 논의가 필요할 것이다.

f. 입속의 어느 부위가 폐쇄되고 구개범이 내려져서 숨이 비강으로 유출되면서 나는 소리(정연찬, 1980: 33)

g. 연구개를 내려 후두에서 비강으로 들어가는 통로를 열면 숨이 비강으로 흐르게 되며, 구강 안의 공기는 어느 지점에서 차단되어 나는 소리(오정란, 1993: 30)

h. 조음 기관의 움직임은 같은 위치의 파열음과 같으나 막혔던 공기를 터뜨리는 순간 코로 통하는 공깃길을 열어 그 속으로 공기를 통과시키며 내는 소리를 비음(이문규, 2004: 41)

i. 구강 내의 어느 부위를 막고 목젖이 내려가 공기가 비강으로 유출되면서 나는 소리(최윤현, 2000: 31)

ㄴ. 콧소리

a. 입안의 어떤 자리를 막고, 코로 나오는 숨으로 내는 소리(허웅, 1985: 33)

b. 여린 입천장을 내려 콧길을 열어 놓은 채 두 발음 기관을 접촉시켜 입안에 막음을 형성했다가 개방하면서 발음하는 소리, 곧 입안의 어떤 자리를 막고 코로 나오는 숨으로 내는 소리(구현옥, 1999: 77)

ㄷ. 비음소

a. 구강 내의 어딘가에서 완전한 폐쇄가 일어나고 구개범이 후설에 닿아 기류가 비강으로 통과하면서 조음되는 음(최명옥, 2004: 37)

(13)을 의미자질로 분석하면 (14)와 같다.

(14) ㄱ. 비 음

a. [+(입안)막음, +(비강)개방]

b. [+(입안)막음, +(비강)개방]

c. [+(입안)막음, +(비강)개방]

d. [+(비강)개방]

e. [+(비강)개방]

f. [+(입안)막음, +(비강)개방]
g. [+(입안)막음, +(비강)개방]
h. [+(입안)막음, +(비강)개방]
i. [+(입안)막음, +(비강)개방]
ㄴ. 콧소리
a. [+(입안)막음, +(비강)개방]
b. [+(입안)막음, +(비강)개방]
ㄷ. 비음소
a. [+(입안)막음, +(비강)개방]

(14)에서 보듯이, '비음'은 [+(입안)막음, +(비강)개방], 또는 [+(비강)개방]이라는 의미자질을 지니고 있다. 이는 '폐쇄음'과 동질적인 요소이다. 실제로 '비음'은 '폐쇄음'과 마찬가지로 '폐쇄-지속-파열'의 과정을 거친다. 단지, '폐쇄-지속-파열'이 모두 입안에서 이루어지는 '폐쇄음'과는 달리, 폐쇄와 지속은 입안, 파열된 공기의 방출은 콧속에서 이루어지는 것이 다를 뿐이다. 그렇다면 '비음'보다는 '비강폐쇄음소'가 갈말로 더 적절하다고 할 수 있다.

8) **유음 · 흐름소리 · 설측음 · 유음소**

'설측음'은 조음방법에 의한 소리 부류를 나타내는 갈말로 알려져 있다. 과연 '설측음'이 조음방법에 따른 소리 부류를 나타내는 갈말일까? '설측음'은 혀끝이 완전히 윗잇몸에 닿아 구강의 중앙부를 폐쇄하지만, 한쪽이나 양쪽을 터서 공기가 빠져 나가도록 하는 소리이다. 따라서 조음위치는 윗잇몸, 즉 치조가 되며 조음방법은 부분폐쇄이다. 따라서 '설측음'은 '부분폐쇄음소'라 하는 것이 좀 더 조음방법적 측면을 고려한 것이다.

한편, '유음'을 '혀옆소리 · 떨음소리 · 두들김소리'로 나누는 것은 다분히 음성학적이다. 곧 음운론적인 것으로 보기 어렵다.[18] 따라서 이들을 묶되, '유음'으로 처리하기보다는 '부분폐쇄음소'로 처리하는 것이 좀 더 음운론적이라 할 수 있다.

9) 반모음 · 반홀소리 · 반자음 · 과도음 · 활음소

'반모음'은 해당 소리의 출발점이 홀소리임을 강조한 갈말이다. 예컨대, / j / 와 / w / 를 반모음 / j / 와 / w / 로 부른다면 그것은 이 소리가 홑홀소리 / i / , / u / 에서 나왔음을 강조한 것이다. 한편, '반자음'은 해당 소리의 속성이 자음의 성질인 순간성의 자질을 지니고, 자음처럼 음절의 중심이 되지 못한다는 점을 강조한 것이라 할 수 있다. 반면, '활음'은 해당 소리가 재빨리 미끄러져 가듯 내는 '과도음'이라고 하여 붙여진 것으로 소리의 청각적 인상을 강조한 것이다.

이호영(1996: 45)에 따르면, / j, w / 는 음성학적으로는 '홀소리'이고, 음운론적으로는 '닿소리'이다. 즉, 그에 의하면 거의 대부분의 닿소리 음소들이 조음시 구강 안에서 조음 기관의 접촉이나 마찰 소음이 생길 정도의 접근을 수반하지만 / j, w / 는 막음이나 마찰 소음이 생길 정도의 접근을 수반하지 않기 때문에 음성학적으로는 '홀소리'로 분류될 수 있다. 그러나 / j, w / 는 성절성이 없어 '닿소리'의 위치에만 나타나기 때문에 음운론적으로는 '닿소리'로 분류된다. 그런데 (15)와 같은 진술은 '반모음'이 음운론적으로 반드시 '닿소리'로만 분류되지 않음을 보여 준다.

---

18) 이는 현대국어에서 '혀옆소리 · 떨음소리 · 두들김소리' 등은 낱낱의 음소로 존재하지 않기 때문이다.

(15) “반모음은 모음도 아니고 자음도 아니지만 굳이 어느 한 쪽에 넣어야 한다면 어느 쪽이 좋을까? 우리말의 경우 반모음을 자음으로 처리하게 되면 ‘경치[kjə: ŋtɕʰi]’나 ‘과자[kwa’dʑa]’와 같이 한 단어 첫머리의 ‘자음+이중 모음’에 대한 설명이 문제가 된다. 우리말의 단어의 첫머리에 두 개 이상의 자음이 올 수 없다는 중요한 제약이 있는데 반모음을 자음으로 보게 되면 이 제약을 어기게 된다는 것이다. 이런 점을 생각하면 우리말에서는 반모음은 모음에 가깝다고 하겠다.” (이문규, 2004: 57)

한편, 국어 음운론 개론서에서는 이들을 (16)과 같이 처리하고 있다.

(16) ㄱ. 반모음
  a. 단독으로 발음되지 못하고 반드시 단모음의 앞이나 뒤에 연이어 날 때에만 나타날 수 있는 모음(최윤현, 2000: 25)
  b. 혀가 모음의 위치에서 다른 위치로 움직이는 과정에서 발음되는 모음(배주채, 2003: 28)

ㄴ. 활 음
  a. 단독으로 하나의 음절을 이룰 수 없으며, 음절을 이루는 모음(=핵모음)에 비해 조음 동작의 변화 속도가 빨라서 길이가 짧으며 음성적으로는 핵모음을 향해 미끄러지는 듯한 전이 구간만 나타나는 소리(신지영 · 차재은, 2003: 74)
  b. 독립해서 발음될 수 없는 모음(이진호, 2005: 26)

ㄷ. 활음소
  a. 조음체가 조음위치를 폐쇄하지는 않지만, 고모음소 / 이 / 나 / 우 / 보다 혀의 높이가 높은 상태에서 조음되는 음소(최명옥, 2004: 38)

ㄹ. 과도음
  a. 음성기관이 일정한 자리를 취함이 없이, 그것이 움직이는 도중에서 나는 소리(허웅, 1985: 53)

(16)의 의미자질은 (17)과 같다.

(17) ㄱ. 반모음: a. [−성절성], b. [−고정성]
ㄴ. 활 음: a. [−성절성, +순간성, −고정성]
b. [−성절성]
ㄷ. 활음소: a. [+고설성]
ㄹ. 과도음: a. [−고정성]

(17)을 토대로 할 때, '반모음'은 [−성절성, −고정성, +순간성, +고설성] 의 의미자질을 갖고 있는 소리이다. 일반적으로 음운론적으로 어떤 소리가 '닿소리이냐 홀소리이냐'를 따질 때의 주요 의미자질은 [성절성]이다. 따라서 '반모음'은 [−성절성]의 자질을 갖기 때문에 음운론적으로 '닿소리'로 분류하는 것이 바람직하다. 따라서 '반모음'의 음운론적 갈말로 '반자음소' 또는 '반닿소리 음소'가 적절해 보인다.

3. 현대국어의 음운론적 닿소리 체계도

1) 닿소리 체계도의 유형

(1) 제Ⅰ유형

이에는 다음과 같은 세 가지 유형이 있다.

○ A유형[이진호(2005: 48)]

조음방법 \ 조음위치			양순음	치조음	경구개음	연구개음	후두음
장애음	파열음	평 음	ㅂ	ㄷ		ㄱ	
		유기음	ㅍ	ㅌ		ㅋ	
		경 음	ㅃ	ㄸ		ㄲ	
	마찰음	평 음		ㅅ			
		유기음					ㅎ
		경 음		ㅆ			
	파찰음	평 음			ㅈ		
		유기음			ㅊ		
		경 음			ㅉ		
공명음	비 음		ㅁ	ㄴ		ㅇ	
	유 음			ㄹ			

○ B유형[강옥미(2003: 107)][19)]

조음방법 \ 조음위치			양순음	치조음	경구개음	연구개음	후두음
장애음	파열음	평 음	ㅂ	ㄷ		ㄱ	
		유기음	ㅍ	ㅌ		ㅋ	
		경 음	ㅃ	ㄸ		ㄲ	
	마찰음	평 음		ㅅ			
		유기음					ㅎ
		경 음		ㅆ			
	파찰음	평 음			ㅈ		
		유기음			ㅊ		
		경 음			ㅉ		
공명음	비 음		ㅁ	ㄴ		ㅇ	
	유 음			ㄹ			
	반모음				y=j	w,ɰ	

19) 이 유형은 [I A]유형과 대체로 같으나 '치조음'을 '치경음', '후두음'을 '성문음'이라 하고, '반모음'을 '공명음'에 넣어둔 점이 다르다.

○ C유형[배주채(2003: 25)]

조음방식 \ 조음위치			양순음	전설음	후설음	성문음
장애음	폐쇄음	평 음	ㅂ	ㄷ	ㄱ	
		유기음	ㅍ	ㅌ	ㅋ	
		경 음	ㅃ	ㄸ	ㄲ	
	마찰음	평 음		ㅅ		
		유기음				ㅎ
		경 음		ㅆ		
	파찰음	평 음		ㅈ		
		유기음		ㅊ		
		경 음		ㅉ		
공명음	비 음		ㅁ	ㄴ	ㅇ	
	유 음			ㄹ		

위의 세 가지 유형은 모두 '장애음'과 '공명음'을 조음방법의 아랫갈래에 설정해 두었다. 앞의 '2.2.'에서 밝혔듯이, 이러한 소리 부류는 조음방법에 속하는 것이 아니다. 그리고 조음방법의 소리 부류라기보다 조음위치에 따른 소리 부류의 성격이 짙은 '비음'을 조음방법의 아랫갈래에 넣은 것도 음운론적인 체계라고 하기 어렵다. [B유형]에서 '반모음'을 굳이 넣고자 한다면 '반닿소리' 또는 '반자음'으로 기술하는 것이 좋을 것이다. 이는 어디까지나 닿소리 체계도이기 때문이다.

요컨대, 제 I 유형은 다음과 같은 문제점이 있다.

첫째, 조음음성학적 관점과 음향음성학적 관점을 구별하지 않았다.

둘째, 조음위치와 조음방법이 섞여 있다.

셋째, 닿소리 체계도에 반홀소리(반모음)를 넣어 두었다.

(2) 제Ⅱ유형

이에는 다음과 같은 유형이 있다.

○ A유형[최명옥(2004: 38)]

<table>
<tr><th colspan="3">조음방식＼조음위치</th><th>양순음소</th><th>치경음소</th><th>경구개음소</th><th>연구개음소</th><th>성문음소</th></tr>
<tr><td rowspan="9">자음소</td><td rowspan="3">파열
음소</td><td>평음소</td><td>ㅂ</td><td>ㄷ</td><td></td><td>ㄱ</td><td>ㆆ</td></tr>
<tr><td>경음소</td><td>ㅃ</td><td>ㄸ</td><td></td><td>ㄲ</td><td></td></tr>
<tr><td>격음소</td><td>ㅍ</td><td>ㅌ</td><td></td><td>ㅋ</td><td></td></tr>
<tr><td rowspan="2">마찰
음소</td><td>평음소</td><td></td><td>ㅅ</td><td></td><td></td><td>ㅎ</td></tr>
<tr><td>경음소</td><td></td><td>ㅆ</td><td></td><td></td><td></td></tr>
<tr><td rowspan="3">파찰
음소</td><td>평음소</td><td></td><td></td><td>ㅈ</td><td></td><td></td></tr>
<tr><td>경음소</td><td></td><td></td><td>ㅉ</td><td></td><td></td></tr>
<tr><td>격음소</td><td></td><td></td><td>ㅊ</td><td></td><td></td></tr>
<tr><td colspan="2">비음소</td><td>ㅁ</td><td>ㄴ</td><td></td><td>ㅇ</td><td></td></tr>
<tr><td colspan="3">유음소</td><td></td><td>ㄹ</td><td></td><td></td><td></td></tr>
<tr><td colspan="3">활음소</td><td></td><td></td><td>j</td><td>w</td><td></td></tr>
</table>

이 유형에서는 음성적 차원의 닿소리 체계도가 아닌, 음운론적 차원의 닿소리 체계도라는 것을 분명하게 하기 위하여 '–음소' 표지를 붙였다. 이러한 표지가 자연스러운가 하는 점은 생각해 볼 여지가 있겠으나 음성적 차원의 닿소리 체계도와는 다른 음운론적 차원의 닿소리 체계도의 필요성을 제기한 점에서는 주목된다. 그런데 이 체계도는 '자음소'가 어떤 의미자질을 지니는지 명료하지 않다. 그리고 '활음'을 음운론적인 갈말로 보고 있는 듯하다.

(3) 제Ⅲ유형

이에는 다음과 같은 두 가지 유형이 있다.

○ A유형{신지영 · 차재은(2003: 69), 김미형(2005: 54)}

조음방식\조음점	양순음	치조음 (치경음)	경구개음 (치경경구개음)	연구개음	성문음
폐쇄음 (파열음)	ㅂ	ㄷ		ㄱ	
	ㅍ	ㅌ		ㅋ	
	ㅃ	ㄸ		ㄲ	
마찰음		ㅅ			
					ㅎ
		ㅆ			
파찰음			ㅈ		
			ㅊ		
			ㅉ		
비 음	ㅁ	ㄴ		ㅇ	
설측음		ㄹ			

○ B유형{이문규(2004: 87)}

조음방법\조음위치		양순음	치조음	경구개음	연구개음	성문음
파열음	예사소리	ㅂ	ㄷ		ㄱ	
	된 소 리	ㅃ	ㄸ		ㄲ	
	거센소리	ㅍ	ㅌ		ㅋ	
파찰음	예사소리			ㅈ		
	된 소 리			ㅉ		
	거센소리			ㅊ		
마찰음	예사소리		ㅅ			ㅎ
	된 소 리		ㅆ			
비 음		ㅁ	ㄴ		ㅇ	
유 음			ㄹ			

이 유형은 닿소리 체계를 간단하고 명료하게 제시한 것이라 할 수 있다. 그러나 이 체계도 역시 제 I 유형에서와 마찬가지로 '비음'을 조음방법에 포함시킨 문제점이 있다. 그리고 [B유형]의 경우, '유음'을 조음음성학적인 갈말로 보고 있는 것 같아 보인다. 만약 개별 음소 목록이 제시되지 않았다면 이것이 과연 음운론적인 체계도인지 음성학적 체계도인지를 알 수 없을 것이다.

(4) 제Ⅳ유형

이에는 다음과 같은 두 가지 유형이 있다.

○ A유형[허웅(1985: 45)]

자리 / 방법			입 술	혀 끝	센 입천장		여린 입천장		목 청
					앞	뒤	앞	뒤	
터 짐	약 한	안울림	p, p̚	t, t̚, ts	tʃ		k, k̚	q	
		울 림	b	d, dz	ʤ		g	G	
	된		p'	t', ts'	tʃ'		k'	q'	
	거 센		p^h	t^h, ts^h	$tʃ^h$		k^h	q^h	ʔ
갈 이	약 한	안울림	Φ	s,ʃ	ɕ	ç			h
		울 림	β	z	ʑ		γ		ɦ
	된			s'	ɕ'				
코			m	n	ɲ		ŋ	N	
혀 옆				l	ʎ				
떨 음				r					
두들김				ɾ					

○ B유형[구현옥(1999: 119)]

자리 / 방법			입 술	혀 끝	센 입천장		여린 입천장		목 청
					앞	뒤	앞	뒤	
터 짐	약 한	안울림	p, p̚	t, t̚			k, k̚	q	
		울 림	b	d			g	G	
	된		p'	t'			k'	q'	
	거 센		p^h	t^h			k^h	q^h	ʔ
붙갈이	약 한	안울림		ts	tʃ				
		울 림		dz	ʤ				
	된			ts'	tʃ'				
	거센			ts^h	$tʃ^h$				
갈 이	약 한	안울림	Φ	s,ʃ	ɕ	ç			h
		울 림	β	z	ʑ		γ		ɦ
	된			s'	ɕ'				
코			m	n	ɲ		ŋ	N	
혀 옆				l	ʎ				
떨 음				r					
두들김				ɾ					

이 유형은 음운론적인 닿소리 체계도가 아니라 음성학적인 닿소리 체계도이다.

2) 음운론적인 닿소리 체계도 확립

앞에서 여러 닿소리 유형이 갖고 있는 장점과 문제점을 살펴보았다. 그리고 음운론적인 닿소리 체계도를 세우기 위해서는 다음과 같은 사실이 고려되어야 함을 알았다.

첫째, 음운론적 체계도임을 드러내는 표지(marker)가 필요하다.

둘째, 조음방법과 관련한 소리 부류에 음향음성학적인 것이 섞이지 않아야 한다.

셋째, 음운론적 특성이 드러나는 갈말을 골라야 한다.

넷째, 일관된 기준을 지녀야 한다.

이제 위에서 제시한 네 가지를 고려하여 음운론적인 닿소리 체계도를 상정하면 아래와 같다.

현대국어의 음운론적 닿소리 체계도

조음기관	조음방법		조음위치				
			양순음소	치조음소	경구개음소	연구개음소	성문음소
구 강	폐쇄음소	평음소	ㅂ	ㄷ		ㄱ	
		경음소	ㅃ	ㄸ		ㄲ	
		격음소	ㅍ	ㅌ		ㅋ	
	마찰음소	평음소		ㅅ			ㅎ
		경음소		ㅆ			
	폐찰음소	평음소			ㅈ		
		경음소			ㅉ		
		격음소			ㅊ		
	개방음소				j	w	
비 강	폐쇄음소		ㅁ	ㄴ		ㅇ	
설 측	폐쇄음소			ㄹ			

위 체계도의 특징은 다음과 같다.

첫째, 현대국어의 음운론 체계를 '닿소리, 반닿소리, 홀소리'로 세우지 않고, '반닿소리'를 닿소리 안에 넣어 '반닿소리'의 음운론적 성질을 분명히 하였다.

둘째, 조음방법의 기준을 폐쇄 및 마찰성의 유무나 정도로 하였다. 그리하여 기준의 일관성을 지니게 하였다.

셋째, 음소 표지를 붙였다. 그리하여 음운론적 체계도임을 선명하게 하였다. 이는 최명옥(2004: 38)을 받아들인 것이다.

넷째, 조음음성학적인 관점과 음향음성학적인 관점이 섞이지 않도록 하였다.

4. 맺음말

이 글에서는 현대국어의 닿소리 체계도에서 조음방법과 관련한 갈말을 대상으로 음운론적인 적격성을 논의하였다. 그 결과 아래와 같은 사실을 알게 되었다.

첫째, '장애음, 공명음, 자음소' 등은 음운론적인 닿소리 체계도에 적절하지 않다.

둘째, 조음방법과 관련하여 적절한 음운론적 갈말은 '폐쇄음소, 마찰음소, 폐찰음소, 개방음소' 등이다.

그리고, 이 글에서는 이러한 갈말을 바탕으로 현대국어의 음운론적 닿소리 체계도의 유형을 고찰하였다. 그 결과 최명옥(2004: 38)을 뺀 대부분의 체계도가 음성학적 체계도와 음운론적 체계도를 뒤섞어 쓰고 있음을 알게 되었다. 그래서 이 글에서는 음운론적 체계도의 확립이 필요하다고 보고 다음과 같은 체계도를 구상하였다.

조음기관	조음방법		조음위치				
			양순음소	치조음소	경구개음소	연구개음소	성문음소
구 강	폐쇄음소	평음소	ㅂ	ㄷ		ㄱ	
		경음소	ㅃ	ㄸ		ㄲ	
		격음소	ㅍ	ㅌ		ㅋ	
	마찰음소	평음소		ㅅ			ㅎ
		경음소		ㅆ			
	폐찰음소	평음소			ㅈ		
		경음소			ㅉ		
		격음소			ㅊ		
	개방음소				j	w	
비 강	폐쇄음소		ㅁ	ㄴ		ㅇ	
설 측	폐쇄음소			ㄹ			

사동과 피동표현 숙어의 고정성에 관한 연구

김 형 배*

1. 머리말

이 글은 한 개별 언어 즉, 현대 한국어에서, 역사적, 사회적, 문화적 고유 특성을 반영하고 있으며, 언어 사용자에게 풍부한 의사소통의 기능을 담당하고 있는 관습적으로 통용되는 관용표현 가운데, 숙어에서 사동사나 피동사에 의해 사동이나 피동의 개념을 실현하는 표현들을 대상으로 한다. 그 표현들이 일반표현에서처럼 어휘의 대치에 의한 능동문으로의 전환이 가능한지를 살펴보고, 이것을 관용표현 또는 숙어의 특성 중의 하나인 '형태상의 고정성'이라는 측면에서 설명하려는 것이 이 글의 목적이다.

다음의 예문 (1)은 일반표현인데, 서술어의 선택제약에 위배되지 않으면, 부림말의 자리에 다른 낱말이 대치 가능하고, 꾸밈말의 삽입이나 어순의 도치가 가능함을 보여준다.

* 국립국어원

(1) ㄱ. 나는 밥을 먹었다.
ㄴ. 나는 사과를 먹었다.
ㄷ. 나는 밥을 빨리 먹었다.
ㄹ. 나는 빨리 밥을 먹었다.

그러나 (2)의 예문과 같은 숙어문에서는 일반적으로 그러한 대치가 불가능한 경우가 많고, 꾸밈말이 삽입되거나 숙어구문 앞에 꾸밈말이 오면 숙어가 원래 가지고 있던 관용적 의미를 잃게 된다.

(2) ㄱ. 그는 이번에도 미역국을 먹었다.
ㄴ. 그는 이번에도 된장국을 먹었다.
ㄷ. 그는 이번에도 미역국을 빨리 먹었다.
ㄹ. 그는 이번에도 빨리 미역국을 먹었다.

위의 (2ㄱ)은 '미역국(을) 먹다' 즉 '시험에 낙방하다'라는 뜻의 관용적 표현의 숙어인데, (2ㄴ)처럼 '미역국' 대신에 '된장국'으로 대치하면 숙어가 가지고 있던 원래의 관용적 의미를 잃고 단순히 '된장국을 먹었다'는 뜻의 일반구문이 된다. 또한 (2ㄷ, ㄹ)은 꾸밈말의 삽입이나 숙어구문 앞에 꾸밈말이 와서 관용적 의미를 잃은 것이다. 숙어의 이러한 특성을 앞선 연구들에서는 일반문과 숙어문을 구별하는 중요한 특징으로 삼아 왔다.

그러나 이 글에서 다루고자 하는 다음과 같은 숙어구문에서처럼 사동이나 피동으로 표현된 숙어문[1]이 사동사나 피동사의 본동사로의 대치에

1) 이 글에서는 사동사나 피동사에 의해 표현된 숙어만을 대상으로 본동사로의 대치 가능 여부를 살펴본다. 전체 숙어를 대상으로 한 사동화 또는 피동화 가능성 여부에 대한 구체적인 논의는 하지 않는다. 다만, 다음과 같은 보기는 본동사로 실현된 숙어인데, 본동사에 대응하는 사동사나 피동사로 대치하면 관용적 의미를 잃거나 비문이 된다.

의한 능동문으로의 전환이 가능한 것과, 가능하더라도 숙어가 원래 가지고 있던 관용적 의미를 잃거나, 또는 다른 의미의 관용표현으로 바뀌거나 아예 그러한 전환이 불가능하여 문장 자체가 비문이 되는 경우도 있다.

(3) ㄱ. 이번 시험에 미역국을 먹이면 정신을 차리려나?
ㄴ. 그는 이번 시험에도 미역국을 먹었다.
(3)' ㄱ. 그는 오늘도 아내에게 바가지를 긁혔다.
ㄴ. 아내는 아침부터 바가지를 긁어댔다.
(4) ㄱ. 너 언제나 우리에게 국수 먹여 줄거니?
ㄴ. 내년 봄이면 너희들도 국수를 먹게 될 거야.
(4)' ㄱ. 이가 갈리는 치욕을 당했다.
ㄴ. 기어코 복수하겠다고 이를 갈았다.
(5) ㄱ. 그는 철수를 비행기를 태웠다.
ㄴ. 딸 덕분에 비행기를 탔다.
(5)' ㄱ. 갑자기 태호가 안 오겠다는 바람에 계획에 구멍이 뚫렸다.
ㄴ. 막힌 하수구의 구멍을 뚫었다.
(6) ㄱ. 사이좋던 두 친구는 등을 돌리고 말았다.
ㄴ. *사이좋던 두 친구는 등이 돌고 말았다.

ㅇ 구름을 잡다 [부질없는 일을 하다]
ㅇ 문을 닫다 [영업을 그만두다]
ㅇ 붓을 꺾다 [문필활동을 그만두다]
ㅇ 손을 보다 [혼이 나도록 몹시 때리다]
ㅇ 손을 쓰다 [어떤 일에 필요한 조치를 취하다]
ㅇ 손을 씻다 [주로 나쁜 일에 관계를 끊고 깨끗하게 되다]
ㅇ 신물이 나다 [진절머리가 나다]
ㅇ 옷을 벗다 [직책을 사임하다]
ㅇ 입을 막다 [말이 나지 않도록 하다]
ㅇ 입을 모으다 [여러 사람들이 같은 의견으로 말하다]
ㅇ 주름을 잡다 [모든 일을 좌우하여 다스리다]
ㅇ 피를 보다 [사람이 다치거나 죽게 되다]
ㅇ 피를 빨다 [남의 피땀 흘려 모은 재물을 빼앗아 가지다]

(6)' ㄱ. 기가 막혀서 말이 안 나온다.
ㄴ. *기를 막아서 말이 안 나온다.

위의 보기에서 (3)은 사동사에 의해 사동을 표현하는 숙어문을 능동문으로 바꾸더라도 원래 숙어가 가지고 있던 의미가 변하지 않은 것이고, (4)는 다른 의미의 숙어로 바뀐 보기이고, (5)는 원래 사동으로 표현되는 숙어문을 사동문이 아닌 능동문으로 바꾸었을 때, 그 숙어의 의미가 사라진 것이고, (6)은 그러한 전환을 허용하지 않아 문장 자체가 비문이 되는 보기이다. (3)'~(6)'는 피동사가 쓰인 숙어문을 본동사가 쓰인 능동문으로 바꾼 보기인데, 사동사의 경우와 마찬가지 현상을 보인다.

이 글에서는 이러한 현상을 보이는 숙어의 유형을 분류하고, 그것을 숙어 또는 넓게는 관용표현의 형태상의 고정성이라는 측면에서 설명하고자 한다.

그러면 먼저, 사동법과 피동법의 개념을 간략하게 정리하기로 한다.

사동의 개념에 대해 최현배(1971:350,410)에서는 "다른 것(客體)으로 하여금 그 움직임을 하게 하는 것", "월의 임자가 직접적으로 바탕스런(실질적) 움직임을 하지 아니하고, 남에게 그 움직임을 하게 하는 꼴스런(형식적) 움직임"이라고 정의하였고, 권재일(1992:155)에서는 "<원인>과 <결과>라는 두 개의 상황을 하나의 복합 상황으로 표현하는 것"이라 정의하고 있다. 즉, 이러한 사동을 실현하는 문법 범주를 사동법이라 할 수 있다.

한편 피동의 개념에 대해 최현배(1971:420)에서는, "월의 임자가 스스로 제 힘으로 그 움직임을 하지 아니하고, 남의 힘을 입어서, 그 움직임을 하는 것"이라 정의하였고, 권재일(1992:169)에서는, "어떤 행위나 동작이, 주어로 나타난 사람이나 사물이 제 힘으로 행하는 것이 아니라, 남의 행동에 의해서 되는 행위"를 피동이라 정의하고 있다. 즉, 이러한 피동을 실현하는 문법 범주를 피동법이라 할 수 있다.

이러한 사동법과 피동법을 실현하는 방법에는 다음과 같은 것이 있다.[2)]

(7) 한국어 사동표현과 피동표현의 실현 방법
ㄱ. 어휘적
ㄴ. 형태적(파생적)
ㄷ. 통사적

이 글에서는 이러한 한국어의 사동표현과 피동표현의 실현 방법 가운데 사동 · 피동 접미사에 의해 실현되는 파생적 사동표현과 파생적 피동표현만을 대상으로 한다.[3)]

2. 숙어의 개념

숙어의 구체적인 내용은 이 글의 목적과 직접적인 관련이 없으므로 구체적으로 논의하지 않고, 다만, 우리가 다루고자 하는 숙어에 대한 개념만을 정리하기로 한다.

김문창(1990ㄱ)은 숙어에 대한 개념 정의를 위한 총체적인 연구로, 그것의 상위 개념으로 '관용어'를 그리고 그 하위 개념으로 숙어와 함께 '(고사)성어, 금기어, 길조어, 비유어, 속담, 수수께끼' 등을 설정하였다. 그리고 숙어에 대한 개념을 "한 언어 중, 2개 이상의 단어가 필연적으로 결합

2) 사동법과 피동법의 개념과 실현 방법에 대해서는 김형배(1994ㄴ, ㄷ) 참조.

3) 사동 접미사에 의한 사동사 파생의 조건과 사동사 목록은 김형배(1994ㄷ), 피동사에 관한 것은 김형배(1994ㄴ) 참조. 주로 '-한다'류의 한자어에 '-시키다'가 결합하여 파생하는 사동사는 여기에서 제외하기로 한다.

하여 필수공기 관계에 놓이면서 화석화된 구절이거나, 또는 그러한 구조가 의미상 제3의 새로운 의미를 지니는 특수 연쇄어군"이라 정의하였다.

그 밖의 많은 연구들에서 숙어에 대해 정의를 내리고 있는데, 이를 바탕으로 이 글에서는 관용어라는 용어 대신에 '관용표현'이라는 용어를 사용하고,[4] 관용표현을 '형태적으로나 의미적으로 독특한, 관습적으로 통용되는 언어형태'라 정의한다. 그리고 이 관용표현이라는 큰 범주 안에 '숙어'를 설정한다. 그래서 그 숙어와 동위 개념으로 '고사성어, 금기어, 속담, 격언, 은어, 속어, 수수께끼, 형식적인 인사말, 다의어구' 등이 있는 것으로 본다.

따라서 이 글에서는 '숙어는 형태적으로는 둘 이상의 말도막이 긴밀하게 결합하여 통사적으로는 하나의 단위로 기능하고, 의미적으로는 그 말도막의 결합에 의한 의미가 아닌 그것 자체의 새로운 독특한 의미를 지니는, 관습적으로 통용되는 언어형태의 하나'로 정의하여 둔다.

숙어를 다른 동위의 개념들과 구분하기 위해서는 이러한 개념 정의 외에 어떤 구체적인 기준이 필요할 것으로 보인다. 그러나 이 글에서는 이러한 기준에 의한 구분 방법에 대해서는 언급하지 않고, 개념 정의만 하여 두고, 숙어의 형태상의 특성 중의 하나인 '고정성'에 대해서만 논의한다. 그리고 숙어를 다른 개념 특히 다의어구와 구분하기 위하여, 의미면에 있어서 'A+B'의 구조가 'A+B'의 조합에 의한 의미가 아닌, 다른 의미인 C로 해석되는 경우를 숙어로 본다.[5] 따라서 'A+B'의 의미해석에 A나

---

4) 실현 방법의 다양성을 포괄하기 위하여 관용어라는 용어 대신에 '관용표현'이라는 용어를 사용한다. 이것은 또한 관용적으로 표현되는 모든 형태의 언어형태들을 모두 포함한다.

5) 다의어구의 경우는 A+B의 구조가 의미해석에 있어서, ① A+B' ② A'+B ③ A'+B'로 해석되는 세 가지 유형이 있다. '밥을 먹다'가 A+B의 구조로 A+B의 의미로 해석되는 일반구문이면, '나이를 먹다'는 A+B의 구조가 A+B'로 해석되는 것이 ① 유형이다. 즉 서술어 B(먹다)의 다의어로서의 B'로 해석되는 것이다. ② 유형으로는 자

B의 어떤 의미가 포함되어 있으면 숙어가 아니다. 그러나 숙어가 C로 해석된다고 해서 직설적인 의미인 A나 B와 전혀 관련이 없는 자의적인 의미는 아니고, 직설의미와 관용의미 간에는 어느 정도 유연성을 가지고 있다. 그 유연성의 정도는 숙어의 생성 시기와 관련이 있는 것으로 보인다.

숙어의 유형은 보통, 크게 의미론적 숙어와 통사론적 숙어로 나뉘는 것으로 알려져 있는데, 이 글에서는 의미론적 숙어만을 대상으로 한다.[6] 특히 구조상으로는 '~ 서술어'[7]의 구조를 갖는 경우만을 대상으로 한다. 왜냐하면 이 글이 숙어 가운데 사동사와 피동사에 의한 파생적 사동표현과 피동표현만을 연구 대상으로 하기 때문에, 숙어의 구조면에 있어서도 사동사와 피동사가 숙어에서 서술어의 구실을 하는 '~ 서술어' 구조에 한정될 수밖에 없다. 그리고 서술어의 자리에 오는 사동사 · 피동사는 동사에서 파생된 사동사 · 피동사에 한정된다. 형용사에서 파생된 사동사에 '낮추다, 높이다, 늦추다, 몽글리다, 키우다' 등이 있으나 이러한 서술어에 의한 숙어는 발견되지 않았다.

유구문 '눈을 뜨다'에 대해 '눈이 나쁘다'는 '눈'의 다의어 '시력'으로 인식되어 '시력이 나쁘다'로 해석되는 다의어구이다. ① 유형과 ② 유형이 합해진 ③ 유형은 A와 B가 모두 다의어인 경우이다. '속이 타다'는 '속이 아프다', '옷이 타다'라는 자유구문이 있다. '속'이 '마음'이라는 다의어로, '타다'가 '(마음이) 죄이다'라는 다의어로 쓰인 것이다. 특히 ③ 유형과 숙어와의 구분이 쉽지 않은 경우도 있다. 다의어와 동음이의어의 선이 분명하지 않은 경우가 있기 때문이다.

사동과 피동을 표현하는 다의어구로는 '속을 끓이다, 속을 썩이다, 속을 태우다, 속이 뒤집히다, 속이 들여다 보이다, 애를 먹이다, 욕을 보이다, 딴전을 피우다, 한 귀로 듣고 한 귀로 흘리다' 이외에도 많은 보기가 있다.

6) 숙어 자체가 독특한 의미를 지니는 의미론적 숙어와는 달리 통사론적 숙어는 그것 자체로는 독특한 의미를 지니지 않는, 통사적으로 굳어진 관용적 표현 방식을 이른다. 예를 들면, '여간 ~ 아니다', '-ㄹ 리 없다' 등이 그것이다.

7) '~' 자리에는 주어, 목적어, 부사어 등이 올 수 있다.

3. 사동과 피동표현 숙어의 유형

숙어로 실현되는 관용표현 가운데 사동표현과 피동표현은 다음과 같은 유형으로 나누어 볼 수 있다.

우선은 본동사로의 전환이 가능한 것과 가능하지 않은 것으로 나눌 수 있다. 본동사로의 전환이 가능한 구문은 다시 숙어의 관용적 의미가 변하지 않는 것(< Ⅰ 유형>)과, 다른 의미의 숙어로 바뀌거나(< Ⅱ 유형>), 의미가 변하여 숙어의 원래의 관용적 의미를 잃는 것(<Ⅲ유형>)으로 나눌 수 있다. 그리고 본동사로의 전환이 불가능한 것(<Ⅳ유형>)은 문장 자체가 비문이 된다.

(8) 사동과 피동을 표현하는 숙어의 유형

- 본동사로의 전환이 가능한 것 :
  - 관용적 의미가 변하지 않는 것 < Ⅰ 유형>
  - 다른 의미의 숙어로 바뀌는 것 < Ⅱ 유형>
  - 관용적 의미를 잃는 것 <Ⅲ유형>
- 본동사로의 전환이 불가능한 것 :
  - 비문이 됨 <Ⅳ유형>

이러한 유형 분류에 따라 사동표현과 피동표현으로 쓰이는 숙어들을 보이면 다음과 같다.[8] 각 보기들의 ㄱ은 사동사나 피동사가 쓰인 숙어이고, ㄴ은 본동사로 대치한 것이다.

---

8) 자료는 <참고문헌>의 앞선 연구들과 사전류에서 수집하였다.

1) 사동표현

(1) 본동사로의 전환이 가능한 것

① 관용적 의미가 변하지 않는 것 : < I 유형>

○ ㄱ. 무릎을 꿇리다 [굴복시키다]
그 녀석을 기필코 무릎을 꿇리고 말겠어.
ㄴ. 무릎을 꿇다
자신만만하던 그도 항우 앞에서는 무릎을 꿇고 말았다.

○ ㄱ. 물(을)[9] 들이다 [어떤 환경이나 사상 따위에 영향을 받게 하다]
나쁜 친구들이 그를 물을 들여 놓았다.
ㄴ. 물(이) 들다
악에 물이 들다.

○ ㄱ. 씨를 말리다 [모조리 없애다]
그렇게 새끼 고기까지 잡다가는 물고기의 씨를 말릴 것이다.
ㄴ. 씨가 마르다 [전혀 없다]
세상에 서방이 씨가 말랐느냐?

○ ㄱ. 피를 말리다 [몹시 괴롭히다]
이 애미의 피를 말릴 작정이냐?
ㄴ. 피가 마르다 [몹시 괴롭다]
피가 마르는 포로생활을 겪었다.

○ ㄱ. 눈을 맞추다 [서로 좋아하게 되다]
서로 눈을 맞추더니 결혼을 하게 되는구나.

---

9) '물을 들이다/물들이다'처럼 많은 숙어들이 서술어 앞에 오는 토씨를 생략하고 결합되어 합성어화 하는 경우가 많다. 이러한 류의 합성어를 일반적 합성어와 구분하기 위하여 '숙어적 합성어' 또는 '관용적 합성어'라 할 만하다. 이들 유형처럼 말마디가 결합하거나 분리되어도 관용적 의미를 잃지 않는 것은 숙어로 다룬다. 그러나, 분리하면 관용적 의미를 잃는 '돌아가다[죽다]/돌아서 가다'와 같은 것은 합성어로 본다(김혜숙: 1993 참조). 이것은 합성어가 숙어보다 고정성이 더 강하여 화석화된 형태임을 입증하는 것이다. 한편, 이와 같은 토씨의 생략은 '고생을 시키다/고생시키다', '구속을 당하다/구속당하다'와 같은 합성적 사동법과 피동법에서도 나타난다. 이러한 현상은 통사적 구성이 형태적 구성으로 변화되는 과도기 현상이라 할 수 있다.

ㄴ. 눈이 맞다

떡장수 여자와 수하물 창고 인부가 어느 결에 눈이 맞았다.

○ ㄱ. 바람을 맞히다 [허탕치게 하다]

그녀가 마음에 들지 않아 그녀를 바람을 맞혔다.

ㄴ. 바람을 맞다

그녀가 약속 장소에 오지 않는 바람에 바람을 맞았다.

○ ㄱ. 미역국을 먹이다 [낙방시키다]

이번 시험에 미역국을 먹이면 정신을 차리려나?

ㄴ. 미역국을 먹다 [낙방하다]

그는 이번 시험에서도 미역국을 먹었다.

○ ㄱ. (서울/도시)물을 먹이다 [경험하게 하다]

그런 촌놈은 서울물을 좀 먹여야지 때를 벗을 거야.

ㄴ. (서울/도시)물을 먹다 [경험하다]

그는 서울물을 먹었다고 꽤나 으스댄다.

○ ㄱ. 물을 먹이다 [곤란하게 하다]

이번 일로 영주가 기환이에게 완전히 물을 먹인 셈이다.

ㄴ. 물을 먹다.

이번에도 또 그에게 물을 먹은 거야.

○ ㄱ. 골탕을 먹이다.

태환이가 철수를(에게) 골탕을 먹였다.

ㄴ. 골탕을 먹다 [되게 손해를 입거나 곤란을 받다]

나는 번번이 그에게 골탕을 먹는다.

○ ㄱ. 콩밥을 먹이다 [감옥에 보내다]

그 녀석은 내가 꼭 붙잡아서 콩밥을 먹이고 말겠어.

ㄴ. 콩밥을 먹다 [감옥에 가다]

그 녀석은 콩밥을 먹어야 정신을 차리려나.

○ ㄱ. 배를 불리다 [욕심을 채우다]

ㄴ. 배가 부르다 [넉넉하여 아쉬울 것이 없다]

○ ㄱ. 머리를 얹히다 [시집보내다]

ㄴ. 머리를 얹다.

○ ㄱ. 열을 올리다 [격분하거나 흥분하다]

그들은 태호를 비난하는 데에 열을 올렸다.

ㄴ. 열이 오르다.

그는 그 일에 열이 올라 있다.

○ ㄱ. 입에 올리다 [이야기 대상으로 삼다]

그런 얘기는 입에 올리기가 무섭다.

ㄴ. 입에 오르다.

그 이야기가 입에 올랐다.

② 다른 의미의 숙어로 바뀌는 것 : <II유형>

○ ㄱ. 눈을 돌리다 [어떤 대상에 관심을 기울이다]

이제 그는 문예 방면에 눈을 돌리기 시작했다.

ㄴ. 눈이 돌다 [몹시 바쁘다]

바빠서 눈이 돌 지경이다.

○ ㄱ. 국수를 먹이다 [당사자가 결혼하다]

너 언제나 우리에게 국수 먹여 줄거니?

ㄴ. 국수를 먹다 [남이 결혼하다]

내년 봄이면 너희들도 국수를 먹게 될 거야.

○ ㄱ. 입을 씻기다 [자기에게 불리한 말을 못 하도록 돈이나 물건을 주다]

그는 사람들의 입을 씻기고 다니느라 애를 썼다.

ㄴ. 입을 씻다. [이문 따위를 혼자 차지하고서 시치미를 떼다]

일이 끝나고 소장은 입을 씻었다.

③ 관용적 의미를 잃는 것 : <III유형>

○ ㄱ. 파리를 날리다 [영업, 사무 따위가 잘 안 되다]

그의 가게는 계속 파리를 날리고 있는 형편이다.

ㄴ. 파리가 날다

○ ㄱ. 비행기를 태우다 [치켜세우다]

그는 철수를 비행기를 태운다.

ㄴ. 비행기를 타다

(2) 본동사로의 전환이 불가능한 것 : <Ⅳ유형>

ㅇ ㄱ. 등을 돌리다 [내왕을 끊다]
사이좋던 두 친구는 등을 돌리고 말았다.
ㄴ. *등이 돌다
ㅇ ㄱ. 입을 맞추다 [서로 말이 맞도록 미리 짜다]
ㄴ. *입이 맞다.
ㅇ ㄱ. 눈을 붙이다 [잠깐 잠을 자다]
잠시 눈을 붙이려고 누웠다.
ㄴ. *눈이 붙다
ㅇ ㄱ. 발을 붙이다 [의지하거나 근거하다]
너 여기에서 발붙이고 살려면 열심히 일해야 한다.
ㄴ. *발이 붙다
ㅇ ㄱ. 손을 붙이다 [열심히 하다]
이제부터 너는 공부에만 손을 붙여야 대학에 갈 수 있다.
ㄴ. *손이 붙다.
ㅇ ㄱ. 냄새를 피우다 [어떤 티를 내다]
그의 귀족 냄새를 피우며 으스대는 꼴을 다들 아니꼬워했다.
ㄴ. *냄새가 피다.

2) 피동표현

(1). 본동사로의 전환이 가능한 것

① 관용적 의미가 변하지 않는 것 : < I 유형>

ㅇ ㄱ. 바가지를 긁히다 [잔소리를 듣다]
그는 오늘도 아내에게 바가지를 긁혔다.
ㄴ. 바가지를 긁다 [잔소리를 하다]
아내는 아침부터 바가지를 긁어댔다.

○ ㄱ. 낯이 깎이다 [체면이 손상되다]
제발 낯이 깎이는 일은 하지 말아라.
ㄴ. 낯을 깎다
어리석게도 낯을 깎는 일을 하다니.
○ ㄱ. 산통이 깨지다 [일이 그르쳐지다]
네가 발설하는 바람에 산통이 깨지고 말았다.
ㄴ. 산통을 깨다
산통 깨지 말고 가만히 있어.
○ ㄱ. 콧대가 꺾이다 [기가 죽다]
그는 콧대가 꺾여서 아무 말도 하지 못했다.
ㄴ. 콧대를 꺾다
그렇게 설쳐대는 녀석은 콧대를 꺾어 놓아야 해.
○ ㄱ. 발이 끊기다 [왕래를 그만두게 되다]
그 사람과 발이 끊긴지 오래다.
ㄴ. 발을 끊다.
불미스러운 소문 때문에 가게에는 단골손님마저 발을 끊고 말았다.
○ ㄱ. 눈이 뒤집히다 [어떤 좋지 않은 일에 정신이 팔려 이성을 잃다]
누님은 아우를 찾아다니기에 눈이 뒤집혔다.
ㄴ. 눈을 뒤집다
그 사람을 찾으려고 눈을 뒤집고 다녔다.
○ ㄱ. 눈이 뜨이다 [이치를 깨닫게 되다]
그는 이제야 경제에 눈이 뜨이기 시작했다.
ㄴ. 눈을 뜨다 [이치를 깨닫다]
세상에 눈을 뜨다.
○ ㄱ. 씨가 먹히다
네 말은 씨도 안 먹힌다.
ㄴ. 씨가 먹다 [알아듣다]
반박을 해도 씨가 먹게 해야지.
○ ㄱ. 발이 묶이다 [꼼짝 못하게 되다]
폭풍우로 섬에 있던 사람들이 발이 묶이고 말았다.

ㄴ. 발을 묶다

폭풍우가 섬에 있던 사람들의 발을 묶었다.

○ ㄱ. 못이 박히다 [원통한 생각이 깊이 마음속에 뭉키어 있다]

그 말 한 마디로 내 가슴에 못이 박혔다.

ㄴ. 못을 박다[10]

그 말 한 마디가 내 가슴에 못을 박았다.

○ ㄱ. 목이 잘리다 [해고되다]

그는 세금횡령 사건으로 목이 잘리는 신세가 되었다.

ㄴ. 목을 자르다

복지부동하는 공직자는 목을 잘라야 한다고 국민들은 주장한다.

○ ㄱ. 덜미가 잡히다 [약점이 잡히다]

덜미를 잡힌 도둑은 아무 말도 못하였다.

ㄴ. 덜미를 잡다

이번에는 그 녀석의 덜미를 잡아 꼼짝 못하게 해야지.

② 다른 의미의 숙어로 바뀌는 것 : <II 유형>

○ ㄱ. 이가 갈리다 [몹시 분하다]

이가 갈리는 치욕을 당했다.

ㄴ. 이를 갈다 [원한을 품다]

기어코 복수하겠다고 이를 갈았다.

○ ㄱ. 손에 잡히다 [일할 마음이 내키다]

일이 도무지 손에 잡히지 않는다.

ㄴ. 손을 잡다 [서로 돕거나 친숙해지다]

우리 손을 잡고 한번 잘 해 봅시다.

○ ㄱ. 자리가 잡히다 [질서, 규율, 제도 따위가 짜임새 있게 되다]

자리가 잡힐 때까지는 열심히 일을 해야 한다.

ㄴ. 자리를 잡다 [감정, 생각 따위가 마음속에서 움직일 수 없는 상태가 되다]

그에 대한 사랑이 자리를 잡아가기 시작했다.

---

10) ㄱ의 뜻 외에 '틀림이 없도록 근거를 명시하거나 다짐을 하다'의 뜻이 있다. 보기 : 자신만만한 어조로 그렇듯 못을 박았다.

③ **관용적 의미를 잃는 것 : <Ⅲ유형>**

ㅇ ㄱ. 몸을 더럽히다 [정조를 빼앗기다]
　　순이는 몸을 더럽히고 말았다.
　ㄴ. 몸이 더럽다
ㅇ ㄱ. 구멍이 뚫리다 [차질이 생기다]
　　갑자기 태호가 안 오겠다는 바람에 계획에 구멍이 뚫렸다.
　ㄴ. 구멍을 뚫다
ㅇ ㄱ. 눈에 보이는 것이 없다 [이성을 잃을 지경이다]
　　일이 그 지경이 되니 나는 눈에 보이는 것이 없었다.
　ㄴ. 눈으로 보는 것이 없다.
ㅇ ㄱ. 발목이 잡히다 [구속당하다]
　　이삼 일이면 끝난다고 하기에 시작한 일에 그만 열흘 동안이나 발목을 잡혔다.
　ㄴ. 발목을 잡다
ㅇ ㄱ. 가슴이 찔리다 [양심의 가책을 받다]
　　가슴이 찔리는 한 마디에 모든 것을 다 털어놓았다.
　ㄴ. 가슴을 찌르다
ㅇ ㄱ. 발에 차이다 [여기저기 흔하게 널려 있다]
　　발에 차이는 것이 여자라 했는데, 나에게는 어째 그런 여자도 없을까.
　ㄴ. 발로 차다

(2) 본동사로의 전환이 불가능한 것 : <Ⅳ유형>

ㅇ ㄱ. 기가 막히다 [어이없다]
　　기가 막혀서 말이 안 나온다.
　ㄴ. *기를 막다
ㅇ ㄱ. 눈에 밟히다 [잊혀지지 않고 눈에 선하다]
　　그는 고인의 모습이 눈에 밟힌다고 자꾸만 잔을 기울였다.
　ㄴ. *눈을 밟다

ㅇ ㄱ. 피땀을 흘리다 [온갖 힘과 정성을 다해 수고하다]
피땀을 흘려 일군 논밭.
ㄴ. *피땀이 흐르다.

4. 사동과 피동표현 숙어의 고정성

일반적으로 숙어의 형태상의 중요한 특징 중의 하나로 '형태상의 고정성'을 든다.11) 즉, 앞의 보기 (1ㄴ)처럼, 자유문에서는 의미 선택제약 특질에 어긋나지 않는 한 다른 어휘로 모두 대치 가능하여, 그 대치된 문장의 의미는 그 대치된 어휘의 의미만큼의 변화가 생긴다.

(1) ㄱ. 나는 밥을 먹었다.
ㄴ. 나는 사과를 먹었다.

그러나 숙어문에서는 일반 자유문에 비해 상대적으로 구성 어휘들의 다른 어휘로의 대치 가능성이 극히 제한되어 있다. 따라서 대치가 일어나면 숙어문으로서의 관용적 의미는 사라지고 자유문으로서의 직설적 의미밖에 갖지 못하는 경우가 대부분이다.

(2) ㄱ. 그는 이번에도 미역국을 먹었다.
ㄴ. 그는 이번에도 된장국을 먹었다.

앞의 머리말에서도 살펴본 것처럼 위의 (2ㄱ)은 '미역국(을) 먹다' 즉 '시험에 낙방하다'라는 뜻의 관용적 표현의 숙어인데, (2ㄴ)처럼 '미역국'

11) 숙어의 형태상의 고정성에 대해서는 한정길(1986), 안경화(1986), 김혜숙(1992) 참조.

대신에 '된장국'으로 대치하면 숙어가 가지고 있던 원래의 관용적 의미를 잃고 일반문이 된다.

그러나 여기에서 '형태적 고정성'이라는 것은 상대적인 개념으로, 절대적으로 대치 불가능을 의미하는 것은 아니다.[12] 다음의 보기 (8)과 같이 서술어 또는 그 앞에 오는 말마디를 교체하여도 관용적 의미에 큰 차이가 없는 숙어가 있다. 또한 (9)와 같이 반의적 변이형의 짝이 있는 경우도 있다.

(9) ㄱ. 구멍이 나다/생기다/뚫리다 [차질이 생기다]
ㄴ. 손발/죽/호흡이 맞다.
ㄷ. 아픈 데를/곳을 찌르다/건드리다 [약점을 언급하다]
(10) ㄱ. 입을 다물다 [비밀을 지키다]
ㄴ. 입을 벌리다 [비밀을 털어놓다]

숙어가 비교적 형태적 고정성을 갖지만 일부는 변이형을 허용하고 있음을 알 수 있다. 따라서 대치가능 여부가 숙어를 판별하는 절대적 기준이 될 수는 없다.

다음으로 숙어문의 통사상의 특징으로 '통사적 고정성'을 들 수 있다.

앞의 보기 (1)에서처럼 일반 자유문에서는 꾸밈말의 삽입이나 어순의 도치가 자유롭게 가능하다.

(1) ㄱ. 나는 밥을 먹었다.
ㄷ. 나는 밥을 빨리 먹었다.
ㄹ. 나는 빨리 밥을 먹었다.

12) 안경화(1986), 김혜숙(1992)에서는 숙어 자료 중 40% 가량이 변이형을 허용하고 있다고 했다.

그러나 숙어문에 있어서는 이러한 꾸밈말의 첨가나 삽입이 불가능하여, 꾸밈말의 삽입이나 숙어 앞에 꾸밈말이 오면 (2ㄷ,ㄹ)처럼 관용적 의미를 잃게 되거나, 허용하더라도 일반문에 비해 상대적으로 제약을 받는다.

(2) ㄱ. 그는 이번에도 미역국을 먹었다.
ㄷ. 그는 이번에도 미역국을 빨리 먹었다.
ㄹ. 그는 이번에도 빨리 미역국을 먹었다.
(11) ㄱ. 이를 갈며 기를 썼다.
ㄴ. 이를 북북 갈며 기를 썼다.
ㄷ. 북북 이를 갈며 기를 썼다.

이와 같이 숙어문이 형태상으로 다른 어휘로의 대치를 제약하는 것을 '형태상의 고정성'이라 하고, 통사적으로 꾸밈말의 첨가나 삽입을 제약하는 것을 '통사상의 고정성'이라 한다.

숙어의 정의에서 언급한 것처럼 숙어는 원래 둘 이상의 말마디가 긴밀하게 결합하였으므로 형태상으로 굳어진 고정성을 지니고 있으며, 또한 이 결합한 말마디가 통사론적으로 하나의 단위로 기능하므로 이것은 통사상으로 굳어진 고정성을 가지고 있는 것이다. 이 글에서는 이러한 형태상의 고정성과 통사상의 고정성 가운데 형태상의 고정성만을 살펴보기로 한다. 이것은 이 글의 연구 대상이, 숙어 가운데 사동과 피동접사에 의한 파생적 사동표현과 파생적 피동표현만을 대상으로 하는 것과도 일치한다. 다만, 이 글에서는 사동사와 피동사에 의해 사동과 피동을 실현하는 숙어를 그 사동사와 피동사를 본동사로 바꾸었을 때의 제약 현상들을 살펴보고자 하는 것이다.

앞에서 우리가 숙어의 사동과 피동법의 유형들을 분류해 본 것처럼, 사동 또는 피동으로 실현되는 숙어문을 사동사와 피동사에 대응되는 본동사로 교체하여 일반구문으로 바꾸었을 때, '형태상의 고정성'이 있어서 비문이 된 경우도 있지만, 일반 자유문과 마찬가지로 대치가 가능한 것도 있었고, 대치가 가능하지만 다른 의미의 숙어로 바뀌거나 원래 가지고 있던 숙어의 의미를 상실하는 경우도 있음을 보았다. 그 수에 있어서도 본동사로의 대치가 자유롭게 가능하여 그 숙어의 의미를 잃지 않는 < I 유형>이 가장 많았다.

따라서, 형태적 고정성이 숙어를 특징짓는 완전한 요소가 될 수 없으며, 또한 사동화 · 피동화가 숙어를 판별하는 기준이 될 수는 없다.

1) 사동표현

사동사에 의해 사동표현을 실현하는 숙어를 먼저 살펴보자.

우리가 앞 장에서 유형 분류를 해 본 것처럼 < I 유형>은 사동사에 의해 사동표현을 실현하는 숙어문에서 그 사동사를 본동사로 대치했을 때, 숙어가 가지고 있던 원래의 관용적 의미를 그대로 유지하고, 사동의 의미가 능동의 의미로만 바뀜을 살펴보았다.

(12) ㄱ. 무릎을 꿇리다 [굴복시키다]
그 녀석을 기필코 내 앞에 무릎을 꿇리고 말겠어.
ㄴ. 무릎을 꿇다 [굴복하다]
자신만만하던 그도 항우 앞에서는 무릎을 꿇고 말았다.

그 밖의 보기들 '물을 들이다 – 물이 들다, 씨를 말리다 – 씨가 마르다, 바람을 맞히다 – 바람을 맞다, 미역국을 먹이다 – 미역국을 먹다, 서울물을 먹이다 – 서울물을 먹다, 물을 먹이다 – 물을 먹다, 골탕을 먹이다 –

골탕을 먹다, 콩밥을 먹이다 – 콩밥을 먹다, 배를 불리다 – 배가 부르다, 머리를 얹히다 – 머리를 얹다, 입에 올리다 – 입에 오르다'가 모두 한가지인데, '눈을 맞추다'와 '열을 올리다'는 '눈이 맞다'와 '열이 오르다'에 대한 타동성만 있는 것으로 보인다.

이러한 유형의 숙어의 서술어는 모두 사동사와 본동사의 짝이 있는 것들이어서 상황에 따라 사동사와 본동사의 대치가 자유롭게 가능하다. 따라서 < I 유형>의 숙어에 있어서는 형태상의 고정성은 없다고 생각된다.

(13) ㄱ. 눈을 돌리다 [어떤 대상에 관심을 기울이다]
이제 그는 문예 방면에 눈을 돌리기 시작했다.
ㄴ. 눈이 돌다 [몹시 바쁘다]
바빠서 눈이 돌 지경이다.

(14) ㄱ. 국수를 먹이다 [당사자가 결혼하다]
너 언제나 우리에게 국수 먹여 줄거니?
ㄴ. 국수를 먹다 [남이 결혼하다]
내년 봄이면 너희들도 국수를 먹게 될 거야.

보기 (13), (14)는 다른 의미의 숙어로 바뀌는 <II 유형>의 경우이다. 서술어에 대한 사동사와 본동사의 짝이 있어서 본동사로 쓰이는 숙어와 사동사로 쓰이는 숙어가 공존하는데 그 의미가 약간 다르다. 숙어가 아닌 일반문으로 쓰인 경우에는 사동사가 쓰이면 사동의 의미를 지니고 있으나 숙어로 쓰일 때는 사동의 의미가 약하다. 그러나 전혀 사동의 의미가 없는 것은 아니고, 발생적으로는 사동의 의미가 있었으나 숙어화하면서 그 사동의 의미가 약해진 것으로 보인다.

<II 유형>도 형태상의 고정성이 없다고 할 수 있으나 < I 유형>보다는 그 정도가 약하다.

또한 다음과 같은 예문처럼 <III 유형>은 관용적 의미를 잃는 경우이다.

(15) ㄱ. 비행기를 태우다 [추켜 세우다]
그는 철수를 비행기를 태운다.
ㄴ. 비행기를 타다
딸 덕분에 비행기를 탔다.

이러한 유형도 마찬가지로 사동사에 해당하는 본동사의 짝이 있는데, 본동사에 의한 숙어가 존재하지 않으므로 사동사에 의한 숙어가 나중에 발생하였다고 할 수 있다. 따라서 사동사를 본동사로 대치하면 관용적 뜻을 잃게 되므로 형태상의 고정성이 있다고 할 수 있다.

그러나 다음과 같은 <Ⅳ유형>, 즉, 능동문으로의 전환이 불가능한 경우[13]가 있다.

(16) ㄱ. 등을 돌리다 [내왕을 끊다] / *등이 돌다
ㄴ. 손을 붙이다 [열심히 하다] / *손이 붙다
ㄷ. 냄새를 피우다 [어떤 티를 내다] / *냄새가 피다

이렇게 비문이 되는 것은 사동사를 본동사로 대치하면 앞마디와의 공기관계에 어긋나기 때문이다. 따라서 형태상의 고정성이 가장 강하다고 할 수 있다.

이 <Ⅳ유형>에서 주목할 것은, 사동사에 의한 숙어의 의미가 사동의 의미로 해석되지 않고 능동으로 해석된다는 점이다. 사동사와 피동사는 원래 있던 본동사에 사동이나 피동의 접사가 결합하여 나중에 파생된 단어이지만, 숙어의 형성에서는 그 선후를 일률적으로 규정지을 수 없다. 특히, <Ⅳ유형>은 숙어 발생 측면에서 사동사에 의한 숙어가 먼저 형성

13) 반대로, 본동사에 의해 관용적 의미를 표현하는 숙어에서 본동사를 사동사로 바꾸면 비문이 되는 경우도 있다. 날이 새다[일이 잘못되다] – *날을 새우다.

되었음을 알 수 있다. 그와 짝을 이루는 본동사에 의한 숙어나 일반구문이 없기 때문이다. 따라서 의미면에 있어서도 능동과 사동의 구분이 필요하지 않으므로 능동의 의미로 해석된다고 할 수 있다.

2) **피동표현**

다음으로는 피동사에 의해 피동표현을 실현하는 숙어를 살펴보자.

대체적으로 사동사에 의한 사동표현과 같은 현상을 보인다. <Ⅰ유형>은 피동사에 의해 피동표현을 실현하는 숙어문에서 그 피동사를 본동사로 대치했을 때, 숙어가 가지고 있던 원래의 관용적 의미를 그대로 유지하고, 피동의 의미가 능동의 의미로만 바뀐다.

(17) ㄱ. 바가지를 긁히다 [잔소리를 듣다]
그는 오늘도 아내에게 바가지를 긁혔다.
ㄴ. 바가지를 긁다 [잔소리를 하다]
아내는 아침부터 바가지를 긁어댔다.

그 밖의 보기들 '낯이 깎이다 – 낯을 깎다, 산통이 깨지다 – 산통을 깨다, 발이 끊기다 – 발을 끊다, 눈이 뜨이다 – 눈을 뜨다, 씨가 먹히다 – 씨가 먹다, 발이 묶이다 – 발을 묶다, 목이 잘리다 – 목을 자르다, 덜미가 잡히다 – 덜미를 잡다'도 모두 한가지인데, '콧대가 꺾이다, 눈이 뒤집히다, 못이 박히다'는 피동의 의미로 해석되지 않는 듯하나 실제 쓰인 문맥에서 본동사가 쓰인 '콧대를 꺾다, 눈을 뒤집다, 못을 박다'와 비교하면 능동과 피동의 의미가 분명히 있음을 확인할 수 있다.

이러한 유형의 숙어의 서술어는 모두 피동사와 본동사의 짝이 있는 것들이어서 상황에 따라 사동사와 본동사의 대치가 자유롭다. 따라서 < I 유형>의 숙어에 있어서는 형태상의 고정성은 없다고 생각된다.

다음의 보기 (18)은 다른 의미의 숙어로 바뀌는 <II유형>의 경우이다.

(18) ㄱ. 이가 갈리다 [몹시 분하다]
이가 갈리는 치욕을 당했다.
ㄴ. 이를 갈다 [원한을 품다]
기어코 복수하겠다고 이를 갈았다.

서술어에 대한 피동사와 본동사의 짝이 있어서 본동사로 쓰이는 숙어와 피동사로 쓰이는 숙어가 공존하는데 그 의미가 조금씩 다르다. 이 유형의 경우 숙어가 아닌 일반구문으로 쓰인 경우에는 피동사가 쓰이면 피동의 의미를 지니고 있으나 숙어로 쓰일 때는 피동의 의미가 약하다. 그러나 전혀 피동의 의미가 없는 것은 아니고, 일반구문으로 쓰일 때는 피동의 의미가 있었으나 숙어화하면서 그 피동의 의미가 약해진 것으로 보인다.

<II유형>도 형태상의 고정성이 없다고 할 수 있으나 < I 유형>보다는 그 정도가 약하다.

또한 다음과 같은 예문처럼 <III유형>은 관용적 의미를 잃는 경우이다.

(19) ㄱ. 구멍이 뚫리다 [차질이 생기다]
갑자기 태호가 안 오겠다는 바람에 계획에 구멍이 뚫렸다.
ㄴ. 구멍을 뚫다

이러한 유형도 마찬가지로 사동사에 해당하는 본동사의 짝이 있는데, 본동사에 의한 숙어가 존재하지 않으므로 피동사에 의한 숙어가 나중에

발생하였다고 할 수 있다. 따라서 피동사를 본동사로 대치하면 관용적 뜻을 잃게 되므로 형태상의 고정성이 있다고 할 수 있다.

그러나 다음과 같은 <Ⅳ유형>은 능동문으로의 전환이 불가능한 경우이다.

(20) ㄱ. 기가 막히다
ㄴ. *기를 막다
(21) ㄱ. 눈에 밟히다
ㄴ. *눈을 밟다

이렇게 비문이 되는 것은 피동사를 본동사로 대치하면 앞마디와의 선택제약에 위배되기 때문이다. 따라서 형태상의 고정성이 가장 강하다고 할 수 있다.

3) 고정성의 정도

우리가 분류한 네 가지 유형 사이의 고정성의 정도를 살펴보자.

고정성이 가장 강한 것은 <Ⅳ유형>이라고 할 수 있는데, 사동사나 피동사를 본동사로 바꾸면 아예 그 문장이 비문이 되기 때문이다. 그 다음은 <Ⅲ유형>으로, 사동사나 피동사를 본동사로 바꾸면 비문은 되지 않지만 숙어의 관용적 의미를 잃는다. 세번째로는 <Ⅱ유형>으로, 서술어의 사동사나 피동사를 본동사로 바꾸더라도 숙어로 남아 있지만, 다른 의미의 숙어로 존재한다. 마지막으로 숙어의 고정성이 가장 약한 유형은 <Ⅰ유형>인데, 이 유형은 사동사나 피동사를 본동사로 바꾸더라도 숙어의 뜻은 그대로 유지되고, [+사동] / [+피동]의 의미만 [−사동] / [−피동]으로 바뀐다.

이러한 고정성의 정도를 일반 다른 숙어문과 비교한다면, 사동 · 피동 표현의 숙어구문이 더 고정성의 정도가 약하다고 할 수 있다.

(22) 손을 내밀다 / 벌리다 [도움을 구하다]
(23) 입을 막다 / 봉하다 [비밀을 유지시키다]

위의 보기에서처럼 일반 숙어문은 극히 한정된 경우에만 어휘의 대치가 가능하다.[14] 그러나 우리가 지금까지 살펴본 것처럼, < I 유형>과 <II유형>과 같이 사동과 피동표현의 숙어에서 사동사와 피동사의 본동사로의 대치가 가능한 것은, 사동사 · 피동사와 그 본동사 사이의 밀접한 관련성 때문으로 보인다. 즉, 사동사와 피동사는 본동사에 사동 · 피동 접미사가 첨가되어 파생된 단어이기 때문에 다른 어떤 단어들보다 본동사와의 관련성이 밀접하다고 할 수 있다. 따라서 숙어의 형태상의 고정성에도 불구하고 그 관용적 의미에 벗어나지 않는 범위에서 사동사와 본동사 사이의 갈음이 가능한 경우가 많은 것으로 보인다.

지금까지 논의한 피동과 사동표현 숙어들의 유형 사이의 고정성의 정도는 다음과 같이 나타낼 수 있다.

(24) 사동과 피동표현 숙어의 형태상의 고정성의 정도
I 유형 < II유형 < III유형 < IV유형

한편, 사동사로 표현된 숙어는 피동사로의 대치가 불가능하고, 피동사로 표현된 숙어는 사동사로의 대치가 불가능하다. 이는 대부분 사동사에 맞서는 피동사가 존재하지 않기 때문이다. 그러한 짝이 있는 '먹이다-먹

14) 안경화(1986) 참조.

히다'가 쓰인 다음 (24)와 같은 숙어문은 원래의 사동사나 피동사를 맞서는 사동사나 피동사로 바꾸면 숙어의 관용적 의미를 잃게 된다.

(25) ㄱ. 미역국을 먹다 – 미역국이 먹히다
ㄴ. 씨가 먹히다 – 씨를 먹이다

또한, 통사적 방법에 의한 사동표현과 피동표현의 상호 변형은 불가능하여 변형이 이루어지면 관용적 의미를 잃는다. 그리고 동일한 본동사에서 파생된 동일 형태의 사동사나 피동사에 의한 사동표현과 피동표현이 공존하는 숙어는 발견되지 않았다.[15]

5. 맺음말

우리는 지금까지 사동과 피동을 표현하는 숙어를 대상으로, 사동사와 피동사로의 대치 가능성을 숙어의 형태상의 고정성이라는 측면에서 살펴보았다.

이러한 유형을 네 가지로 나누었는데, 먼저 본동사로의 전환이 가능한 것과 가능하지 않은 것으로 나누었다. 본동사로의 전환이 가능한 구문은 다시 숙어의 관용적 의미가 변하지 않는 것(< I 유형>)과, 다른 의미의 숙어로 바뀌는 것(< II 유형>), 의미가 변하여 숙어의 원래의 관용적 의미

15) 사동사 · 피동사 동일 형태로는 '깎이다, 깨다, 놓이다, 뫃이다, 훑이다, 잡히다, 갈리다, 그슬리다, 그을리다, 끌리다, 날리다, 다물리다, 들리다[擧], 들리다[聽], 떨리다, 문질리다, 물리다, 발리다, 불리다, 불리다[吹], 빨리다, 실리다[載], 썰리다, 쓸리다, 주물리다, 털리다, 감기다, 안기다, 뜯기다, 벗기다, 씻기다' 등이 있다. 김형배(1994ㄴ, ㄷ) 참조.

를 잃는 것(<Ⅲ유형>)으로 나눌 수 있었다. 그리고 사동사나 피동사를 본동사로 바꿀 수 없는 것(<Ⅳ유형>)으로 나누었다.

이 네 가지 유형 사이의 고정성의 정도는, <Ⅳ유형>이 가장 강하다고 할 수 있는데, 사동사나 피동사를 본동사로 바꿀 수 없기 때문이다. 그 다음으로 강한 유형은 <Ⅲ유형>으로, 사동사나 피동사를 본동사로 바꾸면 비문은 되지 않지만 숙어의 관용적 의미를 잃는다. 세번째로는 <Ⅱ유형>으로, 서술어의 사동사나 피동사를 본동사로 바꾸더라도 숙어로 남아 있지만, 다른 의미의 숙어로 바뀐다. 마지막으로 숙어의 고정성이 가장 약한 유형은 <Ⅰ유형>인데, 이 유형은 사동사나 피동사를 본동사로 바꾸더라도 숙어의 뜻은 그대로 유지되고, [+사동] / [+피동]의 의미만 [−사동] / [−피동]으로 바뀐다.

이러한 고정성의 정도는 일반 다른 숙어문과 비교한다면, 사동 · 피동 표현의 숙어구문이 더 고정성의 정도가 약하다고 할 수 있다. 우리가 분류한 <Ⅰ유형>과 <Ⅱ유형>처럼 사동과 피동표현의 숙어에서 사동사와 피동사의 본동사로의 대치가 가능한 경우가 많았다. 이렇게 대치 가능한 경우가 많은 것은 사동사 · 피동사와 그 본동사 사이의 밀접한 관련성 때문으로 보인다. 즉, 사동사와 피동사는 본동사에 사동 · 피동 접미사가 첨가되어 파생된 단어이기 때문에 다른 어떤 단어들보다 본동사와의 관련성이 밀접하다고 할 수 있다. 따라서 숙어의 형태상의 고정성에도 불구하고 그 관용적 의미에서 벗어나지 않는 범위에서 사동사와 본동사 사이의 갈음이 가능한 경우가 많은 것으로 보인다. 따라서 사동화나 피동화의 가능성 여부가 숙어를 판별하는 기준이 될 수는 없다.

'-더-'와 전제의 투사 - 담화표상이론의 관점에서

김 진 웅*

1. 서론: '-더-'의 이질성 문제

한국어 연구에서 1970년대 이래로 오늘날까지 가장 반복적으로 연구의 대상이 된 어미를 꼽자면 누구나 '-더-'를 지목하지 않을까? '-더-'에 관한 연구의 초창기에는 '-더-'의 대표의미를 찾으려는 시도들이 가장 주목을 받았다. 이들 연구에서 '-더-'가 가지고 있는 의미를 [단절], [보고], [회상] 등의 자질(feature)로 수렴하려는 시도들[1]이 꾸준히 이루어졌지만 '-더-'의 대표의미를 찾아내려는 시도는 수많은 예외적 현상들에 대해 해결책을 내놓지 못하는 한계에 봉착하기도 하였다. 다시 말하자면, 초창기 연구들은 '-더-'의 다양한 의미를 드러냄으로써 높은 수준의 관찰 타당성 (Observational Adequacy)을 확보하였으나 정작 '-더-'를 일반언어학적 측면에서 어느 범주에서 설명할 것인가를 본격적으로

---

* 연세대학교

1) '-더-'의 대표의미를 [단절]로 파악한 연구는 임홍빈(1982;1993)이 있고, [보고]로 파악한 연구는 손호민(1975), 서정수(1977) 등이 있으며, [회상]으로 규정한 연구는 최현배(1937), 남기심(1972), H. Sohn (1994), 고영근(2004) 등이 있다. [회상]이란 용어의 문제점과 여타 관계에 관해서는 송재목(1998)을 참조하기 바란다.

다루지 못하였다고 평가할 수 있다.

'－더－'의 대표의미를 찾기와 더불어 활발히 진행된 논의는 '－더－'의 범주에 관한 것이다. 시제(Tense), 상(Aspect), 양태(Modality) 등 다양한 범주들이 '－더－'의 범주로 제시된 바가 있으며[2] 근래에는 송재목의 일련의 연구들(송재목 1998; 2009)을 기점으로 '－더－'의 범주를 증거성(Evidentiality)에서 찾는 시도들도 활발하다. 본고에서는 송재목(1998), 김진웅(2012가) 등의 연구들을 바탕으로 '－더－'를 증거성 표지로 간주하여 연구를 진행하도록 하겠다. 하지만 '－더－'를 증거성 표지라고 주장한 연구자들 사이에서도 한국어 증거성 표지의 상위 범주를 각각 상이하게 상정하고 있기 때문에 좀 더 정밀한 연구가 요구된다. 실제로 송재목(1998)의 경우 '－더－'를 비롯한 한국어의 증거성을 양태(modality)로, K. Chung (2005)의 경우 시제(tense)로, 김진웅(2012가)의 경우 전제(presupposition)로 각각 다루었다. 최정진(2013:p.202)은 '－더－'의 범주를 연구한 선행연구에 대해 평가하며 "'－더－'의 의미 기능에는 분명히 시제적인 특성, 상적인 특성, 양태적인 특성이 모두 관련되어 있다고 판단되므로 '－더－'의 의미 기능을 한정적인 술어로 기술하기가 쉽지 않다"고 지적하였다. 따라서 최근 논의를 고려하여 현 단계에서 '－더－'에 관하여 잠정적으로 도출할 수 있는 합의점은 한국어의 '시제(Tense)－상(Aspect)－양태(Modality)－증거성(Evidentiality) 복합 구조(TAME)'를 통해서 이해해야 한다는 정도일 것이다[3].

최근에 '－더－'와 관련하여 활발하게 연구되고 있는 주제는 '－더－'의 의미나 기능이 문장 안에서 다양한 어미들과 결합하면서 이질성을 띠는

2) 이에 관련된 자세한 논의는 손혜옥(2013)을 참조하기 바란다.
3) 하지만 본고에서는 최정진(2013)이 주장한 바처럼 증거성의 개념이 '과거 비종결 인식'으로 수렴된다고 판단하지는 않는다.

현상을 설명하려는 시도이다[4]. 박재연(2006)은 '－더－'가 나타날 수 있는 환경을 종결형, 연결형, 관형사형으로 나누며 구체적으로 아래와 같이 다섯 묶음으로 제시하였다.

가. 모든 종결형 및 연결형: '－던데'의 '－더－'
나. 연결형: '－더니'의 '－더－'
다. 관형사형: '－던'의 '－더－'
라. 연결형: '－었더니, －었던, －었더라도, －었던들'의 '－더'
마: 연결형: '－더라도'의 '－더－'

<박재연(2006:p.146)이 제시한 다섯 종류의 '－더－' 결합형>

박재연(2006:pp.146～7)에 의하면, 가와 나에 해당하는 '－더－'는 양태 어미이고 나머지는 양태 의미를 갖지 않는다. 양태의 의미를 갖지 않는 경우에 다는 최동주(1995)의 통시적 연구에 따라 '과거 비완료상'으로, 라에서는 －독자적인 기능을 상실한 채로 '－었더－'의 일부를 구성하며－ '시제'로, 마 역시 '비사실 양보'의 의미를 지닌 '－더라도'의 일부로만 , 각각 역할을 하고 있다는 것이다. 박재연은 양태 의미를 갖지 않는 '－더－'를 모두 과거의 일정한 시점에 양태 의미가 획득되기 이전에 굳어진 표현의 일부로 설명하고 있다. 하지만 타당한 이론적 정당성만 확보할 수 있다면, 가－마에 속하는 '－더－'를 하나의 범주로 포괄할 수 있는 방법론이 더 합리적일 것이다.

송재목(2011)은 '－더－'의 증거성이 '－더니'와 '었더니'에서 여전히 유효함을 제시하며 박재연의 다섯 종류의 결합형을 통합하여 설명할 수 있

4) 박재연(2006:p.146)은 종결형, 연결형, 관형사형에서 나타나는 '－더－'의 기능을 설명하는 입장에 따라 '－더－'의 동질성에 기반한 연구와 '－더－'의 이질성에 기반한 연구로 구분하였다. 본고는 이 구분을 연구의 출발점으로 삼는다. 연구의 구체적인 사례는 다음 장에서 상술하겠다.

는 가능성을 열었다. 그에 의하면 '-더니' 는 '-더-'와 '-으니'의 결합이고 '-었더니'는 '-었-', '-더-', '-으니'의 결합이다. 특히 가장 주목해야 할 주장은 '-더-'에서 비롯된 주어 제약이 다른 방식으로 작동하는 원인을 '-었-'의 완료성에서 찾은 점이다[5]. 이와 같은 주장은 다양한 결합형에서 증거성에서 비롯된 제약의 해제가 곧 증거성의 부정으로 귀결되지 않는다는 점과 '-더-'의 결합형에 대한 상세한 분석이 합리적인 설명력을 담보할 수 있다는 점을 시사하고 있다. 본고에서는 연결형 가운데에 관형사형의 '-던'과 조건이나 양보의 연결형에 해당하는 '-었더라면', '-더라도', 그리고 '-었더라도'를 중심으로 논의를 진행하도록 하겠다.

2. 선행연구와 이론적 배경

1) 선행연구

'-더-'와 '-던'의 관계 설정부터 간략하게 정리해 보자. 연구자들 사이에서는 '-던'이 '-더-'에서 온 관형사형이라는 주장과 '-던'은 '-더-'와 직접적인 관계가 없는 별개의 형태소라는 입장이 팽팽하게 맞서 왔다. 이러한 논쟁은 일견 형태소 분석의 문제로 귀결되는 듯 보이지만, 사실은 형태와 통사 그리고 의미와 화용의 영역을 아우르는 매우 복잡하고 복합적인 측면을 내포하고 있다. 따라서 이와 관련된 연구가 축적되면 축적될수록, '-더-'와 '-던'의 의미와 기능에 대한 기술적인 서술은 정교해진 반면, '왜 이러한 현상이 일어나는가'라는 질문에 대한 답하는 연구

5) '-더니'는 주로 3인칭 주어와 사용되고, '-었더니'는 주로 1인칭 주어와 사용된다는 것이 주요 연구자들(박재연 2006; 송재목 2011)의 보고이다.

는 드물었다. '－던'이 형태적으로 '－더－'에서 온 관형사형이고 그 기능과 의미상 큰 차이를 발견할 수 없다고 주장하는 연구에는 왕문용(1986), 임홍빈(1993), 고영근(2004) 등이 있다. 한편 '－던'에서 나타나는, '－더－'의 기능과 의미상의 차이를 중시하여 '－던'을 독립된 관형사형으로 다루어야 한다는 논의도 있었다. 이러한 주장을 한 연구에는 남기심(1978), 서정수(1979), 최동주(1996), 이재성(2001) 등이 있다[6].

먼저 '－던'은 종결형의 '－더－'와 별개라는 주장이 나오게 된 이유부터 살펴보자. '－더－'는 (1)에서 볼 수 있듯이 평서형과 의문형에서 각각 주어의 인칭에 대한 제약을 드러낸다.

(1) 가. 어젯밤 노래방에서 ??내가/네가 노래를 잘 부르더라.
    나. 어젯밤 노래방에서 내가/??네가 노래를 잘 부르더냐?

(1가)에서 보듯이 평서문에서는 1인칭 주어가 쓰일 수 없고, (1나)에서 보듯이 의문문에서는 2인칭 주어가 쓰일 수 없다. 서정수 (1979)는 이러한 현상을 비동일주어제약[7]이라고 이름 붙였고, 이 현상은 '－더－'가 가지고 있는 중요한 특성의 하나로 꼽혀 왔다. 한편 *주어제약 현상*은 '－던'에서는 나타나지 않는다.

(2) 가. 내가/네가 뛰놀던 골목길은 이제 흔적도 없이 사라졌다.
    나. 내가/네가 뛰놀던 골목길이 이곳이었니?

---

6) 임홍빈(1993)에서는 전자의 입장을 비분리론으로, 후자를 분리론으로 명명한 바가 있다. 본고에서는 1장에서 제시한 바와 같이, 이와 같은 분류를 결합형에서의 '－더－'의 동질적 해석과 이질적 해석으로 분류하기로 한다.
7) 향후 본고에서는 주어제약이라는 용어를 사용하겠다.

(2)에서 보듯이'-던'의 경우에는 (1)의 평서문과 의문문에서 나타난 인칭의 제약이 전혀 나타나지 않는다. 송재목(1998)에서 이미 지적하였듯이, 범언어적 관점에서 증거성 표지에 관한 인칭의 제약은 매우 보편적인 현상이다. 따라서 '-더-'를 증거성 표지로 인정한다면, 증거성에서 드러나는 일종의 인칭 효과 (personal effect)로 이해할 수 있다. 다만 한국어의 주어제약은 토요카어나 몽골어 등에서 나타나는 인칭효과가 간접 증거성 표지에서 일인칭이 회피되는 현상을 드러내는 것과는 차이가 있다(송재목 1998:p.159). 하지만 '-더-'를 증거성 표지로 파악하여 예문 (1)을 설명할 수는 있으나 여전히 예문 (2)를 설명하는 것은 불가능하다. 이 문제는 4.3.에서 본격적으로 논의하도록 하겠다.

이재성(2001:pp.149~150)에서는 하나의 문법 어미는 문법 환경에 따라 문법 기능[8]의 차이를 가질 수는 있지만, 그 형태소가 가지는 기본적인 문법 기능은 바뀌지 않는다고 주장하며 아래의 예를 들었다.

(3) 가. *세조가 저고리를 입더라.
　나. 세조가 입던 저고리가 불상안에서 발견되었다.
(이재성 2001:pp.149~150)

그는 (3가)에서 보듯이 종결형에서는 발화자가 직접 목격하지 않은 일에 '-더-'를 쓸 수 없지만, (3나)에서와 같이 관형절에는 발화자가 사건을 직접 목격하지 않아도 쓸 수 있다고 하면서, 관형절의 '-던'은 종결형의 '-더-'가 가지는 기본적인 문법기능을 하지 않기 때문에, '-던'은 '-더-'와 '-은'으로 형태소 분석을 할 수 없다고 하였다. 서정수(1979)의 설명을 받아들인다면, *몸소 살핌 제약*이 종결형에서만 적용이 되며 관형

8) 본고에서 전반적으로 취하고 있는 입장은 '-더-'와 관련하여 나타나는 인칭의 제약은 통사적 제약이 아니라 의미 · 화용론에서 맥락(context)의 해석의 결과라는 것이다. 여기에서는 이재성(2001)의 논의를 다룬다는 측면에서 그의 용어를 따랐다.

사형에서는 적용되지 않는다고 볼 수 있고, 송재목(1998)을 고려한다면 '과거직접관찰'이라는 증거성의 의미가 종결형에서는 드러나지만 관형사형에서는 드러나지 않는다고 설명할 수도 있겠다.

(1)에서 제시한 종결형에서의 '–더–'와 (2)와 (3)에서 제시한 '–던'이 같은 형태소에서 왔다면, *주어제약* 이나 *몸소 살핌 제약*이 '–더–'와 '–던'에 일괄적으로 적용되기를 기대할 수 있다. 그렇지만 위에서 보듯이 '–더–'의 종결형에 나타나는 제약들이 관형사형에서는 나타나지 않는다. 그렇기 때문에 종결형의 '–더–'와 관형사형의 '–던'이 가지는 기능이 차이를 보인다고 간주하여 남기심(1978), 서정수(1979), 최동주(1996) 등에서는 '–더–'와 '–던'을 별도의 범주로 처리하였다.

이와는 달리, 임홍빈(1993)을 비롯한 다른 많은 연구에서는 '–던'과 '–더–'가 다음과 같이 통사 · 의미상으로 유사하기 때문에, 다른 형태소로 볼 수 없다고 하였다[9]. 이러한 견해는 '–더–'가 서법이나 시제에 보이는 문법기능이 '–던'에서도 일정하게 유지되고 있다는 인식을 반영하고 있다.

(4) 가. 철수가 밥을 많이 먹더라.
　　나. 밥을 많이 먹던 철수가 지금은 그렇게 많이 먹지 않는다.
(임홍빈 1993:p.307)

임홍빈에 따르면, (4가)와 (4나)에서'–더–'와 '–던'의 인식시의 이동이 공통적으로 과거로 이동한다. 유사하게 이필영 (2002:p.327)이 지적하

9) 고영근(2004:pp.148~151)은 형태소 분석에 있어서 구조적 상관성이 문법 기능에 비해 우선해야 한다는 전제 아래, '–던'이 계열관계를 고려할 때 쉽게 '–더–'가 분리되고 '–더–'에서 분리된 '–(으)ㄴ'이 어간에 직접 붙기 때문에 관형사형에서도 '–더–'를 분석하는 태도가 옳다고 주장하였다. 필자는 철저히 의미 · 화용론적 관점에서 논의를 진행하겠으나, 형태론적으로 '–더–'가 관형사형에서 독립적으로 분리될 수 있다는 입장은 받아들인다.

였듯이, '－더－'와 '－던'은 사태에 대한 인식 시점을 발화시로부터 과거의 어느 시점으로 이동하였음을 나타내는 공통점을 가지고 있고 시제만을 기준으로 파악한다면 '－던'은 기준시가 주절의 사건시나 발화시가 될 수 있는 반면 '－더－'는 기준시가 항상 발화시라는 차이가 있을 뿐이다. 따라서 시제를 기준으로 살필 때'－더－'와 '－던'이 특별한 차이를 보인다고 보기는 어렵다. 이상에서 살펴보았듯이, '－더－'와 '－던'을 별개의 서로 다른 형태소로 다루어야 한다는 주장과 같은 형태소로 다루어야 한다는 주장이 국어학계에 공존하고 있는 것이 현실이다.

'－던'은 '－더－'의 연구 초창기부터 주목의 대상이었지만 조건과 양보의 연결어미에 나타나는 '－더－'의 문제에 관해서는 박재연(2006; 2009)과 최정진(2013)이 거의 언급할 수 있는 선행연구의 전부라고도 할 수 있다[10]. 박재연(2009)는 '－었더라면'과 '－었더라도'를 각각 반현실(counter-realis)을 드러내는 조건과 양보의 연결어미로 보았다. 두 연결어미 모두 *주어제약*(인칭 제약)을 보이지 않는다는 점을 근거로 삼아 '－었더－'를 과거시제를 나타내는 하나의 어미라고 주장하였다[11]. 박재연(2006)은 역시 인칭 제약이 성립되지 않는 점을 들어 '－더라도'를 분석이 불가능한 하나의 어미로 파악하였다. 박재연의 주장을 요약하자면, 조건이나 양보의 연결어미에 나타나는 '－더－'는 양태의 의미(본고의 입장에서는 증거성 의미)를 잃어버리고 '－었－'과 결합하여 시제의 역할만 한다. 즉 '－더－'가 종결형에 나타날 때와 연결형에 나타날 때에 각각 다른 범주로 기능을 한다고 보는 것이다. 한편 최정진(2013)은 '－더－'의 기본의미를 '과거

10) 본고에서는 '－더－'의 제약(주어제약, 몸소살핌제약)에 주목한 연구에 한정해서 선행연구를 살폈다. 조건이나 양보의 범주에 관한 논의나 통합형 연결어미의 형태소 분석에 대한 연구들은 본고와 큰 관련성을 찾기 힘들기 때문이다.

11) 박재연(2009)의 분석에 의하면, '－었더라면'은 '－었더－'와 '－으면'의 결합형이고, '었더라도'는 '－었더'와 '－어도'의 결합형이다. 이와 같은 분석은 박재연(2006)에서 '－었더라도'를 '－었－'과 '－더라도'의 결합형으로 판단한 것과는 차이가 있다.

비종결적 인식'이라고 주장하며 '-었더라면'이 종결형 '-더라'와 계사 구문의 연결형 '-이라면'에서 유추하여 '[[VP었+더-]S+라면'으로 분석하였다. 최정진(2013)은 결국 '-더-'의 동질적 해석을 지지하는 셈이며, 박재연(2006; 2009)은 최동주(1996)와 이지영(2002)의 영향을 받아, 연결형과 종결형에서 '-더-'가 이질적인 성격을 나타낸다는 입장을 취하고 있다.

2) 담화표상이론에서 전제의 해석

본고의 목적은 특정한 이론의 소개가 아니다. 그러나 본고에서 '-더-'를 전제 유발자(presupposition trigger)로 파악하고, 전제의 투사나 덮놓기 현상 등의 핵심적인 증거들을 설명하기 위해 담화 표상 이론 (Discourse Representation Theory)을 소개하는 것은 필연적이다. 담화 표상 이론(Discourse Representation Theory)의 이론적 목표이자 장점은 문장 단위를 넘어선 맥락을 해석하는 데에 있다[12] (Kamp1981; Kamp and Reyle1993). DRSs(Discourse Representation Structures)는 일반적으로 <U, Con>이라고 표기되는 한 쌍의 집합으로 이루어진다. 여기에서 U(niverse)는 담화지시체(discourse referents)의 집합을 의미하고 Con(ditions)은 담화지시체들의 속성(property)이나 관계(relations)들의 집합이다. 이해를 돕기 위해 실제 DRS를 살펴보자.

12) Kadmon (2001:p.25)은 담화 표상 이론의 세 가지 핵심적인 목표를 제시했다. 첫째, 부정 명사(Indefinite NPs)에 대한 일관성 있는 설명과 한정 명사(Definite NPs)에 대한 일관성 있는 설명, 그리고 맥락에서 조응사가 선행사와 결합하는 원리를 제시하는 것이 바로 그것이다. 이러한 문제들이 비록 각각 분리된 내용으로 제시되었지만 사실은 서로 매우 긴밀하게 연계되어 있는 문제이다.

(5) 가. A man walks.

나.

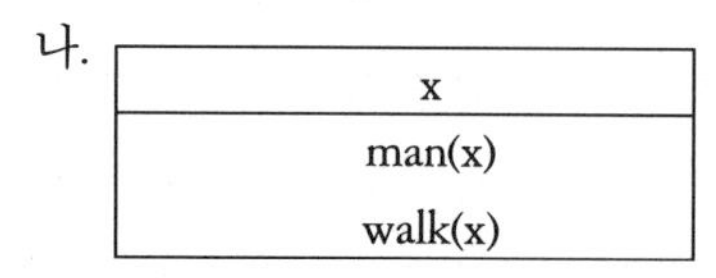

(5)에서 DRS는 상자의 외관을 갖추었지만 이러한 형식이 절대적인 것은 아니다. (5나)의 DRS에서 상자의 상단에는 U에 해당하는 담화지시체 x가 자리잡고, 'man'과 'walk'가 속성의 집합으로 상자의 하단을 구성한다. 원래 Kamp 와 Reyle(1993)의 DRT는 통사적 가지 구조에서 DRS로 변환되는 규칙을 포함하고 있지만, 본고에서는 DRT의 통사적 구조에서의 변환과정은 다루지 않겠다. 통사 구조를 고려하지 않고 기술한다면, 명사구 'a man'은 비한정 명사구이기 때문에 새로운 담화지시체 x로 U에 등록될 수 있다. 새로 도입된 담화지시체는 Con의 집합의 원소인 'man'에 의해 제한을 받는다. 이와 같은 속성에 의한 제한은 동일한 담화 지시체에 관해 누적되게 적용할 수 있다. 따라서 동일한 담화지시체가 동사구 'walks'에 의해 유발된 속성 'walk(x)' 에 의해 거듭 제한된다. 위에서 제시한 간단한 DRS는 모델 내에서 진리값이 결정된다. 즉 담화지시체로부터 모델의 Universe로 사상(mapping)이 되고 모든 조건들이 참으로 판명될 때에 DRS의 해석은 참이 된다.

Van der Sandt(1992)는 DRT를 뼈대로 하여 전제를 설명하기 위한 새로운 유형의 DRS를 제안하였다. 이 새로운 유형의 DRS는 예비 DRS라고 일컬어진다. Van der Sandt(1992)의 이론의 특징은 예비 DRS의 해석을 결정하는 과정과 관련이 깊다. 그에 따르면, 예비 DRS의 해석을 결정하는 방법은 두 가지가 있는데, 결속(binding)과 조정(accommodation)이다. 만약 예비 DRS가 근접 가능한 위치에 적절한 선행 표현이 존재하면 선행 표현과 전제를 연결시킴으로써 예비 DRS의 해석은 결정된다. 그러나 만약 결속에 의한 결정이 실패하면 조정의 과정을 통해, 즉 적절한 위치에 전제를 추가함으로써 예비 DRS의 해석은 결정된다.

본고의 연구대상인 '-더-'에서 드러나는 의미-화자가 직접 과거의 사건을 관찰했다-는 선행하는 맥락에 의해 결정(결속)될 가능성은 없다. 따라서 전제가 결정되는 두 가지 방식 가운데 조정(accommodation) 결정되는 과정만을 자세히 살피겠다. Beaver(2001)에서 Van der Sandt(1992)의 논의를 잘 정리했기 때문에 그의 논의를 따라가 보자[13].

(6) If Mary chose the Chateau Neuf,
then she realizes it is a good wine.

(Beaver 2001:p.104 E125)

예문 (6)에서 good wine은 전제 유발 표현이다. Van der Sandt(1992)의 견해에 따라, 전제 유발 표현이 위치하는 DRS에서 예비 DRS를 구축한 결과는 아래와 같다. [그림1]에서 전제 유발 표현은 다른 DRS와 차별화하여 점선으로 상자를 나타낸다.

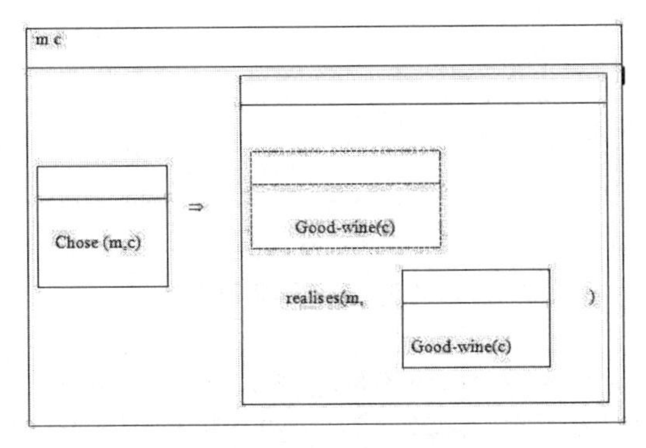

[그림1] 예비 DRS 생성

13) 김진웅(2012가:pp.125~127)에도 Beaver의 논의에 대해 간략히 설명되어 있다.

그 다음에는 점선으로 표시된 예비 DRS의 해석을 결정하는 과정이다. 예비 DRS가 점선으로 표시된 이유는 전제의미가 아직 DRS 내에서 위치를 결정하지 못했다는 의미이고, 이것은 동시에 전제의미가 표면적으로 해석될지 혹은 아닐지가 결정되지 않았음을 의미한다. DRS 상에서 선행하는 맥락(context)이 아직 결정된 바가 없지만, 앞에 어떤 맥락도 존재하지 않는다고 가정하자. 그런 경우에 'the Chateau Neuf is a good wine'라는 전제에 부합하는 어떤 선행 표현도 찾을 수 없다. 따라서 결속에 의한 전제의미의 해석은 실패했고, 이제 남은 조정의 절차에 의하여 전제의미에 대한 해석은 결정된다[14]. 그런데 한 가지 중요한 점은 DRS에서 예비 DRS가 정착하는 위치에 따라서 각각의 해석이 달라진다는 사실이다.

아래에서 광역 조정(global accommodation)의 예를 볼 수 있다. [그림2]에 의한 최종 해석은 'the Chateau Neuf is good and if Mary orders it then she realizes it's good'이다. 여기에서 주목할 점은 'the Chateau Neuf is a good wine'라는 전제가 조건절의 영향을 받지 않는 점이다.

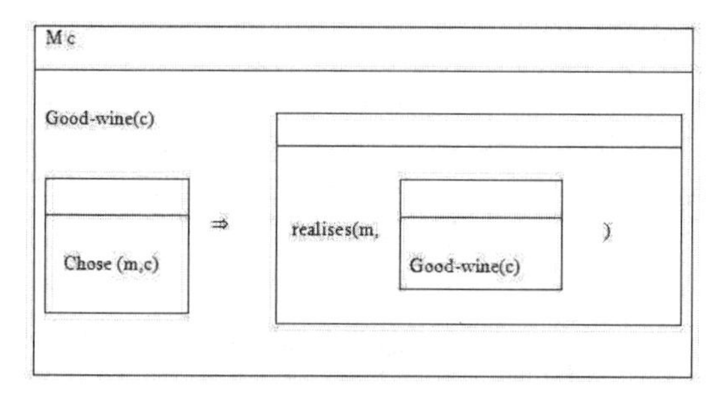

[그림2] 광역 조정의 DRS

---

14) Van der Sandt의 조응적 전제이론에서는 전제 표현이 해석될 수 있는 DRT 상자에 대한 우선순위가 이론내적으로 결정되어 있다. 결속의 경우에는 예비 DRS를 바로 감싸고 있는 상자에서부터 결속이 가능한 선행 맥락을 찾고, 점점 상위의 DRS로 범위를 넓힌다. 조정의 경우에는 그와 반대로, 가장 상위의 DRS에 전제 표현을 이동시키며 차차 원래의 전제 표현이 생성된 위치로 범위를 좁힌다.

다음으로 예비 DRS가 조건절에 포함되는 중간 조정(Intermediate accommodation)이 있는데, 본고와 연관성이 미약하므로 생략하겠다. 최종 해석만을 보이면, 'If the Chateau Neuf is good and Mary orders it then she realizes it is good'이다. 마지막으로 지역 조정 (local accommodation)의 최종 해석은 'if Mary orders the Chateau Neuf then it is good and she realizes it's good.'이고, DRS는 아래와 같다.

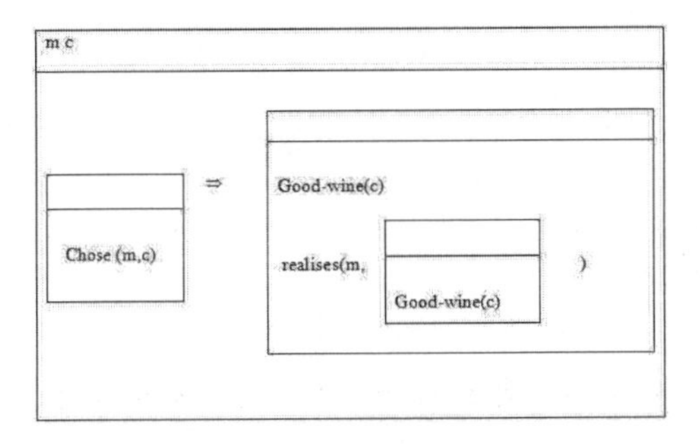

[그림3] 지역 조정의 DRS

전제가 복문에서 나타날 때 불규칙적으로 사라지는 현상을 '전제의 투사 문제(The projection problem for presuppositions)'라고 부른다. Karttunen (1973)이 전제의 투사 문제를 최초로 제시한 이후, 이 문제는 문맥 의존적 의미론 (Dynamic Semantics)[15] 에서 맥락(context)을 가변적인 재구성의 대상으로 재인식하는 과정과 맞물려 있다. 앞의 [그림2]와 [그림3]이 시사하는 바는 동일한 문장의 해석도 전제가 정착하는 DRS의 위치에 따라 상이하게 결정될 수 있다는 점이다. 본고의 연구대상인 '−더−'에서 드러나는 의

15) Dynamic Semantics의 번역으로는 '역동적 의미론'이란 표현을 발견할 수 있는데, 본고에서는 이 대신 '문맥 의존적 의미론'이란 번역을 제안한다. '역동적'이란 표현이 지니는 모호성을 피하고자 하는 제안인데, 문맥의 변화에 따란 해석이 재구될 수 있다는 측면을 명확히 보여 주기 위함이다.

미 역시 전제에서 비롯되었다면, 해석되는 DRS의 위치에 따라 의미가 드러나기도 하고 사라지기도 할 수 있을 것이다. 이러한 주장을 뒷받침하기 위해서는 우선 '－더－'의 증거성에 해당하는 의미가 전제에 속한다는 점을 밝혀야 할 것이다. 이 문제는 이미 기존의 필자의 논의들에서 충분히 다루어졌으므로(김진웅 2012가; 2012나) 3.1.에서 재확인하는 차원에서 간단히 다룬 후에 3.2.에서 '－더－'의 화시적 특성을 조명해 보고자 한다.

3. 전제와 '－더－'

1) 전제의 확인

Strawson(1950)의 전제에 관한 정의는 소위 '의미론에서의 전제의 정의'로 널리 알려져 있다. 그의 정의에 따르면, 임의의 문장 S1의 진리값이 참과 거짓일 경우 모두 또 다른 문장 S2를 함의한다면 S2를 S1의 전제라고 볼 수 있다. Strawson의 의미론적 정의와 대비되는 Stalnaker(1974) 논의에서는 화자가 주어진 상황 아래에서 당연하다고 받아들이는, 문장에서 함의되는 명제들을 전제라고 주장하였다. 이를 흔히 화용론적 전제라고 일컫는다. Beaver(2001:p.9)에서 이미 지적한 대로, 근래에 전제에 관한 이론들은 극단적인 의미론(Strawson)에 기반한 견해와 극단적인 화용론(Stalnaker)에 기반한 이론의 중간 지점의 어딘가에 위치하고 있다. 그렇다면 의미론에서 전제라고 일컬을 수 있는 표현은 어떤 조건을 충족해야 할까? 당연히 부분의 합이 전체를 구성한다는 합성성의 원리(the principle of compositionality)에 충실한 전제가 이에 해당한다. 즉, 앞에서 제시한 S2가 반드시 S1의 구성 요소이어야 한다는 뜻이다. 반면 화용적 전제는 합성성의 원리에 구애받지 않고 화자의 추론의 결과인 명제들을 전제로 받아들일 수 있다. 그런데, 전제로 인정받는 많은 표현들이 의미론적인 전제의 요건을 모두 충족시키는 것은 아니다. 반면 화용론적인 전제를 전폭적으로 받아들인다면 전제를 객관적으로 인정할 근거가 박약하게 된다. 따라서 실제로 전제를 구별하기 위해서 일반적으로 사용하는 방식은 몇몇의 테스트와 전제의미가 취소될 수 있다는 특성(Defeasibility)을 확인하는 것이다.

전제를 판별하는 기준은 기본적으로 문장에서 단언 (assertion)과 전제(presupposition)가 분리될 수 있다는 가정을 바탕으로 한다. 앞서 언급한 대로 하나의 문장은 여러 가지 명제를 함의할 수 있다. 전제(presupposition)를 상대적으로 객관적인 기준을 가지고 판별하기 위해서 널리 사용되고 있는 테스트가 존재한다. 즉 부정, 양태 그리고 조건문의 조건절 등과 같은 논리 연산자(logical operators)의 영향권(scope) 아래에서 문장에서 함의된 명제의 의미가 영향을 받지 않으면– 이러한 경우를 2.2에서 지적한 것처럼 "전제의미가 투사된다"고 일컫는다–, 그 명제를 바로 전제로 파악할 수 있다.

(7) 가. 재헌이가 담배를 못 끊었다
명제의미: 재헌이가 담배를 끊은 것은 사실이 아니다.
전제의미: 재헌이가 담배를 피웠다.
#재헌이가 담배를 못 피웠다.
나. 철수와 만수가 어제 안 만나더라.
명제의미: 철수와 만수가 만난 것은 사실이 아니다.
전제의미: 화자는 철수와 만수가 안 만난 것을 직접 관찰했다.
#화자는 철수와 만수가 만난 것을 직접 관찰하지 않았다.

예문 (7가)의 전제의미는 원문장 "재헌이가 담배를 끊었다"나 그 부정인 "재헌이가 담배를 못 끊었다"로부터 영향을 받지 않는다. 또한 (7나)에서 '－더－'에서 비롯한 전제의 해석은 부정을 드러내는 부사 '안'의 영향권을 예외 없이 벗어난다. 이 테스트는 부정이 언제나 명제의미와 관련을 맺고 있다는 점에서 착안되었고 테스트의 결과는 전제가 단언과 구별되는 요소임을 보여준다.

김진웅(2012나:p.116)에서는 찬성/반대 테스트를 명제의미과 증거성 내용(전제의미)를 가르는 기제로 사용하였다. 이것이 전제의미를 드러내는 이유는 참과 거짓을 결정하는 것이 자연스러운 명제의미에 대해서는 청자가 동의하거나 부정할 수가 있는 반면, 전제의미는 발화의 핵심적인 요소가 아니기 때문에 청자가 그것에 관해 동의하거나 부정할 수 없기 때문이다.

(8) (시나리오: 정우의 차가 도난당했다)
정우: 민준이가 내 차를 훔치더라.
명제의미: 민준이가 정우의 차를 훔쳤다.
전제의미: 정우는 민준이가 자신의 차를 훔치는 것을 직접 관찰했다.
가연: 가. 그것은 사실이 아니야. 동욱이가 네 차를 훔쳤어.
나. #그것은 사실이 아니야. 너는 민준이가 네 차를 훔쳤다는 것을 아버지한테 전해 들었을 뿐이야.
(김진웅 2012나: p.116 일부 수정)

예문 (8나)에서 볼 수 있듯이, 전제의미를 부정하는 발화는 적절한 해석을 얻을 수 없다. (8가)와 (8나)에서 공통적으로'그것은 사실이 아니야'라는 발화를 통해서 '그것'과 이전의 발화는 조응적으로 연결된다. 하지만 선행 발화 가운데 단언만이 '그것은 사실이 아니야'라는 발화를 통해 부정이 가능하고, (8나)처럼 전제의미를 부정하는 맥락이 재구성되는 경우에는, 발화 전체가 적절하지 않게 해석된다[16]. 따라서 찬성/반대 테스트를 통해서 '−더−'의 전제의미를 간접적으로 확인할 수 있다.

2) '−더−'의 화시적 특성

송재목(1998:p145)은'−더−'의 중심 의미를'과거의 감각적 관찰'로 파악하였고, 이러한 직관을 바탕으로 '−더−'를 증거 양태로 분석하였다[17]. 더불어 '과거의 감각적 관찰'을 '화자가 기술하는 상황에 대해 시각이나, 청각, 후각, 촉각, 미각 등과 같은 감각 기관으로 과거에 관찰한 증거'로 풀이한 바가 있다. 송재목의 연구가 본고의 2장에서 제시한 연구들의 한계를 극복한 부분은'−더−'를 일반 언어학의 관점에서 증거성의 범주에 포함을 시킴으로써, '−더−'에서 드러나는 *주어제약*이나 *몸소살핌제약* 등이 나타나는 이유를 제시한 점에 있다. 즉 증거성의 정보의 원천과 관련이 깊은 직접적인 관찰이 *몸소살핌 제약*으로 나타났고, '−더−'가 기본적으로 관찰행위를 드러내므로 관찰의 중심은 사건이나 상황에서 제외시키는 편이 자연스럽기 때문에 *주어제약*이 존재한다는 것이다. 필자는 송재목(1998)이 제시한 설명이 현재까지 '−더−'에 관한 연구 가운데 가장

16) 익명의 심사위원은 "그게 아니잖아. 넌 단지 민준이가 훔쳤다는 걸 아버지한테 전해들은 것뿐이잖아. 그런데 어떻게 직접 본 것처럼 말하는 거니?"와 같은 발화가 가능함을 들어 필자의 판단의 적절하지 못하다고 지적하였다. 그러나 필자의 직관으로는 심사위원의 예문에서 '그게 아니잖아'는 (8나)의 '그것은 사실이 아니야'보다 해석의 폭이 훨씬 넓다. 심사위원의 예문 역시 '그게 아니잖아'를 '그것은 사실이 아니야'로 대체한다면, 어색한 문장이 된다고 판단하였다.

17) 증거성을 양태의 하위범주로 간주하는 입장은 증거성을 독립적인 범주로 인정하는 필자의 견해와 다르지만, 여기에서는 송재목의 용어를 따르기로 한다. 증거성의 범주에 관한 필자의 논의는 김진웅 (2012가)의 3장을 참조하기 바란다.

설명적 타당성 (Explanatory Adequacy)을 확보하였다고 생각한다. 그러나 그의 연구 역시 본고에서 제기하고 있는 의문점－왜 *주어제약*과 *몸소살핌제약*이 '－던'을 비롯한 특정한 구조 아래에서 사라지는가－에 대한 뚜렷한 해답을 주지는 않는다[18]. 본고에서 증거성보다 '－더－'의 전제의미에 주목하는 이유는 전제를 고려한 이론만이 비로소 본고에서 제시한 질문에 답을 할 수 있다고 생각하기 때문이다.

송재목이 사용한 용어 가운데 *관찰의 중심*은 주목해야 할 표현이다. *주어제약*에서 문제를 일으키는 표현들은, 예문 (1)에서 살펴보았듯이, 평서문에서 '나'와 의문문에서 '너'이다. 즉 평서문에서 *감각적 관찰의 중심*은 '나'이고 의문문에서 *감각적 관찰의 중심*은 '너'이다. 한 가지 분명한 사실은 '나'와 '너'는 화시(deixis) 가운데 원점(origo)과 관계가 깊은 표현이라는 점이다[19]. 화시[20]란 언어 표현 가운데 상황(situation) 혹은 화맥(Context of utterance)과 관련된 요소들－ 담화 상황에서의 참여자, 시간, 장소 등－을 가리킨다(Bühler 1934; Lyons 1977; Levinson 1983). Garrett(2001)은 최초로 증거성과 관련하여 원점(origo)의 존재에 관해서 언급하였고, Waldie(2012)는 원점에 대한 해석을 확장하여 증거성의 해석에 적용하였다. 그렇다면

---

18) 물론 송재목(1998)에서는 '－더－'의 매김법(관형사형)과 이음법(연결형)에 대한 논의를 배제하였으므로, 본고의 쟁점들에 관해 고려하고 있지 않다.

19) 김진웅(2014:p.186)은 화시(Indexicals)를 "그 진리값이 화맥(context of utterance)에 의하여 결정되는 언어표현이나 그 의미 해석이 일정 부분 화맥에 의존하는 일련의 범주(class)"라고 정의하였다.

20) 본고에서는 영어의 Deixis와 Indexicality에 해당하는 개념과 영어권 논의에서의 번역어로 화시를, Deictic expression이나 Indexicals에 해당하는 한국어 표현들과 영어 표현들을 위해 화시표현이라는 용어를 사용하겠다. 영어권에서 Indexical은 Pierce(1955) 이래로 언어철학 분야에서 활발하게 사용되는 용어로 한국어 술어로 지표성이라는 독자적인 번역 술어가 사용되고 있지만, 본고 내에서 두 용어를 구분해서 사용해야 할 이유를 발견할 수 없었다. 이러한 용어의 선택은 지극히 편의적 차원에서 원고 내의 통일성을 고려해서 이루어진 것이다.

원점과 앞 절에서 제시한 증거성의 명제의미와 전제의미가 어떤 경로로 증거성에 작용하는지를 아래 그림을 통해 살펴보자.

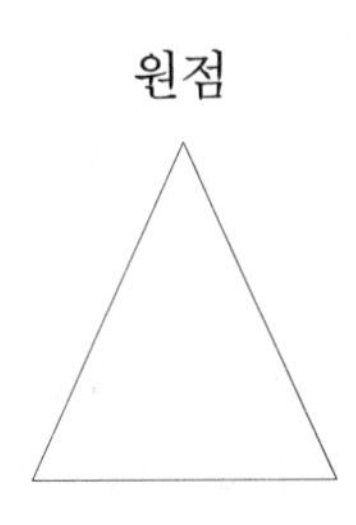

원점의 관점　　　　정보의 획득

명제(단언)　　　　　　관찰한 상황(전제)

[그림4] 증거성의 요소들

이 그림은 Waldie(2012:p.6)가 제시한 그림을 본고의 목적에 맞게 변형한 것이다. 그림에서 원점은 감각 기관을 바탕으로 실제 세계에서 일어난 사건이나 상황을 관찰하는 주체를 나타낸다. 예문 (1)에서 보았듯이, '−더−'를 포함한 문장에서는 평서문에서 화자가 그리고 의문문에서 청자가 각각 원점의 역할을 한다. 3.1에서 '−더−'는 증거성에서 기인한 해석(과거의 감각적 관찰)을 전제의미로 가진다는 점을 제시하였다. 전제를 포함한 문장은 기본적으로 단언 (assertion)과 전제 (presupposition)가 분리될 수 있고, 위의 그림에서 알 수 있듯이, 원점은 단언과 전제에 모두 관여한다. 원점(관찰자)은 명제를 파악함에 있어서 관찰한 사건(인지한 상황)만을 바탕으로 한다. 따라서 원점이 명제에 대해 가지는 관점은 상대적으로 제한 될 수밖에 없다. 한국어 보고의 간접 증거성 표지의 경우에 원점은 단순히 전달자의 입장으로 명제에 대한 참과 거짓의 결정에 자유로울 수 있는 것이 원점의 관점이 제약됨을 드러내는 예이다[21]. 이 그림에서 제시된 가장 중요한 측면은 '-더-'가 드러내는 전제의미-즉 사건이나 상황에 대한 직접적 관찰-는 언제나 화맥과 관련을 맺는다는 점이다 그리고 화맥은 언제나 실제 세계에서 결정이 된다. 결국 *몸소살핌제약*이나 *주어제약* 모두가 결국은 원점이 전제를 통하여 명제에 대한 판단을 내리는 일련의 과정에 관여하고 있음을 보여주는 현상들이다. 만약 이러한 제약들이 '-더-'를 포함한 문장에서 나타나지 않는다면, '-더-'의 전제의미는 당연히 더불어 사라진다. 요약하자면, '-더-'는 증거성에서 비롯한 전제의미(과거의 감각적 관찰)를 드러내는 표지이다. 단, '-더-'에서 드러나는 전제의미의 해석이 이루어지는 시공간은 언제나 실제 세계이어야 한다. 이 조건을 충족하지 못할 때, *몸소살핌제약*이나 *주어제약* 등은 함께 효력을 잃는다. 조건이나 양보의 의미를 가지는 연결어미나 관형절에서 나타나는 '-더-'에서는 그 전제의미를 찾아볼 수 없다. 본고의 나머지 부분에서는 그 이유를 설명할 이론적 근거를 제시하도록 하겠다.

4. '-더-'의 제약들이 해소되는 이유

1) '-었더라도'와 '-었더라면'

박재연(2009:pp.129~134)은 '-었더라도'와 '-었더라면'을 '반현실'을 나타내는 양태의 연결어미로 규정하면서, 이들 어미로부터 '-었-'을 분석할 수 없다고 주장하였다. 그 근거로는 *몸소살핌제약*이나 *주어제약* 등

21) "이 사과는 썩었다. 그런데, 영희는 이 사과가 맛있대."
이와 같은 문장에서 보고의 증거성 표지 '-대'와 함께하는 '이 사과가 맛있다'는 명제는 화자의 판단과는 관련이 없다.

'-더-'의 종결형에서 나타나는 일반적인 특성을 발견할 수 없다는 점을 들었다[22]. 아래 (9)의 예문을 보자.

(9) 가. 내가 세브란스 병원에서 척추수술을 받았더라도, 수술 결과는 장담할 수 없다.
나. 내가 어제 세브란스 병원에서 척추수술의 권위자를 만났더라면, 수술 날짜를 잡았을 것이다.

예문 (9가)와 (9나)에서 '-더-'는 연결어미로 연결된 복문의 선행절에 나타난다. 이 경우에 '-더-'의 증거성에서 비롯된 전제의미-과거의 감각적 관찰-은 사라진다. 또한 (9가)와 (9나)에서 확인할 수 있듯이, *주어제약* 역시 '-더-'가 선행절에 나타날 경우에 사라진다. 그러나 '-었더-'는 엄연히 종결형에서 '-었-'과 '-더-'로 분리하여 분석하는 것이 가능하며, 종결형에서 나타나는 '-었더-'의 특성은 양보와 조건의 연결어미와 결합한 이후에도 여전히 유지되고 있다고 생각한다. 아래 예문을 보자.

(10) 가. **교통사고 이후에 깨어나 보니**, 내가 세브란스 병원에서 척추 수술을 받았더라.
나. **알고 보니**, 내가 어제 세브란스 병원에서 척추수술의 권위자를 만났더라.
다. **안 읽었다고 생각했는데 알고 보니**, 나 그 책 읽었더라.
(송재목 2011: 예20)

송재목(2011:p.41)[23]은 (10다)를 설명하며, 사건(event)에 대해 "잊고 있다가 나중에 다른 정보를 통해 그 사실을 새삼스럽게 인지하게 되었을

---

22) 박재연(2009)은 또 하나의 근거로 '-었더라면'이 '-더라면'과 대립을 보이지 않는다는 점을 들었다. 이 점에 대해서는 본고에서 별도로 논의하지 않겠다.
23) 송재목(2011)의 논의는 '-더니'와 '-었더니'를 중심으로 이루어졌음을 밝혀 둔다.

경우에 적합하다"고 지적하였다. 송재목의 견해에 의하면, "책을 펼쳐보니 자신의 필체로 내용이 요약되어 있거나 밑줄이 쳐져 있는 것을 보았든지, 그 책에 대한 감상을 적은 본인의 일기를 보았든지, 아니면 도서대출카드에 자신의 이름이 적혀 있는 것을 보았든지 등"의 증거를 획득하였을 때 (10다)는 적합한 표현이 된다. 같은 논리로 (10가)와 (10나) 역시 '등에 있는 수술자국'이나 '저녁 뉴스 시간에 나온 의사의 얼굴' 등으로부터 증거를 획득하는 것이 가능할 것이다. 송재목은 "화자의 완료된 과거행위"(송재목 2011: p.40)이기 때문에 관찰의 대상이 될 수 있고, '-었더라'가 1인칭주어와 자연스럽게 사용되는 것이라고 보았다.

송재목(2011: p.61)은 "'-었더니'는 화자 자신의 완료된 행위를 관찰하여 이어지는 후행절의 사건이나 상황과 연결하는 기능"을 한다고 주장하였다. 이를 '-었더라도'나 '-었더라면'에 적용하는 것이 가능할까? 이들 연결어미의 통합형이 '반현실'을 나타낸다는 점을 떠올려 보자. 어떤 방식으로 '완료된 행위의 관찰'이 '반현실'의 의미로 통합될 수 있을까? 오히려 송재목의 논의에 대한 최정진(2011:p.208)의 비판이 '-었더라도'나 '-었더라면'을 합리적으로 설명할 수 있는 가능성을 열어 준다. 최정진은 송재목의 논의가 "화용적으로 주어졌을 가능성이 있는 상황을 지식 체계에 기초하여 추론한 설명이지 '-더-'가 직접 표지하는 정보에 관한 설명이 아니다"다고 지적하였다. 여기에서 가장 주목할 표현은 '추론'이다. K. Chung(2005) 역시 '-더-'가 '-었-'과 결합하면서 '추론'의 의미를 획득한다는 점을 지적한 바가 있다. 본고의 관점에서 이를 설명하자면, '-었-'에서 비롯된 원점과 사건(event)의 분리에 의하여(더 이상 직접적 관찰이 불가능한 조건 때문에) 직접 증거성 표지에서 추론(Inferred) 증거성 표지로 확장된 해석이 가능해지는 것으로 볼 수 있다. 이 관점을 인정한다면, '-었더라도-'나 '-었더라면'에서 나타나는 '-더-'는 '-었-'과 결합하는 순간에 이미 '과거 직접 관찰'이라는 전제의미를 상실한 상태라고 볼 수 있다. 따라서 '전제의 투사'가 일어날 이유가 원천적으로 제거되며 '－더－'의 영역 아래의 명제를 현실세계에서 화시적으로 해석할 이유도 없다. 이것이 '－었더라도'와 '－었더라면'에서 *몸소살핌제약*이나 *주어제약* 등이 해소되는 이유이다.

2) '－더라도'와 '－더라면'

Van der Sandt의 조응적 전제이론은 전제 표현이 해석되는 우선순위를 이론내적으로 예측하고 있다. 결속의 경우에는 우선적으로 지역 결속(local binding)에서 전제의 해석을 시도하고 가장 마지막 단계에서 광역 결속(global binding)을 선택한다. 결속에 의한 해석이 실패할 경우에 조정으로 넘어간다. 조정의 경우에는 그와 반대로, 광역 조정(global accommodation)을 우선순위에 두고 지역 조정 (local accommodation)이 가장 후순위이다. 아래의 예를 살펴보자.

(11) 가. ^{C0}[^{C2}[은경이가 동창회에 나왔다면] ^{C1}[분명히 <u>은경이의 남편</u>이 출장중이야.]][24)]
　　나. ^{C0}[^{C2}[은경이가 결혼을 했다면] ^{C1}[<u>은경이의 남편</u>은 미남일 거야.]]

24) Schlenker(2011)을 따라 2.2.에서 제시한 DRT 상자를 C로 표시하였다. 2.2와 마찬가지로 세 가지 종류의 전제의 조정 작업－광역 조정(global accommodation), 중간 조정(Intermediate accommodation), 지역 조정 (local accommodation)－을 상정하였다. C0는 광역 맥락을, C1은 지역 맥락을, C2는 중간 맥락을 의미한다.

예문 (11가)에서 '은경이의 남편'이라는 표현이 분명히 '은경에게는 남편이 있다'라는 전제를 불러일으킨다. 반면 (11나)에서 동일한 표현이 등장함에도 불구하고, (11나)는 '은경에게는 남편이 있다'라는 전제를 동반하지 않는다. (11)의 예문이 바로 Karttunen(1973)과 Beaver(2001)에서 제시한 '전제의 투사 문제'에 해당한다. 그렇다면 앞의 두 예문의 차이가 어디에서 오는 것일까? (11나)를 살피면, 선행하는 맥락 즉 조건의 연결어미의 범위 아래에 전제를 함의하는 표현이 존재하면, 전제의 투사가 불가능해진다(혹은 전제의 의미가 사라진다)고 설명할 수 있다. 조금 더 자세히 이야기하자면, (11나)의 C2에는 '은경이가 결혼을 했다'는 명제가 존재한다. 이 명제는 당연히 '은경이가 남편이 있다'는 명제를 함의한다. 이 경우에 문장 전체의 해석에서 C1의 명제 '은경이가 남편이 있다'는 명제가 C2의 영역을 벗어나지 못하며, 전제는 최종적인 해석에 반영되지 않는다.

한편 '-더-'의 해석을 위해서는 조정(accommodation)에 한정해서 고려해 볼 수 있다. 2.2.에서 제시한 세 가지 종류의 전제의 조정 작업-광역 조정(global accommodation), 중간 조정(Intermediate accommodation), 지역 조정 (local accommodation)-가운데 광역 조정에 의해서 '-더-'가 해석될 가능성이 절대적으로 우세하다. 이미 Van der Sandt(1992)가 조정 중에 광역 조정에 의해 전제의미가 해석되는 과정을 우선 순위로 꼽기도 했고 '-더-'의 화시적 성격도 실제 세계(혹은 화맥)를 의미하는 가장 외곽의 맥락(C0)에서 해석이 이루어질 것이라고 기대하게 만든다. 아래 예문을 보자.

(12) 가. ^{C0}[^{C2}[내가 세브란스 병원에서 척추수술을 받<u>더라도</u>] ^{C1}[수술 결과는 장담할 수 없다.]]

나. #^{C0}[^{C2}[내가 어제 세브란스 병원에서 척추수술의 권위자를 만나<u>더라면</u>] ^{C1}[수술 날짜를 잡았을 것이다.]]

Van der Sandt(1992)를 고려한 현시점의 이론적 예측은 (12가)와 (12나)에서 모두 '-더-'의 전제의미가 C0에서 해석될 것이다. 이러한 예측이 옳은 것이라면 (12가)와 (12나) 모두 '-더-'의 전제의미가 드러나는 결과가 나타나야 한다. 하지만, (12가)는 '-더-'의 전제의미가 사라지는 대신 문장 해석에는 문제가 없어 보이는 반면 (12나)는 부적절한 문장으로 판단된다. 조금 더 정밀한 분석이 요구되기는 하지만, 이희자 · 이종희(1999) 박재연(2009) 등에서 제시한, '-더라도'에서 비롯된 '반사실(counter-realis)'의 의미가 이와 같은 차이를 낳았다고 분석하는 것이 가능해 보인다.

(13) 가. 돈이 없어서 나는 세브란스 병원에서 척추수술을 받지 않는다 . 내가 세브란스 병원에서 척추수술을 받아도 수술 결과는 장담할 수 없다.
나. #돈이 없어서 나는 세브란스 병원에서 척추수술의 권위자를 못 만난다. 내가 세브란스 병원에서 척추수술의 권위자를 만나면 수술 날짜를 잡을 것이다.

(13가)와 (13나)는 각각 (12가)와 (12나)의 연결어미에서 '-더-'를 제외한 후에 선행절의 명제의미와 모순되는 맥락을 추가한 예문들이다. 필자의 직관으로는 (13가)는 전체적인 해석에 여전히 무리가 없으나, (13나)는 '돈이 없어서 나는 세브란스 병원에서 척추수술의 권위자를 못 만난다'는 맥락과 '내가 세브란스 병원에서 척추수술의 권위자를 만나면'이라는 선행절의 내용은 상호간에 모순이 되기 때문에 성립하지 못한다. (13)이 (12가)와 (12나)의 해석의 차이에 대해 시사하는 바는 다음과 같다. (12가)에서 '-더-'에서 비롯된 전제의미가 광역 조정에 의해 해석을 받으려고 하는 시점에서 '-더라도'에서 유발된 또 하나의 전제의미인 '반사실'과 상호간에 모순을 일으켜서 결국 C1에 머무르게 되고 '과거직접관찰'이

란 의미는 소멸되는 절차를 밟는다. 하지만 (12나)에서 '-더라면'은 '반사실'과 같은 전제의미를 유발시키지 않기 때문에 '-더-'의 전제의미가 투사되는 것을 허용하고, '-면'에서 유발되는 '인식 가능성(epistemic possibility)'과 화용적 의미 충돌을 일으킨다. 다시 말하자면, 동일한 사건(event)을 실제 세계에서 관찰의 대상이자 인식 세계에서 실현 가능성의 대상으로 파악하는 것은 불가능하기 때문에 최종 해석에서 허용되지 않는다는 뜻이다.

3) **관형절에 나타나는 '-더-'**

덫놓기 현상(Trapping)은 세 가지 종류의 조정(광역, 중간, 지역)에 제한을 가하는 추가적인 제약이다. 예문 (14)를 보자.

(14) ^{C0}[^{C2}[If a man gets angry,] ^{C1}[his children get frightened.]]

(Van der Sandt 1992:p.339)

Van der Sandt (1992)에서 지적한 대로 'his(x) children[25)]'은 영어의 조건절 아래에서 전제 유발자가 된다. (11)의 예들을 떠올려 보면, 알 수 있듯이 C0와 C2, 두 맥락에서 'his(x) children'의 전제의미를 해석할 수 있는 가능성이 있다. 하지만 이 경우에 광역 투사는 제한이 된다. 그 이유는 C2의 맥락에서는 'a man'이 선행어로서 x의 해석을 결정해 주지만, C0에서 his가 조건절을 벗어나는 순간 his에서 비롯한 담화지시체(discourse referent) x의 해석이 불가능해지기 때문이다. 이는 어떤 담화지시체도 최종 해석에서

---

25) x는 DRT의 담화지시체를 의미한다.

공란으로 남아 있어서는 안 된다는 원리로 제시되었고, 이런 현상을 Van der Sasndt는 덮놓기 현상이라고 불렀다. 본고에서는 이와 동일한 원리가 '−더−'가 관형절에 쓰일 때 나타난다고 본다.

(15) ^{C0}[^{C1}[내가 x 찾던] 자료가 부산대학교 도서관에 소장되어 있다.]

2.2에서 제시한 DRT 이론을 따르면, 한국어 관형절 안에는 아직 완전히 해석이 되지 않은 담화지시체 x가 존재한다. 정상적인 해석 과정은 선행 표현에 해당하는 '자료'가 결속을 통해 담화지시체 x에 대응하는 것이다. 2.2.에서 제시한 전제의미의 해석 과정을 다시 적용하여 보자. 예문 (15)에서 관형절에 나타난 '−더−'는 '내가 x 찾은 사실을 관찰했다'라는 예비 전제를 DRS 상자에서 생성시킨다. 먼저 (15)에서는 '내가 x 찾은 사실을 관찰했다'는 전제의미를 충족시켜 줄 선행하는 맥락을 일차적으로 찾는다(결속의 과정). 그러나 이 시도는 실패하고 이차로 가장 상위의 K0의 DRS에 전제의 의미를 이동시킨다(조정의 과정). 본고에서 제시한 대로 '−더−'영향권 아래는 모두 '내가 x 찾은 사실을 관찰했다'라는 전제 표현이 광역에서 해석된다면, 담화지시체 x 역시 K0에서 해석돼야 한다. 당연히 담화지시체 x가 유발시킨 담화 지시물은 실제 세계에서 해석될 가능성이 없다. 어떤 담화지시체도 최종 해석에서 공란으로 남아 있어서는 안 된다는 *덮놓기 현상*에 어긋나기 때문이다. 이상이 관형절에서 '−더−'의 전제의미가 해석될 수 없는 이유이다. '−더−'의 전제의미가 실제 세계에서 해석될 가능성이 배제되기 때문에 비동일 주어 제약 현상이나 몸소 살핌 제약 등 화시적 해석에서 비롯한 제약들이 사라진다.

5. 맺음말

본고에서는'–더–'가 관형사어미이나 조건이나 양보의 연결어미와 결합할 때, *주어제약*과 *몸소살핌제약*이 사라지는 원인을 의미 · 화용적 측면에서 살펴보았다. 먼저 '–더–'가 '–었–'과 결합하면서 '추론'의 의미를 획득하기 때문에 '–었더라도–'나 '–었더라면'에서 나타나는'–더–'는 '–었–'과 결합하는 순간에 '과거 직접 관찰'이라는 전제의미를 상실하였고 '전제의 투사'가 일어날 이유가 원천적으로 상실되었다고 주장하였다. '–더라도'와 '–던'을 설명하기 위해서는 투사 문제 (Projection problem)를 중요한 주제로 다루었다. 거슬러 올라가자면 Karttunen(1973)에서 최초로 제시된 '전제의 투사 문제(The projection problem for presuppositions)'에서부터 실마리를 찾을 수 있다고 생각한다. Karttunen에 의하면, 전제의미에 영향을 미치는 구조들을 세 가지 유형으로 나눌 수 있다. 첫 번째 유형은 '투사 허용(hole)'이다. 대표적으로 부정(Negation)은 예외 없이 전제의미를 허용하는 구조로 받아들여지고 있다. 둘째는 '투사 불허(plug)'로 언제나 전제의미를 허용하지 않는 구조이다. 한국어의 관형절이 '–더–'에 있어서 '투사 불허(plug)'로 작용하고 있다. 마지막으로 '선택적 투사 허용(filter)'이 있다. 이는 다양한 화용적 조건에 따라 전제의미를 허용하기도 하고 사라지게도 하는 구조를 뜻한다. '–더–'와 관련해서는 양보나 조건의 연결어미가 전제의미를 허용하거나 불허한다. Karttunen은 전제의 기본적인 메커니즘을 제시하기는 하였으나 세 가지 유형이 차이를 보이는 이유는 설명하지 못하였다. 하지만 그의 연구에 영향을 받은 전제에 관한 이론을 바탕으로 '–더–'에서 비롯된 '과거의 직접 관찰'이란 부가적 의미(전제)가 사라지는 조건들을 유의미하게 설명할 수 있었다. '–던'을 설명하기 위해서 Van der Sandt (1992)에서 제안한 덫놓기 현상(Trapping)을 추가적인 조건으로 설정하였다. 덫놓기 현상을 통해 왜'–더–'에서는 드러나던 부가적 의미가 '–던'에서는 사라지는 가를 합리적으로 설명할 수 있다고 보았다.

마지막으로 본고가 지니고 있는 한계에 대해 지적하고 글을 마치고자 한다. 이 글에서는 '–더–'가 지니고 있는 다양한 성격들 가운데 시제나 상에 관한 논의는 본격적으로 다루지 못했다. 물론 이는 시제나 상이 '–더–'를 설명하기 위해 배제되어야 한다는 뜻이 아니다. 오히려 시제나 상에 대한 깊이 있는 논의는 '–더–'를 위해 절대적으로 필요하며 기존의 연구에서 시제나 상에 관련된 연구가 상당 부분 진전된 성과가 있었다. 다만 본고에서는 그 동안 간과되어 온 관점을 새롭게 제시하는 것을 목표로 삼았음을 밝혀둔다.

부정 표현과 호응하는 부사의 사용 양상과 한국어 교육

임 유 종*

1. 서론

이 연구의 목적은 부정 표현과 호응하는 부사의 어휘별 결합 관계와 실제 사용 양상을 살피고 이를 외국인을 위한 한국어 교육 등에 어떻게 활용할 것인지를 살피는 데에 있다. '전혀, 절대로, 별로, 차마, 영, 통' 등 비교적 많은 부사 어휘가 부정 표현과 호응하여 문장을 구성한다. 그런데 각 어휘별로 부정 표현과 결합하는 양상이 다르다. '전혀'와 같이 대부분의 부정 표현과 잘 어울릴 수 있는 것들이 있는가 하면, '못'과는 어울리지만 '안'과는 어울리지 못하는 '차마'와 같이 제약이 심한 부류도 있다(차마 {못 하다/*안 하다}). 종전의 부사와 부정극어 관련 논의에서는 이런 개별 어휘들의 차이가 중요하게 다루어지지 않았으며, 일부 사례를 제시하는 수준에서 논의되어 왔다. 그러나 부사와 부정 표현의 결합 관계는 어휘별로 차이를 보이는 호응 관계로서, 실제 언어생활이나 한국어 교육 등

* 한양대학교

에서 매우 요긴한 정보이므로 이 부류의 부사 전체를 대상으로 각 어휘별 결합 제약을 분석하여 체계화할 필요가 있다.

'별로, 전혀, 미처'와 같이 부정 표현과 어울리는 부사가 구체적으로 어떤 부정 표현과 결합이 가능한가 하는 점은 어휘마다 다른 양상을 보여준다. '전혀, 절대로'와 같은 경우는 부정소 '안'과 호응이 가능하지만, '차마, 미처' 등은 '안'과 결합이 불가능하다. '모르다, 싫다'와 같은 부정적인 의미를 지닌 어휘와의 결합에서도 부사 어휘별로 다른 결합 양상을 보여준다. 이러한 구체적인 어울림 관계는 어휘 고유의 성격에 속하는 것으로 사전에 그 구체적인 어울림 관계가 기술되어야 하고, 또 이러한 사실은 한국어 교육 등에서도 반영이 되어야 할 것이다. 이러한 부분이 충족되지 않으면 '*차마 밥을 안 먹었다'와 같은 비문의 양산을 막을 길이 없으며, '전혀 모르다'는 가능하지만, '*여간 모르다'는 불가능한 결합이 되는 것을 알 길이 없기 때문이다. 따라서 이 연구에서는 이러한 부사의 결합 제약을 검토하고 실제 코퍼스에서 어떤 양상으로 나타나는지를 살피기로 한다.

부사와 부정 표현의 호응 관계에 대해서는 비교적 연구가 많이 이루어져 왔으나, 각 개별 어휘별로 달리 나타나는 결합 제약에 관한 연구는 많지 않다. 부사 관련 논의에서는 일부 목록을 제시하고 그 호응 관계를 예시하는 수준에서 논의가 이루어져 왔다(김경훈 1977, 1996, 박선자 1983, 1996, 손남익 1995, 임유종 1999). 부정극어 관련 논의에서는 부정 극성을 보이는 일부 어휘나 형태를 대상으로 하여 이론적으로 그 허가 조건 등을 밝히려는 데에 초점을 맞추어 논의가 진행되고 있다(이환묵 1977, 시정곤 1997, 1998, 김영희 1998, 남승호 1998, 이재영/엄홍준 2004).[1] 다만, 최근 임유종 · 이필영(2004)에서 연령별 구어 자료에 나타난 부정 표현 호응 부사의 사용 양상과 언어 발달 문제를 다룬 바 있으며, 임유종

1) 자세한 목록은 뒤의 참고문헌으로 미룬다.

(2005)에서 그 연어성과 실제 결합 관계를 이론적으로 정리하고 사전 기술에 어떻게 반영되어야 할 것인지를 다룬 바 있다. 본 연구는 이런 선행 연구들을 바탕으로 실제 문어 코퍼스에 나타난 사용 양상을 정리하고 그 결과를 외국인을 위한 한국어 교육에 실제로 적용시키는 문제를 다루는 데에 초점을 맞추고자 한다.

2. 부정 표현 호응 부사의 사용 실태

이 장에서는 코퍼스에 나타난 부사 어휘의 사용실태를 살피기로 한다. 부정 표현과 호응하는 부사의 빈도를 살피고 이를 외국인을 위한 한국어 교육에 활용하는 방법에 관하여 살피려는 것이다.

우선 검색 대상 부사의 목록은 다음과 같다.

(1) 결코, 과히, 구태여, 그다지, 그리, 당최, 딱히, 도대체, 도무지, 도시(都是), 도저히, 도통, 미처, 바이, 별달리, 별로, 별반, 별양(別樣), 비단, 영, 여간, 이루, 이만저만, 일절, 전연, 전혀, 절대(로), 좀처럼, 좀체, 지지리, 차마, 채, 통

위의 목록은 전형적으로 부정 표현과 결합하는 부사들이다. 위의 목록 이외에 '영영'류의 어휘도 부정 표현과 어울리는 부사의 후보로 볼 수 있다. '영영'의 경우는 '떠나다, 가다'와 같은 용언과 어울리는 경우를 제외하고는 대부분 부정 표현과 어울려 나타난다. '결단코'도 이 부류에 포함시킬 가능성이 있다. '-고야 말다'와 같은 표현과 자주 어울린다. '마땅히, 생판'과 같은 부류도 잠정적인 후보이다. '마땅히'는 '마땅히 할 말이 없다'

와 '마땅히 효도해야 한다'와 같이 2가지 의미 또는 용법으로 사용이 되는데, 전자의 예는 부정 표현과 어울리는 것으로 볼 수 있다. 이처럼 다의성을 지닌 부사의 경우, 하나의 특정 의미로 사용되는 경우 규칙적으로 부정 표현과 어울리는 경우는 부정 표현과 어울리는 부사류에 포함될 가능성이 크다. '생판'과 같은 경우도 '매우 생소하게'와 '터무니없이 무리하게'의 의미로 사용되는데, 전자의 경우(생판 모른다)는 부정 표현과 호응하는 경우로 볼 수도 있을 것이다. '하등'과 같이 현재 사전에서는 명사로 취급되고 있지만 부사성이 강한 어휘도 잠정적인 대상이 될 수 있다. '조금도'와 같은 조사 결합형, '-는 고사하고'와 같은 구절형까지 포함하면 상당히 많은 후보군이 존재한다고 볼 수 있다. 다만, 이러한 후보들은 부정 표현과 공기하는 경우가 많기는 하지만 항상 그런 것은 아닌 경우도 있고, 또한 그 품사 범주를 부사로 인정할 수 있는지 여부 등 논란의 여지가 있으므로, 이 후보군들에 대하여 여기에서는 일단 부정 표현 호응 부사의 일종으로 볼 수 있다는 가능성만 제시하는 선에서 그치기로 한다. 따라서 이 연구에서는 우선 부정 표현과 어울리는 가장 전형적인 (1) 의 어휘만을 대상으로 연구를 진행하기로 한다.

이 연구에서 다룬 자료는 <세종연구교육용말뭉치(1,000만 어절)>이다. <세종연구교육용말뭉치>에서 구어와 준구어 자료를 제외하고 나머지 문어 자료를 바탕으로 분석하였음을 밝혀둔다. 임유종 · 이필영(2004)에서 구어를 중심으로 관련 연구가 이루어진 바 있으므로 구어와 문어 자료를 구분하여 검토할 필요가 있다고 보고, 여기에서는 문어 자료만을 따로 추출하여 분석을 한 것이다.[2)]

2) 분석 절차는 <세종연구교육용말뭉치>를 대상으로 용례추출 프로그램인 '글잡이 II'를 이용하여 연구 대상인 부사 어휘들이 사용된 모든 용례를 추출하고, 각 용례마다 결합 정보를 일일이 부착하였다. 1차 정보 부착이 끝난 후 그 결과에 대한 수정 보완을 실시하여 오류를 최소화한 후 통계 처리를 하는 순으로 연구를 진행하였다.

부정표현과 호응하는 부사 어휘를 코퍼스에서 추출한 결과 모든 어휘가 코퍼스에 나타나는 것을 확인할 수 있었다. 다만, '별양, 바이'는 1회씩만 출현하여 거의 사용되지 않고 있었다. 출현 어휘들을 빈도순으로 정리하여 표로 보이면 다음과 같다.

빈도 순위	어휘	빈도	백분율
1	전혀	2629	19.45%
2	결코	2035	15.05%
3	별로	1336	9.88%
4	그리	1120	8.28%
5	도대체	831	6.15%
6	도저히	612	4.53%
7	절대	520	3.85%
8	그다지	512	3.79%
9	절대로	481	3.56%
10	도무지	435	3.22%
11	채	372	2.75%
12	미처	368	2.72%
13	좀처럼	293	2.17%
14	여간	283	2.09%
15	영	262	1.94%
16	비단	234	1.73%
17	차마	220	1.63%
18	전연	137	1.01%
19	통	135	1.00%
20	구태여	132	0.98%
21	이루	89	0.66%
22	도통	72	0.53%
23	과히	68	0.50%
24	좀체	59	0.44%
25	별반	53	0.39%

26	일절	43	0.32%
27	도시	40	0.30%
28	딱히	37	0.27%
29	당최	31	0.23%
30	이만저만	29	0.21%
31	결단코	23	0.17%
32	별달리	19	0.14%
33	지지리	7	0.05%
34	바이	1	0.01%
35	별양	1	0.01%
총 합계		13519	100.00%

위의 표에서 보듯이 '전혀'가 가장 많이 출현하였고, 그 뒤를 이어 '결코'가 2위를 차지하고 있다. '별로, 그리' 등도 3, 4위로 비교적 빈도가 높게 나타나고 있다.

이러한 출현 양상은 구어의 경우와는 다르다. 참고로 구어 코퍼스에서의 출현 양상을 보이면 다음과 같다.[3)]

빈도 순위	어휘	빈도	백분율
1	별로	957	69.8%
2	절대(로)	171	12.5%
3	도대체	90	6.6%
4	전혀	56	4.1%
5	도저히	36	2.6%
6	그다지	20	1.5%
7	차마	13	0.9%
8	영	7	0.5%
9	그리	4	0.3%

3) 이 자료는 임유종 · 이필영(2005)에서 제시된 것이다. 일상 대화 자료를 대상으로 이 연구와 동일한 부사 어휘 목록의 빈도를 검토한 연구이다.

10	딱히	4	0.3%
11	채	3	0.2%
12	통	3	0.2%
13	도무지	2	0.1%
14	미처	2	0.1%
15	일절	2	0.1%
16	도통	1	0.1%
총 합계		1371	100%

위에서 보듯이 구어 자료에서는 출현하는 부사 어휘 수도 적을 뿐만 아니라 그 출현 빈도 순위도 위에서 본 문어의 경우와는 다소 다르게 나타난다. 우선 문어 자료에는 나타나지만 구어 자료에 나타나지 않은 목록을 정리해 보이면 다음과 같다.

(2) 결코, 좀처럼, 여간, 비단, 전연, 구태여, 이루, 과히, 좀체, 별반, 도시, 당최, 이만저만, 결단코, 별달리, 지지리, 바이, 별양

위의 어휘들은 구어 자료에서는 나타나지 않은 것들이므로 일상 대화에서는 잘 쓰이지 않는 것들이라고 볼 수 있다. 물론 위와 같은 어휘들이 구어에서 전혀 쓰일 수 없는 것은 아닐 것이다. 그러나 문어 자료에서는 빈도순 2위를 차지하는 '결코' 등이 구어 자료에서는 전혀 나타나지 않고 있어서 생각보다는 문어와 구어의 차이가 크다는 점을 알 수 있다. 이런 차이를 좀 더 확대 해석하면 위와 같은 목록 차이는 일정한 텍스트가 구어적인 것인지 문어적인 것인지를 구분하는 구체적인 구분자로 생각해 볼 수도 있을 듯하다.

3. 부정 표현 호응 부사의 결합 양상

코퍼스에 나타난 부정표현 호응 부사와 부정 표현의 결합 양상을 부사 어휘별로 전체적으로 정리하여 보이면 다음과 같다.[4)]

결합 정보	결단코	결코	과히	구태여	그다지	그리	당최	도대체	도무지	도시	도저히	도통	딱히	미처	바이	별달리	별로	별반	별양	비단	여간	영	이루	이만저만	일절	전연	전혀	절대	절대로	좀처럼	좀체	지지리	차마	채	통	총합계
안	2	76	1	1	2	9	1	12	20	1	20	5		1			31				1	22			1		34	49	85	7	1		1	70	12	465
지 않	5	58	40	38	30	36	6	35	11	8	62	16	2	26		5	47	18	1	9	10	56		1	17	23	66	80	14	16	36		23	78	36	3531
못		28	3		8	16		3	8	1	27	3		38			21	2				18				4	33	7	13		3	3	31	95	8	373
지 못		87	1	2	33	47	1	6	15	1	36	3		18		1	10	6			1	11				12	22	6	7	26	5		39	39	7	898
지 말	1	10	3	2	1	6	2		1	1										2		1			2		3	27	35						1	98
아니다	4	75	12	6	86	20		5	5		2	1	7	2		1	53			20	15	6		28		7	98	36	47	3			1			1737
없다	7	47	3	38	63	66	9	70	18	12	41	26	25	39	1	11	64	26		3	3	35	82		8	40	82	38	10	49	10	1	92		40	3444
모르다		6		1	1	1	3	16	25	2	1	8		34			8					9				11	11	1		9			2	1	22	276
싫다	1																					2							1	1			2			7
어렵다	1	2			3	1	1	1	4	1	18					1	2				1		3				5		2	13	4		2	1		66
다르다		1		13					1													12				21	35									403
삼가다		1																							2			3	3				1			10
힘들다		1						1			5	1											1							18			1			28
드물다																	1													5						6
못마땅하다								1	1	1																										3
[수사의문][5)]				14	10	29	2	62	9	4		1		3			1			6	4	3	2				1						5		2	981
[긍정]	2	4	5	16	4	10	3	35	36	7	1	6		43			1	1		7	8	83	1			17	16	65	28	1		3	19	76	7	751
거부																											2		2							4
궁하다													1																							1
금기																												1								1
금물																												4	1							5
금연																												1								1
금지																									4			3								7
금하다																									1			1								2
만무하다		2																																		2
무관심												1															6									7
무관하다																											28									28

4) 부정표현 호응 부사의 결합 관계에 관해서는 임유종(2005)에서 이론적으로는 정리된 바 있다. 이 연구에서는 코퍼스에 나타난 결합 양상을 중심으로 살피기로 한다. 코퍼스에 나타난 결합 양상이므로 이론적인 양상과는 다소 다를 수도 있다. 이론상으로는 결합이 가능하지만 실제 코퍼스에서는 안 나타날 수도 있기 때문이다.

무력																											3									3
무망																										1									1
무병									1																											1
무색하다									1																											1
무소식																						1														1
무시																											2									2
무용																											1									1
무의미																											3									3
무지																									1	4									5
미확인								1			1																									2
반대																						1				1	14	2	1							19
배제																									3		5		2							10
부당																											3									3
부족								1																				16								17
불가																												11								11
불가능		1							2		24										1	1					9	6	3							47
불무																											1									1
불변																												2								2
불편하다																						1														1
불필요																											2									2
불합리																											1									1
불허																									1											1
사실무근																											2									2
상반																											1									1
요지부동																												1								1
이질적																											17									17
자제																									1											1
중단																									1											1
피하다																									1			1	3							5
회피																									1											1
[확인불가]		1		1	1	3	3	20	5	1	1	1	2	2			1										6	15					1	12		220
총 합계	23	2035	68	132	512	1120	31	831	435	40	612	72	37	368		19	1336	53	1	234	283	262	89	29	43	137	2629	520	481	293	59	7	220	372	135	13519

5) 부정 표현 항목 중 아무런 표시가 없는 것은 직접적으로 결합하는 형태를 제시한 것이고, 대괄호([ ]) 표시가 된 항목은 유형을 의미하는 것이다. 따라서 표에서 [수사의문], [긍정], [확인불가]와 같은 경우는 수사 의문에 부정 표현과 어울리는 부사 어휘가 나타난 경우를 의미하고, [긍정]의 경우는 긍정문, [확인불가]는 생략 등으로 결합하는 부정 표현을 확인하기 어려운 경우를 뜻한다. 한편, [긍정]의 경우에는 어색하거나 비문으로 볼 가능성이 크다는 점도 언급해 둔다. 다만, 직관에 따라 다소 다른 판단이 가능하다고 판단되어 일단 [긍정]으로 표시하였다. 부정표현 호응 부사가 긍정문에 나타나는 구체적인 사례에 관한 세부적인 분석은 추후로 미룬다.

위의 표에는 크게 2가지 정보가 포함되어 있다.[6] 하나는 부사 어휘별로 결합하는 부정 표현이 무엇인지를 알 수 있다. 또 하나는 부사 어휘별로 결합 가능 부정 표현 중에서 어떤 부정 표현과 더 자주 결합하는가 하는 점을 알 수 있다.

우선 부사 어휘별로 결합하는 부정 표현들은 차이가 있음을 알 수 있다. 빈도가 높은 몇 어휘를 대상으로 좀 더 구체적으로 살피기로 한다.[7] 우선 '전혀'의 결합 양상은 다음과 같다.[8]

(1) ㄱ. 도대체 있지도 않은 것, 더구나 많은 사람들이 없어도 [[전혀]] 불편을 안 느끼는 것을 굳이 찾아내라고 생떼를 쓰는 꼴로 보일지 모른다.
ㄴ. 현재의 노출을 금기로 하는 부위가 [[전혀]] 아무렇지도 않은 관습으로 되어 있는 문화권 내에서 생활하고 있기 때문이다.
ㄷ. [[전혀]] 예상을 못한 바 아니었다.
ㄹ. 기호, 부드러움, 감상 등은 가정의 사생활 영역에만 남겨 두고 정치, 경제 직업과 같은 사회생활에서는 그런 것을 [[전혀]] 신경 쓰지 말아야 한다.

(2) ㄱ. 그중 똘스또이는 누구나 알아주는 리얼리즘 문학의 큰 봉우리 가운데 하나로서 그에 대한 언급이 본서 여기저기에 나오는 것이 [[전혀]] 놀라운 일이 <u>아니</u>겠지만, 엘리어트에 관한 논의를 리얼리즘과 연결시키는 것은 다소 뜻밖이라 느껴질지 모른다.

---

6) 표에서 결합하는 부정 표현은 대체로 통사적인 부정 방식, 부정의 의미를 지닌 고유어, '비-, 불-, 무-'가 포함된 한자 어휘의 순서로 정리하였다.

7) 모든 어휘에 관하여 예를 제시하고 싶지만, 지면 관계상, 여기에서는 고빈도 부사의 경우만 제시하기로 한다.

8) '전혀'는 '도무지, 아주, 완전히'의 뜻을 지닌 '전혀(全-)'와 '오로지'의 뜻을 지닌 '전혀(專-)'가 있다. 여기에서는 전자를 말한다. 후자의 '전혀'는 거의 쓰이지 않으므로 사라져가는 어휘라고 여겨지는데, 이는 전자의 '전혀'가 많이 쓰이기 때문인 것으로 여겨진다.

ㄴ. 긴장해서인지 [[전혀]] 먹을 수가 없었다.

ㄷ. 일제 말엽에 일본인의 산림을 관리하며 치부했던 친일파 이중생은 해방을 맞이하여서도 자신의 과오를 [[전혀]] 반성할 줄 모르는 인물이다.

ㄹ. 과거의 예술도, 현재로서 가능한 가장 정확하고 창조적인 현실파악에 의해 재평가될 뿐, 똘스또이의 주장처럼 [[전혀]] 다른 것으로 간단히 대치될 수는 없는 것이다.

ㅁ. 둘째, 단독정부의 수립을 추진한 세력이 해방된 탈식민사회에서는 [[전혀]] 지도력을 갖기 어려웠던 그룹들이었다.

ㅂ. 현실과는 [[전혀]] 차원이 다른 예술만의 세계가 있고 그러한 예술만의 독자적 세계로서의 한 작품의 완벽성 여부라면 모르되, 어떻게 평범한 인간사를 두고 말하듯 '건강'이라는 개념을 예술에 적용하겠느냐는 것이다.

(3) ㄱ. 행복은 적어도 [[전혀]] 불가능한 것에 대한 영원한 섭렵(涉獵)은 결코 아니다.

ㄴ. [[전혀]] 무관심하게 여겨지던 것이 현재 모드에서는 필수적인 유행의 요소가 되는 것도 있다.

ㄷ. 참된 시를 가르치고 창조적인 정신을 키워 가는 교육과는 [[전혀]] 반대가 되는, 원숭이 놀음을 가르치는 장사꾼들이다.

ㄹ. 이런 것은 프로이트의 정신분석이나 아들러의 개인심리학에서도 마찬가지였는데, 그들은 그들의 이론에 관계하는 분야에서 일어나는 일이면 설사 그것이 [[전혀]] 상반되는 인간행동이라 할지라도 무엇이나 설명할 수 있다고 호언하였다.

ㅁ. 예를 들어, 한국의 대학생은 남아메리카 어떤 나라의 수도를 알 수는 있어도, 남아메리카의 민족주의 운동에 대한 개관은 [[전혀]] 무지일 수 있다.

ㅂ. 그것을 연구해서 그 특성을 ――아니 그건 [[전혀]] 불필요한 일이야.

ㅅ. 위에서 [얄리 얄리 얄라성 얄라리 얄라]는 [[전혀]] 무의미하면서도 소리의 효과를 내는 경우이다.

ㅇ. 도회의 생활에 달(月)은 [[전혀]] 무용하다.

ㅈ. 죽지랑은 앞서 말했듯이 국가적으로 추앙받는 인물이었음에도 익선이라는 귀족과의 대결에 [[전혀]] 무력했던 것이다.

ㅊ. 성은 마음의 바탕이고 정은 그 작용이어서 서로 구별될 따름이고, 한쪽은 선하고 다른 쪽은 악할 수 있다는 주장은 [[전혀]] 부당하다고 했다.

ㅋ. 결국 그 벤틸레이터는 잔뜩 밀폐된 저 죽음의 침실을 두고 신선한 바다 공기의 공급이라는 문제에 있어서는 [[전혀]] 불합리한 사명만을 완수하고 있었다.

ㅌ. 박 대변인은 "그러나 김 총재 가족이 공천 대가로 조찬형 의원으로부터 금품을 제공받았다는 설은 [[전혀]] 사실무근이며 문제의 토지와도 아무런 상관이 없다."고 말했다.

ㅍ. 그러나 앞서도 말했듯이 특위에서 자치단체장 선거문제에 관한 여.야 타협은 [[전혀]] 무망하다.

ㅎ. 따라서 카로는 산업 생산품 쪼가리들을 오브제로 선택하지만 그 직접 결합에 있어서 오브제는 그 외형을 결정하는 '상상적 문맥'을 [[전혀]] 배제하게 된다는 것이 특이하다.

위에서와 같이 '전혀'는 '안, －지 않, －지 못, －지 말'과 같은 통사적 부정 표현, '모르다, 다르다'와 같은 부정의 의미를 지닌 고유어, '비－, 불－, 무－'와 같은 부정 한자 접사가 결합된 한자어와 결합하는 양상을 보여준다. (1) 은 통사적인 부정 표현과 어울리는 경우이고, (2) 는 부정의 의미를 지닌 고유어, (3) 은 '비－, 불－, 무－'가 포함된 한자어들과 결합하는 경우이다. (3) 을 세부적으로 보면 '비－ ,불－, 무－'와 같은 접사가 포함되지 않는 '반대, 상반, 배제, 거부, 별개' 등 비교적 다양한 어휘들과도 결합하는 양상을 보인다.[9]

빈도 순위 2위인 '결코'의 결합 양상은 다음과 같다.

---

9) 여기에서는 일부 예만 들었다. 구체적인 결합 어휘 형태는 앞의 표를 참조하기 바란다.

(4) ㄱ. 카란덴테가 서문에서부터 그 근거를 알기 어려운 격찬을 하고 있는 이 팀은 [[결코]] 아프리카를 대표하는 팀으로 보아선 안 된다.

ㄴ. 그래서도 안될 것이고 [[결코]] 그러지 않으리라는 것이 필자의 신념이다.

ㄷ. 물론 발자끄의 작품 내용이 그의 세계관에 어긋났기 때문에 위대한 문학을 낳았다는 투의 논법이 궤변임은 염무웅씨가 일찍이 갈파했던 터이지만, 발자끄에 있어서 작가의 세계관과 작품 사이의 '모순'에 대한 그의 설명은 [[결코]] 만족스러운 것이 못 되었었다.

ㄹ. 싯다르타가 부처되어 자신들에게 온다는 소문을 듣고, 만나더라도 [[결코]] 경배하지 말자고 약속을 한다.

(5) ㄱ. 그러기에 참다운 우리 시대의 문학, 진정으로 오늘을 사는 문학이라는 뜻에서의 한국의 '근대문학'이 곧 '민족문학'이어야 한다는 주장은 [[결코]] 동어반복이 아닌 것이다.

ㄴ. 학교 후배인 상진을 만나지 못했더라면 나는 [[결코]] 그녀가 살고 있는 곳이 어디쯤인지도 몰랐을 것이다.

ㄷ. 동남아의 통합작업이 일본으로서는 초미의 관심사임에도 불구하고 [[결코]] 앞에 나서는 것을 삼간다.

ㄹ. 계열기업간 교차보조가 차단된 경쟁체제 아래서는 재벌이라고 해도 전문분야 밖에서는 [[결코]] 성공하기 힘들다.

ㅁ. 그런 의미에서 블루머여사의 의복은 실용적인 미국의 것이었으므로 우아하고 품위를 숭상하는 귀족적인 영국에서는 미국의 패션이 [[결코]] 성공할 수는 없었던 것이다.

ㅂ. 서구식 민주주의란 [[결코]] 동양에선 완전히 먹혀들기 어렵다는 게 된다.

(6) ㄱ. 말하자면 우리의 의식 영역 중에서 논리적으로 진화되지 않고 있는 구역이 있다고 할 때 그 구역의 조건을 논리적으로 밝힌다는 것은 [[결코]] 불가능한 것이기 때문에 결국 그 구역 조건과는 다른 쪽에서 논리적으로 진화된 체계에 의해서만 그 윤곽이 동시에 밝혀질 수 있다는 일종의 게스탈트적

역동성을 생성적 논리로 볼 수 있다는 것입니다.

ㄴ. 시골 국민학교를 나와 초등 교원양성소를 거친 그의 경력이 말해주듯, 그의 인생역정 또한 [[결코]] 화려할 리 만무했고, 꼭이 그래서 그런 건 아니나 한성민이라고 어서 일본이 패망하기를 손꼽아 기다리지 않을 리 없었다.

'결코'의 경우도 크게 보아 '전혀'와 비슷한 분포를 보여준다. 통사적인 부정 표현, 부정의 의미를 지닌 고유어, 부정의 의미를 지닌 한자어와 결합한다. 그러나 세부적으로 보면 실제 결합하는 양상이 달리 나타나고 있다. 통사적인 부정 표현의 경우는 동일하지만 나머지 경우에는 다른 양상을 보여준다.

빈도 순위 3위인 '별로'의 경우는 '비-, 불-, 무-'가 포함된 한자 어휘는 함께 나타나지 않는다. '별로'의 결합 양상은 다음과 같다.

(7) ㄱ. 실제로 예술론에서 '방법'이라는 개념을 고집하는 것과 마찬가지로 일반적으로 맑스가 [[별로]] 안 쓰던 '세계관'이라는 용어를 애호하는 데에는, 자신의 입장에만은 '이데올로기'라는 표현을 적용하고 싶지 않은 심리가 큰 몫을 차지한다고 본다.

ㄴ. 여기에서의 장식은 죽은 자 외에는 아무도 볼 수 없게 되어 있어 미술적 표현에는 [[별로]] 신경을 쓰지 않는 것이었다.

ㄷ. 그러나 이러한 스타일은 [[별로]] 호응을 받지 못하였다.

(8) ㄱ. 하지만 이런 호칭은 그에게 [[별로]] 적당한 수식들이 <u>아니다</u>.

ㄴ. 진을 뺐는데도 유쾌해서 [[별로]] 피곤한 줄 몰랐다.

ㄷ. 위의 두 편을 발표한 1974년이 다 가기 전에 나는 강단을 떠나야 했고 대학 바깥에서의 활동에도 많은 제약이 따랐기 때문에, 민주화운동과 민족문학운동의 현장에서 그날그날 부딪치는 문제를 넘어 세계문학 전반에 걸친 본격적인 성찰을 해볼 겨를이 [[별로]] 없었다.

ㄹ. 원시 민족 가운데 이 방법에 성공한 경우는 [[별로]] 찾아보기

가 어렵고, 또 막상 뜻대로 성공을 거두었다 하더라도 그것은 그저 우연한 성과로밖에 볼 수 없을 것이다.

ㅁ. 명절 때나 특별한 날에는 찾아오는 이들이 많지만 평소에는 [[별로]] 오는 사람들이 드물어서인지 무척 반가워들 했다.

(7) 은 통사적인 부정 표현과 결합하는 경우이고, (8) 은 부정의 의미를 지닌 어휘와 결합하는 경우이다. '전혀', '결코'와는 달리 부정의 접사 '비-, 불- 무-'가 포함된 어휘와는 결합하지 않음을 알 수 있다. 또한, 세부적으로 보면 '전혀, 결코'와는 달리 '드물다' 등과도 어울린다.

한편, 앞의 표에는 결합하는 부정 표현들의 빈도가 제시되어 있다. 앞서 살핀 고빈도 부사와 결합하는 부정 표현의 결합 빈도를 백분율과 함께 표로 정리하면 다음과 같다.[10]

구분	전혀		결코		별로	
결합정보	빈도	백분율	빈도	백분율	빈도	백분율
안	34	1.29%	76	3.73%	31	2.32%
지 않	662	25.18%	583	28.65%	471	35.25%
못	33	1.26%	28	1.38%	21	1.57%
지 못	225	8.56%	87	4.28%	101	7.56%
지 말	3	0.11%	10	0.49%		0.00%
아니다	98	3.73%	757	37.20%	53	3.97%
없다	822	31.27%	475	23.34%	645	48.28%
모르다	115	4.37%	6	0.29%	8	0.60%
어렵다	5	0.19%	2	0.10%	2	0.15%
다르다	355	13.50%	1	0.05%		0.00%
삼가다		0.00%	1	0.05%		0.00%
힘들다		0.00%	1	0.05%		0.00%
드물다		0.00%		0.00%	1	0.07%

10) 앞서 보인 표와 같은 순서로 배열하되 '전혀, 결코, 별로'와 결합하는 부정 표현이 모두 나타나지 않는 경우는 삭제하여 정리한 것이다.

[수사의문]	1	0.04%		0.00%	1	0.07%
[긍정]	165	6.28%	4	0.20%	1	0.07%
거부	2	0.08%		0.00%		0.00%
만무하다		0.00%	2	0.10%		0.00%
무관심	6	0.23%		0.00%		0.00%
무관하다	28	1.07%		0.00%		0.00%
무력	3	0.11%		0.00%		0.00%
무망	1	0.04%		0.00%		0.00%
무시	2	0.08%		0.00%		0.00%
무용	1	0.04%		0.00%		0.00%
무의미	3	0.11%		0.00%		0.00%
무지	4	0.15%		0.00%		0.00%
반대	14	0.53%		0.00%		0.00%
배제	5	0.19%		0.00%		0.00%
부당	3	0.11%		0.00%		0.00%
불가능	9	0.34%	1	0.05%		0.00%
불무	1	0.04%		0.00%		0.00%
불필요	2	0.08%		0.00%		0.00%
불합리	1	0.04%		0.00%		0.00%
사실무근	2	0.08%		0.00%		0.00%
상반	1	0.04%		0.00%		0.00%
이질적	17	0.65%		0.00%		0.00%
[확인불가]	6	0.23%	1	0.05%	1	0.07%
총 합계	2629	100.00%	2035	100.00%	1336	100.00%

위의 표에서 보듯이 어휘에 따라 결합하는 부정 표현의 빈도 순위가 다르게 나타난다. 가령 '전혀'의 경우는 '없다 – 지 않다 – 다르다 …'와 같은 순서로 나타나는 반면에, '결코'의 경우는 '아니다 – 지 않다 – 없다…', '별로'의 경우에는 '없다 – 지 않다 – 아니다…'와 같은 빈도 순위를 보여준다.

4. 부정 표현 호응 부사의 한국어 교육 방안

지금까지 문어 자료에 나타난 부정 표현 호응 부사의 사용 양상에 관하여 살폈다. 앞에서 다룬 내용은 크게 2가지이다. 하나는 부정 표현 호응 부사의 사용 빈도이고, 또 하나는 부정 표현 호응 부사와 결합하는 부정 표현에 관한 정보이다. 차례로 외국인을 위한 한국어 교육에서의 활용 가능성을 살피도록 한다.

좀 더 구체적인 논의를 위해 한국어 교육의 기본이 되는 한국어 교재를 염두에 두고 논의를 진행할 것이다. 특히 앞서 제시한 부정 표현 호응 부사의 사용 양상은 특히 쓰기와 읽기 교재를 만들 때에 요긴하게 활용할 수 있다고 본다. 여기에서 분석한 자료가 문어 중심의 자료이기 때문이다. 한국어 교재가 다양하게 개발되고 있는데, 통합적으로 한국어 교육 교재를 만든 경우도 있지만, 말하기, 읽기 영역 등을 구분하여 교재를 달리 만든 경우도 있다. 직관상으로 구어와 문어가 차이가 있다는 점에서는 영역을 구분하여 교육하는 것이 바람직하다고 여겨진다. 이런 점이 한국어 학습자들에게 명확히 전달되지 않으면 문어적인 표현을 해야 하는 상황에서 구어적인 표현을 하는 것처럼 다소 부적절하거나 부정확한 한국어 표현이 이루어질 수 있기 때문이다. 이런 점에서 말하기의 교육에서 어휘 목록과 쓰기/읽기 교육에서의 어휘 목록이 달라져야 하는 경우가 있다고 본다. 가령 앞서 부정 표현 호응 부사의 사용 빈도 양상에서 논의한 내용에 따르면, 말하기 교재에서는 '결코'를 중요하게 생각하지 않아도 되지만, 쓰기/읽기 교재에서는 '결코'를 중시해야 한다. '결코'는 구어 자료에서는 나타나지 않는데 문어 자료에서는 빈도 순위가 2위로 나타나기 때문이다. 이런 관점에서 본다면 앞서 다룬 논의는 한국어 교재 중에서 쓰기/읽기와 같은 문어적인 성격을 지닌 교재에 좀 더 직접적으로 활용이

가능하다. 이런 점을 좀 더 구체적으로 살피기로 한다.

먼저 부정 표현 호응 부사의 사용 빈도 정보는 한국어 교육에서 요긴하게 활용할 수 있다. 많이 사용되는 어휘를 다른 것들보다 먼저 가르칠 필요가 있기 때문이다. 앞에서 살핀 문어 코퍼스에 나타난 빈도 정보는 한국어 교육 과정에서 어떤 어휘를 먼저 교육시킬 것인지를 결정할 때 도움이 된다. 빈도가 높은 것일수록 외국인들이 자주 접하게 되는 어휘이므로 빈도가 낮은 것들보다는 먼저 교육시킬 필요가 있다. 가령 한국어 교재를 개발할 때 다음과 같이 빈도수가 높은 어휘를 초급 단계에 제시하고 빈도가 낮은 것일수록 고급 단계의 교재에 편성하는 것이 좋다고 본다. 예를 들어 교과 과정이 4단계로 구성되어 있는 교재를 만들 때, 부정 표현 호응 부사를 다음과 같이 단계별 교재에 제시할 수 있을 것이다.

제1단계: 전혀, 결코, 별로, 그리, (빈도수 1000 이상)
제2단계: 도대체, 도저히, 절대, 그다지, 절대로(빈도수 500~1000)
제3단계: 도무지, 채, 미처, 좀처럼, 여간, 영, 비단, 차마, 전연, 통, 구태여 (빈도수 100~500)
제4단계: 이루, 도통, 과히, 좀체, 별반, 일절, 도시, 딱히, 당최, 이만저만, 결단코, 별달리, 지지리, 별양, 바이 (빈도수 100 이하)

1위의 단계별 목록은 부정 표현 호응 부사를 빈도순으로 자른 것이다. 가장 먼저 빈도가 높은 '전혀, 결코, 별로' 등을 교육시키고, 그 이후 단계에 따라 빈도가 높은 어휘들부터 우선적으로 교육시키자는 취지이다.

물론, 위의 단계 구분은 임의적인 것이다. 필요한 교육 단계나 교육 목표 및 과정에 따라 기준을 달리할 수 있다. 가령 3단계 교육을 실시할 경우에는 위의 목록에서 제4단계에 제시된 목록은 빈도가 상당히 낮은 것들이므로 아예 교재에 포함시키지 않을 수도 있고, 단계를 구분하는 빈도의 기준을 조정하여 가령 빈도 500 이상의 어휘는 제1단계, 빈도 수 100~500은 제2단계, 빈도수 100 이하는 제3단계와 같이 만들 수도 있다. 또는 어휘 교육 목표에 따라 가령 제1단계에서 300 어휘 정도를 가르치는 목표가 있는 한국어 교재의 경우에, 구체적으로 품사별 어휘 수 안배를 해야 하는데, 가령 부정 부사를 포함시킬 수 있는 여지가 5개 항목 정도라면 빈도가 높은 것부터 5개 항목을 추리면 될 것이다. 중요한 것은 빈도가 높은 것들을 빈도가 낮은 것보다는 우선적으로 가르치는 것이 바람직하다는 것이다.

한편, 한국어 어휘 교육에서 교육용 어휘를 선정하고 우선순위를 정할 때 빈도가 절대적인 기준인가 하는 점에서 반론을 제기할 수도 있을 것이다. 한국어 교육용 어휘를 선정할 때에는 빈도를 고려하기도 하지만, 어휘의 확장 가능성, 고유어와 한자어의 비율, 체계상의 빈 칸에 해당하는 어휘, 어휘의 난이도, 한국의 문화 관련 어휘 등 여러 가지 면을 감안하여 어휘를 선정하고 있다.[11] 따라서 위와 같이 빈도에만 기대는 것은 문제라는 지적이 있을 수도 있겠다.

그런데 적어도 부정 표현 호응 부사의 경우에는 빈도만 중시하면 별 문제가 없다고 본다. 한국어 교육용 어휘에서 고려되는 다양한 기준들은 많은 어휘들 중에서 일정한 수의 어휘를 추려내야 하기 때문에 어휘들 간의 전체적인 분포나 비율을 고려하는 거시적인 관점에서 필요한 것들이다. 따라서 부정 표현 호응 부사의 경우만을 한정한 경우에는 일부 기준을 제외하고는 적용하기조차 어려운 기준들이 대부분이다. 가령 어휘 확장 가능성이란 빈도가 낮은 경우라도 다른 어근이나 접사와 결합하여 많은 어휘를 만드는 경우에는 우선적으로 교육하자는 것인데, 부사의 경우는 보

11) 본격적인 한국어 교육용 기본 어휘 선정 방안 문제는 본 연구의 주된 목적과는 거리가 있으므로 필요한 선에서만 언급을 하고 깊이 다루지 않는다. 이 부분의 연구 동향 및 관련 논의는 조현용(2000)을 참조하기 바란다.

조사와 결합이 가능하기는 하지만 대체로 불변화사의 성격을 지니고 있으므로 이런 점을 고려할 필요가 없다. 고유어와 한자어의 비율은 거시적인 측면에서의 기준이므로 우리의 논의에서 언급하기는 적절하지 않은 것으로 여겨진다. 또한, 고유어와 한자어를 모두 포함하여도 위에서 보듯이 그 목록이 그리 많지 않으므로 큰 문제가 없다는 생각이다. 셋째 체계상의 빈 칸에 해당하는 경우라는 것은 가령 수사와 같이 체계가 갖추어진 경우에 다른 모든 수사가 포함되어 있는데, '쉰, 아흔' 등이 빠져있으면 안 된다는 것인데, 이것 역시 부정 표현 호응 부사의 경우에는 관련이 없다. 부정 표현 호응 부사의 경우에 어휘들이 체계를 형성하고 있다고 보기는 어렵기 때문이다. 한국의 문화 관련 어휘와 같은 경우도 부정 표현 호응 부사와는 무관한 사항이다.

한편, 어휘의 난이도/중요도 측면은 검토가 필요하다. 만약에 '도대체'가 '도무지'보다 빈도는 높지만, '도무지'가 '도대체'보다 쉽다면, 또는 중요하다면 '도무지'를 초급 단계에 포함시키자는 제안이 가능하다. 난이도가 낮은 것에서 높은 것으로, 중요도가 높은 것에서 낮은 것으로 교육시키는 것이 바람직하다는 점은 인정이 되기 때문이다.

그렇지만, 현실적으로 어휘의 난이도나 중요도를 객관적으로 평가하기는 어렵고 주관성이 개입될 수밖에 없다는 약점이 있다. 이와 관련한 논의로는 김광해(2003)이 대표적이다. 김광해(2003)에서는 중요도에 따라 등급별 국어 교육용 어휘를 제공하고 있다. 총 7개 등급으로 구분하고 있는데, 실제 목록은 중요도가 비교적 높다고 보는 제4등급까지만 제시하고 있다. 구체적인 목록을 제시하였다는 점에서 한국어 사전 편찬이나 한국어 교육에 상당히 도움이 될 것으로 여겨진다. 김광해(2003)의 등급화한 결과 목록에서 부정 표현 호응 부사의 경우를 찾아보면 다음과 같다.

1등급: 전혀, 결코, 별로, 그리, 도대체, 이루
2등급: 도저히, 절대, 절대로, 도무지, 채, 미처, 좀처럼, 여간, 차마,
구태여
3등급: 그다지, 비단, 전연
4등급: 과히, 별반, 일절, 딱히, 이만저만, 결단코, 지지리
없는 목록: 도통, 좀체, 도시, 당최, 별달리, 별양, 바이[12)]

큰 틀에서는 앞에서 제시한 목록 설정과 비슷한 결과이지만 세부적으로 다소 차이가 있다. 앞에서 보인 이 논의의 단계별 목록과 김광해(2003)에 제시된 목록 차이를 정리하면 다음과 같다.

(1) 1등급에 빈도가 낮은 '이루'를 포함시키고 있다. '이루'는 빈도로 보면 100 이하에 해당하는 어휘이다.
(2) 2등급에 포함되어 있는 '도무지 미처, 좀처럼' 등보다 오히려 빈도가 높은 '그다지'를 3등급에 포함시키고 있다.
(3) 3등급에서 '비단, 전연' 등과 비슷한 빈도를 보이는 '영, 통'이 김광해(2003)의 목록에는 나타나지 않는다.
(4) 빈도가 낮은 것들 중에서 '과히, 별반, 일절' 등은 4등급에 포함시키고 있는데, '도통, 좀체, 도시, 당최, 별달리, 별양, 바이' 등은 김광해(2003)에서 제시한 4등급 목록에서 나타나지 않는다.

왜 이런 차이가 생겨나는지는 분명치 않다. 김광해(2003)에서 사용한 방법은 메타 검색과 전문가들의 평가이다. 다양한 빈도 자료를 종합적으로 검토한 후 최종적으로 직관에 어긋나는 경우들을 전문가들의 평가를 통하여 선정하였다는 것이다. 이런 점을 감안하면 '이루'가 1등급에 포함된 이유는 두 가지 중의 하나일 것이다. 하나는 여러 개의 빈도 자료 중에

12) '영, 통'은 목록에 제시되기는 하였는데, 그 품사를 확인할 수가 없어서 일단 제외하였다.

서 특정 코퍼스의 경우 '이루'의 빈도가 상당히 높게 나왔을 가능성이 있다. 둘째로는 전문가들의 검토 과정에서 이것이 중요도가 높다고 평가했을 가능성이다. 전자보다는 후자일 가능성이 크다고 여겨진다. 부정 표현 호응 부사들이 텍스트에 따라 빈도가 엄청나게 달라질 정도의 전문적인 어휘가 아니기 때문이다. 또한 김광해(2003)의 메타 검색 방식이 여러 자료를 종합적으로 고려하고 자료의 타당성 등을 중요하게 취급하기 때문에 특정 텍스트에만 빈도가 높은 어휘가 1등급 어휘로 되는 분석 결과가 나오기는 어렵다고 보기 때문이다. 만약에 후자와 같은 이유로 '이루'가 1등급에 소속되었다면 주관적인 판단의 결과라 할 수 있겠다. '이루'가 어떤 점에서 중요한가 하는 부분이 객관적으로 설명되기 어렵기 때문이다. '이루'가 중요성이 있다면 어떤 부분일까 하는 점을 생각해 보면 대체로 '순수 고유어, 어린이들의 사용 언어(기초적인 언어)' 정도를 생각해 볼 수 있다. 이것이 순수 고유어라는 점에서 중요도를 평가받았다면 다른 순수 고유어 어휘들과의 형평성이 문제가 될 수 있을 것이다. '어린이들의 사용 언어(기초적인 언어)'라는 기준은 다소 막연한 기준이다. 만약에 이런 점에 근거해서 중요한 어휘로 인정하는 것은 객관성이 약하다고 본다. 김광해(2003)과 같은 방식으로 등급별 어휘 목록을 작성하는 것도 가능하지만 그것 역시 객관적 근거에 의한 목록 구성은 아니라는 점이다.[13] 객관성의 측면에서만 보면 오히려 빈도순에 따른 이 연구의 목록 구성이 나은 면이 있다고 본다.[14]

---

13) 이런 점은 김광해(2003)에서도 "어떤 단어가 어떤 등급에 해당하느냐 하는 관점에는 다분히 개인의 주관이 개입할 수 있을 뿐 아니라, 사회적 요인에 따라 매일매일 달라질 수조차 있는 등, 그 기준이 매우 유동적인 것이다."와 같은 표현으로 언급하고 있다.

14) 한국어 교재를 개발하는 실제 과정에서는 빈도순을 중시한 이 연구의 목록 구성과 김광해(2003)의 목록을 절충할 수도 있을 것이다. 양 쪽 목록에 모두 포함되어 있고 우선순위도 비슷한 목록들은 그대로 인정하여 교재에 단계별로 수록을 하고, 문

요컨대 부정 표현 호응 부사의 경우는 빈도에만 의존하여 교육용 어휘를 선정하고 그 우선순위를 정하는 것이 문제될 것이 없다. 교육용 어휘를 선정할 때 고려되는 여러 사항들이 부정 표현 호응 부사의 경우는 대부분 무관하거나 또는 반드시 적용시켜야 할 필연적인 이유가 없기 때문이다.

한편, 부정 표현 호응 부사의 교육에서는 어휘 자체보다도 그 용법을 제대로 가르치는 것이 중요하다. 앞에서 논의한 바와 같이 어휘별로 결합하는 부정 표현들이 다르기 때문이다. 또한, 여러 유형의 부정 표현과 결합이 가능하며, 더 나아가서는 결합 가능한 부정 표현들 중에서 선호하는 부정 표현이 있기 때문이다.

부정 표현 호응 부사의 결합 양상을 교육할 때 활용할 수 있는 정보는 결합하는 부정 표현의 목록과 빈도이다. 우선 부정표현 호응 부사가 구체적으로 어떤 부정 표현들과 결합이 가능한가를 목록으로 만들 필요가 있다. 부사 어휘에 따라 결합 가능한 부정 표현이 다르기 때문에 이를 정확히 알지 못하면 정확한 한국어를 구사할 수 없다.[15)]

둘째로, 앞서 제시한 부정 표현의 빈도 정보는 한국어 교육 과정에서 적극적으로 활용할 수 있다. 앞서 언급한 바와 같이 이론상으로는 가능하지만 거의 나타나지 않는 부정 표현도 있고, 가능한 부정 표현들 중에서 특정 부정 표현은 자주 결합하는 양상을 보이기도 한다. 이런 특성은 어휘별로 다른 양상을 보여준다. 가령 앞서 언급한 바와 같이 '전혀'는 '없다 – 지 않다 – 다르다…'와 같은 순서로 나타나는 반면에 '결코'는 '아니다 –

제가 되는 어휘들의 경우만 따로 모아 처리 방안을 결정하면 될 것이다. 필요에 따라 어느 한 쪽의 결과를 그대로 인정하는 것도 물론 가능하다.

15) 다만, 이 부분은 이 연구의 결과를 참고하기 어렵다. 이 연구에서 분석한 내용은 실제 코퍼스에 나타난 부정 표현 호응 부사의 양상이기 때문에 결합이 가능한 부정 표현인데도 안 나타날 가능성이 있기 때문이다. 구체적으로 어떤 부정 표현과 결합이 가능한가 하는 점은 임유종(2005)에서 다룬 바 있으므로 그 논문을 참조하기 바란다.

지 않다 – 없다…', '별로'는 '없다 – 지 않다 – 못…'과 같은 빈도 순위를 보여준다. 따라서 부정 표현 호응 부사의 용법을 설명할 때 이런 점을 적극 활용할 필요가 있다. 자주 결합하는 부정 표현을 빈도 낮은 것들보다 강조해서 가르칠 필요가 있다는 것이다.

이런 부정 표현의 빈도 정보를 한국어 교육에 활용하는 방법은 크게 두 가지가 있다. 하나는 특정 부정 표현의 용법을 설명할 때 한꺼번에 그 결합 가능한 부정 표현을 모두 가르치되 빈도가 높은 부정 표현을 강조하는 방식이다. 이는 사전에 어휘의 용법을 기술할 때 가장 기본적인 용법으로 빈도가 높은 부정 표현을 제시하는 것처럼 하자는 것이다. 가령 '전혀'의 경우를 예로 들면, 다음과 같이 설명하는 것이다.

> '전혀'는 '안/못, –지 말, 없다, 모르다, 다르다, 아니다'와 '비–, 불–, 무–' 등의 접사 포함 어휘 등과 결합이 가능한데, 이 중에서 기본적인 용법은 '없다, –지 않, –다르다'와 결합하는 경우이다.

'없다, –지 않, –다르다'는 다른 부정 표현들보다 '전혀'와 빈도가 높게 나타나는 것들이다. 이런 것들을 중점적으로 강조해서 교육을 시키자는 것이다. 둘째는 단계를 나누어 빈도가 높은 것을 우선적으로 가르치고 빈도가 낮은 부정 표현들은 나중에 교육하자는 것이다. 결합할 수 있는 부정 표현을 한꺼번에 제시하면 복잡함을 느낄 수 있기 때문에 단계별로 나누어 부담을 줄일 수 있다. 가령 '별로'의 경우를 예를 들면 제1단계에서는 '별로 – 없다, –지 않다, 못' 정도로 결합 빈도가 높은 부정 표현만 제시하고, '별로 – –지 못, 아니다, 안, 못' 등은 제2단계와 3단계 등에서 차례로 가르치자는 것이다.

위의 두 가지 방식 중에서 직관적으로는 첫째 방식이 전통적인 방식과 크게 다르지 않으면서도 실제적인 빈도 정보를 활용한다는 점에서 좀 더 바람직하다는 판단이다. 전통적인 방식에 따라 이론적으로 결합 가능한 양상을 문법적으로 모두 설명해주되, 그 중에서도 특히 어떤 부정 표현과 잘 어울리는지를 제시하여 실제 언어 사용에 도움을 주자는 것이기 때문이다. 둘째 견해도 나름대로 강점을 지니고 있기는 하다. 특히 부정 표현 호응 부사의 경우는 "이 유형의 부사는 부정 표현과 함께 사용된다."라는 규칙화, 또는 일반화는 가능하지만 구체적으로 어떤 부정 표현과 결합하는지는 어휘별로 다른 특성을 보이므로 결과적으로 그 부정 표현의 목록을 모두 제공해야 한다. 그런데, 결합하는 부정 표현의 목록 수가 적지 않은 경우는 한꺼번에 그 목록을 모두 보이는 것은 학습자에게 큰 부담이 될 수 있다. 따라서 빈도가 높은 순으로 몇 개씩 단계에 따라 차근차근 제공하는 것도 나름대로 일리가 있다고 본다. 다만, 모든 어휘의 용법을 이런 식으로 구성할 수 있는가 하는 점에서 다소 어려움이 따를 것으로 예상된다. 요컨대 둘 다 가능한 방식이지만 전자가 좀 더 낫다고 여겨진다.

5. 결론

지금까지 부정 표현과 호응하는 부사의 어휘별 결합 관계와 실제 사용 양상을 살피고 이를 외국인을 위한 한국어 교육 등에 어떻게 활용할 것인지에 대하여 살펴보았다. 논의의 주된 내용을 요약하면 다음과 같다.

(1) 실제 코퍼스에 나타난 부정 표현 호응 부사의 사용 실태를 검토하였다. 목록을 빈도순으로 정리해 보이면 다음과 같다.

전혀－결코－별로－그리－도대체－도저히－절대－그다지－절대로－도무지－채－미처－좀처럼－여간－영－비단－차마－전연－통－구태여－이루－도통－과히－좀체－별반－일절－도시－딱히－당최－이만저만－결단코－별달리－지지리－별양－바이

(2) 부사 어휘별로 결합하는 부정 표현의 결합 양상을 검토하였다.

– 전체적인 결합 양상을 표로 정리하여 보였다. 이를 통하여 부사 어휘별로 어떤 부정 표현과 결합하는지, 그리고 어떤 부정 표현과 더 자주 결합하는지를 알 수 있다.
– 고빈도 부사인 '전혀, 결코, 별로'의 경우를 예로 들어 구체적인 결합 양상을 살폈다.

(3) 부정 표현 호응 부사의 사용 빈도와 결합 양상을 한국어 교육에서 어떻게 활용할 것인지를 검토하였다.

– 부정 표현 호응 부사의 빈도 정보는 한국어 교육 과정에서 단계별로 구분하여 교육시킬 필요가 있다고 보고, 구체적인 단계화 방안을 예시하였다. 빈도가 높은 것을 먼저 가르치고 빈도가 낮은 것일수록 다음 단계에서 가르치는 것이 바람직하다고 보았다.
– 부사 어휘별로 결합하는 부정 표현이 다르게 나타나므로 한국어 교육에서 그런 점들을 정확하게 가르칠 필요가 있다고 보았다.
– 또한, 부정 표현 중에서도 빈도의 높고 낮음이 있는데, 빈도가 높은 것을 먼저 가르치고 낮은 것은 나중에 교육하는 것이 바람직하다고 보았다.

이상으로 부정 표현 호응 부사의 결합 제약과 한국어 교육에 대한 논의를 마치기로 한다. 이론상의 문제와는 별도로 코퍼스에 나타난 실제 결합

양상을 살피는 데에 초점을 맞춘 논의이므로 자연어 처리나 한국어 교육 분야에 활용 가능성이 크다고 본다. 논의 과정에서 여러 문제도 있을 것이고, 남겨진 과제도 많다. 이런 점에 관해서는 후고를 기약해 본다.

복수 표준어의 개념과 의미

정 희 창*

1. 복수 표준어와 어문 규정

'표준어'는 하나의 단일한 기준점을 지향하는 것이 보통이다. 복수의 단어가 유사한 의미로 쓰여 혼동스러울 경우 그중 하나를 표준어로 정하는 것이 표준어 선택의 원칙이다. 아래는 1988년에 고시된 '표준어 규정'의 '단수 표준어'에 대한 규정이다.

(1) ㄱ. 제17항 비슷한 발음의 몇 형태가 널리 쓰일 경우, 그 의미에 아무런 차이가 없고 그중 하나가 더 널리 쓰이면 그 한 형태만을 표준어로 삼는다.
ㄴ. 제25항 의미가 똑같은 형태가 몇 가지 있을 경우, 그중 어느 하나가 압도적으로 널리 쓰이면, 그 단어만을 표준어로 삼는다.

그런데 '표준어 규정'에는 이와 상반되는 듯한 규정도 제시되어 있다. '복수 표준어'를 설정한 것이 그 예이다.

---

* 성균관대학교

(2) 제26항 한 가지 의미를 나타내는 형태 몇 가지가 널리 쓰이며 표준어 규정에 맞으면, 그 모두를 표준어로 삼는다.

이러한 규정은 표준어가 지닌 원래적인 속성과는 상반되는 것처럼 보인다. 더욱이 단수 표준어 개념과 양립할 수 있는 것인지에 대해서는 의문의 여지가 있다. 그렇지만 이러한 논리적인 문제가 있음에도 복수 표준어 규정은 표준어의 폭을 넓히는 것과 동시에 표준어를 유연하게 규정하는 출발점이 되었다고 평가할 수도 있다.

복수 표준어의 개념은 1988년의 "표준어 규정"에 명확하게 제시되었지만 그 출발점은 1936년의 "사정한 표준말 모음"에서부터 찾아볼 수 있다. "표준말 모음"은 대략 아래와 같이 구성되어 있다.

(3) 첫째 같은말(同義語)
(一) 소리가 가깝고 뜻이 꼭 같은 말
(ㄱ) 소리의 通用에 關한 말
(1) 닿소리(子音)의 通用
(2) 홀소리(母音)의 通用
(ㄴ) 소리의 增減에 關한 말
(1) 닿소리의 增減
(2) 홀소리의 增減
(3) 음절의 增減
(二) 소리가 아주 다르고 뜻이 꼭 같은 말
……
둘째 비슷한 말(近似語)
세째 준말(略語)

"표준말 모음"에서 복수 표준어에 해당하는 부분은 '같은말'의 일부와 '비슷한 말', '준말'이다.

(4) ㄱ. 소리가 아주 다르고 뜻이 꼭 같은 말
ㄴ. 비슷한 말
ㄷ. 준말

(4ㄱ)의 예로는 '그러께/재작년, 범/호랑이, 청어/비웃, 옥수수/강냉이' 등을, (4ㄴ)의 예로는 '서울나기/서울뜨기' '머리털/머리카락', '눈대중/눈어림', '척짓다/척지다' 등을, (4ㄷ)의 예로는 '갈대/갈, 냄새/내, 옷고름/고름' 등을 들 수 있다. 비표준어로 처리되던 '강냉이'가 '옥수수'와 함께 1988년의 "표준어 규정"에서 복수 표준어로 정착 된 것도 (4ㄱ)의 예로 다루어진 데서 출발했다고 할 수 있다.

본고에서는 "표준말 모음"에서부터 시작된 것으로 보이는 '복수 표준어'의 개념과 의미에 대해 논의하고자 한다. 1988년의 "표준어 규정"과 최근의 복수 표준어 정책을 주된 내용으로 삼는데 특히 최근의 표준어 정책에서 나타난 복수 표준어의 내용과 의미를 비판적으로 검토하고자 한다. 본고에서 논의할 내용을 제시하면 다음과 같다.

(5) ㄱ. 표준어는 현재 어떤 위상을 가지고 있는가?
ㄴ. 복수 표준어의 개념은 무엇이고 어떻게 변화해 왔는가?
ㄷ. 복수 표준어를 사전에서 제시하는 방법은 어떠해야 하는가?
ㄹ. 복수 표준어 정책은 어문 규범 정책에서 어떠한 의미를 지니는가?

2. 복수 표준어 정책의 배경과 의미

어문 규범 가운데에서 개정과 보완에 대한 의견이 가장 활발한 영역은 '표준어'이다. 표준어는 속성상 자의건 타의건 언어 사용자를 표준어 사용자와 비표준어 사용자로 구분하고 각각에 대해 가치를 부여할 수밖에 없다. 이러한 점은 표준어를 '공통어'로 대체해야 한다는 논의에서도 극복하기 어렵다. 흔히 공통어에 대한 논의에서는 표준어의 문제점을 이야기할 때 표준어로 선정되는 대표형이 지역, 계층, 세대의 여러 요소를 균형 있게 반영하지 못하는 것을 지적한다. 이처럼 표준어 선정 과정이 편협한 것은 문제이지만 그 과정을 투명하게, 균형 있게 한다고 해서 표준어와 비표준어의 가치 구분이 사라지는 아니다. 이는 '대표형 공통어'로 이름을 바꾸어도 마찬가지다. 본질은 언어에 가치를 부여하고 그것을 서열화하는 데 있는 것이지 '표준어'라는 이름에 있는 것은 아니기 때문이다.[1)]

표준어가 지속적으로 지역어를 위축하고 이는 결과적으로 언어 문화 유산의 축소로 이어지리라는 것은 예측할 수 있다. 하지만 정작 표준어의 영향이 어느 정도인지, 지역어가 어느 정도로 위축되고 소멸되고 있는지에 대한 구체적인 조사와 논의는 찾아보기가 어렵다. 구체적이고 객관적인 조사와 분석을 통해 언어 정책에 실질적인 효과를 부여할 수 있는 연구가 지속될 필요가 있다.

이러한 조사와 연구의 필요성은 표준어에 대해서도 마찬가지다. 그동안 표준어의 개념에 대해 정의하고 있는 표준어 규정 제1 항의 '교양 있는 사람들이 두루 쓰는 현대 서울말'이 분명하지 않다는 지적이 적지 않았다.(국립국어원 2011ㄱ) 특히, '교양 있는', '두루 쓰는'에 대해서는 개념적인 정확성에 대한 의문부터 정서적인 반응까지 뒤섞여 있었던 것이 사실이다. 그럼에도 이 문제에 대한 정확한 조사나 분석이 심층적으로 이루어

1) '공통어'에 대한 논의는 이미 여러 차례 논의가 되었지만 그 개념이 분명하게 확정되었다고 하기는 어려울 듯하다. 표준어에 대한 불만이나 비표준어 사용자라는 가치 하락에 대한 이의 제기는 분명히 의미가 있지만 그것이 언어 정책으로 이어지는 논리적, 체계적 준비가 아직 부족하다는 뜻이다. 일례로 2006년의 '표준어 규정에 대한 위헌 제기'는 지역어와 표준어에 대한 인식을 바꾸는 계기는 되었지만 실제 표준어 규정의 보완으로 이어졌다고 하기는 어렵다.

졌다고 하기는 어렵다. 국립국어원(2011ㄱ)과 같은 조사 보고서가 있지만 그 이후에 후속 논의가 이어졌다는 소식은 아직 없다. 아래는 국립국어원(2011ㄱ)에서 표준어의 필요성에 대해서 조사한 결과이다.

(6) ㄱ. 표준어의 필요성에 대한 긍정적 답변: 전체 답변의 91.1%
ㄴ. 가장 높은 지역: 95.1%(광주/전남/전북)
ㄷ. 가장 낮은 지역: 78.8%(제주)

표준어의 필요성에 대한 긍정적인 답변이 가장 낮은 지역이 79%라는 것은 표준어가 위치가 확고하다는 뜻이다. 표준어의 위상은 공고하지만 표준어에 대한 현재의 인식이나 감정을 어떻게 받아들이고 정책으로 구현할 것인가에 대한 구체적인 논의나 연구는 활발하지 않은 편이다.

그동안의 표준어에 대한 논의 가운데 가장 전격적인 것이라 할 만한 것은 국립국어원(2004)이다.[2] 국립국어원에서 발간하는 "새국어생활" 2004년 봄호에서는 '표준어 정책, 비판적 접근과 대안 모색'이라는 제목으로 표준어 문제를 다루었다. 그런데 규범을 관장하는 국가 기관은 규범에 대해 보수적인 시각을 유지할 것이라는 일반적인 예상과는 달리 여기에 실린 논의들은 의외로 표준어에 대한 새로운 시각을 제시하고 있어서 주목된다. 사실, 표준어에 대한 개념적인 정의를 제외하면 표준어에 대한 문제 제기는 개별적인 표준어 사정에 치우진 면이 적지 않았다. 예컨대 '숫놈/수놈, 깡총깡총/깡충깡충, 떨구다/떨어어뜨리다, 뭐길래/뭐기에' 등을 대상으로 사정의 부적절함을 논의하는 식이었다. 그런데 이런 개별적인 항목에 대한 논의는 한계가 있을 수밖에 없다. 따라서 불만족스러운 표준어를 제시하고 확정하는 체제에 대한 논의로 확장되는 것이 자연스럽다.

2) 국립국어원(2004)를 이렇게 평가하는 것은 기존의 관점과는 다른 시각을 제시하고 있기 때문이다. 표준어를 주제로 최근에 다시 논의한 국립국어원(2011ㄴ)과 비교해 보아도 그렇게 말할 수 있다.

개별 표준어의 사정이 불만족스러운 것은 후보 어휘의 선정과 검토 체계가 불충분하기 때문이라고 할 수 있다. '공통어'라는 개념을 도입해서 후보군을 확장할 필요가 있다는 주장도 여기에서 비롯했을 것이다.

2011년 8월에 새롭게 추가한 복수 표준어 목록은 이러한 사회적 요구에 답하는 것이었다.

(7) 복수 표준어 목록
간질이다/간지럽히다, 고운대/토란대, -기에/-길래, 괴발개발/개발새발, 날개/나래, 남우세스럽다/남사스럽다, 냄새/내음, 눈초리/눈꼬리, 떨어뜨리다/떨구다, 뜰/뜨락, 만날/맨날, 먹을거리/먹거리, 메우다/메꾸다, 목물/등물, 묏자리/묫자리, 복사뼈/복숭아뼈, 세간/세간살이, 손자/손주, 쌉사래하다/쌉싸름하다, 어수룩하다/어리숙하다, 연방/연신, 휭허케/휭하니, 거치적거리다/걸리적거리다, 끼적거리다/끄적거리다, 두루뭉술하다/두리뭉실하다, 맨송맨송/맨숭맨숭, 맹숭맹숭, 바동바동/바둥바둥, 새치름하다/새초롬하다, 아옹다옹/아웅다웅, 야멸치다/야멸차다, 오순도순/오손도손, 찌뿌듯하다/찌뿌둥하다, 치근거리다/추근거리다, 태견/택견, 토담/흙담, 품세/품새, 자장면/짜장면, 허섭스레기/허접쓰레기

복수 표준어로 추가된 39개 항목은 그동안 비표준어로 다루어지면서도 오히려 빈도가 더 높았던 말들이라는 특징이 있다. 현재의 표준어 규정을 살펴보면 복수 표준어가 되는 경우는 아래와 같다.

(8) ㄱ. 제2장 발음 변화에 따른 표준어 규정
제16항 준말과 본말이 다 같이 널리 쓰이면서 준말의 효용이 뚜렷이 인정되는 것은 두 가지를 다 표준어로 삼는다.
거짓부리/거짓불, 노을/놀, 막대기/막대…
제18항 다음 단어는 ㄱ을 원칙으로 하고 ㄴ도 허용한다.
네/예, 쇠-/소-, 괴다/고이다…

제19항 어감의 차이를 나타내는 단어 또는 발음이 비슷한 단어들이 다 같이 널리 쓰이는 경우에는 그 모두를 표준어로 삼는다.
거슴츠레하다/게슴츠레하다, 고까/꼬까…

ㄴ. 제3장 어휘 선택의 변화에 따른 표준어 규정

제23항 방언이던 단어가 표준어보다 더 널리 쓰이게 된 것은 그것을 표준어로 삼는다. 이 경우, 원래의 표준어는 그대로 표준어로 남겨 두는 것을 원칙으로 한다. 멍게/우렁쉥이…

제26항 한 가지 의미를 나타내는 형태 몇 가지가 널리 쓰이며 표준어 규정에 맞으면, 그 모두를 표준어로 삼는다. 가뭄/가물, 가엾다/가엽다…

표준어 규정에서는 한 가지 이상의 말이 널리 쓰이는 경우 복수 표준어를 인정한다. 그런데 널리 쓰인다고 모든 단어를 동등하게 취급하는 것은 아니다. 제16항의 준말, 제23항의 방언은 '효용이 뚜렷이 인정되거나', '더 널리 쓰여야' 한다는 조건이 덧붙는다. 특히 방언의 경우 방언이 더 널리 쓰이더라도 원래의 표준어는 비표준어가 되지 않는 것이 원칙이다. 준말에 비해서 본말이, 방언에 비해서 표준어가 우월하다는 전제가 들어 있는 셈이다.

여기에는 한번 표준어의 지위를 갖게 된 말은 비표준어가 되는 일은 좀처럼 일어나지 않는다는 뜻이 담겨 있다. 이러한 원칙은 급격한 규범의 변화가 바람직하지 않다는 점에서 긍정적일 수 있다. 게다가 규정에서는 '원칙'이라고 했으므로 규범의 변화가 불가능한 것도 아니다. 하지만 실제로 이미 고시된 표준어 목록의 변화가 일어날 가능성은 매우 적다. 위의 복수 표준어 목록에서도 '깡총깡총/깡충깡충', '숫놈/수놈', '알타리무/총각무' 등은 빠져 있다. 이들이 제외된 것은 '표준어 규정'에 명시되어 있어서 쉽사리 개정할 수가 없기 때문이다.[3)]

3) 실제로 어문 규정(고시본)에 포함된 내용을 개정하는 것은 복잡한 절차가 필요할뿐

이는 표준어 규정, 특히 성문화되어 고시의 절차를 거치는 규정이 가지는 문제를 보여 준다. 문신처럼 박혀 있는 규정은 그 자체가 선언적이거나 상징적인 가치를 지니는지는 몰라도 시간이 지날수록 내용의 불완전성이 드러날 수밖에 없다. 언어 현실에 맞게 규범의 일부를 수정하고자 해도 기존 규범이 지닌 상징성을 훼손하는 것으로 간주되어 개정이 쉽지 않기 때문이다. 이러한 점을 보더라도 성문화된 규범의 한계는 분명하다.[4]

지금까지 성문화된 규범의 대안으로 제시된 것은 국어사전이다. 실제로 어문 규정만으로 규범적인 언어생활을 하는 것은 거의 불가능하다. 어문 규정은 언어 현실에서 쓰이는 어떤 말이 규범적인지, 그렇지 않은지 거의 말해 주지 않는다. 원칙들과 약간의 예들만 제시되어 있고 설명이 부족하다. 게다가 설명의 전개 방식이나 논리 전개 구조가 체계적이지 않을 때도 있다. 따라서 좋든, 싫든 현재의 언어생활의 기준은 국어사전이 될 수밖에 없고 앞으로도 그럴 것으로 예측할 수 있다. 게다가 "표준국어대사전"처럼 웹 사전으로 제공되는 현재의 국어사전은 수정과 추가와 같은 내용의 개정이 자유롭다. 사실, 딱딱하고 어려운 어문 규범을 해석하는 일은 국어 전문가들의 영역이다. 국어사전에서는 규범에 맞게 적용된 결과를 수록하고 언어 공동체는 그것을 이용하는 것이 합리적이다.

이러한 상황에서 복수 표준어를 확장하는 정책은 고육지책이자 절묘한 신의 한 수일 수 있다. 성문화된 규범을 유지하면서[5] 내용의 수정과 보

더러 규정을 개정한다는 것 자체만으로 사실이 증폭되어 불필요한 오해와 논란을 불러일으킬 소지가 많은 것이 사실이다. 이는 규정을 개정하려는 주체에게 부담스러운 일이라고 할 수 있다.

4) 이는 성문화된 규범의 등장과 역할에 대한 역사적인 가치와는 다른 문제이다. 한문 위주에서 국문 위주로 언어생활이 재편되고 일제 강점기와 광복이라는 역사적인 상황에서 성문화된 규범의 역할은 현재와는 분명히 차이가 있다. 규범을 온전하게 이해하기 위해서는 이러한 역사적인 전개 과정에서 규범이 지닌 역사성과 가치에 대한 조사와 논의가 필요할 것으로 생각한다.

5) 성문화된 규범을 유지하는 것이 어쩌면 더 간편한 길일 수도 있다. 다만 현재의 제1항

완이 자유로운 국어사전에 언어 현실에서 빈도가 높은 단어를 표준어로 추가하는 것은 정책적인 일관성을 지키면서도 언어 변화에 능동적으로 대처하는 효과가 있기 때문이다.[6]

3. 복수 표준어 사정의 역사

지금까지 '복수 표준어'는 세 차례 추가되었다고 할 수 있다.

(9) ㄱ. 표준어 규정(1988)
ㄴ. 2011년 표준어 추가 사정안(2011. 8. 31.)[7]
ㄷ. 2014년 표준어 추가 사정안(2014. 12. 15.)[8]

에 해당하는 조항만 있으면 충분하다. 널리 쓰이고 언어문화적인 가치가 있는 말이 표준어라는 식의 정의만 있으면 충분하다. 나머지 표준어를 선정하는 원칙은 너무 많고 복잡해서 어차피 수록할 수가 없다. 규범을 유지하지 않고 국어사전에 맡기는 것은 현실적으로 가능성이 높은 방법이다. 이미 국립국어원과 같은 전문 기관이 존재하고 규범 사전인 "표준국어대사전"이 언어 사용의 준거로 널리 쓰이고 있다. 다만 약간의 체제 정비는 필요하다. 규범의 제개정 의결 권한을 국립국어원에 위임하거나 이관해야 하고 국립국어원에서도 규범의 심의 기능을 강화하는 절차를 마련해야 한다.

6) 물론 성문화된 규범에 제시된 규범은 고칠 수 없다는 한계가 존재한다. 성문화된 규범의 경우 적극적인 규범 정책의 전환이 전제되지 않는 한 현재의 상태가 유지될 가능성이 높다고 할 수 있다. 예컨대, '누렇다'의 활용형 '누레'를 '누래'로 수정하는 것은 쉽지 않은 일이다. 그런데 최근에 국립국어원에서 "표준국어대사전"의 내용을 지속적으로 수정하면서 규범과 관련된 것이 포함되는 일이 있다. "표준국어대사전"이 어문 규정 자체는 아니지만 현실적으로 어문 규범의 기준이 되고 있다는 점을 생각해 보면 규범의 개정과 비슷한 효과가 있어 보인다.

7) '2011년 표준어 추가 사정안'은 필자가 제시한 것이다. 2011년에 표준어를 추가할 때 국립국어원에서 특별한 제목을 사용하지 않았지만 2014년에는 '2014년 표준어 추가 사정안'이라는 제목을 제시했으므로 이와 평행하게 제시하였다. 앞으로 '2011년 복수 표준어'로 약칭한다.

8) 앞으로 '2014년 복수 표준어'로 약칭한다.

표준어 규정(1988)의 복수 표준어가 "표준말 모음"에서 시작되었다면 '짜장면의 복권'으로 대표되는 2011년의 복수 표준어는 2003년부터 기초 작업이 시작되었다. 2003년부터 시작해서 2006년까지 국립국어원 내부에서 운영한 '정부 · 언론 표준어사정심의위원회'가 그것이다. 여기에서는 "표준국어대사전"에서 제시된 규범의 미비점을 보완하는 것을 주된 목표로 삼았다. 즉 "표준국어대사전"에서 누락되었거나 언어 현실이 달라져서 보완이 필요한 것 등을 수집하여 관리함으로써 규범 문제를 상시적으로 관리하려는 의도를 가지고 있었다. 이 회의는 어문 관련 학자뿐 아니라, 현장에서 활동하는 언론・출판계 인사들을 포함하여 구성되었다. '표준어사정심의위원회'는 결성 이래, 10여 차례의 회의를 개최하여 표준어 관련 단어와 표준어의 개념, 새로운 표준어 정책 등에 관한 논의를 진행하였으며 구체적인 표준어 목록을 정리하였다.(국립국어원 2006)

(10) 표준어사정심의위원회에서 논의된 목록 분류

1. 음운 변화에 따른 표준어 규정	
1.1. 자음	
1.1.1. 자음의 변화가 있는 것	군시렁거리다/구시렁거리다, 궁시렁거리다/구시렁거리다, 맹숭맹숭/맨송맨송, 어물쩡/어물쩍, 울그락불그락/붉으락푸르락
1.2. 모음	
1.2.1. 모음의 변화가 있는 것	낼름/날름, 노랭이/노랑이, 노릿노릿/노릇노릇, 달콤새콤하다/달콤새큼하다, 땡초/땡추, 맨날/만날, 바둥바둥/바동바동, 복실복실/복슬복슬, 볼쌍사납다/볼썽사납다, 빠꼼히/빠끔히, 뾰루퉁하다/뾰로통하다, 새초롬하다/새치름하다, 아웅다웅/아옹다옹, 오손도손/오순도순, 이크/이키, 파다닥(파드득)/파드닥
1.3. 준말	
1.3.1. 준말 관계	먼/무슨, 아무리하다/암만하다, 얼만큼/얼마만큼,

	왜냐면/왜냐하면
1.4. 단수 표준어	
1.5. 복수 표준어	
2. 어휘 선택의 확장에 따른 표준어 규정	
2.1. 고어	
2.2. 한자어	
2.2.1. '한자어'에서 온 것	거명(擧名)
2.3. '비표준어/방언'에서 온 것	
2.3.1. 의미가 달라진 것	나래/날개, 내음/냄새, 눈꼬리/눈초리, 뜨락/뜰, 부비다/비비다, 켠/편, 슴슴하다/심심하다
2.3.2. 어감에 차이가 있는 것	걸리적거리다/거치적거리다, 곱추/꼽추, 끄적거리다/끼적거리다, 남사스럽다/남우세스럽다(남세스럽다), 사그라들다/사그라지다, 섬찟/섬뜩, 쌉싸름하다/쌉싸래하다, 어리숙하다/어수룩하다, 잊혀지다/잊히다, 진작에/진작, 진정코/진정
2.3.3. 의미가 다르지 않은 것	곰살맞다/곰살궂다, 귀후비개/귀이개, 꼬리연/꼬빡연, 등물/등목, 딴지/딴죽, 사팔이/사팔뜨기, 실뭉치/실몽당이, 갈랫길/갈림길, 널기와집/너와집
2.3.4. 표준어에는 없는 개념	갈옷, 과메기, 피데기, 매생잇국
2.4. 준말	
2.4.1. 준말	
2.5. 순화어	
2.5.1. 순화한 것	나들목, 내려받다/다운로드, 둔치, *참살이
2.6. 전문어	
2.6.1. '전문어'와 '일반어'의 개념	꼼장어(곰장어), 한치, 바닷가재
2.7. 속어	
2.7.1. 속된 말	개기다, 꿍치다, 딴짓, 썰렁하다
2.8. 신어	
2.8.1. 기존 개념이 있는 것	거듭니다, 광적(狂的), 기하급수적, 노령화(老齡化)/고령화, 떠내려오다/떠내려가다, 바꿔치다, 바늘, 발빠르다/재빠르다, 버금가다, 복숭아뼈/복사

	뼈, 붓뚜껑/붓두겁, 상용화(常用化), 새아버지, 쓴소리/고언(苦言), 소견서(所見書), 속앓이/속병, 속풀이, 앞다투다/앞서다, 얼굴도장/눈도장, 여유만만하다, 여차저차하다, 요상하다/이상하다, 월세방, 입소문, 입점, 자리매김하다, 제맛, 체화(體化), 칙/직, 폭증(暴增), 하나째/첫째, 헛똑똑이
2.8.2. 새로운 개념이 생긴 것	고무밴드, 구립(區立), 교통 카드, 그늘막, 내려받다, 댓글, 뒷좌석, 리콜(recall), 맛탕(마탕), 비밀번호, 실시간, 전화 카드, 쪽방, 충전지, 컵라면, 홈페이지
2.9. 사전	
2.9.1. 사전의 등재 문제	신나다, 일자(日字), -중(重), 집안, 방안, 일반미, 일벌레, 가로채기, 휘청이다, 흑미, 흑염소, 혼잣속, 협의점, 혀꼬부랑, 향락철, 빠르기, 합방(合房), 빠르기, 관측물, 보호대, 특출나다, 통박(통빡), 용가리통뼈, 탈옥범, 탁배기, 칩뜨다(치뜨다)
2.9.2. 사전의 문법 처리 문제	서(조사), 형용사의 동사 활용(맞다/틀리다/상당하다, 건강하세요), 구(舊)[접두/관형사], '-거라'불규칙, '-느냐/냐'의 교체
2.9.3. 뜻풀이	부딪치다/부딪히다, 너무, 못하다
2.9.4. 맞춤법	찻잔(茶盞)

이 복수 표준어 후보 목록은 2009년에 "표준국어대사전 보완을 위한 어휘 사용 실태 조사"로 이어져서 객관적인 사용 근거를 확보하였으며 최종적으로 2011년과 2014년의 복수 표준어 추가로 확정되었다. 실제로 '2011년 복수 표준어', '2014년 복수 표준어'에서 제시된 복수 표준어는 이때에 논의되었던 단어들이 대부분이다.[9)]

9) '2011년 표준어' 39개는 위의 자료를 바탕으로 국어심의회(2010. 2.)에서 표준어가 되어야 한다는 의견이 많은 아래의 44개를 추리고, 여기에서 최종적으로 39개를 확정한 것이다. (최혜원 2011:83)

4. 복수 표준어 정책의 비판적 검토

'2011년 복수 표준어'와 '2014년 복수 표준어'는 언어 공동체의 긍정적인 평가를 받았다고 할 수 있다.[10] 그렇지만 세부적인 제시 방법과 사전에 반영하는 방법에는 한두 가지 문제가 발견된다. 2011년 복수 표준어를 예로 살펴보면 아래와 같다.

(11) ㄱ. 포괄적인 의미 구분: -기에/-길래, 날개/나래, 뜰/뜨락, 휭하니/휑허케
ㄴ. 구체적인 의미 구분: 먹을거리/먹거리, 메우다/메꾸다, 어수룩하다/어리숙하다, 연방/연신
ㄷ. 어감 구분: 거치적거리다/걸리적거리다, 끼적거리다/끄적거리다, 두루뭉술하다/두리뭉실하다, 맨송맨송/맨숭맨숭, 맹숭맹숭, 바동바동/바둥바둥, 새치름하다/새초롬하다, 아옹다옹/아웅다웅, 야멸치다/야멸차다, 오순도순/오손도손, 찌뿌듯하다/찌뿌둥하다, 치근거리다/추근거리다
ㄹ. 표기의 문제: 태껸/택견, 품세/품새, 자장면/짜장면

'2011년 복수 표준어'에서 동의어로 처리된 복수 표준어 11개는 특별한 문제가 없다.[11] 문제는 현재의 표준어와 구분되는 표준어로 추가로 인

---

1. 널리 쓰이는 비표준어의 복수 표준어 자격 심의(30건): 휭하니, 남사스럽다, 허접쓰레기 ……
2. 방언 및 기존 표준어와 의미 차가 있는 비표준어의 표준어 자격 심의(10건): 싸가지, 나래, 내음, 손주, 뜨락, 맹숭맹숭 ……
3. 해당 분야에서 표기 수정을 요청한 사항 심의(3건): 택견, 품새, 학공치
4. '자장면'의 표기 심의

10) 특히 '2011년 복수 표준어'는 '짜장면의 복권'이라고 불리면서 많은 언중의 환영을 받은 바 있다.

11) 동의어로 처리된 예는 '간질이다/간지럽히다, 남우세스럽다/남사스럽다, 목물/등물, 만날/맨날, 묏자리/묫자리, 복사뼈/복숭아뼈, 세간/세간살이, 쌉사래하다/쌉사

정한 25개이다. 이 가운데 (11ㄱ)처럼 포괄적으로 의미를 구분한 항목도 특별히 문제가 된다고 하기는 어렵다. 예컨대 '–길래'를 '–기에'의 구어적 표현이라고 하는 것은 '구어적 표현'이라는 의미를 어떻게 해석하느냐에 따라 의미 해석의 여지가 있는 편이다. '나래'를 '날개'의 문학적 표현이라고 한 경우도 마찬가지로 해석의 여지가 있다. 이와 달리 (11ㄴ)처럼 구체적으로 의미를 구분한 경우에는 문제가 있을 수 있다. 예를 들어 '2011 복수 표준어'에서는 '어리숙하다/어수룩하다'에 대해 '어수룩하다'는 '순박함/순진함'의 뜻이 강한 반면에, '어리숙하다'는 '어리석음'의 뜻이 강하다고 구분한 바 있다. 아래는 "표준국어대사전"에서 이러한 구분을 반영하여 뜻풀이한 것이다.

(12) ㄱ. 어리숙하다[형용사]
① 겉모습이나 언행이 치밀하지 못하여 순진하고 <u>어리석은</u> 데가 있다. ¶ 순진하고 어리숙한 척하더니 모두 사기였구나.
② 제도나 규율에 의한 통제가 제대로 되지 않아 느슨하다. ¶ 세상이 그렇게 호락호락 어리숙한 줄 알아?
ㄴ. 어수룩하다「형용사」
① 겉모습이나 언행이 치밀하지 못하여 순진하고 <u>어설픈</u> 데가 있다. ¶ 그 사람은 어수룩한 시골 사람들을 상대로 장사를 해서 많은 돈을 모았다.
② 제도나 규율에 의한 통제가 제대로 되지 않아 <u>매우</u> 느슨하다. ¶ 세상이 그렇게 어수룩한 줄 알았니?

위의 뜻풀이에 따르면 '어리숙하다'와 '어수룩하다'는 분명히 구별되는 말이지만 현재의 직관으로 둘을 구분하기란 거의 불가능에 가깝다. 둘의 의미 차이는 첫 번째 의미에서는 '어리석은 데가 있는지', '어설픈 데가 있

름하다, 허섭쓰레기/허접쓰레기, 토담/흙담'이다.

는지' 여부이고 두 번째 의미에서는 '느슨한 것'과 '매우 느슨한 것'의 차이에 불과하다. 이처럼 구분하기 어려운 뜻풀이는 현재의 "표준국어대사전"이 언어생활의 준거로서 교과서 편찬, 국가 시험 출제 등에서 공인된 준거로 이용되고 있다는 점을 감안할 때 적절하지 않다고 판단된다. 뜻풀이에서 구현하기 어려운 미묘한 직관의 차이를 실제의 언어생활에서 규범으로 구분하는 것은 의미가 없기 때문이다.

이러한 문제는 '연방/연신'에서도 마찬가지다. '2011 복수 표준어'에서는 '연신'이 반복성을 강조하고 '연방'은 연속성을 강조한다고 구별하고 있지만 '반복성'과 '연속성'의 개념 자체가 모호할 뿐 아니라 둘을 구분하기도 쉽지 않다. 실제로 사전에서도 이 둘을 구분하기가 어렵게 되어 있다.

(13) ㄱ. 연신「부사」 잇따라 자꾸. ¶ 연신 눈을 깜박이다 ……
ㄴ. 연방「부사」 연속해서 자꾸. ¶ 연방 굽실거리다/연방 고개를 끄덕이다/학생이 버스에서 연방 머리를 떨어뜨리며 졸고 있었다. ……

물론 사전의 뜻풀이가 예민한 국어 화자의 직관을 최대한 반영하는 것은 바람직하다. 그렇지만 현재의 이러한 뜻풀이의 차이가 직관에 부합하며, 규범적인 기준으로 이용될 수 있을지 의심스럽다. 따라서 이러한 부류는 의미의 차이를 두기보다는 동의어로 처리하는 것이 규범적인 사전의 역할에 걸맞다고 할 수 있다.

(11ㄷ)에서 어감의 차이가 있는 것으로 처리한 예들도 비슷한 문제가 있다. 어감의 차이가 있는 말들은 음성 상징어에 해당하는 말이라는 뜻이다. 그렇지만 위에서 제시한 예들 가운데는 그렇지 않은 것들이 포함되어 있다.

(14) ㄱ. 찌뿌듯하다「형용사」

① 몸살이나 감기 따위로 몸이 <u>조금</u> 무겁고 거북하다.¶ 몸살이 나려는지 몸이 찌뿌듯하다.

② 표정이나 기분이 밝지 못하고 <u>조금</u> 언짢다.

③ 비나 눈이 올 것같이 날씨가 <u>조금</u> 흐리다. ¶ 날씨가 찌뿌듯한 게 비가 올 것 같다.

ㄴ. 찌뿌둥하다「형용사」

① 몸살이나 감기 따위로 몸이 무겁고 거북하다.¶ 머리가 찌뿌둥하다

② 표정이나 기분이 밝지 못하고 언짢다.

③ 비나 눈이 올 것같이 날씨가 궂거나 잔뜩 흐리다. ¶ 금방이라도 눈이 올 것 같은 찌뿌둥한 하늘이다.

사전의 뜻풀이에 따르면 '찌뿌듯하다'는 '찌뿌둥하다'에 비해 상대적으로 어감이 약한 말이다. 그렇지만 이러한 관계를 뒷받침할 증거는 찾기 어렵다. 모음의 교체가 같은 계열의 자음의 교체를 통해 강약을 표시하는 것과는 관계가 없기 때문이다. 따라서 이러한 뜻풀이는 인위적으로 의미를 파악한 결과일 가능성이 높거나 그렇지 않더라도 뜻풀이를 통해 변별할 만큼의 뚜렷한 직관의 차이라고 하기 어렵다. 따라서 이러한 경우 또한 동의어로 처리하는 것이 합리적이라고 할 수 있다.

(15) ㄱ. 끼적거리다「동사」글씨나 그림 따위를 아무렇게나 자꾸 쓰거나 그리다. ¶ 몇 자를 끼적거리다/그는 수첩에 뭔가를 끼적거리고 있었다.

ㄴ. 끄적거리다「동사」글씨나 그림 따위를 아무렇게나 자꾸 막 쓰거나 그리다. ¶ 몇 글자 끄적거리다/수첩에 뭔가를 생각나는 대로 끄적거렸다.

위의 '끼적거리다'와 '끄적거리다' 또한 마찬가지다. '자꾸 쓰거나 그리다'와 '자꾸 막 쓰거나 그리다'의 뜻풀이 차이가 무엇을 의미하는지 분명하지 않으며 이러한 차이를 규범적으로 변별해서 단어를 사용해야 하는지도 결정하기 어렵다. 이처럼 직관상 명확하지 않고 검증하기 어려운 내용을 제시하는 것은 규범으로 정착되기도 어렵지만 반대로 그 자체가 억지스러운 규범으로 해석될 수도 있다는 점에서 문제가 있다. 따라서 이러한 유형 또한 동의어로 처리하는 것이 합리적이다.12)

(11ㄹ)에 대해서 '2011년 복수 표준어'에서는 두 가지 표기를 모두 표준어로 인정한다고 설명하고 있다. 그런데 두 가지 표기를 모두 표준어로 인정한다는 것은 원칙적으로 한글 맞춤법에 어긋난다. 마치 [꼬치]라는 표준어를 '꽃이', '꼬치' 모두 적도록 한다는 뜻과 같다. 게다가 여기에 속하는 '태껸/택견, 품세/품새, 자장면/짜장면'은 여기에 해당하는 경우도 아니다. '태껸'과 '택견', '품세'와 '품새', '자장면'과 '짜장면'은 분명히 발음이 다르기 때문이다. 따라서 이러한 설명은 복수 표준어와 개념적으로 일치하는 않는 불충분한 것이라고 평가할 수 있다.

5. 결론

표준어를 비롯한 어문 규범은 규범이 지닌 한계와 문제에도 불구하고 지금까지 언어생활의 준거로서 일정한 역할을 수행하고 있다. 특히 복수

---

12) 이러한 점은 '2014년 복수 표준어'에서도 마찬가지다. 예를 들어 기존 표준어 '섬뜩'에 이어 '섬찟'을 새롭게 표준어로 추가하면서 '섬찟: 갑자기 소름이 끼치도록 **무시무시하고** 끔찍한 느낌이 드는 모양.', '섬뜩: 갑자기 소름이 끼치도록 무섭고 끔찍한 느낌이 드는 모양.'으로 의미를 구분하고 있지만 이 둘의 차이를 규범적으로 적용하기란 거의 불가능하다. 이러한 경우에도 동의어로 처리하는 것이 바람직하다.

표준어의 확장은 어문 규범에 대한 언어 공동체의 직관을 수용하고 언어생활을 편리하게 한다는 장점이 있다고 생각된다.

'복수 표준어'는 "표준말 모음(1936)"에서 출발해서 "표준어 규정(1988)"에서 개념이 정리되고 '2011년 복수 표준어'와 '2014년 복수 표준어'를 통해 본격적으로 언어생활에 적용되었다고 할 수 있다. 다만 복수 표준어에 대한 설명 방식과 사전에 수록할 때에는 그것이 규범적으로 적용할 수 있는지에 대한 검토가 필요할 것으로 보인다. 규범적으로 변별하기 어려운 미세한 직관의 차이까지 복수 표준어에 반영하는 것은 규범의 현실성을 떨어뜨리고 적용하기 어려운 비현실적인 규범을 제시할 우려가 있다. 향후에는 이러한 점에 대한 면밀한 검토가 있어야 할 것으로 생각된다.

복수 표준어 정책은 향후의 어문 규범이 어떻게 될지 실마리를 알려 주는 것처럼 보인다. 이제 필요한 것은 주장과 철학을 실천하는 근거와 내용이라고 할 수 있다. 규범의 과거를 탐색하고 현재를 분석하며 미래를 예측하는 조사와 연구가 필요한 이유가 여기에 있다고 할 수 있다.

현대 국어의 축소어형에 관한 연구

이 재 현*

1. 서론

현대는 그 어느 시대보다도 수많은 개념과 사상(事象)들이 급속도로 만들어지고 있다. 이들을 지칭할 어휘의 생성과 소멸이라는 언어의 변화 또한 빠르게 일어나고 있다. 특히 언어의 보수성이라는 특성에 기인하여 기존 어휘의 소멸은 더디게 진행되는 반면, 새로운 개념들을 수용하기 위한 어휘는 대량으로 급격하게 늘어나고 있다. 그런데, 이 때 전혀 새로운 형태소가 생겨 이를 이용하여 새로운 말이 만들어지는 경우는 찾아보기 힘들고 이미 있는 형태소와 단어 등의 문법 형태를 이용하여 새로운 말을 만들어내는 것이 보편적이다. 제한된 형태소로는 급격한 신어[1]의 확산을 처리하기가 힘들기 때문에 기존의 형태소나 단어를 활용하여 파생 또는

* 동덕여자대학교

1) 신어라 함은 새롭게 만들어진 단어 또는 단어 형태를 띤 모든 어형을 일컫는다. 단어의 형태를 띠고 있지만 사전에 단어로 확정되지 않았거나 문법적으로 단어로 보기 어려운 어형을 단어형이라고 한다. 여기서는 새로운 단어와 단어형을 모두 신어에 포함시키기로 한다.

합성의 단어 형성법을 활용하여 신어를 만들어내는 것이다. 이때 파생과 합성을 여러 차례 반복함으로써 신어를 만드는 것은 생산적일 수는 있지만, 반복의 횟수가 거듭될수록 단어 또는 단어형의 크기가 커지고 구조 역시 복잡해질 수밖에 없다. 이러한 문제점을 극복하면서 새로운 단어나 단어 형태를 만들어내기 위해서 결국 의미를 유지시킨 채로 어형을 줄이는 방법을 취하게 된다. 즉 축소어형[2]을 만드는 것은 새 단어 또는 단어형을 만드는 데에 매우 유용한 방법이다. 이러한 까닭으로 현대는 인류 역사상 그 어느 때보다도 축소어형이 많이 만들어지는 것이다.

이렇게 만들어진 축소어형은 특수한 집단 안에서만 사용되거나 일반 언중들에게 제한적이고 부분적으로 사용되다가 일부는 기존 어휘 목록에 편입이 되지 못한 채 빠른 소멸의 길을 걷고 일부는 언중들에게 완전히 정착하여 새로운 어휘 목록에 추가되고 사전에 실리게 된다.

언어 형태를 축소시켜 새 말을 만드는 것은 말을 부려 쓰는 과정에서 매우 빈번하게 나타나는 현상 가운데 하나이다. 이것은 한국어뿐만 아니라 세계 대부분의 언어들에 나타나는 언어 보편적인 현상이다. 이러한 언어 형태의 축소 현상은 기본적으로 언어 사용에 있어서의 경제성, 즉 노력 절감의 원리에서 비롯된다고 할 수 있다. 일정한 분량의 생각 또는 감정, 의미를 전달하는 데에 가능하면 노력을 덜 들이고 짧은 형식으로 표현하고자 하는 화자의 심리가 의식·무의식적으로 깔려 있는 것이다. 물론 언어 경제적인 필요성만이 언어 형식이 축소되는 원인을 충분히 설명해 주지는 않는다. 형식을 달리함으로써 표현을 풍부하게 하려는 의도나 강조, 희화 외에도 신문과 같은 언론 매체에서의 한정된 지면의 제약과 관

---

2) 일반적이고 일상적으로 쓰이고 있는 기존의 준말이란 용어가 개념적으로 정리되어 있다고 보지 않기 때문에 줄어든 언어 형태 전반을 의미하는 용어로 '축소어형'을 사용하기로 한다. 앞으로 이 연구를 통해서 축소어형 가운데서 준말을 추출하고 그 정의와 개념을 명확히 할 것이다.

련된 문제 등, 언어 사용자들 사이의 필요에 의한 다른 요인들도 복합적으로 작용을 할 것이다.

이 연구는 이러한 언어 형태의 축소 현상에 주목하여, 일반적으로 준말이라고 불리는 모든 축소어형들을 대상으로 하여 이들을 조어론적 관점에서 살펴 이들이 생성되는 과정과 유형별 특징을 분석하는 데 목적을 둔다.[3] 현대 국어에서는 축소어형이 급격히 증가하는 추세에 있다. 따라서 이들이 어떻게 만들어지고 있으며, 국어에서 어떠한 위치에 있고, 어떠한 문법적 기능을 수행하는가를 밝히고 정리해야 할 필요가 있다. 그것은 축소어형이 많이 만들어지고 그 사용 또한 급속히 증가하고 있는 것은 현대 국어의 중요한 특징의 하나라고 볼 수 있기 때문이다.

따라서 이 연구는 축소어형의 형성 방법과 사용 양상, 그리고 문장에서의 용법상의 특징에 대해 살필 것이다. 이를 위하여 지금까지 연구들에 따라 각기 다르게 적용하고 있는 축소어형에 관련된 용어들을 정리하여 준말의 개념을 정립하고, 축소어형 만들기를 조어법의 한 영역으로 설정하게 될 것이다.

본래의 어떠한 언어 형태가 줄어서 만들어지는 새로운 어형은 형태적으로 본래의 것과는 이미 다른 새 말이다.[4] 새로운 말을 만들어 내는 현상

---

3) 준말이라는 용어는 언중들에게는 줄어든 언어 형태 전반을 지칭하기도 하지만 학문적 논의에서는 단어의 차원으로 한정시키는 것이 일반적이다. 그러나 축소어형들 가운데 단어의 범주에서 벗어나는 것들이 많이 있다. 즉, 어미가 줄어든 것에서부터 조사를 포함한 단어를 비롯해서 어절, 구, 단어군 등이 줄어든 것에 이르기까지의 모든 줄어든 언어 형태가 준말이라는 용어로 사용되고 있는 것이다. 단어의 차원으로만 국한하게 되면 국어의 모든 줄어든 언어 형태를 준말이란 용어로 포괄할 수 없다. 이렇게 볼 때, 축소어형에 관한 연구는 음운론, 형태론, 통사론 등 언어학의 여러 분야에 걸쳐 있다고 할 수 있는데, 어떤 분야에서도 준말에 대한 개념이 분명이 정립되어 있지 않은 상태이다. 축소어형과 준말의 관계는 3장에서 자세히 다루기로 한다.

4) 주1)에서도 '신어'에 대해 언급한 바 있듯이 여기서 '새 말'이 반드시 새 단어를 의미하지는 않는다. 본래의 어형과는 다른 새로운 형태를 띠는 말이라는 의미로 사용한 것이다.

은 형태론과 조어론의 영역에 속하는 것이다. 따라서 축소어형에 관한 연구는 조어론적인 접근이 필요하며, 이 연구는 조어론의 영역을 보다 정밀하게 하고 확대시키는 일련의 작업 가운데 하나가 될 것이다.

2. 축소어형과 관련된 용어들

앞선 언급에서 지금까지 준말 등으로 불려 왔던 줄어든 언어 형태 전반을 포괄하는 용어로 '축소어형'이라는 용어를 사용하기로 하였다. 이 장에서는 앞으로 축소어형과 관련된 용어들을 살피고 그 가운데서 어떠한 것이 준말이 될 수 있는가를 밝힌다. 기존 논의에서 이미 준말이라는 용어가 쓰이고 있지만, 그 정의와 개념은 연구자들에 따라 각기 다르다. 이 연구를 통해 축소어형 가운데서 준말을 가려내고 준말의 형성 과정을 살펴 준말의 조어법을 밝히기로 한다.

축소어형과 관련하여 기존에 쓰이고 있는 용어로는 가장 보편적으로 쓰이고 있는 준말 외에 약어(약어형), 머리글자말(두문자어), 가위질말, 혼성어, 융합어(융합형) 등이 있다. 먼저 이들 용어에 대해 하나하나 살펴보기로 한다.

1) 약어(형)

약어 또는 약어형은 준말과 더불어 축소어형과 관련된 개념 가운데서 가장 포괄적으로 쓰이는 용어이다. 약어에 대한 정의를 살펴보자.

(1) 말을 간단하게 하거나 발음을 편하게 하고 속도를 빠르게 하기 위하여 음이나 음절을 줄인 말이 약어다. 넓게는 원어(밑말)의 발음이나 형태가 조금이라도 줄었으면 약어(준말)라 볼 수 있다.(우민섭, 1974:69)

(2) 두 음절 이상으로 된 단어나 구문을 줄여 간략하게 만든 형태가 약어형이다.(이석주, 1988:124)

(3) 어떤 어형의 일부를 생략한 형, 또는 다른 어떤 수단으로 본래 어형보다 간략하게 한 형으로서 본래 의미를 지니고 있는 것이 약어이다. 준말이라고도 하며 고유명사에 대해서는 약칭이라고도 한다.(김영석·이상억, 1992)

(1)~(3)의 정의에 따르면 형태가 줄어들어 만들어진 모든 어형은 약어 또는 약어형이 된다. 그런데 (1)과 (3)에서는 약어를 '준말'이라고도 한다고 정의함으로써, 약어나 준말이나 동일한 개념을 가진 용어로 파악하고 있고, 약어의 분류도 여러 유형의 축소어형이 층위의 구분이 없이 단순 나열식으로 이루어지고 있다.[5]

---

5) 실제로 언어학 사전에서 약어와 준말을 같은 것으로 다루고 있기도 하다. 『국어학·언어학 용어 사전』(1995)의 다음과 같은 정의가 그러하다.
약어(略語)=준말 : 형태의 일부를 생략하여 이루어진 어형(語形)을 말한다. 명사의 경우는 '약칭(略稱)이라고도 한다. 이에는 다음과 같은 유형이 있다. 1) 단어 또는 단어 연결체에서 형태소의 일부를 생략하는 것: 아니하다→않다, 여기 보오→여보, 2) 단어의 앞이나 뒤 부분을 잘라 버리는 것: 서울 대학교→서울대, 데몬스트레이션→데모, 플랫폼→폼, 3) 단어 연결체에 있어서, 단어의 한 음절을 취하여 결합하는 것: 상업 고등 학교→상고, 농업 협동 조합→농협, 한국 교원 단체 총연합회→교총, 4) 영어 이름에서, 각 단어의 첫글자만을 취해 하나씩 읽는 것: Young Men's Christian Association→YMCA, 5) 영어 이름에서, 각 단어의 한 글자를 취해, 그것들을 결합시켜 단어 형태로 붙여 읽는 것: United Nations Educational Scientific and Cultural Association→UNESCO(유네스코).

(4) 약어의 분류[6]

ㄱ. 생략 : 점괘>괘, 억새>새, 결단코>결코, 발문>발, 분골쇄신>쇄신, 화사첨족>사족, 옷+고름>고름, 나사+못>나사, 태산+북두>태두, 석유+공사>유공, 나는>난, 무엇을>무얼, -건마는>-건만 -ㄴ다고 하는>-ㄴ다는

ㄴ. 탈락 : 거기다가>게다가, 딸님>따님, 나았다>났다, 어두움>어둠, 마음껏>맘껏, 가지고>갖고, 아니하다>않다

ㄷ. 변이 : 하였던>했던, 되어>돼, 어연간하다>엔간하다

ㄹ. 축약 : 사이>새, 이것이>이게, 오이>외, 가지어>가져, 주어>줘

ㅁ. 생략과 변이 : 넷·다섯>너덧, 너댓, 여섯 · 일곱>예닐곱

이석주(1988)에서의 약어형 분류도 (4)와 같은 우민섭(1974)의 약어 분류를 거의 그대로 따르고 있는데, 이들의 약어 분류는 단어와 단어가 아닌 것, 음운 규칙에 의해서 설명될 수 있는 축소어형과 그렇지 않은 것, 그리고 공시적으로 같은 의미를 지니고 있는 것과 그렇지 못한 것을 뒤섞여 있다. 김영석 · 이상억(1992)에서도 약어를 '단축어'(clipped word)와 '두자어'(acronym)로 나누고, 음의 생략으로 구성된 '축약'도 약어에 포함시키고 있다. 이처럼 약어라는 하나의 개념 안에 여러 가지 유형의 축소어형을 함께 설명하려 하기 때문에 약어의 정의가 추상적이고 포괄적으로 된다.

국어의 논의에서 사용되는 약어는 영어에서의 abbreviation의 개념과 유사하다. abbreviation 역시 initial word, acronym, stump-word를 모두 포함하는 포괄적인 개념을 가진 용어이다.[7]

---

6) 이 약어 분류는 우민섭(1974)에 따른 것으로 보기에 제시된 각종 부호는 원문에 사용된 것을 그대로 옮긴 것이다.

7) 그렇지만 음운 규칙으로 설명이 되는 축약 현상에 의한 약어들은 contraction에 의해 만들어지는 contracted form이지 abbreviation은 아니다.

2) 머리글자말

국어의 머리글자말은 두문자어, 두자어 등으로 불리기도 하는데, 이는 영어의 acronym과 유사하다.[8] 머리글자말의 정의로는 다음과 같은 것이 있다.

(5) 첫 글자나 첫 음절만을 따서 만든 단어 (김진우, 1985:136)
(6) 낱말의 머리의 닿소리나 홀소리 글자를 잘라서 만든 말 (김석득, 1992:314)
(7) 첫 글자 내지 첫 음절만을 따서 부호처럼 이루어지는 것 (이지양, 1993:11)

(5)~(7)에서 보이는 머리글자말의 정의는 영어의 acronym에서 빌어온 것들이다. 물론 국어는 영어와 자모의 이름을 부르는 방식이 다르기 때문에 '첫 음절'이라는 조건을 덧붙이고 있다. 국어의 머리글자말과 영어의 acronym은 차이가 있다. 먼저 영어의 예를 들어 본다.

(8) BBC=(Britich Broadcosting Corporation), Y.M.C.A.(=Young Men's Christian Association), VCR(=video cassette recorder)
(9) D.J.(=deejay=disc jackey), M.C.(=emcee=master of ceremonies), O.K.(=okay), V.P.(=veep=vice president)
(10) BASIC(=Beginner's All−purpose Symbolic Instrucion Code), GATT(=General Agreement on Tariffs and Trade), SALT(=Strategic Arms Limitation Talks), WASP(=White Anglo−Saxon Protestant)

---

8) 각주 7)에서도 보듯이 영어 용어와 국어 용어는 일대일로 대응되지 않는다. 연구자의 주관이나 편의에 의해서 두문자어와 두자어가 같은 용어의 번역이 되기도 하고 때로는 각각 서로 다른 용어가 되기도 한다.

(8)~(10)은 모두 acronym들이다. (8)의 경우는 첫 글자의 영어 자모 이름을 그대로 발음하는 것으로, 이를 달리 intial word라고 부르기도 한다. (9)도 역시 (8)과 같이 첫 글자의 자모를 그대로 발음하는 것인데, 그 발음을 그대로 철자화(pronunciation-spellings)하여 쓰는 경우이다. 그런데 (10)은 (8)~(9)와는 달리 글자의 자모 이름을 발음하는 것이 아니라, 마치 하나의 단어처럼 음절화시켜 읽는다.

이와 같은 발음의 차이로 인하여 acronym을 학자에 따라서 달리 보기도 한다. Adams(1973)의 경우는 (8)~(10)에 나타난 예를 모두 acronym이라고 보는 반면, Bauer(1983)에서는 (10)에서 든 예만을 acronym이라고 하여 하나의 단어로 보고 있다.[9] 그러나 국어의 경우는 이러한 문제가 발생하지는 않는다.

(11) ㅇ · ㅅ←연세, ㄱ · ㄴ · ㄷ(특정한 사람의 이름)
(12) 국교(국민학교), 군정(군인 정치), 교보(교육 보험), 옥떨메(옥상에서 떨어진 메주)

(11)은 김석득(1992)에서 머리글자말의 예로 든 것이고 (12)는 이지양(1993)에서 국어의 머리글자말이라고 예로 든 것이다. 그러나 실제로 (11)과 같은 형태의 머리글자말이 현대 국어에서 문어나 구어를 막론하고 실제로 사용된 예를 찾기는 힘들다. 이러한 축소어형은 영어의 acronym의 개념에 기대어 이론적으로 만들어낸 가상의 예인 것이다. 국어에서 이런

9) Bauer(1983:237)에서는 "제목이나 구 안에 있는 단어들의 첫글자들을 취하고 새로운 단어로써 그것들을 사용하게 만들어진 것"을 acronym이라고 정의하였다. 그리고 acronym을 abbreviation에 포함되는 것으로 보았다. 그에 따르면 모든 abbreviation이 acronym이 되는 것은 아니다. 예를 들어 Value Added Tax가 /vi eɪ ti/로 소리 나면 abbreviation이 되고 /væt/로 소리 나면 acronym이 된다고 하였다. 즉 /vi eɪ ti/는 acronym은 될 수 없지만, /væt/는 abbreviation이면서 동시에 acronym이 된다고 본 것이다. 이렇게 보면 abbreviation≧acronym과 같은 식으로 표시할 수 있을 것이다.

축소어형이 나타나기 힘든 까닭은, 음소문자인 한글 자모를 음절 단위로 모아쓰기 때문이다. 또한 국어는 자음만으로는 음절을 이룰 수 없을 뿐만 아니라 자음 글자들이 '기역, 니은'과 같이 각각의 이름을 가지고 있다. 그러므로 영어와 같이 첫 글자만으로 머리글자말을 만들면 철자 표기에 있어서는 축소어형을 만들 수는 있지만 이것을 발음할 때에는 오히려 음절 수가 더 늘어난다. (11)에서처럼 '연세'를 'ㅇ · ㅅ'으로 줄여 표현할 수 있고, 문어에서 표시 기호로만 이러한 형태가 쓰인다면 문제가 안 될 수도 있다. 그렇지만, 그 표기를 눈으로만 받아들이는 것이 아니라 소리 내어 읽어야 할 경우 '이응시옷'처럼 자모의 이름으로 읽든지 아니면 축소어형 표기의 본어형을 환원시켜 '연세'라고 읽는 방법밖에는 없다. 따라서 이런 방식의 머리글자말은 축소어형을 만드는 효용가치를 떨어뜨리기 때문에 만들지 않는다.

이지양(1993)에서는 (12)의 '국교'를 '국민학교'의 머리글자말이라고 하여 국어의 한 음절을 한 글자로 간주한 것으로 보인다. 그러나 국어의 글자를 음절로 볼 것인가 음절을 이루는 낱낱의 자모로 볼 것인가의 문제를 먼저 해결해야 한다. 또 글자가 음절인지 자모인지 하는 문제와는 별도의 문제가 있다. '국-'은 '국민'의 앞 음절을 취했지만,'-교'는'학교'의 뒤 음절을 취한 것이다. 이를 '군정, 교보' 등과 같이 머리글자말로 함께 분류하여 처리하면 용어의 뜻과는 맞지 않는 문제가 발생한다. 따라서 엄밀한 의미에서 국어에는 머리글자말이 없다고 보아야 한다. 그것은 모음이건 자음이건 단어의 첫 음운만을 취하는 경우가 없고, 음절을 취하는 방식의 경우라도 언제나 구성 단어들의 머리에 오는 음절, 즉 첫 음절만을 취하지는 않기 때문이다.

이와 같은 문제점을 안고 있음에도 영어의 acronym과 같은 개념의 축소어형은 국어에서 중요한 의의를 가지고 있으며, 이 때 머리글자말보다는 머리음절말 또는 두음절어라는 용어를 사용하는 것이 적절할 것이다. 머리음절말은 다음의 2.1.3절에서 보이는 가위질말과 함께 축소어형 형성의 주요 방식이 된다.

3) 가위질말

가위질말은 절단어라고도 한다. 영어의 clipped word[10]와 같은 개념의 말이다. 가위질말에 대하여는 다음과 같은 정의가 있다.

(13) 이은말이나 합성어에서 첫 부분, 때로는 가운데 부분, 흔히는 끝 부분을 잘라 내어 만드는 말(김석득, 1992:315)
(14) 절단 – 단어에서 하나 또는 그 이상의 음절을 잘라 내고 남은 일부로서 전체 의미를 나타내게 하는 것(김영석, 1998:173)

가위질말은 마치 단어의 한 부분을 가위로 잘라내듯이 하여 만든 말이라서 붙여진 이름이다. (13)의 정의에 따르면 가위질말은 가운데 부분을 잘라내어 만들어지기도 한다고 하였지만, 인구어의 경우 가위질이 단어의 첫 부분, 가운데 부분, 끝 부분에서 모두 되는 데 비해, 국어에서는 가운데 부분이 가위질되는 경우는 찾기 어렵다. 가위질말의 예는 다음과 같다.

(15) deli(delicatessen), dorm(dormitory), photo(photograph), perm(permanent wave), pop(popular music), zoo(zoological gardens)
(16) flu(influenza), fridge(refrigerator), tec(detective)

10) Jespersen(1922)은 clipped word를 stump-word라고 하였다. clipped word와 stump-word는 가위질말, 절단어라는 동일한 의미를 가지는 서로 다른 이름이다. 이 두 용어의 의미적 차이는 없는 것으로 보인다.

(17) bus(omnibus), copter(helicopter), loid(celouloid), phone(telephone)
(18) 가마(가마니), 나(나이), 말채(말채찍), 구김(구김새), 아침(아침밥)
(19) 명(무명), 새(억새), 둔패기(아둔패기), 양아치(동냥아치), 고름(옷고름), 살(화살)

(15)~(17)은 영어의 예로 구성요소에 대한 가위질이 이루어진 후 각각 앞부분, 가운데 부분, 뒷부분을 남긴 가위질말이고, (18)~(19)는 국어의 예로 가위질 후 각각 앞부분과 뒷부분을 남긴 것이다. 위의 예에서 보듯이 국어에서는 가운데(또는 중간) 부분을 가위질한 말은 찾을 수 없고, 영어에서도 (16)의 flu, fridge와 같이 앞부분[in−, re−]와 뒷부분[−enza, −fridge]를 잘라 버리고 가운데 부분만 남는 예는 흔치 않다. Adams(1973)이나 Bauer(1983)에서도 가운데 부분만을 남기는 clipping을 '드문 경우(rare case, a rarer type)'라고 말하고 있다.(Bauer, 1983:233)

가위질말과 같은 축소어형은 국어의 축소어형 연구에서 아주 중요한 개념으로 다루어질 것이다. 국어에서는 단어나 단어군의 앞이나 뒤의 부분을 잘라내고 만들어지는 말이 많으며, 2.1.2에서 밝힌 바와 같이 머리글자말도 실제로는 단어군을 이루는 몇 단어가 선택된 후 가위질이 이루어지고 합쳐지는 과정을 겪기 때문이다.

4) 혼성어

혼성 또는 혼효라고 불리는 축소어형 형성 과정을 통해서 만들어지는 말이 혼성어이다. 국어에서는 혼성에 대한 정의를 명확히 내리고 있는 연구는 보이지 않는다.[11] 영어의 blending을 번역한 것이 혼성인데, blending은

11) 혼성과 관련하여서는 "우리가 어떠한 말을 하려 할 때 뜻이 같거나 비슷한 말들 가

contamination이라고도 하며, 이러한 혼성에 의해서 만들어진 말을 blend 또는 portmanteau word라고 한다. Bauer(1983:234)에서는 blend를 "형태소(morph)로의 명백한 분석이 아닌 방법으로써 나누어진 두 개(또는 그 이상)의 다른 단어들의 부분으로 형성된 새로운 어휘"라고 정의하고 있다. 다음은 혼성어의 예들이다.

(20) ballute(balloon+parachute), brunch(breakfast+lunch), smog(smok+fog), shoat(<sheep+goat)
(21) 개살이(개가×후살이), 거렁뱅이(거지×비렁뱅이), 입초(입 담배×엽초), 막배기(막걸리×탁배기) / 틀부다(틀리다+달부다), 저글패(그글패+저모래)[12]

영어에서는 혼성이 현대에 와서는 새로운 단어를 만드는 매우 생산적인 방법이다.[13] 그러나, 국어에서는 (21) 의 예를 빼고는 혼성어라고 할 수 있는 말을 쉽게 찾을 수 없고 더욱이 현대 국어에서는 거의 나타나지는 않는다. 또 혼성은 축소어형을 만들기보다는 두 단어의 일부가 섞여서 새로운 단어를 만드는 것으로 보인다. 이 때 새로운 단어는 본래의 두 단어와 유사한 의미를 가진다. (21) 의 '개살이'는 축소어형이라기 보다는 '개가, 후살이'와 같은 의미를 가진 또 다른 새로운 단어라고 보는 것이 좋을 것이다. 음절 수만 놓고 본다면 '개가' 쪽에서는 혼성을 통해 축소어형이 만들어진 것이 아니라 오히려 확대된 어형이 만들어진 셈이다. 따라서 혼성은 현대 국어의 축소어형을 만드는 방법으로 보기는 힘들다.

운데서 선택을 망설이다가, 두 말을 합쳐서 한 말을 만들어내는 일을 '뒤섞임'이라고 한다."라는 허웅(1985:574)에서의 언급이 보이는 정도이다.

12) '개살이, 거렁뱅이, 입초, 막배기'는 허웅(1985:574)에서 빌어온 것이고, '틀부다, 저글패'는 이승재(1983)에서 빌어온 것이다.

13) Bauer(1983:237)은 blending을 "현대 영어의 문학적, 과학적 문맥(contexts) 모두에서 단어를 만드는 매우 생산적인 원천이다."라고 적시하고 있다.

5) 융합형

축소어형과 관련하여 논의가 집중되고 있는 것이 융합 현상이다. 융합에 대하여는 다음과 같은 정의가 있다.

(22) 특정한 문법적 환경에서 두 단어 이상이 줄어서 한 단어로 됨과 동시에 문법적, 의미적 기능에 변화가 발생하는 현상(안명철, 1990:125)

(23) 에서는'기원적으로는 여러 형태가 배열되는 문법적 구성이었지만, 언어의 통시적 변화에 따라 이들이 하나의 덩어리로 굳어지는 현상(이승재, 1992:62)

(24) 연결형에서 완전한 단어(full word)에 음절수 줄이기가 일어나 의존요소로 재구조화되는 현상(이지양, 1993:15)

안명철(1990)에서는 한 단어 내부의 축약은 융합에서 제외시키고 있고 이승재(1992)에서는 단어 내부에서 일어나는 융합을 형태론 차원의 융합으로, 단어 경계를 사이에 두고 일어나는 융합을 통사론 차원의 융합이라 하여 두 차원을 함께 통시적 관점에 접근하고 있다.

한편, 이지양(1993)에서는 준말은 단어 내부에서의 활음 형성에 의한 것과 구적 음운론에 해당되는 예들에 이르기까지 폭넓게 사용되는 포괄적인 용어이므로 학문적 목적을 위해서는 제약될 필요가 있다고 보고 (24)와 같은 정의를 통해, 형태소 경계나 단어 경계를 사이에 두고 인접해 있는 두 형태나 형식인 연결형의 단어를 융합의 대상으로 삼고 있다. 또 융합은 형태론적 성격의 음절수 줄이기로 보았고, 융합의 결과 의존요소가 만들어진다고 하였다. 그리고 다음과 같은 것들을 융합형으로 다루고 있다.

(25) 맞서다(마주 서다), 엊저녁(어제 저녁), 암말(아무 말), 대여섯 (다섯여섯), 밭사돈(바깥사돈), 박장기(바둑장기), 샌님(생원님), 꼴찌(꼬리찌), 어따(어디다)

(26) －란다(－라고 한다), 아무래도(아무리 해도), －었/았－(－어/아 있－), －곺(－고 싶－)

이지양(1993)에서는 (25)~(26)과 같은 것들만을 한정하여 융합의 정의를 내린 후 융합 현상을 다루고, 융합을 언어학적 용어로 fusion과 가장 가깝다고 하였다. 그런데 Matthew(1974)에서는 fusion을 연성현상(sandhi) 중의 극단적인 유형으로 보고, 두 연속 되는 모음이나 자음의 연결 과정에서 한 음소의 완전한 탈락으로 형식과 내용의 일치를 상실하는 현상으로 설명하였다.(이지양:1993에서 재인용) 또한 영어에서는 어간에 굴절어미가 붙거나 파생어를 만들 때 두 개(이상)의 음성이 서로 영향을 미쳐서 별개의 음성으로 변하는 현상을 fusion으로 정의하고 있다.(영어학사전, 1990:461) 이렇게 볼 때 이지양(1993)의 융합은 서양 언어학의 fusion과는 동일하지 않으며 이 방식으로 만들어진 융합형 역시 fusion으로 만들어진 형태와는 같은 양상을 띠지는 않지만 형태론적 성격의 음절수 줄이기를 통해서 축소어형을 만든다는 면에서 이 연구와 중요한 관련을 가진다.

3. 축소어형과 준말

2장에서 축소어형과 관련된 용어와 개념들을 살펴보았다. 그런데 이 개념들 중 어느 것도 축소어형 전반의 현상을 설명할 수는 없었다. 이것은 축소어형의 양상과 형성 과정이 매우 다양하기 때문이다. 이 장에서는 어형이 줄어든 것들을 일컫는 말 중 가장 일반적으로 쓰이는 준말이라는 용어를 정리하기로 한다. 모든 축소어형이 준말이 되지는 않는다. 물론 단순히 어형이 줄어든 모든 것을 준말이라고 정의한다면 모든 축소어형은 곧 준말이 된다. 그러나 광범위하고 다양한 축소어형을 모두 준말이라는 한 용어 안에 포함시켜 다루는 것은 준말에 대한 명확한 개념을 세우거나 정의를 하지 않고 연구를 진행시킨 기존 논의의 오류를 그대로 답습하는 것이다. 따라서 우리는 준말에 대한 정의를 명확히 하고 축소어형 가운데서 준말을 가려낼 필요가 있다. 이는 준말이 현대 국어에서 문법적인 지위를 가지는 언어 형태의 하나로 확고한 자리를 차지하고 있다고 보기 때문이다.

1) 준말의 형태적 요건과 정의

먼저 축소어형 가운데서 형태적 요건을 살펴 준말의 범위를 한정하고 준말이 되는 자격을 가지는가를 정리하여 보자.

첫째, 준말이 되기 위해서는 본래의 어형에서 음소가 하나 이상 줄어들어야 한다. 그 음소가 자음이건 모음이건 관계가 없다. 한 음절 이상이 줄어들어야 준말이 된다고 보는 견해도 있는데,[14] 그렇다면 다음과 같은 것들은 준말로 처리할 수 없다는 난관에 부딪치게 된다.

(27) 거(것), 이거(이것), 그거(그것), 저거(저것), 고거(고것), 요거(요것)

실제로 (27)의 예들에서 '것, 이것, 그것'에서 받침 'ㅅ'이 줄어든 '거, 이거, 그거'를 사전들은 준말로 처리하고 있다.[15] 이 때 음절수는 그대로 유

14) 송철의(1993)이 이러한 입장을 취하고 있다.
15) 『우리말 큰사전』(1992, 한글학회)과 『새우리말큰사전』(1986, 신기철 · 신용철)이

지한 채 'ㅅ' 음운 하나만 줄어든 '거, 이거, 그거'를 준말로 본다면 하나의 자음만이 탈락되는 말들을 모두 준말로 보아야 한다는 반론이 나올 수 있다.

(28) 소나무(*솔나무), 여닫이(*열닫이), 싸전(*쌀전), 마소(*말소), 따님(*딸님)

(28)의 예들은 모두'ㄹ'하나만이 탈락한 것이다. 그러나 이들은 모두 탈락된 형태로만 쓰일 뿐 본래의 어형이 쓰이는 경우는 없다. 의미의 변동이 없이 본말과 공시적으로 함께 나타날 때 준말이 된다고 할 수 있는데, (28)의 예들은 그렇지 못하다.

둘째, 준말을 만들기 위해서는 본어형이 한 음절 이상으로 된 단어 또는 단어군이어야 하며, 준말이 만들어내는 가장 작은 문법 단위는 단어이다. 단어를 구성하고 있는 형태소가 줄어들었을 때, 그 줄어든 형태소는 축소어형으로 준말을 형성하는 구성 요소는 될 수 있지만 그 자체가 준말이 될 수는 없다. 본말이 단어이더라도 그 단어가 줄어들었을 때, 자립할 수 없으면 줄어든 말은 준말이 아닌 준말의 구성 요소가 될 뿐이다. 준말은 홀로 설 수 있는, 즉 자립할 수 있는 단어 차원의 축소어형이다.

(29) 글콩(그루콩), 글밭(그루밭), 맞보다(마주보다), 맞잡다(마주잡다), 엊저녁(어제저녁)
(30) *글(그루), *맞(마주), *엊(어제)

모두 이러한 처리를 하고 있다. 가장 최근에 나온『연세한국어사전』(1998, 연세대 언어정보개발연구원)에는 위의 예 가운데 '고거'를 제외한 '거, 이거, 그거, 저거, 요거'가 표제어로 올라 있다. 그런데 이 중에서 '그거'는 준말로 처리하지 않고 있다. 그러나 나머지 것들을 모두 준말로 처리하고 있음을 볼 때 '그거'를 준말로 보지 않은 것은 편찬 과정에서의 착오로 보인다.

(29)의 예에서 보는 것처럼, '글콩, 맞보다, 엊저녁'은 '그루콩, 마주보다, 어제저녁'의 준말이다. 그러나 '그루, 마주, 어제'가 줄어들어서 된 (30)의 '*글, *맞, *엊'은 이 자체만으로는 쓰이지 않고 언제나 다른 자립할 수 있는 요소가 아니기 때문에 준말이 될 수 없다.[16)]

그러나 조사의 경우는 좀 다르다. 조사는 자립하지 못하지만 국어에서는 단어의 지위를 가지고 있다.

(31) ㄴ(는), ㄹ(를)
(32) 우린(우리는), 널(너를)

준말을 만들 수 있는 본어형은 최소한 한 음절 이상으로 이루어진다.[17)] 그런데 (31)과 같은 단음절로 조사가 축소어형이 될 때는 음절을 이루지 못하고 하나의 음운으로만 존재하게 된다. 이 때 (31)의'ㄴ, ㄹ'은 조사의 준말이 되며, (30)의 '우린, 널'은 어절 '우리는, 너를'의 축소어형이 된다.

셋째, 준말은 단어 내부에서뿐만이 아니라, 단어와 단어의 연결, 또는 몇 개의 어절이 이어진 구의 형태를 보이는 언어 단위로부터 만들어지기도 한다.

(33) 걔(←그 아이), 깨끗잖다(←깨끗하지 않다), 암말(←아무 말),

---

16) *글-, *맞-, *엊-'과 같은 축소어형들을 따로 구분하여 '준말형성소'라고 부를 수 있을 것이다. 준말 형성소는 그 자체로는 준말이 되지 않지만 준말을 형성하는 구성 요소라는 의미를 가진다.

17) 송철의(1993)에서는 준말을 "단어(파생어나 복합어 포함)나 혹은 하나의 기식군(氣息群)으로 묶일 수 있는 구에서 인접한 두 음절이 의미 변화를 초래하지 않으면서 한 음절로 줄어들어 형성된 언어형식(단, 본말도 표면음성형으로 실현될 수 있어야 함)"이라고 하였다. 이 정의에 따르면 준말이 되려면 본말은 최소한 두 음절 이상으로 되어 있어야 하지만, 이럴 경우 (31)의 조사들은 준말을 만들지 못한다. 그러나 '는, 를'은 'ㄴ, ㄹ'과 같은 준말을 가지고 있다.

울엄마(←우리 엄마), 한둘(←하나 둘)

(34) 노찾사(←노래를 찾는 사람들), 민가협(←민주화실천가족운동협의회), 공륜(←한국공연윤리위원회)

이 때 (33)처럼 그 구성 요소 일부가 음운의 탈락이나 축약의 방법을 통해 줄어들어 만들어지는 것도 있고, (34)처럼 구적 구조를 이루는 단어군들에서 몇 개의 음절을 가려 뽑아 만들어지는 것들도 있다.[18)]

이상과 같이 축소어형에서 준말이 될 수 있는 조건들을 한정할 때 형태와 음운을 고려하여 준말을 다음과 같이 정의할 수 있다.

(35) 준말의 형태적 정의 : 준말이란, 단어[19)]나 구적 구조를 가지는 단어군에서 음운이 하나 이상 줄거나 두 개 이상의 음운이 합쳐지면서, 본래의 어형보다 줄어들어 한 단어의 형태로 꼴이 바뀐 말이다.

2) 준말의 통사 · 의미적 요건

축소어형이 만들어질 때 본래의 어형이 가지고 있는 의미를 그대로 유지하는 것도 있고, 의미의 변화를 겪는 것도 있다. 의미의 문제는 축소어형 가운데 어떤 것이 준말이 될 수 있는가를 가리는 데에 또 하나의 중요한 기준이 된다.

본말과 준말 사이의 의미의 동일성 여부는 지금까지의 준말에 관한 논

---

18) 지금까지는 '노찾사, 민가협, 교총'과 같이 단어나 어절이 이어진 단어군에서 몇 개의 음절들을 가려 취한 형태를 '약어'라는 포괄적인 개념으로 많이 불러 오고 있다.

19) 여기서의 단어는, 단일어나 합성어를 모두 포함한다. 단어의 정의에 대하여는 많은 논의가 있지만 여기서는 '휴지(pause)와 분리성(isolability)을 가지는 최소의 자립형식(minimal free form)'이라는 일반적인 정의를 취하기로 한다.

의에서 빼어 놓을 수 없는 문제 중의 하나가 되어 왔다. 기존의 준말에 대한 정의는 대부분 어떤 단어나 어절 또는 통사적 구성에서 형태가 줄어들었을 때 그 의미의 변화가 없는 것을 준말이라고 보고 있다.'협의의 약어는 같은 시대에 원어와 항시 같이 쓰여질 수 있어야 하며, 원어와 약어는 상호 교체가 가능해야 한다'는 우민섭(1974;69)의 제약은 통사적으로나 의미적으로 본말과 준말이 차이가 없어야 함을 전제하고 있다. 송철의(1993;47)에서'단어(파생어와 복합어 포함)나 혹은 하나의 기식군으로 묶일 수 있는 구에서 인접한 두 음절이 의미 변화를 초래하지 않으면서 한 음절로 줄어들어 형성된 언어형식(단, 본말도 표면 음성형으로 실현될 수 있어야 함)'을 준말이라고 한 정의에서도 역시 본말과 준말이 통사적으로 그리고 의미적으로 차이가 있어서는 안 된다고 보고 있다. 준말에 대한 개념 정의를 하고 있지 않은 준말 관련 연구들에서도 대부분 본말과 준말의 통사적, 의미적 동일성을 전제로 하고 논의를 전개하고 있다.

축소어형은 본래의 어형으로부터 만들어진다. 본래의 어형이 없이는 축소어형이 있을 수 없다. 따라서 축소어형이 가지고 있는 의미는 원칙적으로 본래의 어형이 가지는 의미와 같아야 하며 문장 안에서의 통사적 기능과 역할 역시 동일하여야 한다. 그러나 단순히 언어 경제적인 이유로 인해 본래의 어형으로부터 만들어진 축소어형은 처음에는 의미와 통사 기능이 같았을 것이다. 그러나, 똑같은 의미와 통사 기능을 가진 두 언어 형태를 동시에 가지고 있을 필요가 없다는 또 다른 언어경제적인 이유 등으로 해서, 시간의 경과에 따라 두 언어 형태는 의미와 통사 기능이 달라지는 경우가 나타난다. 어형의 축소라는 형태의 변동 · 변화가 의미와 통사 구조를 바꾸는 것이다.

본래의 어형과 축소어형의 통사 · 의미 관계를 다음과 같이 나누어 생각해 볼 수 있다.

(36) ㄱ. 본래의 어형의 통사 · 의미≠축소어형의 통사 · 의미
ㄴ. 본래의 어형의 통사 · 의미≒축소어형의 통사 · 의미
(37) 귀찮다(≠귀하지 아니하다), 여보(≠여기 보오)

(36ㄱ)은 본래의 어형과 축소어형이 통사 구조나 의미에 있어 다른 경우이다. 그러나 이런 경우라고 하더라도 통사적 기능이나 의미의 관련성이 전혀 없는 것은 아니다. 원래 가지고 있던 의미와 많이 달라진 경우라고 할지라도 축소어형의 형성 자체가 줄기 이전의 말을 전제로 하기 때문이다. 따라서 만약 '본래의 어형의 통사 · 의미≠축소어형의 통사 · 의미'라는 부등식이 성립한다면, 이 둘은 역사적으로는 관계가 있지만 공시적으로는 통사나 의미적으로는 관계가 없는 별개의 형태가 된다.

그러한 예를 (37)에서 찾을 수 있다. '귀찮다'는 어원적으로는 '귀하지 아니하다'에서 온 것이다. 그러나 현대국어에서 '귀찮'은 존재가 '귀하지 않'은 존재를 의미하지는 않는다. 또 '여보'는 '여기 보오'라는 통사적 구성으로부터 만들어진 것이지만, 의미나 통사적 기능이 완전히 달라져서 부부간의 호칭으로 쓰이는 감탄사가 되었다.

이렇게 볼 때 결국 축소어형이 준말이 되는 경우는 본래의 어형과 축소어형이 (36ㄴ)과 같은 통사 · 의미 관계를 가질 때이다. (36ㄴ)의 '≒' 기호는 본말이 가지고 있는 어휘 의미와 준말이 가지고 있는 어휘 의미가 일대 일의 대응 관계를 가지며 완전히 일치하거나, 혹은 기본적으로는 본말과 준말이 동일한 어휘 의미를 가지지만, 화용적 상황이나 문맥 상황에 따라서 본말의 의미보다 준말의 의미가 축소 · 확대 또는 변화되거나 통사 구조의 변화를 가져오는 경우를 포함한다.

(38) ㄱ. 준말$_1$: 형태가 줄어든 뒤에도 본말이 가지고 있는 통사 구조와 의미를 그대로 유지하고 있는 준말

ㄴ. 준말$_2$: 형태가 줄어들면서 기본적인 어휘 의미는 유지를 하지만 상황적 의미와 통사 구조는 변화를 입어 본말이 가지고 있던 의미와 차이를 보이는 준말

준말을 의미나 통사 구조를 고려하여 (38)처럼 둘로 나눌 수 있을 것이다. 의미동일성이라는 엄밀한 기준으로 보면 준말$_1$ 만이 준말이 된다고 할 수 있다. 그러나 실제 쓰임에서는 어휘 의미를 그대로 가지고 있는 경우라도 통사 구조가 본말과 일치하지 않는 경우가 나타나고, 본말과 준말이 어휘적 의미를 같이 할 수는 있지만 준말이 쓰이는 상황에 따라 화용적 의미가 달라지거나 최소한 뉘앙스의 차이를 보이기도 하기 때문에 준말$_2$ 도 준말로 보아야 할 것이다.[20] 따라서 준말의 통사 · 의미적 요건을 다음과 같이 제시할 수 있을 것이다.

(39) 준말의 통사 · 의미적 요건 : 본말로부터 어형이 축소되어 만들어진 준말은 원칙적으로 의미의 변화나 통사 구조의 변화를 일으키지 않는다. 그러나 준말은 본말과 동일한 의미를 유지하면서 통사 구조에 변동이 일어나거나, 본말과 동일한 통사적 구성과 기능을 담당하면서 본말의 기본적 어휘 의미는 유지한 채 상황적 의미의 변화가 일어나기도 한다.

3) 준말과 언어 단위의 관계

축소어형은 단어가 줄어든 것은 물론이고 구적 구조를 가지는 단어군이 줄어든 것이라도, 대부분 하나의 단어와 같은 형태를 띠고 단어처럼

---

20) 본말과 준말의 통사 구조가 일치하지 않는 경우에 대해서는 추후 다른 논문을 통해 다룰 예정이다.

기능한다. 지금까지 다양한 축소어형을 준말이라고 부르고 이러한 준말을 단어처럼 취급한 까닭이 여기에 있다. 그런데 이희자(1997)에서는 다양한 차원과 범주에 걸쳐 있는 축소어형을 '준말'과 '준 꼴', '줄인 꼴'로 나누고, 또 이들과 범주를 달리한 것으로 '줄어서 된 말, 줄여서 만든 말' 등을 구별하였다. 그리고 이 가운데 범주를 달리하는 '줄어서 된 말, 줄여서 만든 말'과 '준말'만이 단어의 자격을 가지는 것으로 보았다.[21] 이에 따르면 '본딧말'이 단어가 아닌 것은 '준말'이 될 수 없다. 그러나 이것은 준말에 대한 또 하나의 정의를 시도한 것일 뿐이다. 일반적으로 사용되는 준말이라는 용어가 반드시 단어임을 가리키지는 않으며, 준말이 반드시 단어이어야 한다는 근거를 밝히지 않고 있는 가운데 축소어형 가운데서 단어의 자격을 가지는 것을 가려낸 것은 새로운 시도라 하겠다.[22]

여기에서 축소어형과 준말, 준말과 단어의 관계를 다시 정립하여야 할 필요가 있다. 단어로부터 만들어진 축소어형은 줄어들기 이전의 단어의 자격을 그대로 유지하는 것이 일반적이다. 그러나 줄어들면서 원래의 단어가 가지고 있던 자격과 기능을 잃어버리는 것들도 나타난다. 또한 단어보다 큰 언어 단위들로부터 만들어진 축소어형들도 단어와 같은 기능을 발휘하는 것들이 일반적이다. 구나 절과 같은 언어 단위가 축소어형을 형성하면서 문장 내에서 띄어쓰기를 하거나 발화 상에서 휴지를 두는 것이 아니라 마치 하나의 단어처럼 기능하며 내부적으로 공고한 결합을 보인다.

---

21) 이희자(1997:37)에서는 "단어에서 그 구성 성분의 일부를 줄여서 간략하게 만든 형태를 이르는 말"을 '준말'이라고 하여 이러한 것들에 단어의 자격을 부여하고 있지만, '준 꼴, 줄인 꼴'은 "하나의 형태의 꼴을 하고 있지만 단어의 자격을 가지는 것은 아니다."라고 하였다.

22) 기존 연구자들의 논의에서나 언어학 사전들에서도 '준말'을 단어로 한정시키고 있지 않음에 주목할 필요가 있다. 하지만 언어 단위들을 넘나들면서 모호하게 사용되어 오던 준말을 단어의 차원으로 제한하고 단어의 자격을 가지는 것과 그렇지 않은 것을 구분하여 준말과 준말이 아닌 것의 기준을 제시한 것은 의미 있는 작업이다.

본어형이 하나의 단어인 축소어형은 앞서 3.1장에서 언급한 '*글-, *맞-, *엊-'과 같은 일부 준말형성소를 제외하면 물론 완전한 단어이다. 그러나 본어형이 비록 단어가 아니더라도 축소어형이 문장 내에서 단어와 같은 기능을 담당한다면 이들 축소어형을 '유사단어'(pseude-word)라고 할 수 있을 것이다. 그리고 유사단어와 같이 단어의 기능과 작용을 하는 축소어형은 준말이 될 수 있다.

앞서 준말의 형태적 정의를 '단어나 구적 구조를 가지는 단어군에서 음운이 하나 이상 줄거나 두 개 이상의 음운이 합쳐지면서, 본래의 어형보다 최소한 한 음절 이상 줄어들어 한 단어의 형태로 꼴이 바뀐 말'이라고 하였다. 이렇게 볼 때 준말이 되기 전의 본어형은 단어이거나 단어보다는 큰 단위이지만, 준말은 그 자체가 하나의 단어이거나 단어와 같은 기능과 역할을 하는 유사단어이다. 따라서 언어 단위와 관련하여서 준말이 가지는 위상을 다음과 같이 설정할 수 있다.

(40) 준말과 언어 단위와의 관계
ㄱ. 준말과 형태소와의 관계 : 준말>형태소(단, 형태소=단어 제외)
ㄴ. 준말과 단어와의 관계 : 준말⊂단어

(40)에서 보인 준말과 언어 단위의 관계를 풀어 설명하면 다음과 같다. 준말은 형태소보다는 큰 단위이다. 줄어들었을 때 자립할 수 없으면 준말이 되지 못한다. 자립할 수 있는 최소의 언어 단위가 단어라고 할 때, 준말은 단어에 포함된다. 즉, 본어형이 단어보다 큰 단위일 수 있지만 일단 준말로 형성이 되면 그것은 단어적인 기능을 하게 된다. 따라서 단어가 줄어든 준말은 당연히 단어가 되지만, 단어보다 큰 단위에서 줄어든 축소어형도 단어와 같은 기능을 담당하면 준말이 되고 이 역시 단어에 포함된다.

4. 축소어형과 조어법

국어의 축소어형은 본래의 언어 형태와 달라진 새로운 형태의 말이다. 특히 국어의 많은 축소어형 가운데서 준말로 분류되는 말들은 새로운 단어의 자격을 가지는 것이다. 이것은 축소어형이나 준말을 만드는 방식이 새 말을 만드는 방식의 한 가지라는 사실을 말해 주며, 준말의 형성 방식을 조어론의 관점에서 살피는 것이 필요함을 말해 준다.

국어의 조어법은 크게 합성법과 파생법으로 나누어진다. 그런데 새로운 형태의 단어인 준말을 만드는 방법은 합성이나 파생으로 설명할 수 없다. 합성이라고 한다면 복합어(좁게는 합성어)를 만드는 방법이고 복합어의 구성 성분은 자립형태 또는 단어이거나 어근 또는 어간이어야 한다.[23] 그러나 준말은 본어형에 또 다른 단어나 어근, 어간과 같은 다른 구성 성분이 결합하여 만들어지는 것이 아니다. 또한 준말은 파생접사가 결합하여 만들어지는 것도 아니므로 준말을 만드는 방법은 파생의 방법으로도 설명이 되지 않는다. 김동찬(1987)에서는 새말을 만드는 방법 가운데 준말을 만드는 '줄임법'을 설정하고 이를 파생법의 하위에 놓고 있지만, 이는 일반적인 파생법의 개념과는 상당한 차이가 있다.[24]

준말은 새로운 단어이고 따라서 준말을 만드는 방법은 합성법과 파생

---

23) 복합어의 구성 성분을 최현배(1937)에서는 자립형태 또는 낱말로 보고 있고, 이익섭(1965), 김규선(1970b), 허웅(1995)에서는 어근 또는 어간으로 보고 있다. 물론 여기에는 합성의 방법으로 만들어지는 말이 단어가 됨을 전제로 하고 있다.

24) 김동찬(1987)에서는 '합침법'을 "뜻이 다른 의미부들이 하나의 단어조성적말줄기에 통합됨으로써 새말을 조성"하는 것으로, '파생법'을 "바탕말로부터 다른 자립적 의미부가 첨가됨이 없이 새말이 조성"되는 것으로 보고 있다. '파생법'의 하위 범주에 '덧붙임법, 바꿈법, 되풀이법, 줄임법, 분립법'을 각각 설정하였는데, 이로 보아 북한의 '합침법'은 남한에서의 합성법에 해당하지만 '파생법'은 남한에서의 파생법과는 많은 차이가 있다.

법이 아닌 새로운 단어 조성법으로 조어법의 테두리 안에서 설명을 하여야 한다. 이러한 시도는 이미 김석득(1992)에서는 보인다.[25] 그런데 김석득(1992)에서는 자름법과 줄임법을 나누어 보고 있지만, 이 두 방법은 모두 본래의 형태보다 어형을 줄이는 방법이라는 공통점을 가진다.

우리는 이 방법을 '축소법'이라고 부르기로 한다. 축소법은 일반적인 조어법인 합성법과 파생법과 큰 차이점을 가지는데, 그 차이점은 다음과 같다.

첫째, 말의 재료를 다루는 방법에서 차이를 보인다. 합성법과 파생법은 형태소나 단어와 같이 이미 있던 말의 재료를 가지고 그것들을 결합시켜 새로운 말을 만드는 방법이다. 그러나 축소법은 이미 있던 말의 재료를 줄이거나 없애는 방법으로 새로운 말을 만드는 방식이다. 즉, 합성법과 파생법이 확대의 조어 방법이라면, 축소법은 축소의 조어 방법이다.

---

25) 김석득(1992)에서는 특수한 형태론적 대상으로 자름법과 줄임법을 나누고 다시 자름법에 의해서 만들어진 말을 '머리글자말'과 '가위질말'로 나눈 다음, '가위질말'을 '준말$_1$'로, 줄임법에 의해 만들어진 말을 '준말$_2$'로 설정하여 다음과 같이 분류하고 있다.

ㄱ. 머리글자말 : 낱말의 머리의 닿소리나 홀소리글자를 잘라서 만든 말.
예) KAL, KBS, SALT, Y대(학), S대,…
ㅇ · ㅅ←연세 / ㄱ · ㄴ · ㄷ(특정한 사람의 이름)

ㄴ. 가위질말－준말$_1$: 이은말이나 합성어에서 첫부분, 때로는 가운데 부분, 흔히는 끝부분을 잘라 내어 만드는 말.
예) 첫부분 가위질 : 판←놀음판, 싸움판 / 치기←날치기, 들치기 / 벌이←돈벌이
끝부분 가위질 : 육사←육군 사관학교 / 주←주식(회사) / 불백←불고기백반

ㄷ. 준말$_2$: 월이나 이음말의 일부분(혹은 상당한 부분)을 줄여서 낱말처럼 만들어진 말.
예) 봄 가을←봄과 가을 / 앞 뒤←앞과 뒤
말만듦법←말을 만드는 방법 / 끝남법←말을 끝내는 방법

김석득(1992)에서는 '머리글자말'은 준말에 포함시키지 않고 있다. 머리글자말 역시 본래의 단어가 줄어들어 생긴 말이지만 준말로 보지 않은 것은, '머리글자'를 음절글자로서가 아닌 음운이나 음운을 나타내는 글자(alphabet)의 개념으로 받아들인 데에서 비롯된 결과이다.

둘째, 합성법이나 파생법은 형태소부터 단어의 차원에서 말만들기가 이루어지며 그 과정에서 형태소의 변화를 가져 오지는 않는다.[26] 이에 비하여 축소법는 하나의 형태소나 단어 전체가 탈락하기도 하지만 형태소나 단어 경계를 넘어서 음절이나 음운을 축약시키거나 탈락시키는 과정을 수행하면서 형태소나 단어의 구성을 깨뜨리기도 한다.

셋째, 합성과 파생의 방법이 단일어로부터 복합어를 만들거나 복합어로부터 새로운 복합어를 만드는 방법이다. 그러나 축소는 단일어와 복합어뿐만 아니라 구적 구성에서도 일어나는데, 새로운 말은 본래의 형태가 가지고 있던 단일어나 복합어의 자격을 그대로 유지하며, 단일어를 복합어로 만들거나 복합어를 단일어로 만들지는 않는다.[27]

넷째, 합성이나 파생에 의해 만들어지는 새 말은 모두 새로운 단어가 된다. 축소의 방법을 통해 만들어지는 새 말이 모두 다 새로운 단어로 정착하는 것은 아니다. 그렇지만 조어법으로서의 축소법에 의해 만들어지는 축소어형은 본어형과는 다른 새로운 단어로써의 준말이 된다. 축소가 되면서 의미가 달라지는 경우도 있지만 이는 특수한 경우이고 일반적인 것은 아니다.[28]

다섯째, 합성이나 파생에 의해 만들어지는 새 말은 그 구성 요소들이 가지고 있는 의미의 단순한 더하기가 아니라, 새로운 의미를 가진다. 그러나 축소법에 의해 만들어지는 말은 새로운 의미를 가지기도 하지만 대부분은 본래의 형태가 가진 의미를 그대로 유지한다.[29]

---

26) 물론 합성과 파생의 과정에서 '싫증→[실쯩], 옥니→[옹니], 앉히다→[안치다], 먹히다→[머키다]'와 같은 형태음운적인 변동은 나타난다

27) 복합어의 준말이 단일어처럼 보이는 경우는 있다. 고유어 '걋(그것), 깃(옷깃), 판(말판)' 등과 한자어 '공(공로), 서(경찰서), 손(손해)' 등이 그러한 예이다. 이에 대해서는 다른 연구를 통해 다룰 것이다.

28) '귀찮다'가 본래의 형태와는 다른 새로운 단어로 정착한 대표적인 예라고 할 수 있는데, 이 때 '귀찮다'는 '귀하지 아니하다'와 '준말 : 본말'의 관계를 상실한다.

29) 새로운 의미를 가지게 되는 경우는 동일한 의미를 가지는 본래의 형태와 준말 사이

여섯째, 합성이나 파생은 형태소의 결합을 통해 단어를 만듦으로써 단어의 차원에 한정된다. 그러나 축소법은 형태소나 단어, 구적 구성 등 여러 차원에서 시작하여 단어의 차원으로 귀결된다.[30]

이처럼 축소법은 말만들기 방식에 있어서 합성법이나 파생법과는 뚜렷한 차이를 보인다. 그러나 축소법이 새 말을 만들어 내고 있다는 점은 합성법이나 파생법과 더불어 조어법의 한 가지로 설정될 수 있음을 보여 준다. 따라서 우리는 조어법을 다음과 같이 다시 정리할 수 있다.

(41)

- 조어법
  - 확대의 방법
    - 합성법
    - 파생법
  - 축소의 방법 – 축소법
    - 준말(단어) 형성
    - (준말 미형성)

(41)과 같이 조어법을 정리하면 국어의 조어법의 영역을 확대할 수 있으며 새로운 단어의 자격을 가지는 준말이 만들어지는 것을 조어법의 테두리 안에서 설명을 할 수 있을 것이다.

5. 결론

어형이 줄어드는 현상은 한 단어 안의 음운의 생략이나 축약에서부터 시작하여 한 문장 전체의 생략에 이르기까지 광범위한 언어 현상이다. 문

에 충돌을 일으켜 둘 중의 하나가 다른 의미로 바뀌기 때문에 일어난다.

30) 여기서 '단어의 차원'으로 귀결된다는 것은 축소의 방법으로 만들어진 축소어형 또는 준말이 반드시 단어가 된다는 것이 아니라, 단어와 같은 모습을 띠며 단어처럼 기능한다는 것이다.

장 안에서의 성분 생략이나 문장 전체의 생략과 같은 언어 현상에 관한 연구는 통사론이나 화용론 등에서 많이 다루어져 왔으며, 또한 음운의 생략이나 축약과 같은 것은 음운론에서 다루어지고 있다. 따라서 어형이 줄어드는 현상에 대한 연구는 언어학의 모든 분야에 걸쳐 이루어지고 있다고 볼 수 있다.

이렇게 여러 차원의 어형이 줄어드는 것 가운데 특히 단어와 관련되어 축소어형을 만들어 내는 것은 조어론에서 깊이 있게 논의되어야 한다. 이 연구에서는 여러 차원의 축소어형 가운데에서 단어와 관련을 가지는 준말을 가려내고 준말을 만드는 방법을 조어법의 범주 안에 넣어 축소법으로 설정하였다.

이를 위해 축소어형과 관련된 기존의 용어들을 정리하고 각각의 용어들이 가지고 있는 문제점들을 지적하였다. 축소어형 가운데서 어떠한 것이 준말이 될 수 있는가를 밝혔다. 이를 통해서 준말과 단어와의 관계를 살피고, 준말을 만들어내는 방법을 축소법이라 하여 조어법의 한 방법으로 설정하여야 함을 보였다.

이 연구에서는 준말의 형태적 요건을 살펴 '단어나 구적 구조를 가지는 단어군에서 음운이 하나 이상 줄거나 두 개 이상의 음운이 합쳐지면서, 본래의 어형보다 줄어들어 한 단어의 형태로 꼴이 바뀐 말'로 준말을 정의하였다. 또 의미와 통사 구조의 변화 여부를 살펴서 '형태가 줄어든 뒤에도 본말이 가지고 있는 통사 구조와 의미를 그대로 유지하고 있는 준말'을 준말$_1$ 로, '형태가 줄어들면서 기본적인 어휘 의미는 유지를 하지만 상황적 의미와 통사 구조는 변화를 입어 본말이 가지고 있던 의미와 차이를 보이는 준말'을 준말$_2$ 로 나누었다.

의미의 문제는 준말 여부를 가리는 데에 또 하나의 중요한 판단 기준이 된다. 본말로부터 어형이 축소되어 만들어진 준말은 원칙적으로 의미의 변화나 통사 구조의 변화를 일으키지 않으나, 본말과 동일한 의미를 유지하면서 통사 구조에 변동이 일어나거나, 본말과 동일한 통사적 구성과 기능을 담당하면서 본말의 기본적 어휘 의미는 유지한 채 상황적 의미의 변화가 일어나면, 이들은 준말이 된다고 통사 · 의미적 요건을 제시하였다.

준말은 그 자체가 하나의 단어이거나 단어와 같은 기능과 역할을 하는 유사단어이며 따라서 언어 단위와 관련하여서 준말이 가지는 위상을 '준말 〉 형태소(단, 형태소=단어 제외), 준말⊂단어'와 같이 설정하였다. 즉 준말은 형태소보다는 큰 단위이며, 본어형이 단어보다 큰 단위일 수 있지만 일단 준말로 형성이 되면 그것은 단어적인 기능을 하게 되고 준말은 단어에 포함된다.

국어의 축소어형은 본래의 언어 형태와 달라진 새로운 형태의 말이고, 특히 준말로 분류되는 말들은 새로운 단어의 자격을 가지는 것이다. 이것은 축소어형이나 준말을 만드는 방식이 새 말을 만드는 방식의 한 가지라는 사실을 말해 주며, 준말의 형성 방식을 조어론의 관점에서 살피는 것이 필요함을 말해 준다. 그런데, 준말은 본래의 형태에서 낱말이나 어근, 어간과 같은 다른 구성 성분이 결합하여 만들어지는 것도 아니고 파생접사가 결합하여 만들어지지도 않으므로 준말을 만드는 방법은 합성이나 파생의 방법으로 설명이 되지 않는다. 이 연구에서는 어형을 줄임으로써 준말이라는 새 말을 생성하는 방법으로 '축소법'을 설정하고 축소법이 조어법의 한 하위 영역이 될 수 있음을 보였다. 합성법과 파생법이 확대의 조어 방법이라면, 축소법은 축소의 조어 방법이다.

축소어형 또는 준말은 새로운 말이 되며. 이때 축소어형을 만들어내는 방법은 조어법의 한 영역이 될 수 있음을 보았고, 국어의 조어법을 확대시킬 수 있음을 알았다.

이 논문은 국어의 축소어형에 관한 총체적 연구를 위한 기초 작업이라고 할 수 있다. 축소어형과 준말의 유형, 본어형과 축소어형 사이의 통사 · 의미적인 변동 또는 변화 등은 앞으로 더 연구되어야 할 문제로 남아 있음을 밝히며 논문을 맺는다.

단성 호적 인명에 관한 사회 언어학적 고찰

차 재 은* · 권 내 현**

1. 서론

본고의 목적은 호적의 인명에 대한 국어학적 분석을 바탕으로 이 자료들에 대한 사회언어학적 해석을 시도해 보는 것이다. 구체적으로는 단성 호적 전산 자료에 나타난 평민명과 노비명을 대상으로, 성별, 계층별 특징을 살펴보려 한다.[1)]

전산화된 호적 자료에 대한 연구로는 박성종(2008b), 차재은(2008), 차재은(2009), 최연화(2010) 등이 있다. 박성종(2008b)은 대구부 동상면 호적 전산화 자료에 보이는 고유어 인명의 차자 표기 방법을 다룬 연구로, 차자 표기된 고유어 인명의 독법에 참조될 수 있다. 차재은(2008)은 17~19세기 단성 호적 전산 자료의 노비명을 고유어계와 한자어계 어근으로 분류한 후 각 어근의 비율과 작명 방식의 특징을 성별, 의미 부류별

* 경기대학교
** 고려대학교

1) 본고는 NH, Kwon(2004) 및 차재은(2008)의 연구 내용을 토대로, 사회언어학적 분석을 추가하여 작성한 것이다.

로 분석한 것으로, 노비명에 대한 계량적 접근 방법을 취한 연구이다. 차재은(2009)은 17~19세기 대구부 동상면 호적의 고유어계 노비명을 계량적으로 분석하고 여기에 나타난 작명 방식의 특징을 검토한 연구로, 차재은(2008)과 동일한 연구 방법론에 기반하고 있다. 최연화(2010)는 대구부 동상면 호적에서 동일인명 이표기 노명(奴名)을 추출하여 이를 바탕으로 근대국어의 음운 변화를 살펴본 연구이다.

3~4년 전부터 국어학계에도 전산화된 호적 자료가 소개되고 이에 대한 연구가 시작되고 있으나 전산화된 호적 자료가 가진 양적인 방대함, 정보의 다양성, 검색의 효율성에 비해 아직 다양한 연구가 시도되지는 못하고 있다. 이 분야 연구가 어려운 가장 큰 이유는 호적 자료의 양적 방대함에 있다고 할 것이나 이 자료를 제대로 이해하기 위해서는 차자 표기를 우리말로 읽어내는 국어학적 분석력 외에도 역사적, 사회문화적 조망 능력도 필수적으로 요구된다. 다시 말해 전산화된 호적 자료 연구는 학제적 접근을 통해서 더 다양한 연구 주제들을 만들어낼 수 있는 분야인 것이다.

이에 본고에서는 호적 자료의 학제적 연구를 위한 하나의 디딤돌로서, 호적의 인명을 국어학적으로 분석한 후 이 자료들에 대한 사회언어학적, 역사적 분석을 시도해 보려 한다. 구체적으로는 성별, 계층별, 시기별로 노비명과 평민명의 특징을 분석하고 이에 대한 사회언어학적 해석을 시도한다.

이를 위해 본고의 2장에서는 단성 호적 전산화 자료를 소개하고 3장에서는 연구 방법에 대해 서술할 것이며 4장에서는 자료 분석 결과를 제시하고 이에 대해 논의할 것이다. 5장은 결론에 해당한다.

2. 자료 소개

본고의 연구 대상인 단성 호적 전산화 자료는 성균관 대학교 동아시아 학술원 대동문화연구원 호적 대장 연구팀에서 1999년부터 2003년까지 전산화한 것이다.

이 자료의 입력에는 조선 후기 사회 경제사 연구자 16인이 참여하였고, 교정 작업에만 연인원 100명 이상이 참여하였다. 2003년에 한글 전산 데이터를 학계에 공개하였고 2006년에는 漢字/한글 전산화 작업을 완성하여 CD 열장 분량의 자료로 공개하였다.[2]

단성 호적의 전체 분량은 약 600만자 정도인데, 이는 朝鮮王朝實錄 전체 자 수(약 5,300만자)의 10분의 1을 상회하는 규모이다. 다음 <표1>은 전산화에 이용된 단성 호적 원본의 소장처이다.

<표 1> 단성 호적 대장 원본 소장처

연도	소장처	비고
1606년	서울대 규장각	한국정신문화연구원(1980) 간행. *1729, 1750, 1786은 한국학중앙연구원(구 정문연)의 마이크로필름 전산화 자료 이용.
1678년~1789년	산청군 단성 향교 → 국립 경상대로 이전	
1825년~1888년	일본 學習院 大學 도서관	마이크로필름으로 공개.

단성 호적 전산화 자료는 한글로 전산입력 하되, 원문을 링크시켜 전산 데이터의 내용과 원문을 동시에 볼 수 있도록 한 것이 특징이다(국내 소장본은 컬러, 학습원 대학 소장본은 흑백). 이 자료의 전산 입력 틀은 관계 전문가의 참여를 통해 개발된 것으로, 개별 인물에 대한 정보를 65가지

2) 이하 2장의 내용은 NH, Kwon(2004)를 바탕으로 한 것이다.

필드(한글 및 한자)로 나누어 입력하여 다양한 통계 처리가 가능하도록 만들었다.

다음 <그림 1>은 단성 호적의 원본, <그림 2>는 이를 전산화한 자료의 데이터 구조를 보인 것이다. <그림 2>에서 보이듯이, 전산 자료에서 하나의 레코드에는 한 인물에 관한 정보가 모여 있다.

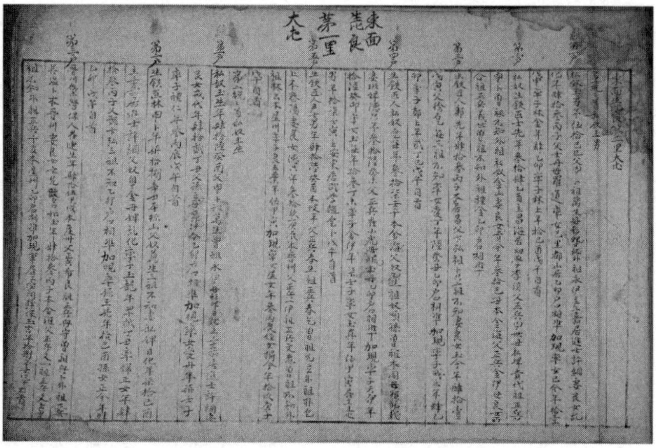

<그림 1> 단성 호적 자료 원본

	A	B	C	D	E	F	G	H	I	J	K	L	M	N	O	P	Q	R	S	T	U
1	原本	年度	面名	면명	順番	里順	里名	리명	統	統首	戶	主戶	주호	戶內位相	호내위상	職役	직역	姓	名	성	명
2	1678생비량001	1678	生比良	생비량	1	1	大屯	대둔	1	統首	1	玉男	옥남		주호	私奴	사노		玉男		옥남
3	1678생비량001	1678	生比良	생비량	2	1	大屯	대둔	1		1	玉男	옥남	妻	처	良女	양녀		亂化		난화
4	1678생비량001	1678	生比良	생비량	3	1	大屯	대둔	1		1	玉男	옥남	女	녀				己里		기리
5	1678생비량001	1678	生比良	생비량	4	1	大屯	대둔	1		1	玉男	옥남	女	녀				己今		기금
6	1678생비량001	1678	生比良	생비량	5	1	大屯	대둔	1		1	玉男	옥남	子	자				林金		임금
7	1678생비량001	1678	生比良	생비량	6	1	大屯	대둔	1		1	玉男	옥남	子	자				林上		임상
8	1678생비량001	1678	生比良	생비량	7	1	大屯	대둔	1		2	士先	사선		주호	私奴生鐵匠	사노생철장		士先		사선
9	1678생비량001	1678	生比良	생비량	8	1	大屯	대둔	1		2	士先	사선	妻	처	良女	양녀		貴今		귀금
10	1678생비량001	1678	生比良	생비량	9	1	大屯	대둔	1		3	鄭先	정선		주호	生鐵匠人	생철장인		鄭先		정선
11	1678생비량001	1678	生比良	생비량	10	1	大屯	대둔	1		3	鄭先	정선	妻	처	良女	양녀		玉今		옥금
12	1678생비량001	1678	生比良	생비량	11	1	大屯	대둔	1		3	鄭先	정선	女	녀				愛丁		애정
13	1678생비량001	1678	生比良	생비량	12	1	大屯	대둔	1		3	鄭先	정선	子	자				戒云		계운
14	1678생비량001	1678	生比良	생비량	13	1	大屯	대둔	1		3	鄭先	정선	子	자				鄭上		정상
15	1678생비량001	1678	生比良	생비량	14	1	大屯	대둔	1		4	乭每	돌매		주호	生鐵匠人私奴	생철장인사노		乭每		돌매
16	1678생비량001	1678	生比良	생비량	15	1	大屯	대둔	1		4	乭每	돌매	妻	처	班婢	반비		德只		덕지
17	1678생비량001	1678	生比良	생비량	16	1	大屯	대둔	1		4	乭每	돌매	子	자				天伊		천이
18	1678생비량001	1678	生比良	생비량	17	1	大屯	대둔	1		4	乭每	돌매	女	녀				玉每		옥매
19	1678생비량001	1678	生比良	생비량	18	1	大屯	대둔	1		4	乭每	돌매	子	자				金伊		금이
20	1678생비량001	1678	生比良	생비량	19	1	大屯	대둔	1		4	乭每	돌매	女	녀				玉眞		옥진

<그림 2> 단성 호적 전산 자료의 데이터 구조

다음 <표 2>는 단성 호적 전산 자료의 필드 이름과 내용을 보여준다.

<표 2> 단성 호적 전산화 자료의 필드 구조

필드 이름	내용	필드 이름	내용
原本	해당 인물이 기재된 호적대장원본의 쪽수(원본 사진 링크)	加入	호적에 신규로 기재되는 상황
年度	호적대장 작성 연도	本	'本'과 '籍'
面名	각 面의 명칭	本貫	해당인물의 本貫名
順番	호적에 등재된 인물의 순번	主居	上典 거주지
里	里 순번(第一里, 第二里로 기재된 것을 아라비아 수로 기재)	主職役	上典 직역명
村名	里(村)의 명칭	主姓名	上典 성명
統	統의 순번	父職役	해당 인물의 父 직역명
統首	統首인 자는 '통수'라 기록	父名	해당 인물의 父 이름
戶	戶의 순번	母職役	해당 인물의 母 직역명
主戶	주호의 성명	母名	해당 인물의 母 이름
戶內位相	호 내 각 인물들과 주호와의 관계	所生	출생 순서
職役	해당 인물의 직역명	祖職役	해당 인물의 祖 직역명
姓	해당 인물의 姓	祖名	해당 인물의 祖 이름
名	해당 인물의 이름	曾祖職役	해당 인물의 曾祖 직역명
年齡	해당 인물의 나이	曾祖名	해당 인물의 曾祖 이름
干支	해당 인물의 출생년 간지	外祖職役	해당 인물의 外祖 직역명
出入	각 인물의 移來·移居·雜頉 현황	外祖名	해당 인물의 外祖 이름
處	호적상 移來·移去 장소	外本	外祖의 本貫名
		備考	참고 사항 및 오류의 지적

이 자료 파일을 사용자의 컴퓨터에 복사하여 사용하면 정렬, 계산표 작성 등을 자유롭게 할 수 있으며 일부 자료만 추출하거나 필드를 추가하여 개인별 연구에 이용할 수도 있다. 단, 개인용 피시에 복사할 경우 원문 그림을 볼 수 없으므로 그림을 보고자 할 경우 CD를 장착하여 사용해야 한다.

위와 같은 구조를 가진 단성 호적 전산화 자료의 의미는 '동질성'과 '전산화'라는 두 가지 면에서 찾을 수 있다. 특히 국어사적으로 보면, 단성 호적 자료는 17~19세기 자료로 시간적으로 근대 국어 시기에 해당한다. 또 공간적으로는 단성 지역에만 한정되어 있어 방언적 특징을 파악하기에도 적합하다. 또한 전산화된 자료이므로 계량적 분석을 수행할 수 있다는 것도 이 자료의 장점이다.

3. 연구 내용 및 방법

본고의 목적은 호적의 인명에 대한 국어학적 분석을 토대로 이 자료들에 대한 사회언어학적 해석을 시도해 보는 것이다. 일반적으로, 사회언어학에서 성과 계층은 언어적 차이를 만들어 내는 주요한 변수이다. 따라서 본고에서도 성과 계층의 관점에서 호적 인명의 특징을 살펴보고자 하였다. 먼저 '성'과 '계층'을 중심으로 분석 대상을 정리해 보면 다음 <표 3>과 같다.[3)]

<표 3> 사회언어학적 분석 대상

계층 \ 성	남성	여성
평민	평민 남성	평민 여성
노비	노비 남성	노비 여성

3) 양반의 이름은 대부분 한자어이고 양반의 아내는 성만 가지고 있기 때문에 사회언어학적 분석 대상에 포함하지 않았다.'성'과 '계층' 외에, 도시와 농촌의 차이, 반촌과 민촌의 차이 등도 흥미로운 연구 대상이나 이러한 문제는 본고의 범위를 넘어서는 것이다.

<표 3>에 따르면 본고의 연구 내용은 다음과 같은 네 가지로 정리될 수 있다.

1) 평민 남성과 평민 여성 인명의 특징과 차이점
2) 노비 남성과 노비 여성 인명의 특징과 차이점
3) 평민 남성과 노비 남성 인명의 특징과 차이점
4) 평민 여성과 노비 여성 인명의 특징과 차이점

이중 평민 여성은 이름이 없는 경우가 많으므로 1)과 4)는 일단 연구 대상에서 제외된다. 따라서 2) 와 3) 이 본고의 중점적 연구 대상이 된다. 구체적으로는, 노비 남성과 노비 여성 인명의 특징은 무엇이며 남노 이름 대 여비 이름의 차이점은 무엇인지를 살펴보게 될 것이다.[4] 또 평민 남성과 노비 남성의 인명 사이에 차이점이 있는지, 차이가 있다면 그 차이는 무엇이고 그러한 차이를 만들어 낸 이유는 무엇인지에 대해서도 검토할 것이다.

이러한 연구를 수행하기 위해서는 먼저 호적에서 연구 대상 자료를 추출하여야 한다. 단성 호적 인명의 레코드(record) 수는 총 276,043개인데, 이 자료의 '職役' 필드를 대상으로 자동 필터 기능을 이용하여 대상 자료를 선정하였다. 가령 '奴婢'명을 추출하기 위해 '職役' 필드에서 *奴*와 *婢*로 검색하였는데, 이 결과 남노 이름이 42,232개, 여비 이름이 59,162개로 집계되었다. 남노와 여비를 각각의 파일로 저장한 후, 각 파일을 '명' 필드로 정렬하여 이중 셀이 비어 있거나 셀에 하나 이상의 '?'나 '×'가 포함된 인명은 제외하였다.[5] 그 결과 단성 호적의 남노 이름 41,700개, 여비 이름 58,815개, 둘을 합친 전체 노비명 100,515개를 얻었다. 나머지 자료들도 이와 같은 방법으로 추출하였다.

4) 이 문제에 대해서는 차재은(2008)에서 다룬 바 있으므로, 노비 남성과 노비 여성 인명의 특징은 차재은(2008)의 내용을 중심으로 기술될 것이다.
5) '?'는 원문 글자를 분명히 알아보기 어려운 경우, '×'는 보이지 않는 경우에 해당한다.

연구 대상을 추출한 후에는 각 인명을 고유어, 한자어, 혼종어로[6] 판정하여 태깅하는 일이 필요한데, 본고에서는 고유어계 노비명의 목록을 얻기 위해 崔範勳(1980), 金敬淑(1996) 등의 기존 연구 결과를 참조하되, 고유어 판정의 객관성을 확보하고 어원 추정의 자의성을 줄이기 위해 다음 <표 4>와 같은 절차를 밟아 작업을 진행하였다.[7]

<표 4> 고유어 판정의 절차

점검 항목	결과	분류	인명 예	비고
① 訓讀, 訓假, 音假로 고유어 대응이 가능한가?	예	고유어	金乭[쇠돌] 光自里[빗자리]	빗자루 (경상방언)
①' ①에 대한 同音異字나 생략 글자가 있는가?	예	불확실	今乭[금돌/쇠돌]	
② 末音添記가 있고 고유어 대응이 가능한가?	예	고유어	栗音金[밤쇠]	
②' ②에 대한 同音異字나 생략 글자가 있는가?	예	불확실	栗金[밤쇠/율금][8]	栗音金
③ 造字가 있고 고유어 대응이 가능한가?	예	고유어	乭金[돌쇠]	
④ 音假로 고유어 대응이 가능한가?	예	고유어	江牙之[강아지]	
④' ④에 대한 同音異字나 생략된 글자가 있는가?	예	불확실	江伊[강이]	
⑤ 音讀만이 가능한가?	예	한자어	甲山[갑산]	

6) 이름을 '어근 + (접사)'의 구조로 나눌 경우 어근과 접사 모두가 고유어인 경우는 고유어, 둘 모두가 한자어인 경우는 한자어, 둘 중 하나가 한자어인 경우는 혼종어로 분류될 수 있다.

7) 다음 <표 4>는 차재은(2009)의 <표 1>을 수정한 것이다.

8) 최연화(2010)에서는 주호가 같은 동일 노비명의 표기를 비교하여 '栗音金=栗金(밤쇠)'의 예가 있음을 밝혀내었다. 이러한 예에서 '栗金'은 훈독한 것으로 보아야 할 것이다. 그러나 훈에 의한 동일인명 이표기는 예가 적어서 모든 '栗金'을 '밤쇠'로 읽었다는 확실한 증거는 되지 못한다. 또, 曺圭泰(1980)에 따르면, 동국신속삼강행실도의 여자 이름에는 '石乙金'의 '金'을 '돌금'처럼 음독한 예도 보인다. 따라서 '栗金'도 음독의 가능성을 완전히 배제할 수는 없다.

<표 4>는 고유어와 한자어를 가르는 판단 기준이 된다. 즉, 어떤 인명을 훈독, 훈가, 음가로 읽어서 그 문자열이 고유어 대응어를 가진다면 그 인명은 고유어로 볼 수 있다. 특히 栗音金[밤쇠]의 '音'과 같은 말음첨기(末音添記) 글자나 乭金[돌쇠]의 '乭'과 같은 조자(造字)가 사용된 경우에 그 가능성은 더 높아진다. 접사의 경우도 기본적으로 위와 같은 기준으로 판정되나 '今, 金'처럼 여성 인명에 쓰인 접미사는 음독의 전통이 우세하므로 주의가 요망된다. 즉, 여성 인명에서 접미사로 쓰인 '金'자는 음독자로 볼 가능성이 높다.

본고에서는 위의 방법에 따라 노비명을 고유어, 한자어, 혼종어로 판정하였으나 이 기준이 주관의 한계를 완전히 극복한 것은 되지 못한다. 다만, 이러한 기준으로 접근한다면 자의적인 어원 추정의 위험은 피할 수 있을 것이고 이렇게 고유어, 한자어, 혼종어 판정에 일관성이 유지된다면, 태깅 결과를 사회언어학적 분석의 대상으로 이용하는 데 큰 문제가 없다고 판단하였다.

4. 결과 및 논의

이 장의 4.1에서는 노비 남성과 노비 여성 인명의 특징 및 성별 차이를 어근의 의미를 중심으로 살펴볼 것이다. 그리고 4.2에서는 평민 남성과 노비 남성 인명의 특징 및 차이점에 대해 계층을 중심으로 비교해 보겠다.

1) 노비 남성과 노비 여성 인명의 비교

이 절에서는 남노(男奴) 대 여비(女婢) 이름의 성별 특징을 비교하여 그 차이점을 알아볼 것이다. 노비 남성과 노비 여성 인명의 특징 및 차이점은 의미의 핵(核)인 어근을 중심으로 살펴본다. 구체적으로는 남노, 여비 인명의 고유어, 한자어 어근 비율과 고유어 어근의 의미 부류 비율을 비교하여 남노 대 여비 명의 성별 차이를 알아보도록 한다.

단성 호적의 전체 노비명 100,515개 중 남노명의 총 출현 빈도(total frequency)는 41,700, 여비명의 총 출현 빈도는 58,815로 여비 쪽의 수가 많다. 이 중 고유어계 어근의 빈도는 남노 6,887, 여비 7,472로 역시 여비 쪽의 수가 많다. 그러나 전체 중 고유어계 어근의 비율을 살펴보면 남노는 16%, 여비는 12%로 남노명의 비율이 더 높게 나타난다. 이는 남노명이 여비명보다 고유어를 더 많이 사용한다는 것을 의미한다.

단성 호적의 '명'과 '名' 필드를 중심으로 유형 빈도(type frequency)를 집계한 결과 남노가 각각 1,240(명)과 1,577(名), 여비가 1,077(명)과 1,380(名)으로 나타났다. 즉, '명, 名' 중심의 유형 빈도에서도 '남노 > 여비'를 확인할 수 있다. 남노명이 여비명보다 '명'의 유형 빈도가 높다는 것은 남노명에 더 다양한 고유어 이름이 나타난다는 것을 뜻한다. 또 '名' 의 유형 빈도도 남노명이 더 높은데, 이는 남노의 이름 표기에 더 다양한 차자가 이용됨을 뜻하는 것이다.[9]

이번에는 남녀 노비의 고유어계 인명[10]을 구체적으로 비교하여 '남녀' 사이에 어떠한 차이가 있는지 알아보기로 한다. 다음 <표 5>는 단성 호적 고유어계 남노명과 여비명의 유형 빈도를 제시한 것이다.[11]

---

9) 이러한 경향은 대구 동상면에서도 동일하게 나타난다. 다만, 단성의 고유어 비율은 남노 16%, 여비 12%인데 비해 대구 동상면은 남노 21%, 여비 20%로 , 전체적으로 고유어 이름의 비율이 단성보다 높다. 대구 동상면은 다양한 사람들이 섞인 도시, 단성현은 전통적인 농촌이라는 차이가 있다. 농촌, 특히 양반의 강한 지배력이 한자 이름의 우세에 영향을 주었을 가능성을 생각해 볼 수 있지만 이에 대해서는 작명자나 노비의 가계에 관한 면밀한 사회언어학적 조사가 필요하다.

10) '고유어계 인명'은 '어근'이 고유어인 인명을 가리킨다.

11) 지면상 상위 30등까지, 차자는 대표적인 것 하나만을 제시하였고, 대응어는 근대

<표 5> 고유어계 '명' 빈도_남노 대 여비

순위	남노				여비			
	명	차자	대응어	빈도	명	차자	대응어	빈도
1	담사리	淡沙里	담사리	203	소사	召史	조이	213
2	돌이	乭伊	돌이	173	건리덕	件里德	바리덕	207
3	암회	巖回	바회	127	막금	莫今	막금	177
4	막남	莫男	막남	104	조시	助是	조이	158
5	기리금	己里金	길쇠	85	건리개	件里介	바리개	146
6	건리금	件里金	바리쇠	83	개덕	介德	개덕	144
7	가팔리	加八里	더파리	72	감덕	甘德	감덕	132
8	갯동	[介叱]同	개똥	67	말춘	唜春	긋춘	126
9	개남	介男	개남	60	막례	莫禮	막례	113
10	잇금	莻今	늣쇠	60	개진	介進	개진	110
11	마당	馬堂	마당	58	건리	件里	바리	105
12	돌금	乭金	돌쇠	54	막낭	幕娘	막낭	98
13	개야지	介也之	개야지	51	막진	莫進	막진	98
14	말남	唜男	긋남	50	막녀	莫女	막녀	96
15	개동	介同	개동/개똥	49	잇덕	莻德	늣덕	95
16	개발	介發	개발	49	막랑	莫郞	막랑	88
17	막금	莫金	막쇠	48	말단	唜丹	긋단	87
18	검동	儉同	검동	47	말매	唜每	긋매	82
19	말금	唜金	긋쇠	47	말례	唜禮	긋례	81
20	잇발	莻發	긋발	47	말진	唜眞	긋진	81
21	잇동	莻同	긋동	45	감춘	甘春	감춘	77
22	말동	唜同	긋동	43	돌진	乭眞	돌진	68
23	말선	唜先	긋선	43	개춘	介春	개춘	67
24	오척미	五尺未	오자미	42	잇단	莻丹	늣단	67
25	말복	唜卜	긋복	40	돌례	乭禮	돌례	63
26	어둔금	於屯金	어둔쇠	39	어둔개	於屯介	어둔개	62
27	말립	唜立	긋립	37	감진	甘眞	감진	59
28	노랑	老娘	노랑	36	건리금	件里今	바리금	59
29	작지	耆之	작지	35	고읍단	古邑丹	곱단	58
30	돌시	乭屎	돌히/돌똥	34	막개	莫介	막개	57

국어 어형에 최대한 가깝게 재구해 보았다.

위 <표 5>를 통해 단성 호적 고유어계 남녀 노비명에 보이는 작명 방식의 특징을 개략적으로 파악할 수 있다.

남노 이름 중 유형 빈도가 가장 높은 것은 '더부살이'를 뜻하는 '담사리(淡沙里, 다뭇 + 살 + 이)[12]'이다. 다음은 '돌이(乭伊)'와 '바회(巖回)'인데, 이들은 의미상 '암석'의 범주로 묶일 수 있다.[13] '암석' 범주에 속하는 인명으로는 '돌쇠(石金)'와 '돌히(石屎)'도 보인다. 단일 어형으로는 '담사리'가 가장 빈도가 높지만 의미 범주로 보면 '암석'이 '더부살이'보다 더 고빈도이다.

유형 빈도가 4위인 '막남(莫男)'은 의미상 단산기원(출생 순서)[14]과 관련된다. 이러한 의미 범주에 속하는 인명으로는 '막남' 외에도, '굿남(㖌男), 막쇠(莫金), 굿쇠(㖌金), 굿발(㖌發), 굿동(㖌同), 굿복(㖌卜), 굿선(㖌先), 굿립(㖌立)'이 있다. 의미 부류로 보면 '단산 기원'이 남노 이름 중 가장 고빈도를 보이는 것이다.

<표 5>의 남노 이름 중에는 동물 '개'와 관련된 이름이 많다. '개똥(㕷同), 개남(介男), 개야지(介也之), 개동(介同), 개발(介發)'이 모두 '개'를 어근으로 하는 인명이다. 이 외에 '길쇠(己里金), 더파리(加八里), 검동(儉同), 노랑(老娘), 작지(者之)' 등은 외모(혹은 성격)과 관련된 인명이며 '마당(馬堂)'은 '장소'와 관계된다.

<표 5>에 보이는 남노 이름을 주요 의미 부류 순으로 배열하면 '단산 기원 > 동물 > 암석 > 외모> 더부살이' 순이다. 차재은(2009)에 의하면,

---

12) '다뭇'은 '더불어, 같이'의 뜻을 가지는 부사이다. 訓蒙字會에 傭에 대해 '다므사리 용'으로 해설하였다. '다므사리, 다ᄆᆞ사리'에서 'ㅡ, ㆍ'가 줄어 '담사리'로 변한 것으로 보인다. '더부살이'는 '더블― + 살― + ―이'로 '담사리'와 같은 의미이다.

13) 의미 범주는 차재은(2009)에 따라, '동물, 식물, 외모, 성품, 장소, 시간, 도구, 암석, 금기, 소유, 아무개' 등으로 분류하였다.

14) 태어난 아이를 기준으로 할 때, '막(막내)'은 출생 순서를 지칭하지만 노비인 부모의 입장에서는 더 이상 출산하지 않기를 기원한 것으로도 해석할 수 있다. 더 정확한 해석은 노비명의 작명 주체, 작명 시기 등에 대한 면밀한 추적을 통해 내릴 수 있을 것이다.

대구 호적 고유어계 '남노'의 의미 부류는 '암석 > 동물 > 단산 기원 > 더부살이 > 외모 > 금기어(똥, 성기 등)' 등의 순서로 나타났는데 순위는 다르지만 단성과 대구 호적의 남노명이 '암석, 동물, 단산 기원, 더부살이, 외모'와 같은 주요 의미 범주를 공유한다는 것을 알 수 있다.

남노 작명 방식의 특징은 物性에서도 찾을 수 있다. <표 5>를 보면, 암석(바위, 돌), 동물(개), 도구(오자미, 바리) 등 구체적 사물과 관련된 이름이 많이 나타난다. 특히, '개똥(㐩同)'처럼 똥과 관련된 말이 나타나는 것도 남노 이름의 특징이다.

<표 5>의 여비 이름 중 유형 빈도가 가장 높은 것은 '조이(召史)'로, '助是'로 표기된 것까지 합치면 그 수는 더 많아진다. '조이'는 특정한 이름이라기보다는 여성을 통칭하는 말이므로 의미적으로는 '아무개' 범주에 속한다. 두 번째로 빈도가 높은 것은 '바리덕(件里德)'으로 '도구' 범주에 속하는데,[15] '바리개(件里介), 바리금(件里今), 바리(件里)'도 여기에 속한다.

'개'를 어근으로 하는 인명은 여비 이름에서도 많이 나타난다. 여기에는 '개덕(介德)', '개진(介進)', '개춘(介春)'이 있는데, '개'를 어근으로 하는 남노명의 경우 접미사가 '똥(同, 屎)' 계열의 고유어가 많았던 데 비해 여비 이름에서는 '德, 進, 春' 등 한자어 접미사가 많아 대조를 보인다. 여비 이름 중 의미 부류상 '단산 기원'에 속하는 것으로는 '막금(莫今), 긋춘(㖁春), 막례(莫禮), 막낭(莫郎), 막진(莫進), 막녀(莫女)' 등이 있고 의미 부류상 가장 고빈도이다.

<표 5>에 보이는 여비 이름을 의미 부류 순으로 배열하면 '단산 기원 > 도구 > 아무개 > 동물 > 외모' 순이다. 이를 남노 이름과 비교하면 '단산 기원, 동물, 외모'가 고빈도인 것이 공통점이나 여비 이름에는 '암석, 더부살이'

---

15) 최범훈(1980)에서는 '件里'를 '그릇'로 본 반면, 김경숙(1996)에서는 '버리-(棄)'로 보고 있다. 단성 호적에는 단독형 '件里'가 105회 출현하는데, '버리-'와 같은 동사 어간이 그대로 인명으로 쓰이는 예를 찾아보기 어렵고 노비 인명에는 '도구'에 속하는 단어가 흔하게 쓰이기 때문에 '그릇'으로 해석할 가능성이 더 높아 보인다.

대신 ‘도구, 아무개’ 의미 부류가 포함된다는 것이 다르다.

차재은(2009)에 의하면, 대구 호적 고유어계 여비명의 의미 부류는 ‘아무개 > 단산 기원 > 잠 > 동물 > 외모’ 등의 순서로 나타났는데, 단성 호적은 ‘아무개’ 부류보다는 ‘막금 (莫今), 긋춘(唜春), 막례(莫禮), 막낭(莫郞)’ 등 단산 기원과 관련된 예가 가장 많아 대조적이다. 순위는 다르지만 단성과 대구 호적의 여비명은 ‘아무개, 동물, 단산 기원, 외모’와 같은 의미 범주를 공유한다.

이제 어근이 한자어계인 노비명에 대해 살펴보자. 한자어계 어근의 출현 빈도는 남노 14,360, 여비 25,214개로 여비 쪽의 수가 많다. 반면, ‘名’ 필드 중심의 유형 빈도는 남노가 4,572, 여비가 4,197로 남노가 더 많다. 즉, 한자어계 어근의 절대 빈도는 남노보다 여비가 높지만 ‘名’을 중심으로 유형 빈도를 비교하면 ‘남노 > 여비’를 확인할 수 있다. 이는 ‘남노’가 ‘여비’보다 더 다양한 한자를 이용하여 이름을 짓는다는 것을 뜻하는데, 고유어 노비명에서도 이러한 경향을 확인한 바 있다.

다음 <표 6>은 남노와 여비의 한자어계 유형 빈도를 상위 30위까지 제시한 것이다.

<표 6> 한자어계 名 빈도_남노 대 여비

남노						여비					
순위	名	빈도	순위	名	빈도	순위	名	빈도	순위	名	빈도
1	命乭	88	16	命卜	39	1	三月	509	16	六月	142
2	三伊	81	17	命三	38	2	心伊	506	17	順每	137
3	貴男	64	18	世男	38	3	正月	482	18	分伊	133
4	今生	63	19	孫乭	38	4	二月	278	19	順丹	129
5	千石	58	20	奉三	35	5	切伊	240	20	春每	129
6	萬石	53	21	太三	35	6	四月	235	21	春心	128
7	孫男	53	22	貴太	34	7	九月	234	22	七月	128
8	奉伊	51	23	順奉	34	8	五月	194	23	順女	126

9	得伊	50	24	正男	34	9	丹伊	192	24	日切	122
10	正乭	49	25	守萬	33	10	卜女	186	25	玉切	119
11	貴才	44	26	卜才	30	11	十月	183	26	玉心	117
12	卜伊	44	27	順三	30	12	日女	177	27	日丹	115
13	貴奉	43	28	貴乭	29	13	玉伊	173	28	月每	107
14	命男	43	29	德男	29	14	玉每	154	29	日每	107
15	貴發	42	30	順必	29	15	日心	149	30	命女	105

남노의 한자명은 '귀남(貴男)'처럼 '한자 어근 + 접미사'의 구조를 가지고 있는 경우가 대부분인데, 간혹 '守萬'과 같은 '동사 + 목적어' 구조도 보인다. 한자 어근은 의미적으로 수명(命, 千, 萬), 순서(三), 귀함(貴), 복(卜=福), 후손(孫), 순종(順)과 관련되며 여기에 고유어계 접미사 '-돌(乭), -이(伊)'나 한자 접미사 '-石, -男, -才, -發'이 붙는다.

여비의 한자명은 달을 나타내는 말(正月~十月)이 가장 많은데, 이는 인물의 특징을 염두에 둔 작명 방식이 아니라는 점에서, 고유어의 '아무개' 류와 크게 다르지 않다.

'한자 어근 + 접미사'의 구조를 가진 여비명에서, 고유어계 접미사에는 주로 '-이(伊)'가 쓰이고, 한자어계 접미사에는 '-女, -切, -每, -丹' 등이 쓰인다. 한자 접미사의 경우 남노명에 쓰인 '-石, -男, -才, -發'과 여비명에 쓰인 '-女, -切, -每, -丹'이 서로 달라 성별 특성을 보여준다. 여비명의 한자 어근으로는 구체물(玉, 月)이나 시간(日, 春) 등 의미상 여성적 속성과 관련된 것이 나타나 남노의 경우와 대조를 보이며 順의 빈도가 높은 것은 남노와 같다.

2) 평민 남성과 노비 남성 인명의 비교

이 절에서는 평민 대 노비 남성 인명의 계층별, 시기별 특징에 대해 살펴본다. 평민 남성과 노비 남성 인명의 특징 및 차이점은 두 계층 간 고유어 이름의 사용 비율을 통시적으로 고찰함으로써 비교해 볼 수 있다.

일반적으로 평민보다 노비의 이름에 고유어가 사용되었을 가능성이 더 높을 것으로 추측할 수 있는데, 이는 통계 수치를 통해 사실로 입증되었다. 다음의 <표 7>을 보자[16].

<표 7> 노비와 평민 이름의 어종별 비율 추이

연도	어종	노비		평민	
		수	비율	수	비율
1606	고유어	3	8%	3	7%
	혼종어	6	17%	4	10%
	한자어	22	61%	33	79%
	전체	36		42	
1678	고유어	53	6%	22	3%
	혼종어	167	18%	59	9%
	한자어	651	70%	558	84%
	전체	932		663	
1717	고유어	52	8%	63	6%
	혼종어	73	11%	67	6%
	한자어	461	72%	899	81%
	전체	639		1113	
1750	고유어	58	10%	83	9%
	혼종어	70	13%	56	6%
	한자어	381	68%	680	78%
	전체	559		876	
1780	고유어	28	13%	112	9%
	혼종어	15	7%	100	8%
	한자어	150	69%	976	78%
	전체	217		1253	

16) 이 표에서는 어종을 정확하게 판별할 수 없는 인명은 통계에서 제외하였다. 전체에서 고유어, 혼종어, 한자어를 뺀 수가 불명확한 인명에 해당한다.

<표 7>은 단성 호적 전체 주호 가운데 평민과 노비의 이름을 어종별로 분석한 것이다. 시기에 따라 차이는 있지만 노비의 고유어 이름은 전체 노비의 6~13% 범위에 있다. 반면, 평민의 고유어 이름은 이보다 낮아 3~9%대이다. 한자어 이름은 노비가 61~70%, 평민은 78~84% 범위에 있다. 평민은 노비보다 고유어를 사용하는 경향이 낮고 한자어는 더 광범위하게 사용하고 있는 것이다.

그런데 시간이 지나면서 노비들도 자신의 이름을 고유어보다 한자어로 짓는 경향이 늘어났을 것이라는 추측은 입증되지 않았다. 오히려 고유어의 비율이 시간이 지날수록 더 높아지고 있는 것이다. 이는 전체 노비의 수가 18세기 이후 급격하게 줄어들고 있음에도 불구하고 고유어로 노비명을 짓는 전통은 그만큼 급격하게 감소하지 않았음을 보여준다.

위 <표 7>을 보면 17세기 후반(1678년)의 노비 수는 932명이었음에 비해 18세기 후반(1780년)에는 217명으로 급격하게 줄어들었음을 알 수 있다. 고유어 인명을 쓴 이도 53명에서 28명으로 줄어들었지만 전체 노비 수만큼 감소폭이 크지 않아 고유어 인명 비율은 오히려 높아진 것이다. 노비 수의 감소는 신분 해방, 다시 말해 평민층 이상으로 신분을 상승시킨 노비들이 늘어났음을 의미한다. 그럼에도 불구하고 고유어 인명의 비율이 상승한 것은 18세기 후반 이후에도 노비로 남아 있었던 이들 가운데 여전히 고유어 인명을 사용하는 경우가 상대적으로 많았음을 보여주는 것이다.

<표 7>을 보면 한자어 이름을 가진 노비의 수와 비율이 줄어들고 있음을 확인할 수 있는데, 이는 성(姓)과 본관(本貫)을 획득하고 한자어 이름을 사용한 노비들이 점차 평민으로 전환되고 있었기 때문인 것으로 판단된다. 그 한 예를 1729년 신등면 고옹점촌의 사노비 姜貴哲을 통해 확인할 수 있다. 그는 노비의 신분이지만, 진주 강씨로서 성과 본관을 가지고 있었고 이름은 귀철이라는 한자어를 사용하였다. 그런데 그는 1750년 호적부터 속오군을 직역으로 하는 평민으로 신분이 상승하였다. 같은 마을

에서 같은 이름을 썼지만 신분은 노비에서 해방된 것이다. 다만 그는 이미 노비였을 때부터 성관을 가지고 있었고 한자어 이름을 사용했기 때문에 신분이 상승한 뒤에도 이를 바꾸지 않았던 것이다.

성과 본관, 한자어 이름을 모두 갖춘 노비뿐만 아니라 성과 본관 가운데 일부만을 갖추고 있거나 고유어 이름을 가진 노비들도 평민으로 전환되고 있었다. 고유어 이름을 가진 노비의 신분 상승 사례를 살펴보자. 현내면 강누리의 金己里金(김길쇠)는 1780년까지는 사노비 신분이었다. 그는 1783년에야 속오군을 직역으로 하는 평민으로 신분이 상승하였다. 그런데도 이 사람은 1786년은 물론 1789년에도 '길쇠'라는 고유어 이름을 그대로 사용하였다.

<표 7>에서 보이듯, 시간이 흐른 뒤에도 평민들의 고유어 이름 비율이 감소하지 않은 것은 이처럼 노비들이 계속 평민층으로 유입되면서도 결과적으로 한자어 인명 문화를 수용하지 못한 하층 평민들이 발생하였기 때문이다.

이제 노비 내부의 사회적 지위 차이에 따라 인명을 선택적으로 사용한 예가 있었는지 살펴보도록 하자. 노비들은 대개 이름만 가지고 있다가 일정한 시간이 흐른 뒤에 성이나 본관을 동시에 혹은 하나씩 획득하여 성과 본관을 갖추어 나가게 된다. 다음 <표 8>은 단성 호적의 노비 주호 가운데 성과 본관을 모두 가진 이와 성과 본관을 둘 다 갖지 못한 이들의 시기별 증감 추이를 보인 것이다.

<표 8> 노비 주호의 성관 유형별 증감 추이

연도	유성관 노비(%)	무성관 노비(%)
1678	3	69
1717	11	49
1735	21	44
1750	25	32
1762	26	28
1780	44	24

<표 8>은 전체 노비 주호 가운데 성과 본관을 모두 갖춘 노비의 비율은 시간이 흐를수록 크게 증가하는 반면 성과 본관을 모두 갖지 못한 노비의 비율은 급속하게 줄어들고 있음을 보여준다. 전체 노비 수가 크게 감소하는 가운데, 노비 중 성과 본관을 갖춘 노비의 비율이 늘어나고 있는 것이다.[17] 이 두 유형의 노비들 사이에 인명 사용의 차이가 있는지를 다음 <표 9>를 통해 확인해 보자.

<표 9> 유성관 노비와 무성관 노비 인명의 어종별 비율 추이

연도	어종	유성관노비		무성관노비	
		수	비율	수	비율
1678	고유어	3	10%	33	5%
	혼종어	1	3%	128	20%
	한자어	24	77%	434	67%
	전체	31		647	
1717	고유어	7	10%	22	7%
	혼종어	2	3%	45	14%
	한자어	57	79%	216	69%
	전체	72		314	
1750	고유어	22	16%	13	7%
	혼종어	14	10%	22	12%
	한자어	92	67%	123	68%
	전체	138		180	
1780	고유어	16	17%	3	6%
	혼종어	3	3%	4	8%
	한자어	67	71%	36	71%
	전체	95		51	

위 <표 9>는 18세기 전반까지 무성관 노비에 비해 유성관 노비의 한자어 이름 비율이 비교적 높았음을 보여준다. 하지만 18세기 후반 이후로

17) 성이나 본관 가운데 하나만 가진 이들은 표에 따로 표시하지 않았다.

는 두 집단 사이의 한자어 인명 비율에 유의미한 차이가 보이지 않는다. 무성관 노비의 수가 시간이 갈수록 급격하게 줄어드는 가운데 한자어 인명을 사용하는 비율은 유사하거나 오히려 약간 증가하였다. 무성관 노비가 유성관 노비 혹은 유성관 평민층으로 계속 전환되어 나갔고 남아 있던 이들 가운데 한자어 이름을 사용하는 비율이 약간 늘어나고 있었던 것이다. 이로 인해 18세기 후반에는 유성관 노비와 무성관 노비의 한자어 인명 비율이 거의 같은 수준을 유지하게 되었다.

한편 고유어 인명 사용자의 전체 수는 많지 않지만 비율은 오히려 유성관 호에서 더 높게 나타난다. 이는 무성관 노비가 성관을 획득하면서 고유어 인명을 그대로 사용하는 사례가 있었기 때문인 것으로 생각된다. 그 예로 오동면 상정태리의 노비 '岩回(바회)'를 들 수 있다. 그는 원래 성과 본관이 모두 없었는데, 1750년부터는 창원 구씨라는 성관을 획득하였다. 이때에도 '岩回(바회)'라는 고유어 인명을 그대로 사용하여 그는 이후로 '仇岩回'가 되었다.

'仇岩回'의 사례는, 노비들이 인명을 한자로 바꾸는 것보다는 성관을 획득하는 것으로 자신의 사회적 지위를 높여나갔음을 보여주고 있다. 노비들은 성관을 획득한 이후에 신분을 평민으로 상승시켰고 이와 더불어 고유어 인명 사용을 줄여 나갔다고 추측할 수 있는 것이다.

평민의 인명 중 사회적 지위의 차이에 따라 이름에 일정한 차이를 보이는 예가 있다. 앞서 <표 7>에서 평민의 고유어 인명 비율이 3~9% 범위에 있었음을 확인한 바 있다. 이들 평민 가운데 경제력을 이용해 국가에 곡식을 바치고 납속 관품인 納通政大夫, 納嘉善大夫, 納折衝將軍 등의 직역을 획득한 이들의 인명을 따로 정리하면 다음 <표 10>과 같다.

<표 10> 상층 평민 인명의 어종별 비율 추이

연도	어종	수	비율(%)
1678	고유어	0	0
	혼종어	3	27.3
	한자어	8	72.7
	전체	11	
1717	고유어	1	2.6
	혼종어	0	0
	한자어	33	84.6
	전체	39	
1750	고유어	0	0
	혼종어	1	5.6
	한자어	14	77.8
	전체	18	
1780	고유어	0	0
	혼종어	0	0
	한자어	24	96.0
	전체	25	

<표 7>이 전체 평민을 대상으로 했다면 <표 10>은 같은 시기의 상층 평민만을 대상으로 한 것이다. 상층 평민의 표본이 많지 않아 한계는 있지만 이들의 고유어 인명 사용 비율은 0~2.6%로 평민 전체에 비해 상당히 낮은 편이다. 반면 한자어 인명은 다소 편차가 있지만 1780년에는 최고 96%까지 상승하였다.

실제로 1678~1789년 사이에 등장하는 상층 평민 가운데 고유어 인명을 쓴 이는, 현내면 수산리의 金件里金(김바리쇠), 법물야면 철수리의 李大岳只(이큰아기), 법물야면 장천리의 黃夢古里(황몽고리), 법물야면 가술리의 卞莻金(변늣쇠) 등 4명에 불과했다. 결국 평민들은 자신들의 사회적 지위가 높아질수록, 다시 말해 양반층과의 사회적 간격을 줄여 나갈수록 고유어 인명 사용을 꺼렸다고 해석할 수 있는 것이다.

5. 결론

본고에서는 단성 호적 전산 자료에 보이는 인명에 관한 사회언어학적 분석을 시도하였다. 구체적으로는 단성 호적 전산 자료에 나타난 남노(男奴) 명 대 여비(女婢) 명의 성별 특징을 알아보고 역사적 관점에서 평민 남성 대 노비 남성 인명의 특징을 계층별로 비교해 보았다.

남녀 노비명을 분석한 결과, 고유어, 한자어 어근 모두에서 남노명의 유형 빈도가 여비명보다 높게 나타남을 확인하였다. 이는 남노의 이름이 더 다양하다는 것을 의미한다. 고빈도 고유어 어근을 의미 부류로 분석한 결과, 남노명과 여비명 모두 '단산 기원, 동물, 외모' 범주를 공유하는 반면 남노명에는 '암석, 더부살이'가, 여비명에서는 '도구, 아무개'가 포함되어 성별 차이를 보여주었다. 즉, '강함'을 속성으로 하는 '암석'은 남노명에 주로 쓰이고, 익명성을 뜻하는 '아무개' 류는 여비명에 주로 나타난 것이다.

한자 어근의 경우 남노와 여비 명 모두 '順'이 공통적으로 보였고 남노명에는 '命, 順序, 貴, 福'과 관련된 어근이 쓰인 반면, 여비명에는 '일월, 이월' 등의 달 이름이 많아 익명성이 두드러졌다. 이 외에도 구체물(玉, 月)이나 시간(日, 春) 등 여성적 속성과 관련된 것이 나타나 남노의 경우와 대조를 보였다.

평민 남성 대 노비 남성의 인명을 분석한 결과, 노비보다 평민층에서 고유어 인명 사용의 비율이 낮은 반면 한자어 사용 비율은 높았다. 그런데 노비층의 고유어 인명 비율은 시간이 흘러도 감소하지 않았다. 이는 노비수가 전체적으로 급속하게 줄어들면서 평민층으로 흡수된 노비들이 한자어로 인명을 전환해 나갔기 때문이다. 따라서 노비로 남아 있는 이들의 고유어 사용 비율이 줄어들지 않은 것이다.

노비 가운데 유성관층(有姓貫層)이 무성관층(無姓貫層)에 비해 고유어 인명 사용 비율이 상대적으로 높은 것은 노비들이 사회적 지위를 향상 시킬 때 성관의 획득을 한자 인명의 사용보다 더 중시했기 때문이다. 무성관 노비는 유성관 노비를 거쳐 평민으로 신분 상승을 하면서 한자어 인명 사용을 확대해 나갔다. 평민 가운데에는 특히 사회적 지위가 가장 높은 상층 집단의 고유어 인명 비율이 월등하게 낮아 그들의 양반 지향 의식을 인명에서도 확인할 수 있었다.

본고에서는 단성 호적을 대상으로 남노 대 여비 이름, 평민 남성 대 노비 남성의 이름을 중심으로 사회언어학적 논의를 전개하였는데, 이 외에도 대구 호적, 울산 호적 등으로 연구 대상을 넓혀 성별, 계층별, 지역별로 정치한 분석을 수행할 필요가 있다.

한국어와 중국어 문장 의미어순 배열에서 나타나는 인지 메커니즘

진 준 화*

1. 들어가기

어순은 해당 언어를 습득하는데 있어 매우 중요한 요소이다. 한국어를 모국어로 하는 화자들이 중국어에 대해 대체적으로 다음과 같은 견해를 가지고 있는 것을 확인할 수 있다.

「중국어는 한국어와 어순이 현저히 다르기 때문에 중국어를 습득하는 것은 매우 어려울 것이다.」

이러한 견해는 구조주의 및 생성문법론자들이 표방하는 방법론을 가지고 세계의 언어를 구분한 유형론[1]의 기반아래 형성된 것으로 보여진다. 그러나 이러한 어순유형론적 방법론을 사용하여 한국어와 중국어의 어순을 비교한다 하더라도 이들의 견해와 달리 수식어와 피수식어의 순서[2]

* 동아방송예술대학교

1) '언어유형학' 즉, 언어 간에 존재하는 유사성과 보편성에 대해 연구하는 학문의 한 분야로 '형태론적 유형론', '어순유형론' 등 분야로 세분화 할 수 있다.

2) 이에 대한 자세한 내용은 본고의 2장을 참조 바람.

등과 같이 양 언어의 문장성분의 구조가 상당부분 서로 비슷하거나 같은 통사적 특징을 가지고 있다. 그렇다면, 이러한 어순유형론적 방법론을 사용하여 양 언어에 존재하는 문장성분 구조의 단순한 통사적 비교분석이 과연 타당한 것인지 의문시 된다. 이에 본고는 기존의 어순유형론적 방법론을 사용하여 단순한 문장성분 간에 나타나는 양 언어의 통사어순[3]비교가 어떠한 문제를 안고 있는지, 만약 한국어와 중국어가 통사어순에서 이야기하는 것과 달리 서로 같은 의미어순[4]의 배열 특징을 가진다고 가정한다면 이러한 특징은 무엇이고 어떠한 방법으로 행해지는지, 또한 그 원리와 조건은 무엇이고, 의미어순 배열 특징은 어떠한지에 대해 기능론적 입장 특히 인지언어학적 방법론을 사용하여 문장성분의 구조가 갖는 통사어순 비교가 아닌 문장[5]을 구성하는 구성 성분들 간 배열에서 나타나는 인지 의미 메커니즘을 비교 분석할 것이다. 이러한 논의는 지금까지 한 · 중 문장 어순 배열에 대한 한국어 모어 화자들 가졌던 견해에 대해 좀 더 명확한 해석을 제시함과 동시에 한국인 모어 화자들의 중국어 학습에 부담감을 덜어 주는 효과를 가질 것이라 기대하는 바이다.

---

3) 본고는 어순을 "통사어순, 의미어순, 화용어순"으로 구분하고자 한다. "통사어순"은 술목구조, 수식어와 피수식어 등의 순서와 같은 문장성분의 통사적 어순 문제를 가리키며, "의미어순"은 문장 전체를 구성하고 있는 문장성분들의 (인지)의미적 배열 문제를 가리키고, "화용어순"은 자연문장에서 벗어난 담화적 기능(정보구조, 초점 등)을 하는 어순문제를 가리킨다.

4) 본고에서 이야기하는 '의미어순'이란 문장 전체를 구성하는 문장 구성 성분들 간의 (인지)의미적 배열 순서를 가리킨다.

5) 단문과 복문을 가리킨다.

2. 한 · 중 어순의 어순유형론적 통사어순 비교 논의의 문제점

유형론의 핵심 목표는 세계 언어의 범-언어적 비교에 있다. 언어 간 유사성과 상이성을 그 연구 목적으로 하는 언어유형론의 대표격인 Greenberg는 Greenberg(1963, 1966)의 논의 중 45개의 보편성 진술에서 절반이 넘는 부분을 언어 간 존재하는 어순유형에 대해 논할 정도로 어순유형론의 대표자라 할 수 있을 것이다. Greenberg(1963, 1966)가 세계 언어에서 나타나는 어순에 대한 유의성을 통사적 기준에 입각해 그 함축적 보편성 특징을 발표한 이후 언어를 연구하는 수많은 학자들이 그의 통사적 기준에 따라 언어를 유형학적으로 분류하기 시작하였는데,[6] 한국어와 중국어도 예외는 아니었다.[7]

(1) 가. 그는 한 권의 책을 샀다.
S O V
나. 他 買了 一本書°
S V O

Greenberg의 어순에 대한 통사적 어순을 기준으로 위 예(1) 을 분석해 보면 한국어인 '가' 는 'SOV', 중국어인 '나'는 'SVO'형의 어순유형에 속한다

6) 이 밖에 어순을 기준으로 그 유사성을 논의한 것으로는 Lehmann(1973), Hawkins (1983), Dryer(2005a, b, c) 등이 대표적이다.

7) Greenberg(1963, 1966)이 제시한 함축적 보편성에 대해 박정구(2006)는 좀 더 자세히 논하고 있다. 즉, '어떤 언어에서 자질 x가 있으면, 자질 y도 있다'라고 보면서 어순에 대한 Greenberg의 견해를 크게 세 가지로 말하고 있다. 이를 구체적으로 보면, '첫째는 전치사(Preposition)나 후치사(Postposition)중에서 어느 것이 존재하는 지이며, 둘째는 주어(Subject), 동사(Verb), 목적어(Object)의 상대적 순서이며, 셋째는 명사(Noun)와 그것을 수식하는 형용사(Adjective)의 상대적인 순서이다'라는 것이다. 이에 대한 좀 더 자세한 내용은 박정구(2006)를 참조.

하겠다. 이러한 통사어순[8]을 기반으로 채완(1986, 1990), 김승렬(1987), 남미혜(1988), 임홍빈(2007), Light(1979), 梅廣(1982), 屈承熹(1983) 등이 한국어 및 중국어 어순에 대해 심도 있는 논의를 했는데, 이들의 공통적인 견해는 전치사와 후치사 문제 및 동사와 목적어의 문장 내 위치 문제 등 단순한 통사적 상황을 근거로 한국어는 'S(주어)+O(목적어)+V(동사)'형의 언어 군에 속하며 중국어는 'S(주어)+V(동사)+O(목적어)'형의 언어 군에 속한다고 하였다.[9] 그러나 이는 구조주의 및 Chomsky로 대표되는 생성문법을 토대로 어순유형론에서 나타나는 통사적 특징과 한 · 중 문장성분의 통사적 특징을 각각 비교해 내린 결론으로, 양 언어의 실제 언어 환경에 적용하였을 경우 많은 부분에서 혼선을 빚을 가능성을 내재하고 있다. 이러한 이유 때문에 한국어와 중국어 어순은 서로 다른 어순유형에 속한다는 결론에 다다른 것이다. 그런데 여기서 주의해야 할 점은 과연 한 · 중 양 언어가 이렇게 서로 다른 유형의 통사어순을 가지는 서로 다른 유형의 언어라고 말할 수 있는 것일까? 하는 것이다. Greenberg로 대표되는 통사어순 논리로 본다 하더라도 다음 예문에서 보여지는 것과 같이 한 · 중 통사어순은 서로 매우 깊은 유사성이 존재한다. 먼저 다음의 예문을 보자.[10]

(2) 가. 나는 서울에서 그녀를 만났다.
나. 我在首尔見到她。

(3) 가. 한국어를 말할 줄 아는 저 아이는 내 딸이다.
나. **會講韓國語的**那個小孩子是**我的女兒**。

---

8) 문장 내 동사와 목적어의 상대적 통사순서를 가리킨다.

9) 한국어는 특히 문장 전체로 보았을 때는 의미어순 및 화용어순의 성격을 짙게 가지고 있으나 남미혜(1988)의 말뭉치 조사를 통해 보았을 때 통사어순은 대체적으로 'SOV'형 언어를 견지한다.

10) 이 예문은 Li & Thompson(1981)에서 부분적으로 인용하였음.

위의 (2)와 (3)은 한국어와 중국어 통사어순에서 나타나는 어순유형론적 특징을 살펴볼 수 있는 예문이다. Greenberg(1963)은 통사어순을 논하면서 동사 · 목적어 순서와 수식어 · 피수식어 순서의 상관관계에 대해 논의하였는데, 만약 목적어가 동사 뒤에 나오면 명사를 수식하는 요소는 일반적으로 명사 뒤에 놓이고 동사를 수식하는 요소는 일반적으로 동사 뒤에 놓이며, 이와 반대로 만약 목적어가 동사 앞에 나오면 명사를 수식하는 요소는 일반적으로 명사 앞에 놓이고 동사를 수식하는 요소는 동사 앞에 놓인다고 하였다(Li & Thompson, 1981).

(4) **V**(동사)+**O**(목적어) → **N**(명사)+**M**(수식어), **V**(동사)+**M**(수식어)
(5) **O**(목적어)+**V**(동사) → **M**(수식어)+**N**(명사), **M**(수식어)+**V**(동사)

또한 그는 'SVO'형 언어와 'SOV'형 언어의 어순 특징을 다음 표와 같이 제시하였다.[11]

<표 1> 'SVO'형 언어와 'SOV'형 언어의 통사어순 특징[12]

문장성분	SVO형 통사어순 특징	SOV형 통사어순 특징
Head/Modifier	Hd+Md	Md+Hd
Verb/Adverb	V+Adv	Adv+V
Noun/Adjective	N+Adj	Adj+N
Noun/Relative Clause	N+RC	RC+N
Noun/Possessive	N+Pos	Pos+N
Noun/Reference	N+Re	Re+N
Noun/Number	N+Nu	Nu+N

11) Li & Thompson(1981)이 제시한 표를 수정하여 인용하였음.
12) Head=피수식어, Modifier=수식어, Verb=동사, Adverb=부사, Noun=명사, Adjective=

위의 예(4) 와 (5) [13]에 따라 (2)와 (3)의 한 · 중 예문을 동사와 목적어 및 수식어와 피수식어의 문장 내 위치와 관련된 어순유형을 파악해 보면, 'SOV'형의 한국어 예문인 '가'의 어순은 (4)와 같고, 중국어 예문인 (2, 3)의 '나' 역시 (4)와 같다. 한 · 중 양 언어의 통사어순 분석에 무언가 문제가 있는 부분이다. 즉, 한국어는 Greenberg에 충실한 대답이 나왔으나, 중국어는 그렇지 않았다. 일반적으로 'SVO' 어순유형과 같이한다고 여겨지는 중국어 예문인 '나'는 오히려 'SOV'형 언어인 한국어와 비슷하다는 것인데, 이것을 어떻게 받아들여야 하는 것일까? 어순유형론적 방법론으로 양 언어의 통사적 어순 특징 비교가 문제가 있다는 것을 암시하는 대목이다. 다음의 예문을 다시 보도록 하자.

(6) 가. 이 옷은 얼마입니까?
나. 이 세 명의 학생이 모두 들어왔다.
다. ……… 아름다운 꽃 ……… .
라. ……… 매우 좋다.

(7) 가. 這件衣服多少錢?
나. 這三個學生都進來了°
다. ……… 漂亮的花 ……… °
라. ……… 很好°

위의 예문 (6)의 밑줄 부분은 한국어 문장성분 구성의 통사적 순서를 나타낸 것이고 (7)의 밑줄 부분은 중국어 문장성분 구성의 통사적 순서를 나타낸 것이다. 이를 Greenberg(1963)가 제시한 위의 <표 1>과 연결시켜 보면 어순유형론에서 제시한 통사어순과 달리 (6)과 (7) 즉, 한국어와 중

형용사, Relative Clause=관계절, Possessive=소유격, Reference=지시사, Number=수사.
13) V=verb, O=object, N=noun, M=modifier.

국어 문장성분 구성의 통사적 순서가 모두 'SOV'형의 어순유형론적 특징을 가지고 있음을 알 수 있다. 즉, (6)과 (7) '가'의 밑줄 부분은 모두 'Re+N'의 통사어순 특징을, '나'는 'Nu+N'의 통사어순 특징을,[14] '다'는 'Adj+N'의 통사어순 특징을, '라'는 'Adv+V'의 통사어순 특징을 가진다.

이와 같이 어순유형론을 기반으로 한 · 중 통사어순을 비교해 보면 같은 어순유형에 속해야 할 언어들이 자신과 다른 어순유형에 속한다는 결과를 낳는 문제점을 내제하고 있다.[15]

<표 2> 어순유형론에 입각한 한국어와 중국어 통사어순 특징

통사어순 특징	한국어	중국어
Md+Hd	+	+
Adv+V	+/−	+
Adj+N	+	+
RC+N	+	+
Pos+N	+	+
Re+N	+	+
Nu+N	+	+

14) 한국어와 중국어는 모두 양사(수분류사)를 가지는 공통적 특성을 가지고 있다. 즉, 한국어는 "수사+양사+명사, 명사+수사, 명사+수사+양사" 모두 가능하지만, 중국어는 "수사+양사+명사"만 가능하다. 이에 대한 좀 더 자세한 내용은 고영근 · 구본관(2008)을 참조 바람.

15) 이와 관련하여 Li & Thompson(1974)는 현대중국어의 통사어순은 이미 "SVO→SOV"의 어순 변화를 겪고 있다 하였고, Hashimoto(1975), James Tai(1973) 역시 외부언어와의 접촉을 통해서 중국어의 통사어순이 "SOV"로 변화했다고 주장하고 있다. 특히, Hashimoto(1975), James Tai(1973)는 중국어가 유사 이래로 타이어형에서 알타이어형으로 끊임없이 변화해왔으며, 이러한 변화는 북방으로부터 확산되어 온 것이라고 보았다(박정구, 2006). 이러한 어순유형론적 통사어순 비교분석을 통한 어순변화설에 대한 논의는 본고에서 논하려는 부분이 아니기 때문에 다음 기회로 미루도록 하겠다.

어순유형론적으로 바라보았을 때 중국어는 동사와 목적어의 문장 내 상대적 순서가 'SVO'의 통사어순 특징을 가지고 있음은 자명한 사실이다. 그러나 이와 같이 철저히 Greenberg를 위시한 구조주의 혹은 생성문법을 기반으로 한 '문장성분구조에서 나타나는 어순 분석'이라는 통사어순 관점에서 한국어와 중국어 어순을 비교하였을 때 다음 예문과 같은 '문장 구성 성분 간의 어순 배열 문제'를 어떻게 처리할 것인가 하는 문제가 또 발생하게 된다.

(8) 가. 나는 오후에 우체국에 가서 편지를 부칠 것이다.[16)]
　 나. 我下午到邮局去寄信°

위 예(8)은 어떠한 이유에서인지 문장을 구성하고 있는 양 언어의 문장 성분들이 거의 같은 순서대로 배열되어져 있다. 만약 어순유형론의 통사어순 관점에서 이를 분석한다면 시간부사, 동사, 목적어 등의 문장성분구조에서 나타나는 통사어순 순서만으로 판단하여 결론을 내렸을 것이다. 그러나 이러한 어순유형론적 해석은 위 (8)의 다음과 같은 부분을 명확히 설명해 내지 못하는 단점을 가지고 있다.

---

16) "나는 오후에 편지를 부치러 우체국에 갈 것이다"라는 어순 배열도 가능하다. 그러나 한국어 모어 화자들의 일반적인 견해는 한국어 자연표현은 "나는 오후에 우체국에 가서 편지를 부칠 것이다"이며, "나는 오후에 편지를 부치러 우체국에 갈 것이다"라는 표현은 담화에서 주로 사용하는 표현이라는 것이다. 이를 토대로 보면 "나는 오후에 편지를 부치러 우체국에 갈 것이다" 문장의 어순 배열은 담화 화용론적 논의가 필요한 사항이다. 본고는 한국어 문장의 자연표현을 중심으로 의미어순 특징을 논하고자 하기에 화용어순에 대한 자세한 논의는 추후 『한 · 중 문장 어순의 담화 화용론적 특징』이라는 지면을 통해 논의해야 할 듯하다.

(9) 나는 오후에 우체국에 가서 편지를 부칠 것이다.

S	t1	t2	t3
↑↓	↑↓	↑↓	↑↓
我	下午	到邮局去	寄信°
S	t1	t2	t3

위 (9)는 (8)을 구체적으로 분석한 것이다. 어순유형론적으로 양 언어는 서로 다른 유형에 속한다고 하지만 무슨 이유에서인지 (9)와 같이 양 언어의 문장 구성 성분들이 서로 같은 순서로 배열되어져 있음을 확인할 수 있을 것이다.

이렇듯 구조주의 및 생성문법에서 기인한 통사론적 방법론을 기반으로 한 어순유형론적 논리 및 단순한 통사어순의 논리로 접근 한다면, 위 (8)의 예문과 같은 한국어와 중국어 문장 구성 성분들의 배열 순서가 갖는 공통적 특징에 대해 어떻게 설명해 낼 것인가, 또한 이처럼 어순유형론이 이야기 하는 것과 상반되는 결과가 나왔다면 한·중 언어의 문장 구성 성분들의 배열순서가 가지는 공통 특징을 지배하는 다른 무언가가 있는 것은 아닌가 하는 의문을 제기하지 않을 수 없게 된다. 이렇듯 어순유형론을 기반으로 한 한국어와 중국어 어순 논의는 적지 않은 한계를 가지고 있음을 확인할 수 있다.

한국어는 교착어로서 비교적 자유로운 어순을 선택하여 문장의 의미를 전달하는 언어인 반면, 중국어는 한국어와 달리 고립어로서 비교적 정해진 어순을 이용하여 문장의 의미를 전달하며, 그렇지 않으면 비문이 되고 만다.[17]

17) 중국어는 형태가 결여된 고립어로서 문장의 의미를 결정짓는데 어순이 그 무엇보다도 중요한 기능을 한다.

<도식 1> 세계 언어의 단어 활용도에 입각한 분류[18)]

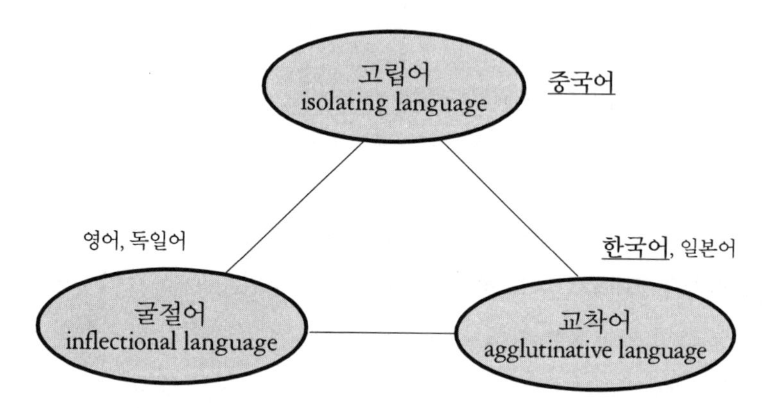

즉, 위의 <도식 1>에서 보는 바와 같이 세계의 언어를 그 단어 활용도에 입각해 분류해 보면 "고립어, 굴절어, 교착어"로 크게 세 가지로 분류할 수 있는데, 한국어는 "교착어"에 해당하며, 중국어는 "고립어"에 해당하기 때문에 이 둘 언어는 서로 다른 층위의 언어라는 견해가 지배적이었다. 그러나 본고의 견해는 앞서 논한 (9)의 한국어와 중국어 문장 구성 성분들이 갖는 어순 배열의 공통된 특성에서 보는 바와 같이 위의 <도식 1>처럼 언어를 이렇게 형태상 세 가지로 구분한 것은 절대적이거나 배타적인 구분이 아니고, 오히려 각 언어의 특성을 대별할 때 도움이 되는

18) "고립어"란 개개의 단어가 각각 별개의 개념을 나타내고, 문법적인 관계는 오직 어순 및 첨사에 의해서 나타내지며, 문장은 형태상으로 서로 고립된 단어의 연쇄에 의해서 표현되는 특색을 가진 언어를 말하며, 분석형 언어에 해당한다. 중국어가 그 전형적인 예이다. "굴절어"란 문법적인 관계를 나타낼 때 주로 굴절어미를 사용하는 특색을 가진 언어를 말한다. 종합적 언어인 영어가 그 대표적인 예인데 영어의 'sing, sang, song'과 같은 활용이나, 'walk, walks, walked, walking' 과 같은 굴절 변화 등은 굴절어적 경향이라 볼 수 있다. "교착어"란 명확한 의미를 가진 각각의 요소를 계속 첨가하여 파생어나 복합어를 만드는 언어를 말하며, 한국어가 그 대표적 언어이다. 이에 대한 좀 더 자세한 내용은 이정민 · 배영남 · 김용석(2000), 『언어학사전』, 박영사를 참조 바람.

상대적이고 편의적인 구분이라고 보는 것이 옳은 듯하다.[19)]

지금까지 한국어학계나 중국어학계에서는 앞서 제시한 채완(1986, 1990), 김승렬(1987), 남미혜(1988), 임홍빈(2007), Light(1979), 梅廣(1982), 屈承熹(1983) 등과 같이 한국어 혹은 중국어만을 대상으로 양 언어의 어순이 어순유형론에 입각해 어느 통사어순유형에 속하는가 만을 중점적으로 논의하였거나, 설령 한 · 중 어순 특징을 비교하였다 하더라도 단순히 유형학적 사실에만 입각하여 한 · 중 통사어순 특징의 차이점에 대해서만 논의한 것이 대부분이었다.[20)]

이에 본고는 앞의 예 (8)과 같은 문제들에 대해 양 언어의 단순한 어순유형론적 통사어순 비교를 지양하고 양 언어의 문장 전체 구성 성분들의 어순 배열에서 나타나는 인지 의미적 특징에 대해 보다 근본적인 해답을 제시하고자 노력할 것이며, 이러한 근본 원인이 양 언어에 내제 되어있는 언어 사용상의 인지사유원리와 관련이 있을 것으로 보고, 기능주의 및 인지언어학적 관점에서 한 · 중 문장 전체 구성 성분들의 어순 배열에서 나타나는 인지 의미 원리와 조건을 논하고 이러한 양 언어의 의미어순에 대해 구체적으로 비교 분석을 가할 것이다. 이에 따라 다음 장에서는 한 · 중 문장 의미어순 배열이 가지는 인지적 특징을 비교 분석하여 한 · 중 문장 어순이 인지의미적으로 어떠한 공통된 특징을 가지고 있는지를 밝히고자 노력할 것이다.

---

19) 이정민 · 배영남 · 김용석(2000),『언어학사전』, 박영사, 32쪽.
20) 엄익상(2003), 안기섭(2004), 조희무 · 안기섭(2005) 등이 그러하다.

3. 한 · 중 문장 인지 의미어순 배열 특징

1) 한 · 중 문장 인지 의미어순 배열 원리

언어와 인간의 사유원리 및 인지심리는 상호간 매우 밀접하면서도 긴밀하게 연계되어 있으며 서로 영향을 주고받는 통일체적 관계이다. 즉, 해당 언어의 사용이란 각각의 언어권에 속해있는 구성원들이 공통적으로 가지는 인지적 사유의 구체적인 발현임과 동시에 해당 구성원의 사유원리와 인지심리 특징이 언어 특징으로 변화된 것을 말한다.

소쉬르Saussure가 표방한 언어의 형태와 의미사이에는 아무런 상관관계가 없다는 언어의 자의성이 구조주의시대 및 생성주의 시대의 언어연구에 기본 틀로 작용하였다.[21] 이러한 언어구조의 자의성은 현실세계에 대한 우리의 개념은 언어 구조에 어떤 모습으로든지 반영이 된다는 인지언어학적 논리에 대비되는 개념으로 앞의 (9)와 같이 한 · 중 문장성분들의 배열이 갖는 어순의 인지적 특징을 명확히 설명해 내지 못하는 단점을 가지고 있다.[22]

이러한 한 · 중 문장에서 나타나는 의미어순이 갖는 인지적 특징을 좀 더 명확히 설명해 내고자 본고는 구조주의 및 생성주의가 표방하는 언어의 자의성이 아닌 인지언어학에서 주장하는 언어 구조의 형태와 의미(개

---

21) 소쉬르는 언어 기호의 자의적인 성질에 관해서 시니피앙을 시니피에에 결합시키는 관계는 자의적이다 하면서, 기호를 시니피앙과 시니피에의 연합으로 이루어지는 전체라고 간주하므로, 간략히, 언어기호는 자의적다고 하였으며, 그 예로는 '나무'라는 언어기호의 시니피앙[na:mu]와 시니피에/木/의 관계는 형태를 통해서 의미를 추측할 수 없고, 의미가 제시되어도 그 형태를 예측할 수 없다는 뜻에서 자의적이다 하였다(임지룡, 1995a).

22) 언어 구조의 자의성이 "의성어"와 같은 것을 예외적인 현상으로 보고 있다는 것만으로도 그 설명력이 부족하다는 것을 여실히 드러내고 있다 하겠다.

념)사이에는 유사성이 존재한다는 언어 구조의 "도상성(iconicity)"[23)]을 가지고 한 · 중 의미어순 배열이 갖는 인지적 특징에 대해 접근하는 것이 좀 더 현명할 것이라 판단한다.

인지언어학, 특히 인지의미론에서 말하는 "도상성"이란 사물의 모습이 기호에 그대로 반영된 것을 말한다. 즉, 우리의 인지체계, 곧 '개념:사고:의미'의 모습이 언어의 '형태:구조'에 투영된 것을 말하며, 개념이 형태에 투영될 뿐 아니라 형태를 통하여 개념의 작용방식을 파악하게 되므로, 이는 언어의 자의성과 대비된다는 것이다(임지룡, 1995a).[24)]

그렇다면, 한 · 중 양 언어 문장의 문장성분들 간 배열에 있어서 어떠한 모습으로 이러한 도상성의 원리가 작동하고 있는지 살펴볼 필요가 생긴다. 다음의 예문에서 보여 지는 바와 같이 양 언어에 내제되어있는 인지 사유원리는 서로 같음을 알 수 있다.

(10) 가. 신한대학교 인문사회과학대학 국제어학과
나. 그녀는 몸이 안 좋아서 수업에 갈 수 없습니다.
다. 나는 시장에 가서 많은 물건을 샀다.

---

23) 이를 "유상성"이라고도 칭하는데 본고에서는 "도상성"이라는 용어를 사용하기로 하겠다. 또한 "도상성"은 "유연성(motivation)"과도 관계가 깊은데 "유연성"이란 Haiman(1980b)이 도상성을 이분한 것 중 하나로, 동형성의 병렬된 개념이다. 즉, 기호와 대상 사이에 유사성이 인정되는 것, 즉 기호가 의미(개념)을 어느 정도까지 직접적으로 반영하는 것을 말한다.

24) 언어 구조의 도상성에 대한 논의는 C. S. Peirce의 기호관에서 출발했으며, Jakobson (1971)과 Haiman(1980b)에 의해서 구체화 되었다. 즉, C. S. Peirce는 기호를 "도상(icon), 지표(index), 상징(symbol)"의 셋으로 구분하였고, 이 중의 '도상'은 기호와 대상이 어떤 유사관계를 갖는 것을 말한다. 또한 Jakobson(1971)은 도상성을 언어의 형태적 측면에서 논의하였으며, Haiman(1980b)는 도상성에 대한 Jakobson(1971)의 관점을 음성, 형태, 의미, 통사, 발화 층위에서 심도있게 논의하였다. 이에 대한 자세한 내용은 임지룡(1997, 2004)를 참조 바람.

(11) 가. 復旦大學 中國語言文學系 現代漢語語言學專業
나. 因爲她身體不舒服,所以不能上課°
다. 我去市場買了很多東西°

Jakobson(1971)은 언어의 문장 구조에서 나타나는 도상성의 원리를 다음과 같이 제시하였는데, 이는 언어와 인간의 사유원리 및 인지심리는 상호간 매우 밀접하면서도 긴밀하게 연계되어 있으며 서로 영향을 주고받는 통일체적 관계라는 것과 언어의 문장 구조의 형태는 반드시 그 의미(개념)와 깊은 유사성을 가지고 있다는 것과 일치하고 있다.

<표 3> 언어의 문장 구조에서 나타나는 도상성의 원리

언어의 문장구조에서 나타나는 도상성의 원리	
1	발화시 문장 구성 성분의 순서는 사건/행위의 시간적 순서를 반영한다.
2	언어의 문장구조상 조건문이 귀결문의 앞에 나타나는 것이 일반적이다.
3	문장 구조에서 문장 구성 성분 간의 순서는 물리적 경험 혹은 지식의 순서와 평행한다.

이를 기반으로 먼저 한국어 예문인 (10)을 보면, (10)의 '가'는 한국 대학의 교육조직이 큰 단위에서부터 작은 단위 순으로 배열되어진 것을 확인할 수 있으며, '나'를 보면 원인과 결과의 순으로 문장의 구성 성분들이 전개되어진 것을 확인할 수 있다. 또한, '다'는 동작의 발생 순서에 따라 문장의 구성성분들이 배열되어진 것을 확인할 수 있다. 이와 마찬가지로 중국어 예문인 (11)을 (10)과 대비해서 본다면, 중국어 (11)의 '가, 나, 다' 역시 한국어의 (10)과 동일한 원리에 입각해 문장 구성 성분들이 배열되어진 것을 확인할 수 있을 것이다. 즉, 중국어 (11)의 '가'는 한국어 (10)의 '가'와 마찬가지로 대학 교육조직이 이 큰 것에서 작은 것 순으로 배열되어진 것을, 중국어 (11)의 '나'와 '다' 역시 한국어 '나' 및 '다'와 마찬가지로

"원인과 결과" 및 "동작의 발생 순서에 따른 시간 상 먼저 관찰된 순서"의 순으로 문장 구성 성분들이 배열되어진 것을 확인할 수 있는 것이다.[25)]

이에 대해 Bybee, Joan L(1985)는 언어에 있어서 언어의 문장 구조의 도상성 원리는 의미관계가 비교적 가까운 성분은 문장의 선형구조상에서 서로 가깝게 근접하려는 경향성을 가진다고 하였고, Haiman(1983) 역시 언어의 문장성분간의 거리는 표현하고자 하는 개념성분간의 거리를 반영한다 하였다. 또한 Givón(1991)은 기능 · 개념 혹은 인지 상 매우 가깝게 근접해 있는 실체는 언어 기호의 표층선형구조에 있어서도 매우 가깝게 근접해 있다 하였다. 즉, 언어의 문장성분간의 표층선형순서중 위치의 원근은 그들이 가지는 의미관계의 탄력성에 따라 결정된다 하였다.

이처럼 한국어를 모국어로 하는 화자와 중국어를 모국어로 하는 화자는 각각 서로 다른 인지사유원리를 가지고 해당 언어의 문장을 구현하는 것이 아니라 서로 공통된 인지사유원리를 사용하여 해당 언어의 문장을 구현하는 것을 알 수 있다. 이를 토대로 한국어와 중국어 문장이 가지는 인지 의미어순 배열 원리를 구체화 하면 다음의 <표 4>와 같다 하겠다.

<표 4> 한 · 중 문장 구성성분이 가지는 인지 의미어순 배열 원리

한 · 중 문장이 가지는 인지 의미어순 배열 원리	
1.	시간 상 먼저 관찰된 사건 순으로 어순 배열
2	동작 발생의 시간적 순서에 따른 어순 배열
3	원인과 결과의 순으로 어순 배열
4	물리적 경험/지식의 범위가 큰/높은/넓은 것에서부터 작은/낮은/좁은 것 순으로 어순 배열

25) 물론 이러한 이유를 오랜 기간 동안 양국 문화 간 접촉에 의해 생성되었다는 역사 · 문화적 이유에서 논할 수도 있겠지만, 본고의 논의 특성상 이와 관련된 부분은 언급을 피하고 철저히 언어학적 관점에서 이에 대해 논하고자 한다.

위 <표 4>는 한국어와 중국어 문장이 공통적으로 가지는 인지 의미어순 배열 원리를 정리한 것이다. 여기에서 우리가 주의해야 할 것은 앞서 제시한 예 (10)과 (11) 및 <표 4>를 함께 면밀히 살펴보면 한 · 중 양 언어의 문장 전체 구성 성분의 어순 배열에 있어 '시간'이라는 인지개념이 반드시 조건으로 전제되어야만 이러한 인지 의미어순 배열이 가능하다는 것이다. 즉, '시간 상 먼저 관찰된 사건 순으로 어순 배열'의 원리는 사건발생의 시간 순서와 문장 구성 성분의 표층 배열 순서가 일치한다는 것이고, '동작 발생의 시간적 순서에 따른 어순 배열'의 원리는 동작이 발생된 실질적 시간 순서와 문장 구성 성분의 표층 배열 순서가 일치한다는 것이며, '원인과 결과의 순으로 어순 배열'의 원리는 문장에서 표현하고자 하는 사건/동작의 실질적 시간 순서인 원인과 결과 순으로 문장의 구성 성분 역시 배열되어진다는 것이다. 마지막으로 '물리적 경험/지식의 범위가 큰/높은/넓은 것에서부터 작은/낮은/좁은 것 순으로 어순 배열'의 원리는 인간이 현실세계에서 '경험/지식'의 행위를 할 때 시간개념의 상태 범위가 '큰 것/높은 것/넓은 것'에서부터 '작은 것/낮은 것/좁은 것'순으로 이루어지며 이를 한 · 중 양 언어로 표현할 때 역시 문장의 표층선형구조의 배열이 이와 같은 방식으로 이루어진다는 것이다. 이를 통해 보면 <표 4>의 '한 · 중 문장 구성 성분이 가지는 인지 의미어순 배열 원리' 는 '시간'라는 인지개념과 밀접하게 관련되어 있음을 확인할 수 있다.

다음 절에서는 한 · 중 문장 구성 성분이 가지는 인지 의미어순 배열의 조건이 되는 '시간'에 대해 좀 더 심도 있게 논의해 보도록 하겠다.

2) 한 · 중 문장 인지 의미어순 배열 조건

'시간'은 언어사용에 있어서 개념상의 장면과 사건을 확립하는데 가장 중요한 역할을 담당하는 인지영역에 속한다. 언어가 표현하는 시간이 모두 어떤 보편적 제약에 구속을 받는다고 가정한다면, 한 · 중 문장 구성 성분이 가지는 인지 의미어순 배열의 조건인 시간과 관련된 순서 역시 양 언어가 서로 많은 부분에서 공통점이 발견될 수 있을 것으로 본다.

그렇다면, 과연 양 언어의 문장 구성 성분 간 어순 배열에 있어 어떤 식으로 이러한 '시간'과 관련된 인지개념을 공유하고 있는지 살펴볼 필요가 생긴다.

언어를 사용함에 있어 '시간'은 인지사유 방식의 하나로 인간의 인지 구조 중 가장 중요한 개념의 하나이며 현상의 변화 과정의 연속선상에 놓이는 순서를 의미한다. 따라서 언어의 사용은 시간의 인지순서를 배제한 체 이루어 질 수 없는 것이다. 한 · 중 언어 사용에 있어 의미전달에 가장 중요한 역할을 담당하는 어순 역시 이러한 시간적 연속선상의 순서를 반드시 전제 조건으로 고려해야 한다.

Vyvyan Evans & Melanie Green(2006)은 시간에 대한 인지모형[26]을 제시하였는데 다음의 '시간 토대적(time-based) 인지모형'이 바로 그것이다.[27]

---

26) 인지모형이란 관습적 영상의 패턴과 함께 다양한 어휘적 개념이 통합되는 조직 층위를 뜻한다. 이에 대한 자세한 내용은 Vyvyan Evans & Melanie Green(2006)을 참고바람.

27) 이 밖에 Vyvyan Evans & Melanie Green(2006)가 제시한 시간관련 인지모형으로는 "자아 토대적 인지모형(ego-based)"이 있다. 이는 암시적이거나 언어적으로 "나"와 같은 표현으로 부호화되는 경험자가 있다면 이런 경험자는 "자아(ego)"라고 부르며, 자아의 위치는 "지금"에 대한 경험을 나타내고, "시간"은 자아가 넘어 이동하는 풍경이며, 시간은 위치로 개념화되는 특정한 시간적 순간과 사건을 향해 자아가 이 풍경을 가로질러서 이동하는 것에 의해 이해된다는 인지모형이다.

<도식 2> 시간에 대한 인지모형

시간적 순서 모형

시간 토대적 모형

이러한 시간 토대적 인지모형은 시간적 순서 인지모형으로 대변될 수 있는데, '이른'과 '나중'이라는 시간인지개념과 관련이 있다. 즉, 어떤 시간적 사건은 먼저 일어나거나 나중에 일어나는 다른 시간적 사건에 대해 상대적으로 이해된다는 것이다.

(12) 가. 우리 밥 먹고 **다시 이야기합시다!**
나. 나는 **내일 오후에 우체국에 가서 편지를 부칠 것이다.**
다. 그는 **자전거를 타고 갔다.**

(13) 가. 我們 吃了飯 再談!
나. 我明天下午 到郵局去 寄信。
다. 他 騎自行車 走了。

위의 한국어와 중국어 예 (12)와 (13)을 보면 '이른'이라는 시간인지개념이 문장 순서상 앞부분에 위치하고 있으며, '나중'이라는 시간인지개념이 문장 순서상 뒷부분에 위치하고 있는 것을 확인할 수 있다. 즉, (12)와 (13)의 '밥을 먹다—吃了飯, 우체국에 가다—到郵局去, 자전거를 타다—騎自行車' 등은 시간 동작사건 중 '이른시간사건'에 해당하기 때문에 '나중시간사건/동작'에 해당하는 '다시 이야기하다—再談, 편지를 부치다—寄信, 갔다—走了'에 비해 상대적으로 문장 앞부분에 위치하게 되는 것이다. 또한 (12)와 (13)의 '나'를 보면 '내일 오후, 明天下午'가 반드시 동작 발생

전에 도달해야 하는 시간이기 때문에 '우체국에 가다－到邮局去' 앞에 위치하게 된다. 다시 말해, 한국어와 중국어는 시간인지개념상 '이른시간사건+나중사건시간' 순으로 해당 문장 구성 성분을 동일하게 배열하고 있음을 확인할 수 있는 것이다. 이해의 편의를 위해 (12)와 (13)의 '가'를 예로 들어 도식화 하면 다음과 같다.

<도식 3> 시간인지개념에 따른 문장의 어순

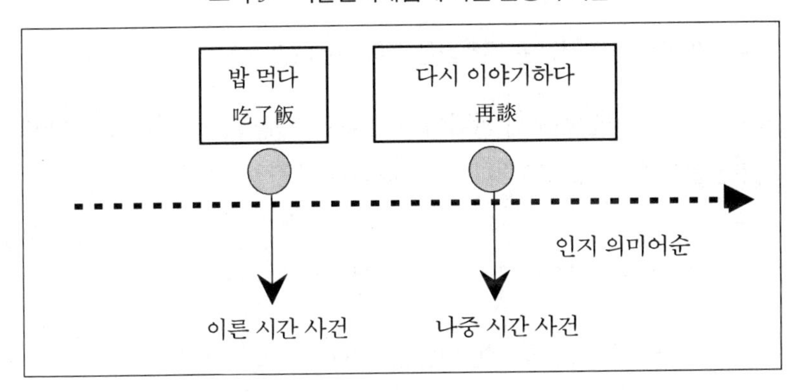

위의 <도식 3>을 통해 한국어와 중국어가 동일한 시간인지개념을 공유하며, 사건발생 시간 순서에 따라 문장 구성 성분의 어순 배열이 형성된 것을 알 수 있을 것이다. 이렇듯 한 · 중 양 언어의 문장 구성 성분의 어순 배열은 연속되는 사건 · 동작 발생 시 현실세계에서 선 발생한 '사건/동작'을 먼저 이야기 하고 후 발생한 '사건/동작'을 나중에 이야기하려는 '사건/동작 발생의 실질적 시간 순서'를 지키려는 경향이 강함을 알 수 있다.

이와 같이 한 · 중 양 언어의 문장 전체 구성 성분의 어순 배열에 있어 '시간'이라는 인지개념이 반드시 조건으로 전제되어야만 이러한 인지 의미어순 배열이 가능하다는 것이다.

그렇다면 본고가 제시한 '한 · 중 문장 구성 성분이 가지는 인지 의미어순 배열 원리와 조건'을 토대로 양 언어의 문장 구성 성분의 어순 배열이 구체적으로 어떻게 구현이 되는지에 대한 논의를 위해 다음 절을 살펴보도록 하겠다.

3) 한 · 중 인지 의미어순 비교 분석

(1) 사건/동작 발생 시간 순서에 따른 의미어순 배열

한 · 중 문장 구성 성분의 의미어순 배열은 대체적으로 '사건/동작의 발생 시간 순서'에 따라 행해진다. 먼저 다음의 예문을 보자.

(14) 가. 그는 버스를 타고 여기에 왔다.
X Y
나. 그는 집에 돌아와 저녁을 먹었다.
X Y
다. 그는 뒤돌아서 곧 가버렸다.
X Y

(15) 가. 他 坐公共汽車 到這兒°
X Y
나. 他 回家 吃晩飯°
X Y
다. 他 轉身 就走了°
X Y

위 예문 (14)는 한국어 예문이고, (15)는 중국어 예문이다. 이들의 문장 구성 성분의 의미어순 배열의 특징을 비교 분석해 보면, 먼저 예문(14)와

(15)의 '가'는 문장의 구성 성분들이 모두 사건/동작 발생의 시간 순으로 배열되어진 것을 확인할 수 있을 것이다. 즉, '버스를 타고, 坐公共汽車'(X)라는 이른시간사건/동작과 '여기에 왔다, 到這兒'(Y)라는 나중시간 사건/동작이 서로 자연발생의 시간순서(X→Y)에 따라 문장 어순이 배열되어져 있음을 확인할 수 있다.

또한 (14)와 (15)의 '나'를 보면, '저녁을 먹었다, 吃晚饭'(Y)이라는 사건/동작 발생 전에 '집에 돌아와, 回家'(X)라는 사건/동작이 발생한 것으로 이 역시 사건/동작의 발생 순(X→Y)으로 문장 구성 성분이 배열되어져 있는 것을 확인할 수 있다. 즉, 한국어의 '집에 돌아와'와 중국어의 '回家'라는 사건/동작의 발생이 한국어의 '저녁을 먹었다'와 중국어의 '吃晚饭'이라는 사건/동작의 발생이 시간순서상 먼저 일어나야하기 때문에 자연스럽게 문장 내에서 먼저 위치하게 되는 것이다.

다음으로 (14)와 (15)의 '다'를 보면, 'X'사건/동작의 종결이 'Y'사건/동작의 시작 순으로 문장 구성 성분이 배열되어져 있음을 확인할 수 있다. 즉, 한국의 '뒤돌아'와 중국어의 '转身'이라는 사건/동작발생(X)이 종결되자마자 한국어의 '곧 가버렸다'와 중국어의 '就走了'라는 사건/동작발생(Y)이 일어난 것으로 이 역시 문장 구성 성분들이 사건/동작 발생 시간 순으로 배열되어진 예라 하겠다.

이와 같이 한국어와 중국어의 문장의 어순 배열은 대체적으로 사건/동작의 발생 시간 순으로 문장의 구성 성분이 배열되어지는 의미어순의 특징을 가지고 있다. 다음의 한 · 중 복문을 통해 이를 좀 더 명확히 살펴보도록 하자.

(16) 가. 철수는 벌써 결승점에 도착했는데, 영희는 아직 중간 지점이다.
X Y

나. 내가 낮잠을 자고 있을 때, 그는 슬그머니 도망갔다.

X　　　　　　　　Y

(17) 가. 张三已经跑到终点, 李四还在半途。

X　　　　　　Y

나. 我在睡午觉的时候, 他偷偷地走了。

X　　　　　　Y

위의 (16)과 (17)의 '가'를 먼저 보자. (16)과 (17)의 '가'는 만약 행위자들끼리[28] 달리기 시합을 한다고 가정했을 경우 표현되어질 수 있는 자연스러운 문장이다. 이와 같은 문장은 사건/동작 발생 시간 측면과 사건/동작 종결 시간 측면으로 이분화 해서 나누어 볼 수 있는데, 먼저 사건/동작 발생 시간 측면에서 본다면 '경기시작'이라는 행위자들의 사건/동작 발생 시간이 동시에 이루어졌다는 전제가 있어야만 수용 가능한 문장 어순 배열이 되는 반면에 사건/동작 종결 시간 측면에서 본다면 행위자들의 사건/동작 종결 시간의 선후를 고려해야만 수용 가능한 문장 어순 배열이 된다. 즉, 전제로 작용하는 '경기시작'이라는 사건/동작 발생 시간은 동시에 이루어 졌으나 결승점에 도달하는 사건/동작 종결 시간의 순서를 참조점으로 삼는다면 (16)과 (17)의 '가'에서 보여지는 바와 같이 사건/동작 발생의 시간적 선후 관계가 존재한다 하겠다. 따라서 동작종결시간을 기준으로 동작 행위가 먼저 종결된 '철수는 이미 결승점에 도착했다, 张三已经跑道终点'(X)이 동 시간상 동작행위가 나중에 종결될 '영희는 아직 중간지점이다, 李四还在半途'(Y)보다 앞서 위치하게 되는 것이다.

다음으로 (16)과 (17)의 '나'를 살펴보자. '나'는 사건/동작 'X'가 진행되고 있는 동안 사건/동작 'Y'가 행해진 것으로, '낮잠을 자고 있을(는) 때(동안), 在睡午觉的时候'(X)라는 사건/동작이 시간상 선행되어지고 이러한

28) '철수+영희, 张三+李四'를 가리킨다.

사건/동작이 지속되는 시간의 과정 속에서 '슬그머니 도망가다, 他偷偷地走了'(Y)라는 행위가 이루어진 문장이다. 'X'의 사건/동작이 언제 시작해서 언제 끝날 것인지는 알 수 없으나, 사건/동작 'X'가 먼저 이루어진 상황에서 사건/동작 'Y'가 이루어졌다는 것은 시간상 매우 자연스러운 배열이며, 이러한 배열이 (16)과 (17)의 '나'의 한 · 중 문장의 어순에 그대로 반영된 것이다. 즉, 사건/동작 발생의 실질적 시간순서가 문장의 표층 구조 어순에 그대로 투영된 것으로 이해할 수 있겠다.

이와 같이 한 · 중 문장에서 나타나는 문장 구성 성분의 의미어순은 '시간'이라는 인지 의미적 특징을 기반으로 사건/동작 발생의 실질적인 시간순에 따라 문장의 표층 구조 성분을 배열하려는 특징을 가지고 있다.

아래의 도식은 이러한 사건/동작 발생 시간 순서에 따른 한 · 중 문장 인지 의미어순 배열 특징을 나타낸 것이다.[29]

---

29) 지금까지 논한 바와 같이 한 · 중 양 언어의 문장 어순 배열은 실질적인 사건/동작 발생 시간 순서와 일치시키려는 경향성을 가진다 하였다. James Tai(1985) 역시 중국어 어순 배열이 가지는 인지 의미 특징인 '시간순서원칙(The Principle of Temporal Sequence)'을 제시하였는데, James Tai(1985)에 따르면 문법구조는 현실적 상징에서부터 출발하고 개념 영역으로부터 문법의 구조를 이해할 수 있다고 하였다. 그가 제시한 '시간순서원칙(PTS)'의 정의를 구체적으로 살펴보면, '두 개 문법단위의 상대적 순서는 그들이 표현하고자 하는 개념영역 안의 상태 혹은 사건의 시간순서에 의해 결정된다(the relative word order between two syntactic units is determined by the temporal order of the states which they represent in the conceptual world－两個句法单位的相对次序决定于它們所表示的概念领域里的狀態的時間順序° James Tai(1985), 50쪽, 戴浩一著,黄河译(1988), 10쪽)'라고 하였다. 즉, 중국어에서 문장 구성 성분들의 어순 배열은 시간상 서로 연속되는 두 개의 상태/사건의 자연발생순서에 따라 그들의 배열이 결정된다는 것이다. 이것은 중국어 어순 배열이 보여주는 매우 자연스럽고도 일반적인 추세라는 것이다. 이렇듯 James Tai(1985)가 제시한 '시간순서원칙'을 통해 보더라도 본고의 논의가 어느 정도 설득력을 가지고 있음을 확인할 수 있을 것이다. 중국어 어순의 '시간순서원칙'에 대한 자세한 내용은 James Tai(1985)와 戴浩一(2011)를 참조 바람.

<도식 4> 사건/동작 발생 시간 순서에 따른 한 · 중 문장 의미어순 배열 특징

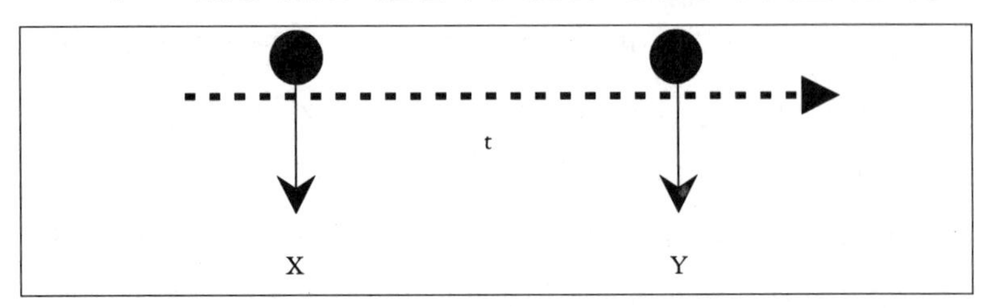

(2) 원인과 결과의 시간 순서에 따른 의미어순 배열

본 장의 1)에서 제시한 '한 · 중 문장이 가지는 인지 의미어순 배열 원리' 중 하나인 '원인과 결과의 순에 따른 어순 배열'에 관해 논하도록 하겠다. 논의에 앞서 먼저 다음의 예문을 확인해 보자.

(18) 가. 그는 병이 나서(X) 수업에 갈 수 없다(Y).

나. 온실 현상으로 인하여(X) 겨울이 갈수록 짧아지고 있다(Y).

다. 모두들 동의했으니(X) 이렇게 하기로 하지요(Y).

(19) 가. 因为他病了(X), 所以不能上课(Y)°

나. 由于温室现象(X), 冬季越来越短(Y)°

다. 既然都同意(X), 就这么办吧(Y)°

위의 한국어 예문 (18)과 중국어 예문 (19) 모두 '인과관계'를 나타내는 문장으로 구성되어져 있다.[30] 구체적으로 살펴보면 (18)과 (19)의 '가'는 원인에 해당하는 '그는 병이나서, 因为他病了'(X)가 결과에 해당하는 '수업에 갈 수 없다, 所以不能上课'(Y)의 앞에 위치하여 문장이 구성되어져 있다. '시간'이라는 인지개념의 관점에서 바라보았을 때 '원인'은 시간의 흐름상 먼저 선행되어져야 하는 것으로서 '이른시간사건'에 해당하고 '결과'는 시간의 흐름상 '원인'에 후행되는 '나중시간사건'에 해당한다. 즉, '그가 병이 났다, 他病了'(X)라는 실제 사건이 시간의 흐름상 먼저 선행되고 난 후, '수업에 갈 수 없다, 不能上课'(Y)라는 나중시간사건이 발생한 것으로서 실제 사건의 시간적 선후가 문장 구성 성분의 어순 배열에 그대로 투영되어 나타난 것이다.

또 다른 예 (18), (19)의 '나'를 보자. '나' 역시 문장 전체 구성 성분들이 '원인과 결과'를 표현하는 순으로 의미어순이 배열되어져 있다. 즉, '온실 현상, 温室现象'(X)이 시간상 먼저 선행되어진 '이른시간사건'이고, '겨울이 갈수록 짧아지고 있다, 冬季越来越短'(Y)는 시간의 흐름상 후행되어져야 하는 '나중시간사건'이 되어 실제 자연 현상 사건의 시간 순으로 한 · 중 문장 어순 역시 배열되어져 있는 것을 확인할 수 있다.

마지막으로 (18), (19)의 '다'를 보면, 이 역시 앞의 '가', '나'와 마찬가지로 문장의 의미어순이 '원인과 결과'순으로 배열되어져 있다. 즉, '모두들 동의하다, 既然都同意'(X)라는 사건이 시간상 먼저 선행되어지고 난 후 '이렇게 하기로 하다, 就这么办吧'(Y)라는 사건이 후행되어진 것으로서 실제 사건의 시간 인지 순으로 한 · 중 의미어순이 동일하게 배열되어져 있는 것이다.

이렇듯 한 · 중 문장에서 나타나는 문장 구성 성분의 의미어순은 '시간'이라는 인지 의미 특징을 기반으로 원인과 결과라는 시간사건의 순서에 따라 문장의 표층 구조 성분을 배열하려는 특징을 가지고 있다.

30) 특히 중국어의 '因为……所以……, 由于……, 既然……就……' 등의 구문은 모두 원인과 결과를 나타낸다.

아래의 도식은 원인과 결과의 시간사건 순서에 따른 한 · 중 문장의 표층 구조 성분 배열 특징을 나타낸 것이다.

<도식 5> 원인과 결과의 시간사건 순서에 따른 한 · 중 문장 의미어순 배열 특징

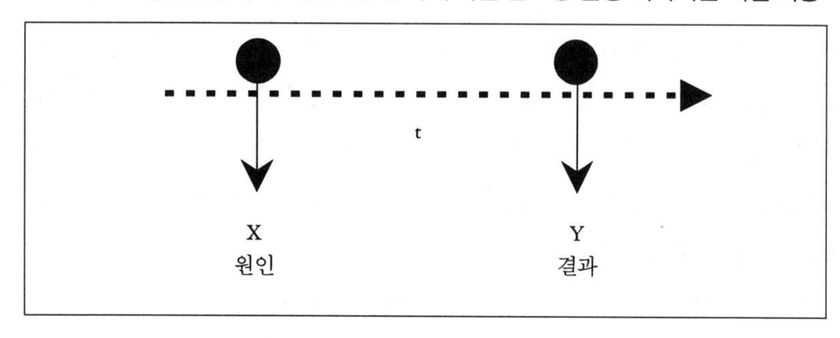

(3) 물리적 경험/지식의 고저/대소/장단의 시간 순서에 따른 의미어순 배열

한국어와 중국어에서 물리적 경험 혹은 지식을 나타내는 문장의 의미어순은 어떤 식으로 배열되어지는 것일까? 논의에 앞서 먼저 다음의 예문을 보자.

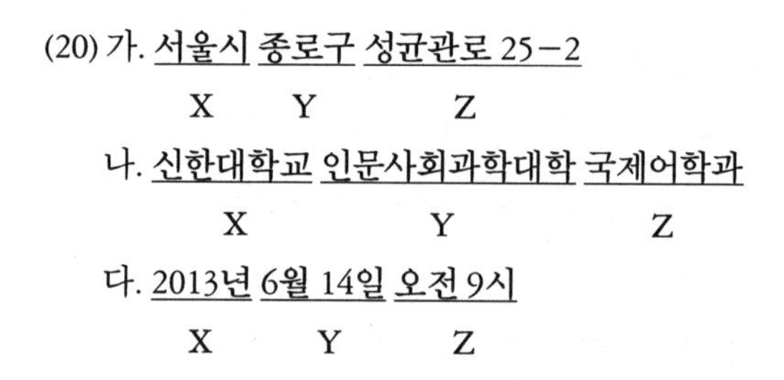

(20) 가. 서울시 종로구 성균관로 25−2
X Y Z
나. 신한대학교 인문사회과학대학 국제어학과
X Y Z
다. 2013년 6월 14일 오전 9시
X Y Z

(21) 가. 上海市 楊浦區 邯鄲路 220
X Y Z
나. 復旦大學 中國語言文學系 現代漢語語言學專業
X Y Z

다. 2013年 6月 14日(号) 上午 9點
X Y Z

위 예문 (20)과 (21)의 한국어와 중국어 문장을 살펴보면 서로 같은 방식으로 문장 구성 성분이 배열되어져 있음을 확인할 수 있다. 먼저 (20)과 (21)의 '가'는 주소를 나타내는 문장으로서 시 · 공간상 범위가 큰 순서 순으로 문장 구성 성분이 배열되어져 있음을 알 수 있다. 즉, 문장 내 가장 큰 범위를 나타내는 '서울시, 上海市'(X)가 문두에 위치하고 있으며 그 다음 큰 범위인 '종로구, 楊浦區'(Y)가 위치하고 가장 작은 범위인 '성균관로 25－1, 邯鄲路 220'(Z)이 위치하고 있다. 다음으로 (20), (21)의 학교 조직 단위를 표현하는 문장 '나'를 보면 시간상 먼저 설립되거나 설치된 단위 순으로 문장 구성 성분의 배열이 이루어져 있음을 확인할 수 있다. 즉, 시간상 가장 먼저 설립/설치되어야할 단위인 '신한대학교, 復旦大學'(X)이 문두에 위치하고 있으며 그 다음으로 설치되어야할 단위인 '인문사회과학대학, 中國語言文學系'(Y)이 위치하고 마지막으로 최소 단위인 '국제어학과, 現代漢語語言學專業'(Z)가 위치하고 있다. 마지막으로 시간을 표현한 문장인 (20), (21)의 '다'를 보면 시간의 범위가 큰 순으로 문장 구성 성분이 배열되어져 있음을 볼 수 있다. 즉, 문장 내에서 시간의 범위가 가장 큰 '2013년, 2013年'(X)이 문두에 위치하고 있고 그 다음으로 '6월 14일, 6月 14日'(Y)이 위치하며 마지막으로 '오전 9시, 上午 9点'(Z)이 위치하고 있다.

이처럼 한국어와 중국어에서 물리적 경험/지식을 나타내는 문장에서는 그들의 고저/대소/장단에 따라 서로 똑같은 방식으로 문장의 의미어순이 배열되어짐을 확인할 수 있는 것이다.[31] 만약 이러한 순서가 변한다면

31) 본고에서 논한 물리적 경험/지식의 고저/대소/장단에 따른 의미어순 배열과 관련하여 James Tai(1985)가 제시한 중국어에서 나타나는 '시간범위원칙(The Principle of Temporal Scope)'을 살펴보면, '만약 문법단위 X가 표현하는 개념상태가 문법단위 Y가 표현하는 개념상태의 시간범위 내에 있을 때 어순은 "YX"가 된다(if the

한국인과 중국인 모두 받아들일 수 없는 어순이 될 것이며 이와 반대의 어순을 가지는 영어의 경우처럼[32] 변한다면 서로 공통된 의미어순 배열 메커니즘을 공유하는 한국인과 중국인은 그 언어 사용상 많은 혼란을 불러일으킬 것이다.

아래의 도식은 물리적 경험/지식의 고저/대소/장단의 시간 순서에 따른 한 · 중 문장의 표층 구조 성분 배열 특징을 나타낸 것이다.

<도식 6> 물리적 경험/지식의 고저/대소/장단의 시간 순서에 따른 한 · 중 문장 의미어순 배열 특징

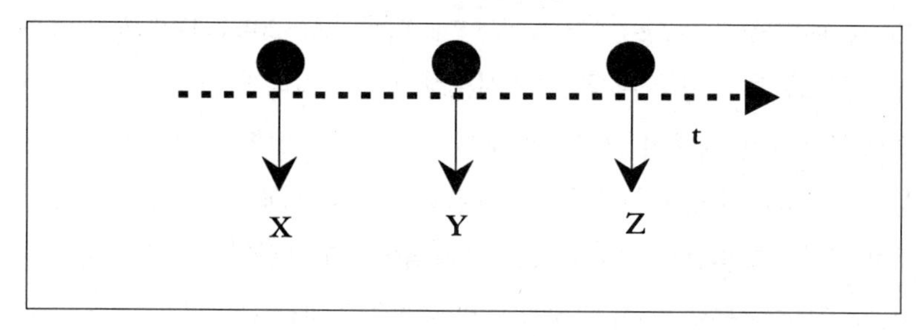

conceptual state represented by a syntatic unit X falls within the temporal scope of the conceptual state represented by a syntatic unit Y, then the word order is YX. James Tai(1985), 60쪽. '如果句法单位X表示的概念狀態在句法单位Y表示的概念狀態的時間範圍之中, 那么語序是YX', 戴浩一著,黄河译(1988), 16쪽)'라고 하였다.

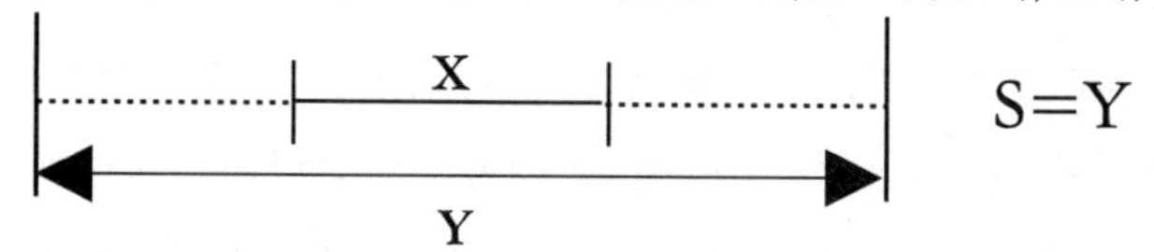

이를 토대로 본다면 그가 제시한 'PTSC'가 예 (20)과 같이 한국어에서도 가능하리라 여겨진다. 즉, 한 · 중 문장에서 나타나는 물리적 경험/지식의 고저/대소/장단에 따른 의미어순 배열에서 보는바와 같이 한국인과 중국인은 서로 공통된 인지 메커니즘을 사용하여 언어생활을 영유하고 있음을 알 수 있다. 'PTSC'와 관련된 자세한 내용은 James Tai(1985)를 참조 바람.

32) '25－2, Sungkyunkwan-ro, Jongno-gu, Seoul, Korea', '9 o'clock, morning, 14nd day, Jun, 2013year' 등.

4. 나오기

지금까지 본고는 한국어와 중국어의 의미어순이 어떠한 메커니즘을 통해 구현되는지에 대해 기능주의 및 인지언어학적 관점에서 심도 있게 논의하였다. 즉, 한 · 중 언어는 문장 구성 성분의 의미어순 배열에 있어 '인지 의미어순 배열 원리'에 입각해 '시간'이라는 인지조건을 토대로 서로 같은 방식의 의미어순 배열 메커니즘을 공유하는 특징이 있다는 것을 알 수 있었다. 즉, 한국어와 중국어는 문장 구성 성분의 의미어순 배열에 있어 '사건/동작 발생의 시간 순서, 원인과 결과의 시간 순서, 물리적 경험/지식의 고저/대소/장단의 시간 순서'라는 서로 공통된 인지 메커니즘을 공유하고 있으며, 이러한 공통된 시간인지특징을 의미어순 배열에 직접 투영시켜 언어생활을 하고 있는 것이다.

이는 '중국어는 한국어와 어순이 현저히 다르기 때문에 중국어를 습득하는 것은 매우 어려울 것이다'라는 인식을 '한국어와 중국어는 그 의미어순 배열에 있어 서로 공통된 시간인지개념 순으로 배열이 되기 때문에 서로 같은 시간인지를 공유하는 한국인과 중국인은 매우 용이하게 서로간의 언어를 습득할 수 있다'라는 인식의 전환에 어느 정도 도움을 주었을 것이라 본다.

본고의 논의에서 한 가지 아쉬운 부분은 한국어와 중국어가 공유하는 공통된 인지특징이 과연 시간인지특징 뿐인가 하는 것이다. 공간은 항상 시간과 함께 논의되어진 중요한 인지개념중 하나이다. 만약 본고의 논의와 같이 한 · 중 어순이 시간개념과 깊은 연관성이 있다면, 공간개념과는 어떠한 연관성이 있고 또 어떤 식으로 양 언어의 어순 배열에 관여하고 있는지에 관한 논의를 하지 못했다는 것이다. 이러한 논의에 대해선 추후 지면이 허락된다면 구체적으로 논의해 볼 가치가 있다 하겠다.

薬師寺知朧와『文法註釋韓語研究法』*

윤 영 민**

1. 서론

본고는 1909년 개화기말[1]에 간행된『文法註釋韓語研究法』의 체제와 내용을 분석하고 언어자료로서의 성격과 의의에 대하여 고찰하는 것을 목적으로 한다.

야쿠시지 지로(薬師寺知朧)에 의해 간행된『文法註釋韓語研究法』(이하『韓語研究法』또는 본서)은 유길준의『大韓文典』이 간행된[2] 1909년, 10월에 출판된 한국어 학습서로서 같은 해 마에마 교사쿠(前間恭作)의『韓語通』(5월), 다카하시 도루(高橋亨)의『韓語文典』(6월)과 함께 일본인이 저술, 간행한 세 권의 한국어 문법서 가운데 하나이다. 이 가운데『韓語通』,『韓語文典』은 국어 연구, 한일어 비교 연구 영역에서 언어학사, 교육사, 교재사와 같은 다양한 접근을 통해 적지 않은 연구 성과 및 업적이 공유되고 있는 반면,『韓語研究法』에 대해서는 '같은 해 먼저 출판된『韓

* 연세대학교

1) 본고에서는 1876년 강화도조약이후부터 1910년 한일병합까지를 개화기로 보고 있다.
2)『大韓文典』의 출판은 1909년 2월로『韓語研究法』보다 8개월 정도 이르다.

語通』, 『韓語文典』과 같이 오쓰키문법(大槻文法, 이하 '大槻文法')[3]의 영향을 받은 동시대 자료'[4] 정도의 평가에 머무르며 상세한 고찰과 논의는 충분하지 않은 실정이다.

그렇지만, 이와 같은 평가와 관련하여 『韓語硏究法』이 『韓語通』, 『韓語文典』처럼 한국어를 10품사 체제로 나누었다고는 하나[5] 각 분류는 '名詞', '代名詞', '數詞', '動詞', '形容詞', '助動詞', '助辭', '副詞', '接續詞', '感動詞'로 『韓語通』의 '弖爾乎波'와 『韓語文典』의 '助詞'를 '助辭'[6], 『韓語文典』의 '感嘆詞'를 '感動詞'로 나타내며 품사의 설정과 명칭에 나름의 기준 및 입장을 견지하고 있다. 이와 함께 특히 '助動詞'는 기능별로 '終止', '等級', '過去 · 未來', '疑問', '命令', '能力', '推量', '希望', '打消', '詠嘆'과 같이 항목화하였다. 여기에는 '現在, 過去, 大過去, 未來', '敬稱及謙稱' 및 동사의 법(法)[7]과 조동사의 관련성을 '平敍法(普通法)', '指定法', '推量法', '希望法', '義務法', '能力法', '傳聞法', '完了未完法', '反語法'으로 구분한 『韓語文典』의 흔적이 보이는 것이지만, 용례 제시 방식면에서 만큼은 'ᄒᆞ오', '만소', 'ᄋᆞ희오(요)(アーヒーヨ)' 등과 같이 동사, 형용사와의 접속을 통한 완성된 용언 형태로 출현시키고 있다는 점에서 괄목할 만하다. 그리고 이러한 양상은 김민수(1988가)의 지적을 통해 이후 1917년 1월에 간행된 안확(安廓)의 『朝鮮

---

3) 오쓰키 후미히코(大槻文彦)

4) 하동호(1977), 「藥師寺知曨『韓語硏究法』해설」, 『역대한국문법대계』제2부 15권(초판), 탑출판사 및 김민수(1988나), 「藥師寺知曨『韓語硏究法』해설」, 『역대한국문법대계』 제2부15권(2판) 박이정

5) 『韓語通』의 품사체계는 '名詞', '數詞', '弖爾乎波', '代名詞', '動詞', '形容詞', '副詞', '接續詞', '助動詞', '感動詞'이며, 『韓語文典』의 품사체계는 '名詞', '代名詞', '數詞', '形容詞', '動詞', '助動詞', '副詞', '接續詞', '感嘆詞', '助詞'와 같다.

6) 물론 본서의 부록에서는 '(上) 助辭(天爾遠波(てにをは))一覽表'와 같이 '天爾遠波(てにをは)'라는 용어를 사용하였다. 이는 주 독자층인 일본인을 배려한 형식적 잉여성(formality redundancy)으로 생각된다.

7) 『韓語文典』에서는 현대 문법의 'mood' 개념으로서 정립을 마친 양상을 보여준다.

文法』과 1923년 4월에 간행된『修正朝鮮文法』8)에서도『韓語研究法』과『韓語文典』의 절충 형태로 나타나고 있는 것으로 확인되었다. 확립기 현대 한국어 문법과 그 범주 및 기술(記述)적인 부분에서『韓語研究法』이『韓語通』,『韓語文典』과 함께 다소(多少) 또는 경중(輕重)을 떠나 일련의 참고가 되었음에는 틀림이 없어 보인다.

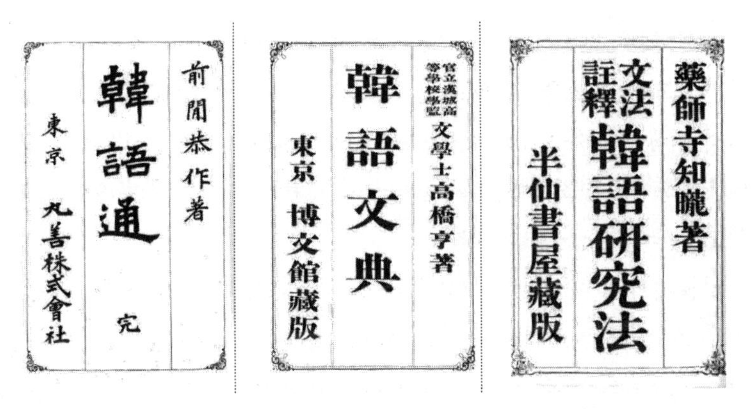

<그림1>『韓語通』,『韓語文典』,『韓語研究法』의 표지(간행순서순)

이에 본고는『韓語研究法』의 구성과 내용적인 면면을 살펴봄으로써 그 특징을 관찰하고 개화기말 일본인의 관점에서 기술된 근대계몽기 한국어 문법서로서의『韓語研究法』에 대한 재고의 기반을 마련하여보고자 한다. 이와 함께 근대계몽기와 메이지(明治, 이하 메이지) 말기 현대 한국어와 일본어로의 전환기를 맞이하는 시기에 산견되는 양언어의 과도기적

8)『修正朝鮮文法』의 '著述要旨'에서는 '再版의 題'를 통해 1917년 1월『朝鮮文法』을 간행하였음을 밝히고 있으며,『修正朝鮮文法』은『朝鮮文法』의 재판, 또는 증보판인 것으로 생각된다.『朝鮮文法』의 실물은 전해지는 바 없는 것으로 보고되어있으나 정승철(2012:p.180)에서 그 유일본이 이화여자대학교 도서관에 소장되어있다고 언급하였다.

언어현상 양상과 일본인의 시각에서 한국어의 문법 범주와 항목을 어떻게 설정하고 기술하였는지를 파악하는데 일조하고자 한다.

2. 薬師寺知朧에 대하여

『韓語硏究法』의 저자인 薬師寺知朧의 행적은 국내에서는 자세하게 알려진 바가 없으며, 이에 관한 자료 역시 충분하지 않은듯하다. 국내에서의 언급은 하동호(1977), 김민수(1988나)에서 보이지만, 『韓語硏究法』의 서문(序文)을 작성한 일본인들의 글을 통한 두 선학(先學)의 해설에 가깝고 한국 내 활동에 머문다.

일본에서는 아미나카 유키요시(網中幸義(1935)), 사쿠라이 요시유키(桜井義之(1974)), 우에다 고지(植田晃次(2011)) 등의 서적과 연구를 통해 薬師寺知朧의 한국과 일본 내에서의 행적을 어느 정도 상세하게 파악할 수 있는 단초가 되었다. 이에 하동호(1977), 김민수(1988나) 및 일본측의 연구를 참조하고 필자의 조사를 더하여 본 薬師寺知朧의 행적은 다음과 같다.

우선 薬師寺知朧가 한국에 온 시기는 1895년이며 지역은 인천이다. 이후 그는 桜井義之(1974:p.93)에 따르면 아오야마 요시에(青山好恵)를 도와 '朝鮮新報'의 신문기자로 일했고 『朝鮮開導論』을 발표하였으며, 강경(江鏡)에 '韓南學堂'을 세워서 운영에 직접 관여하였다. 이후 1927년에 일본으로 돌아간 그는 植田晃次(2011:pp.7~9)에서 밝힌바 이유와 계기는 분명하지 않으나, 벳부(別府)의 온천 개발과 관광 산업 발전에 힘을 쏟게 된다. 30여년 가까운 언론, 교육 활동에서 실업 활동으로 방향을 전환한 셈이다.

한편, 藥師寺知曨는 한국어를 학문적으로 접하거나 전공한 인물은 아니었다. 『韓語硏究法』의 자서(自序)에서는 아래와 같이 '나는 원래 언어를 공부한 사람도 한국어를 전공한 사람도 아니어서 한국어 지식이 보잘것 없으며, (그저) 한국을 연구하는 일부로서 한국어를 알고자 하는 것에 불과하다'는 취지의 발언을 하고 있다.

> 余は元來言語の學を修めたる者に非ず′ 又た韓語を專攻したる者にも非ず′ 故に韓語に就きて識るところ甚だ淺薄にして′ 韓國硏究の序次′ 唯だ僅かに其一斑を知り得たりと言ふに過ぎず。(p.13)

『韓語硏究法』의 서문(序文)은 '고쿠부 쇼타로(國分象太郞)', '시노부 준뻬이(信夫淳平)', '아마노 기노스케(天野喜之助)'의 순(順)으로 3인이 작성을 하였다. 國分象太郞는 이왕직(李王職) 2대 차관이자 1893년『日韓通話』를 쓴 고쿠부 구니오(國分國夫)의 형으로『日韓通話』의 증보간행자이기도 하다. 信夫淳平는 1897년 외교관이 된 후 영사관보(補)로 경성(京城)에 왔다가 인천 이사청(理事庁) 이사관(理事官)을 지냈고 후에 와세다(早稲田)대학 교수로 재직하게 된다. 天野喜之助는 안기용(安基瑢)을 마지막으로 한국인에서 일본인으로 무안부윤(府尹)이 바뀌는 가운데 1910년에 그 첫 번째 일본인 부윤이 된 인물이다. 이들의 서문에서 藥師寺知曨의 이름이 등장하는 것은 信夫淳平와 天野喜之助의 글이다.

먼저, 信夫淳平를 보면 그는 꽤 일찍부터 藥師寺知曨와 면식이 있었던 것으로 보인다. 아래에 인용한 글에서 '내가 당신을 알게 된 것이 지난 메이지 30년 가을 이후이니(밑줄 ①)'를 통해 信夫淳平는 적어도 1897년, 한국에 영사관보로 건너온 당해 중하반기부터 『韓語硏究法』이 간행된 1909년까지 12년간 藥師寺知曨와 친분을 유지해 온 것으로 나타나기 때문이다. 서문의 마지막에 '인천에서 信夫淳平 적음(밑줄 ②)'이라고 한 것으로 보아 信夫淳平는 1909년에 인천 이사청의 이사관이었음을 짐작하게 한다.

> ①予が君を識れるは去明治三十年の秋以来なり´ 当時君は朝鮮新報記者なりき´ 余は新聞の操觚者間には幾多の友人´ 畏敬する友人を有すれども´ (이하 생략)(p.4)
>
> 明治四十二年六月
>
> ②仁川に於いて信夫淳平 識す

상기 인용문을 통해서는 1897년 당시에 薬師寺知曨가 조선신보(朝鮮新報, 이하 '朝鮮新報')의 기자로 일을 하고 있었다는 것도 파악된다. 그리고 이 '朝鮮新報'는 1881년 12월부터 6개월 동안 순간(旬刊)으로 발행되었던 부산의 '朝鮮新報'가 아닌, 정진석(2005: pp.25~35)을 참고하면 1890년 1월에 인천 거주 일본인들에 의해 '인천경성격주상보(仁川京城隔週商報)'로 발행되다가 1891년 9월에 제호를 '조선순보(朝鮮旬報)'로 변경하고, 이듬해인 1892년에 4월 15일자부터 다시 '朝鮮新報'라는 제호로 1941년 2월까지 간행된 신문이었다는 것도 더불어 알 수 있다.[9)]

이와 비교하여 天野喜之助의 서문은 '무릇 외국에서의 성공적인 활동을 원한다면 그 나라의 민정풍속(民情風俗)에 정통해야 하며, 이를 위해서는 먼저 그 나라의 말을 연구하고 잘 구사해야 한다(밑줄 ①).'와 같이 전략적인 의도 아래 작성되었음을 보여주고 있다. 이러한 맥락은 곧 '한국이 일본의 완전한 피보호국(밑줄 ②)'임을 선언하며 자연스럽게 '한국통치의 성공적인 완수'와 '한국어를 연구하여 능통하게 되는 것'으로 이끌어내고 있다.

9) 단, 1919년 말 이후에는 본사를 인천에서 서울로 옮겼으며 1941년 2월, 폐간될 때까지 서울에서 간행되었다.

天野喜之助는 한국에 대해서도 '문명의 혜택을 받지 못한 미개한 곳'이라는 논조로 '일본의 책무로서 한국을 지도, 개발하여 공통의 이익을 도모토록 해야 한다(밑줄 ③)'는 당위성을 내세우고 있는데, '薬師寺知曨가 뛰어난 귀감이 되었다(밑줄 ④)'는 것으로 보아 薬師寺知曨는 일본의 한국 지배 논리에 동조하며 적극적으로 동참한 인물이었다는 것을 알 수 있다.

> ①凡そ海外に在りて實務に從事し成功を期せんと欲しせば'先づ其國の民情風俗に精通せざる可からず。民情風俗に精通せんと欲せば'須らく其國語を研究して之に堪能なるを要す。(중략)②今や韓國は純然たる我が被保護國となり'③我は指導開發の任を負ひ'彼れをして共に文明の恩澤に欲せしめ'以て彼我共通の利益を圖るべき時連に際會せるが故に'(중략)④薬師寺知曨君'深く時態に鑑むるところあり。(pp.7~8)

또 한 가지 흥미로운 점은 '작년 겨울(1908년) 이후『韓語研究法』을 저술하기 시작하여 200여일 정도에 원고를 마치고 간행하였다'는 아래의 문장을 통해『韓語研究法』의 저술과 간행에는 일 년이 채 걸리지 않았다는 사실을 들 수 있다.

> 昨冬以来'非常の熱心と多大の奮勵とを以て「韓語研究法」の著述に從事し'日を閲すること二十餘旬にして漸く其稿を了へ'將に之を公刊せんとす。(이하 생략)(p.8)
>
> 明治四十二年八月
>
> 群山理事廳に於いて 天野喜之助

이렇게 길지 않은 시간에 한 나라의 언어 체계를 정리했다는 것, 혹은 이와 같은 일이 가능했다는 것은 薬師寺知曨가 한국어에 대하여 깊은 학문적

이해와 지식을 기반으로 한국어 교재를 편찬할 만한 소양과 능력을 갖추고 있거나 당시의 영향력 있는 한국어 관련 학습서와 문법 이론을 차용, 원용하였거나 하는 두 가지 가능성을 상정케 한다. 그런데 이러한 가능성은 薬師寺知曨의 자서와 예언(例言)에서 의외로 수월하게 후자(後者)의 경우였음이 밝혀졌다. 다음 인용문은 자서 가운데 일부분으로 종래에 적지 않은 한국어 학습서가 간행되었으나 『校訂交隣須知』, 『日韓通話』, 『韓語』와 같이 매우 중요한 한국어 학습서와 좋은 저술이 있다고 밝히고 있다.

> 從來韓語學習書の刊行せられたるもの尠なしとせず´ 中に就き「校訂交隣須知」の如きは其の最も珍重すべきもの´ 此他「日韓通話」´「韓語」等の好著あり。(pp.12～13)

그리고 이 세 한국어 학습서는 '大槻文法'에 기반을 두고 주시경의 『國語文典音學』과 함께 『韓語硏究法』의 저술에 상당한 참고와 인용으로 활용한 교재였다. 이와 관련하여 명기된 부분은 아래에 인용한 예언의 마지막 문장이다.

> 一´ 本書は①文法の述語´ 編術の體裁に就きては大槻博士の「日本文典」に負うところあり´ ②音韻の規則に就きては周時經氏の 「韓語文典音學」[10]を參照せるものあり。③例語中には前間恭作´ 藤波義貫両氏共訂「校訂交隣須知」´ 故國分國夫氏編纂國分象太郎增補「日韓通話」及び安泳中氏の『韓語』等より引用せるもの尠なからず。(p.18)

지금까지의 내용을 정리하면 薬師寺知曨는 1895년 인천에 정착하였으며 신문기자와 직접 세운 일본인 학교를 운영하며 언론 및 교육계에 종

10) 1908년 11월 간행된 『國語文典音學』을 가리키는 것으로 하동호(1977)를 통해 이미 언급된 것이다. 다만, 여기에서는 '周時經의 「大韓文典音學」'이라고 밝히고 있다.

사한 이력이 있다. 한국어는 학문적으로 전공하였거나 접근한 적이 없으며, 한국을 연구하기 위한 일환으로써 관심을 가지게 된 것으로 보인다.

『韓語硏究法』의 저술에 있어서도 일본어 문법 이론을 밑바탕으로 기 출판된 한국어 학습서 및 이론서를 참조하였다는 사실을 저자 본인이 밝혀두었으며, 이런 그의 책에 일본인 고위 관료들이 서문을 작성해주고 信夫淳平의 경우, 薬師寺知曨와 만난 날을 정확하게 기억하고 있다거나 天野喜之助의 경우에는 『韓語硏究法』의 저술 시기까지 정확하게 짚어내고 있는 점으로 미루어 薬師寺知曨는 당시 한국 내 소위 일본 지배계층과 상당한 교분과 교류가 있었고, 한국의 식민지화를 공고히 하는데 힘썼던 인물이었을 것으로 예상된다.

信夫淳平와 天野喜之助가 서문 마지막에 각각 '인천에서'와 '군산 이사청에서'와 같이 밝힌 점에 주목해 본다면 이사청은 통감부(統監府)와 함께 중앙과 지방의 양방향에서 본격적으로 한국의 식민지화를 진행하려는 목적으로 1905년 11월부터 한성 및 인천, 부산, 원산, 진남포(평안남도), 목포, 마산에 설치되어 있었다. 그리고 통감부와 이사청 설치 불과 5년 후인 1910년에 한일병합이 강행되었다는 점을 볼 때 薬師寺知曨가 일본의 한국 식민지배 통치를 위한 정책에 동조하며 언론과 교육 분야에서 실무적인 기반 마련에 노력한 일본 측 지식인층 가운데 한 명이었다는 것은 확실시되는 부분이다. 김민수(1988나)에서 지적하였듯이 薬師寺知曨가 1905년에 설치된 일본의 통감부와 그 예하 각지의 이사청을 주축으로 한 약 12만6천의 거류 일본인으로서 식민지화에 앞장섰던 사람에 속했던 것으로 보인다는 판단 근저에는 이와 같은 종합적 근거가 있었다고 할 것이다.

3. 『韓語研究法』의 분석

3장에서는 『韓語研究法』에 대하여 형식과 내용의 두 가지 측면으로 나누어 살펴보고자 한다. 형식적인 고찰은 간행의 목적과 서지적인 구성 체제를, 내용적 고찰은 본서가 초기 한일 양국어 대응자료라고 하는 관점에서 그 언어현상과 문법 범주의 기술 양상에 착목하여 보겠다.

1) 간행의 목적

『韓語研究法』은 본편 270쪽, 부록 49쪽의 총 319쪽 분량으로써 충남 강경(江景)의 오가사와라 나가시게(小笠原長重)를 발행자로 1909년 10월 12일 인쇄, 15일 간행되었다. 재판(再版)과 증보개정은 이루어지지 않았던 것으로 보인다.

저자인 薬師寺知曨는『韓語研究法』 출판에 있어서 일본인의 용이한 한국어 학습뿐만이 아니라 증가일로에 있던 한일 간 왕래 및 일본인 정착 인구의 한국 생활에 도움을 주려는 목적이 있었던 것으로 추측되며, 이것은 한국의 식민지화라고 하는 정치적인 의도와도 결부되어 있음을 엿볼 수 있다. 자서에서 이를 알 수 있는 부분들을 발췌하여 보았다.

우선 자서의 시작 부분이다. 薬師寺知曨는 '오늘날 대한경영(對韓經營)이 날로 진행되어감에 따라 한국 사람들과 친숙하게 공적 사적인 업무에 종사하는 사람이 하루하루 증가하고 있음(밑줄 ①)'에도 '자국인 대다수가 한국어를 구사할 줄 몰라서 한국인의 '성정(性情)' 파악이 잘 되지 않는 까닭에 의사소통에도 문제가 생기거나 경영의 방책을 잘못 이해하는 사람이 적지 않음(밑줄 ②)'을 '종종 목격하고 있다'고 쓰고 있다.

①今や我が對韓經營の進捗するに從ひ′身親しく韓國の官民に接觸して公私各般の業務に從事する者′日に多きを加ふるに至れり。然るに是れ等在韓邦人の多數が′韓國の言語に通ぜず′將た韓人の性情を解せざるが爲め′或は意思の疏通を缺ぎ′或は②經營の方策を誤る者尠なからざるは′余輩の屢々目擊するところなり。(p.11)

경영(經營)에 내포된 함의가 '기업이나 사업을 관리하고 운영한다'는 것인지, '어떠한 일을 계획 아래 차근히 해나간다'는 것인지는 한일합병한 해 전이었던 당시로써 자명하게 들어오는 가운데 일본인이 쉽게 한국어의 문법과 어휘를 이해할 수 있는 교재의 필요성을 느꼈을 것으로 짐작되는 부분이기도 하다.

이런 가운데 薬師寺知曨는 한국어와 일본어의 동일한 어순과 비교적 유사한 조어법 및 이를 통해 생성되는 어휘 양상에 주목한 것 같다. 한일어의 '계통론'을 도입한 것이 이를 방증한다. 다음 인용문을 통해서 보면 薬師寺知曨는 '시중의 한국어 학습서 대부분이 단어와 회화의 반복 기술로 한국어의 음운과 문법을 계통적인 관점에서 접근한 교재는 한 권도 보지 못하였다(밑줄 ①)'고 밝혔다.

彼の坊間行はるるところの初學用の册子に至りては′將に十餘種を以て數ふべからんとす。①然れども是れ等の書′多くは單語と會話とを連記編述せるに止りて′系統的に音韻を說き語法を明らかにしたるものとては′未だ一として之れあるを見ず。②誰だ西洋人の手に成れるもの無きに非ざれども′直に邦人の學習用に充つるに適せず。文法に據り③系統的に韓語を學習せんと欲する者の常に遺憾とするところなり′本書は敢て這般の缺陷を補ふに足るとは言はず′然れども④主として音韻と語法との說述に勉めたるは之れが爲なり。(p.13)

1877년 로스(J. Ross)가 Corean Primer를 통해 한국어의 '굴절'을 언급한 이후, 1879년 아스톤(W. G. Aston)의 A Comparative Study of Japanese and Korean Language에서 한국어와 일본어의 유사성이 계통론적인 측면으로 다루어지면서 1928년 람스테트(G. J. Ramstedt)의 Remarks on the Korean Language로 한국어의 알타이어족설 대두에 이르게 되기까지 한일 양국어의 유사성을 계통론적인 측면에서 논의하고자 했던 연구 기반은 19세기부터 일찌감치 마련되어있었던 것으로 보이는 가운데 薬師寺知曨가 '서양인에 의해 정리된 것이 없지는 않지만, 자국인(邦人)인 일본사람이 한국어 학습에 바로 활용하기가 적절하지 않다(밑줄 ②)'[11]고 지적한 점은 '계통적으로(밑줄 ③)'라는 표현과 함께 본서의 특징 및 간행의 당위성을 더하는 기술로 보인다. 그리고 '주로 (한국어의) 음운과 어법의 설명에 노력하였다(밑줄 ④)'는 언급은 제목인 '韓語硏究法' 앞에 '文法註釋'을 병기한 근거가 되어주고 있는 것이다.

2) 구성 체제

본서는 단권 장절(章節) 구성의 세로쓰기이며, 총 열 개의 장으로 이루어진 본편과 두 개의 부록이 실린 부록편으로 나눌 수 있다. 본편의 제1장은 諺文, 제2장은 音便으로써 두 개의 장을 할애하여 한국어의 표기와 음성을 다루었고 제3장부터 나머지 일곱 개의 장을 통해 품사와 활용, 용법 설명 및 용례를 들어 기술하였다. 부록은 '(上) 助辭一覽表(天爾遠波(てにをは))'와

11) 이는 『韓語通』의 자서를 통해 前間恭作 역시 언급하고 있다. 특히 그는 언어우드(Horace Grant Underwood), 게일(James Scarth Gale) 등을 예로 들며 서양인에 의한 한국어 연구 성과의 일례로 삼았다.

'(下) 日韓字音比較表'로 각각 한일어간 조사(助詞) 대응 항목과 발음의 비교를 다룬 것이다.

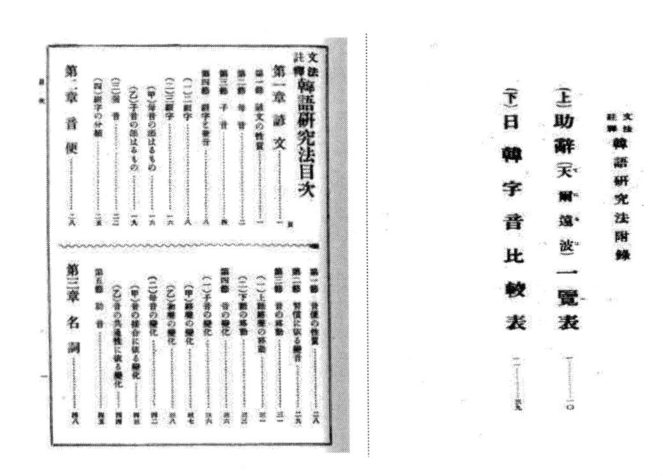
文法註釋韓語研究法目次

文法註釋韓語研究法附錄

<그림2>『韓語研究法』 목차(一部)와 부록 표지

본편의 제1장 諺文에서 주목할 점은 한글 자모음에 대한 명칭과 구분이다. 이 부분은『韓語通』의 영향을 받은 것으로 보이는데,『韓語通』에서는 한국어 자모음의 명칭과 구분이 현재와 일치하는 반면,『韓語文典』에서는 자음을 부음(父音)으로 표기하였다. 이는 1902년 시마이 히로시(島井浩)의『實用韓語學』과 동일하다.

<표1> 한글 자모음의 명칭

간행 시기	1909. 5. 30.	1909. 6. 23.	1909. 10. 15.
한글 자모 명칭	『韓語通』	『韓語文典』	『韓語研究法』
	子音(ㄱ, ㄴ, ㄷ) 母音(ㅏ, ㅑ, ㅓ)	父音(ㄱ, ㄴ, ㄷ) 母音(ㅏ, ㅑ, ㅓ)	子音(ㄱ, ㄴ, ㄷ) 母音(ㅏ, ㅑ, ㅓ)

제2장의 제목인 '音便'은 발음상의 음변화를 일컫는 용어이지만, 당시 국어학 영역에서 보편적으로 쓰였다고는 보기 어려운 반면, 일본어에서는 이미 인구어(印歐語)의 'euphonic change'에 대한 역어(譯語)로 쓰이고 있었으므로 薬師寺知曨는 한국어 음성과 발음에 대한 개념과 규칙을 자국의 용어로써 규정하려 한 것으로 생각된다.

한편, 본서의 실질적인 내용을 담고 있다고 할 수 있는 부분은 품사의 개념과 활용 및 용법을 다루는 제3장부터 종장인 제10장까지이다. 제3장 名詞를 시작으로 제4장 動詞, 제5장 形容詞, 제6장 助動詞, 제7장 助辭, 제8장 副詞, 제9장 接續詞, 제10장 感動詞의 순으로 배열하였다. 기술과 설명의 방식을 제3장 名詞를 예로 들면 다음과 같다.

第三章 名詞

第一節 名詞の性質

名詞とは有形無形の事物の名稱を云う語なり°其中にて人名′地名其他一事一物に限れる名稱を固有名詞と云ひ′之に對して固有ならざる他の一切の名詞を普通名詞と云ふ°然るに(이하 생략)

第二節 普通名詞

普通名詞とは一事一物に限られざる有形無形の事物の名稱なり°例えば

하늘……天　　　　　　ᄯᅡᆼ……地

(생략)

第三節 固有名詞

固有名詞とは人名′地名其他一事一物に限れる名稱なり′左例の如し°

남ᄃᆡ문……南大門(京城に在り)

(생략)

상기의 인용 예를 통해 볼 수 있듯이 내용 기술 순서는 먼저 각 장의 제목으로 품사명을 선언하고 1절을 통해 해당 품사의 정의를 개괄하였다. 이렇게 소개된 해당 장의 품사는 2절, 3절 등으로 구분하여 세부 속성, 종류, 기능 등을 보인 후 한국어 일본어 순으로 해당 용례 또는 용례문을 제시하는 계단식으로 구성되어있다. 이와 같은 구조는 이후 제8장 副詞까지 유지된다.

또 한 가지 특기할 수 있는 사항은 第七章 助辭 단원의 내용 구성이다. 여기에서는 第二節을 통해 한국어 조사의 유형을 第一類와 第二類로 나누어 각각 '名詞'와 '動詞'에 붙는 것으로 구분하여 한국어 조사의 유형과 예를 개괄하고 있다.

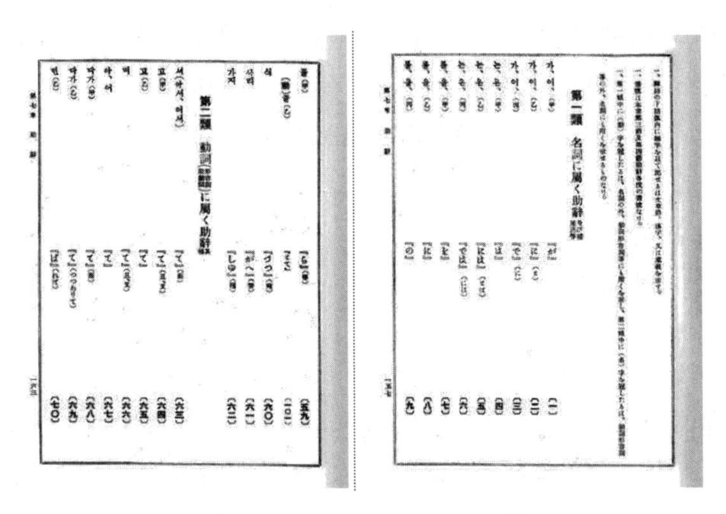
第一類 名詞に屬く助辭

第二類 動詞に屬く助辭

<그림3>『韓語研究法』第七章 助辭 第二節 단원 구성의 예

기술 방식은 상단에 먼저 한국어 조사표현을 제시한 후, 아래에 이에 해당하는 일본어 (접속)조사를 일대일 또는 일대다대응 형태로 맞추었으며, 하단부에 각 조사표현의 항목 구분 번호 정보를 삽입함으로써 독자를

배려하였다. 해당 조사표현의 구분 번호 정보는 본격적인 설명과 예문이 시작되는 第三節비부터는 '[二〇] 부터 『から』(より)'와 같이 맨 상단부에 위치시켰다. 助辭 단원에서만의 기술 방식이지만, 이와 같은 내용 전개상의 전후반부 상호 연계성 및 유기적인 참조가 가능하도록 한 구성은 1894년 게일(J. S. Gale)의 『辭課指南(ᄉᆞ과지남, Korean Grammatical Forms)』과 흡사하다.

지면의 할애가 적기도 하거니와 개념부의 언급이 짧아서 하위 절의 배치 없이 설명과 용례를 본문 중에 함께 넣은 제9장 接續詞와 제10장 感動詞의 두 장을 제외하고는 대부분이 '항목 → 개괄 → 상술 → 용례'식 짜임새인 『韓語硏究法』은 『交隣須知』와 같은 전통적인 한국어 교재의 형식적 잉여성을 확보하고 1880년 호세코 시게카쓰(寶迫繁勝)로 시도된 근대적 학습서의 형식[12]을 더하여 일본인 한국어 학습자를 대상으로 문법과 회화 표현과 문형 학습에 중점을 두려는 당시 근대계몽기 한국어 교재의 동향을 효과적으로 반영하고자 한 것으로 추측된다.

3) 내용적 특징

『韓語通』, 『韓語文典』, 『韓語硏究法』이 간행된 메이지 말기는 일본어 학사에서 현대 일본어 문법의 확립기라고 하는 의식이 공유되는 시기로서 이들 세 자료 또한 근대에서 현대 일본어로 정착되는 과정의 과도기적 현상과 양상이 관찰될 것으로 추측된다. 이 가운데 『韓語硏究法』을 통하여 착목한 첫 번째 내용적 특징은 한국어 존경표현에 대한 「なさる」

---

12) 본고에서의 '근대적 학습서의 형식'은 윤영민(2015:p.172)을 들어 정리하면 '서양 문법 체계를 적용하여 품사의 분류를 시도하고 기능을 설명하며 이에 따른 어휘와 예문을 제시하고 있는' 것이다.

와「れる/られる」의 혼용 용례가 적지 않다는 점이다. 또한, '第四章 動詞'에서 제시된 '벌셔가셧소'에 대한 일본어 번역「往かれました」를 통해 용례문으로 출현한「れる/られる」의 '존경' 용법도 확인할 수 있다.

上 보시옵니다…………見なさいます 見られます(p.69, 이하 동일)
中 보시요………………見なさい
下 보신다………………見なさる 見られる

나는,가보앗더니,벌셔가셧소　　私は´ 往(いつ)て見たに´ ハヤ´ 往かれました。(p.72)

그런데 상기의 인용을 통해 볼 수 있듯이 이러한 혼용 양상은 이전의 한국어 문법, 회화서를 통틀어 이른바 한국어 학습서를 통해 불규칙하게 산재(散在)된 출현이 아니라는 점에서 주목할 여지가 있다. 예를 들면 1902년 5월 초판 이후 1906년까지 총 개정 7판까지 출판되어 당시 한국어 회화서로서의 영향력이 적지 않았을 것으로 짐작되고 있는『實用韓語學』만 하더라도「ドコニ往カレル積リデスカ」(p.137),「アナタハ御兩親ガ皆御有ナサイマスカ」(p.181) 등과 같이 페이지를 달리하며 여기저기에서 그 쓰임이 혼재되어있는 양상을 보이는 반면에 본서에서는「見なさいます 見られます」의 'A (또는) B'와 같이 병기된 형태로 제시되어있다. 이것은 조동사「れる/られる」의 '존경', '수동', '가능', '자발' 가운데 '존경'으로서의 기능이 확립된 것에 대한 방증이라고 할 수 있는 것이다.

조동사「れる/られる」의 기능과 관련하여 또 한 가지 기능인 '가능' 역시 1909년도 당시 확고하게 자리 잡은 것으로 확인되었다. '第六章 第七節 能力の助動詞'를 통해 한국어의 '-ㄹ 수 있다' 표현의 대응으로서 '일본어 1단 동사의 어간 활용(讀めやうか)', '동사 어간+得る(讀み得るか)'의 몇 예를 제외하면 용례 및 용례문을 주로「れる/られる」형으로 나타내고 있다.

갈슈는잇소　　　往かれはします。(p.145, 이하 동일)
올슈는잇지요마는　　來られはしますが。
알슈는잇겟소　　　知(わか)りはしませう。[13]
볼슈는잇슬터이요　　見られはしませう。

현대 일본어 문법의 확고한 확립 가운데 또 한 예로서는 '추량(推量)의 조동사 「らしい」' 와 '희망의 조동사 「たい」'를 들 수 있다. 이와 함께 동사 음편의 혼란과 정중체의 문말 「ござる」에 대한 「です」의 우세[14]역시 메이지 말기 일본어의 과도기적 양상의 일례라고 할 수 있는 부분이다.

간듯하오　　　往つたらしいです。(p.147)[15]
신문을 보고시프오　　新聞を゛見たいです。(p.150)

형용사 어미의 '「ーし」 → 「ーい」' 확립 및 부정형 '어간 +「くない」' 형태로의 고정 양상 역시 동사 종류의 축소 및 이에 따른 음편 규칙 체계의 재정립과 함께 현대 일본어 문법의 대표적인 변화 가운데 하나라고 할 수 있다. 그렇지만, 추측표현만큼은 아직은 '어간+「かろう」'로써 현대의 '기본형+「だろう」' 형태의 출현 내지 혼용의 흔적은 아직 보이지 않는다.

---

13) 「わかる」는 현대 일본어에서도 1그룹 타동사로 이해가 동반된 '알다'의 의미 기능으로 쓰인다. 별도의 활용없이 본동사 자체로 '가능'이다. 이와 같은 용법은 본서의 해당 용례를 통해 20세기 초부터 확립되어있음을 알 수 있다.

14) 단, 본서에서는 한국어의 경어체계를 '對上', '對等', '對下'의 삼단계로 분류한 가운데 '對上'에 해당하는 경우 「ございます」, '對等'인 경우에 「です」로 대응시켜 설명하였다.

15) 해당 용례를 통해 일본어의 동사 음편과 그 가운데「ゥ音便」의 출현을 확인할 수 있다. 그러나 p.13의 자서에서 보인 정격활용 「止りて」, p.107 업엇다에 대한 「負ふた」를 통해 「促音便」의 정착까지는 이르지 않은 경향 역시 포착된다.

크다 | 大きい。(p.110)

안크오 | 大きくないです。(p.151)

적지안다 | 小さくない。(p.151)

크겟다 | 大きからう。(p.111)

그리고 한국어 '-(하)러'에 대한 대응 표현문형으로서 '체언' 또는 '동사의 연체형+「に」'형이 출현하고 있는 점은 일본어에서 조사의 역할이 문법기능의 영역뿐만이 아닌 의미기능적인 영역으로 확대되었음을 나타내는 것이라고 할 수 있다.

구경허러,가고싶오 | 見物に゛行きたいです。(p.150)

이와 비교하여 'イ형용사의 음편'이나 「だらう」, 「でせう」, 「ませう」, 「やう」와 같은 '역사적가나사용법(歴史的仮名遣い)'을 통해 메이지 말기의 일본어가 현대 문법의 개념과 형태에 급격하게 접근하고 있었던 반면에 언문일치면에서는 상당히 더딘 양상을 보이고 있다는 것을 알 수 있다.

크옵니다 | 大きうございます。(p.110)

먹겟다 | 食(た)べやう＝食(た)べるだらう。(p.71)

오늘쯤,됴흔것(ゴシ)이,올터이오 | 今日(けふ)あたり゛好い物が來(まゐり)ませう。(p.146)

그것(クコースン)은,아마,됴흘터이오 | 其物(それ)は゛多分゛好いでせう。(p.146)

희망 조동사 「たい」의 격조사 「が」, 「を」 혼용과 단정의 조동사 「だ」에 대한 「じゃ」의 흔적 역시 메이지 후기 일본어의 단상을 관찰할 수 있는 요소 가운데 하나라고 할 것이다.

말을,듯고시푸오	話を´ 聞きたいです。(p.150, 이하 동일)
물이,먹고시푸다	水が´ 飲みたい。
일을,하고시프외다	用事が´ 爲(し)たいです。

죵희기에 ………………… 紙じやから(p.216, 이하 동일)
벼루기에 ………………… 硯じやから
먹이기에 ………………… 墨じやから
붓시기에(붓이기에) …… 筆じやから

마지막으로「する」의 명령형이「せよ」로 표기되어있음을 확인할 수 있다. 이는 1902년『實用韓語學』에서 나타난「する」의 명령형「セヨ」,「セロ」[16] 혼용이 더 이상 나타나지 않는다는 것과 동사 활용상의 규칙과 기준이 현대 일본어에 가까워지고 있음을 볼 수 있는 한 예이기도 하다.

공부,하여라고,하시오　勉強´ させなさい´ (せよと言ひなさい)。(p.106)

한편,『韓語硏究法』의 한국어에서도 몇 가지 특징이 나타나고 있는데, 19세기 국어의 제상과 관련하여 이미 이현희(2007:p.23)를 통해 지적된 인용의 '고/구'의 출현과 관련하여 그 표기 형태는 '고'로 정착된 양상이 나타난다. 존재동사 '잇/이시-'의 쌍형어간적인 모습이 '잇'으로 확립된

16)「する」의 명령형「せよ」에 대한 東国方言으로『實用韓語學』에서는 '會話第十四時' 단원을 통해 다음과 같이 출현하고 있다(밑줄은 필자). 다만, 이것이 저자인 島井浩의 개인적인 경향인지「する」명령 표현 자체의 각축인지에 대해서는 보다 면밀한 논증이 필요하다.

식이는 딕로´ ᄒᆞ여라	命ズルトオリニセロ(p.141)
마음딕로,´ ᄒᆞ여라	心ノマヽセロ(p.141)

모습 역시 이현희(2007:p.14)의 지적 그대로이다. 그런데 한국어 조사 '부터'를 예를 들면 이현희(2007:p.22)에서의 보조사 '-ㅁ'첨가 조사형의 표기는 확인되지 않았다. 오히려 『交隣須知』에서 출현하는 '붓터'의 존속 및 혼용이 확인된다는 점이 흥미롭다.

ᄎᆞ자,오라고,ᄒᆞ여라　　尋ねて′ 来らせ(来いと言へ)。(p.106)

가져,가라고,ᄒᆞ엿다　　持つて′ 往かせた(往けと言ふた)。(p.106)

(중략)′ 잇は動詞の『有る』なれば′ (이하 생략)(p.144)

[二〇] 부터 『から』(より)(p.187)

부터(又붓터)は『から』(文章語の『より』′ 自′ 從)にして′ 主として時に関する名詞を承け′ (이하 생략)

지금까지 살펴본 내용으로 알 수 있는 것은 『韓語研究法』의 한국어 예문 및 용례에 대응시킨 일본어에서 메이지(1868~1912) 후기의 구어 및 문어적 특징이 나타나며, 19세기 한국어에 나타나는 몇 가지 특징적인 문법화의 확인을 통해 한국어의 변화 역시 관찰할 수 있었다는 점이다. 이에 다음 3.4.를 통해 한일어 대응자료의 측면에서 『韓語研究法』을 살펴보기로 하겠다.

4) 한일어 대응자료로서의 의의

『韓語研究法』을 한일 양국어의 대응자료라는 관점으로 보았을 때 薬

師寺知曨가 본서를 간행하였을 당시에 20년 가까운 한국 생활에 따른 자국어(日本語)와의 괴리는 없었던 것으로 보인다. 이와 관련하여 발행 당시 주소지가 충남 강경이었던 점에서 특정 지역의 방언적 요소가 반영되는 이른바 언어적 특수성과 같은 문제 역시 자료를 검토하며 확인한 바로는 한국어는 경성지역, 일본어는 관동지역을 중심으로 한 구어와 문어인 것으로 나타났다.

한편, 『韓語硏究法』에 나타난 문법항목 기술 내용을 중심으로 살펴보면 우선 한국어의 존경표현을 설명하는 가운데 선어말어미 '시'에 대하여 '경어의 조사(助辭) 시를 사용할 시는 왼쪽에서와 같이 변화가 있는 것으로 한다(敬語の助辭시を用うるときは´ 左の如き變化あるものとす(p.69의 하단부))'와 같이 '경어의 조사(助辭)'로 설명하고 있다. 薬師寺知曨가 『韓語硏究法』에서 당초 '助辭'의 개념으로 분류한 것이 한일 양국어의 '조사(助詞)'였음을 볼 때 '시'에 대하여 이와 같이 '助辭'라고 설명한 것은 선어말어미 '시'를 일본어의 조동사 기능으로 보고자 하였던 것으로 짐작되어지는 부분이다. 이는 현대 일본어문법에서 助辭가 '助詞'와 '助動詞'의 총칭으로 정립되어가던 과도기적 성향이 투영된 일례일 것으로 추측된다.

기술 형식의 측면에서 후대의 자료를 통해 반영된 양상도 확인되었다. 助動詞의 '기능 범주별 항목화'와 '완성된 용언 형태의 용례 제시 방식'이 그 일례이다. 서론에서 언급하였듯이 이 두 가지의 기술 형식은 1917년과 1923년, 안확의 『朝鮮文法』과 『修正朝鮮文法』에서 『韓語硏究法』과 『韓語文典』의 절충 형태로 나타나고 있다. 아래의 <표2>에서 정리하였다.

<표2> 『修正朝鮮文法』의 '助動詞' 본문 기술 형식(p.91)

구분	『朝鮮文法』 본문 기술 내용		제시 방식
조동사 제시부	(二)「치」「하」		『韓語文典』식
용법 설명부	名詞惑動詞形容詞에熟合하야自動詞又는形容詞로成하는것		『韓語文典』식[17]
용례 제시부	삭하-다 망하-다 상하-다 시작하-다	삭치-다 망치-다 겹치-다 넘치-다	『韓語研究法』식

물론 이것은 하나의 예이며 추후 충분한 논의를 요하는 부분이다. 다만, 앞서 살펴왔듯이 『韓語研究法』의 문법 범주 체계와 항목별 기술 방식이 주로 『韓語通』과 『韓語文典』을 참조한 것임을 보았을 때 한국어 문법이 '다카하시문법(高橋文法)'과 처음으로 연계되는 시기 및 연구자가 1917년[18]의 안확일 가능성도 없지 않을 것이라는 점에서 상호 연관성을 규명하는 후속 연구가 필요하다고 생각되는 바이다.

이에 더하여 『韓語研究法』의 한국어 문법 범주와 항목의 기술이 어떻게 이루어져있는지 살펴보는 가운데 개화기 일본인에 의해 간행된 한국어 문법서는 이 두 가지—한국어 문법 범주와 항목의 기술—가 저자마다 상이하게 인식되어있는 것으로 보이는 몇 가지 현상적 측면 역시 없지 않았다. 『韓語研究法』을 중심으로 본서에서 다루고 있는 한국어 문법 범주[19]는 '품사'와 '시제', '서법', '태'와 '높임법', '부정법'의 여섯 가지 항목

17) 『韓語研究法』에서 먼저 차용
18) 또는 『修正朝鮮文法』이 간행된 1923년
19) 한국어의 문법 범주에 대해서는 남기심 · 고영근(2009)을 참조하였다.

으로 파악되었는데, 이 중 '서법'과 '태'의 용어 및 개념 규정이 『韓語通』, 『韓語文典』과 적지 않은 차이를 보였다. 예를 들어 『韓語通』에서의 '상(相)'은 'aspect'가 아닌 '태(態, voice)'이지만, 『韓語硏究法』에서의 '태'는 '종지태(終止態), 형용태(形容態), 접속태(接續態), 명령태(命令態), 숙어태(熟語態), 명사태(名詞態)' 와 같은 용언의 '활용 형태'를 규정하는 용어로 쓰이고 있다. '태'를 '형(形)'으로 바꾸면 그 기능적 측면에 따라 각각 '종지형, 연체(連體)형, 연용(連用)형, 명령형 및 복합동사와 동사 전성 명사용법'으로 현대 일본어의 용언 활용 형태를 나타내는 표현이 된다. 이와 같은 설명 방법의 채택은 한국어 용언 활용에 대한 명칭을 일본어의 개념에 맞추고자 한 전형적인 시도로 『韓語文典』의 '종지태, 중지(中止)태, 연체태, 연동(連動)태, 연형(連形)태, 명사태, 미연(未然)태, 기연(既連)태, 명령태, 금지(禁止)태'를 원용하여 薬師寺知曨 본인의 이해와 정리로 간소화시키는데 용이하였기 때문이었을 것으로 짐작된다.

이어서 문법 범주 기술 항목의 일관성도 확립되었다고 보기 어려운 면이 없지 않다. 그 예로는 한국어의 '서법'과 관련한 것이 있다. 우선 『韓語硏究法』에서 한국어의 서법으로 다루었다고 할 수 있는 항목은 '명령법', '감탄법', '의문법' 세 가지인데, '명령법'과 관련한 기술은 '動詞', '形容詞'에서 '命令態' 부(部)와 '助動詞'에서 '命令の助動詞' 부를 통해 용언의 활용 형태와 더불어서 조동사의 기능적 측면으로 다루고 있다. 이어서 '감탄법'과 '의문법'은 '助動詞'에서 각각 '詠嘆の助動詞'와 '疑問の助動詞'로 나누어 다루고 있다. 이것은 의미보다 형태를 중심으로 품사를 분류하고 이를 토대로 의미와 기능적인 측면에 접근하려는 일본어의 특징이 반영되었음을 보여주는 것이기도 하다. 한국어 학습서의 편찬과 간행에 한국어의 언어적 특질을 반영하고 수록하려는 서양인의 관점과는 다르게 자국어 문법체계 하에 한국어의 문법화를 시도하려는 일본인의 시각차가 드러나고 있는 것이다.

4. 맺음말

지금까지 『韓語硏究法』의 체제와 내용 및 한일 양국어 대응자료로서의 의의를 살펴보았다. 본고는 근현대 한일 양국어의 문법적 완성기에 나타나는 이론적, 실제적 상호 영향관계의 면면을 구명하는 연구로서 이번에는 개화기말 일본인의 관점에서 기술된 근대계몽기 한국어 문법서 가운데 하나인 『韓語硏究法』에 대하여 재고의 기반을 마련하여보고자 하였다.

『韓語硏究法』은 한일 양국어의 19세기를 오롯이 반영하며 20세기 초반 과도기에 직면한 근현대기의 다양한 문법화를 살피는데 적지 않은 천착의 여지를 제공하고 있는 언어자료라고 할 수 있을 것이다. 이에 본고를 통해 알게 된 점은 다음과 같다.

첫째, 메이지 말기 일본어에 나타난 특징의 일면이다. 우선 현대 일본어 조동사의 「れる/られる」의 용법 가운데 '존경', '수동', '가능'의 세 가지 기능이 확인되었다. 동사의 음편과 관련하여 특히 'ウ음편의 예외'와 '발(撥)음편'의 흔적을 볼 수 있었으며, イ형용사의 '「-し」→「-い」' 기본형 확립 및 이에 따른 형용사 활용 패턴의 변화 역시 금번 연구를 통해 알게 된 사항 가운데 하나이다.

둘째, 이현희(2007)의 지적을 중심으로 살펴본 한국어의 특징은 19세기의 경향과 변화의 양상이 함께 나타났다. 일례로서 인용의 조사 '고'의 등장과 쓰임을 볼 수 있었으며, 표기면에서는 '구'의 출현이 없었다는 것, 존재동사 '잇'의 정착 양상 및 보조동사로서의 쓰임을 확인하였다. 그리고 보조사 '-ㅁ' 첨가 형태인 '부텀'에서의 '-ㅁ' 소멸을 통한 '부터'의 확립과 '붓터'의 혼용도 볼 수 있었다.

셋째, 『韓語硏究法』의 한국어와 일본어는 각각 경성지역과 관동지역을

중심으로 한 구어 및 문어라고 볼 수 있는 가운데 한국어 '시'에 대한 '敬語の助辭' 분류를 통해 '조사(助辭)'의 기능과 역할에 있어서 현대 일본어 문법화 확립 과정의 과도기적 성향이 관찰되었다는 것이 필자의 관견이다.

넷째, 한국어 문법 범주와 항목의 기술적인 측면에서는 일본인 저자마다 그 기준과 용어 사용의 상이함이 적지 않았다. 이는 한국어 학습서의 편찬 및 간행에 한국어의 언어적 특질을 존중하려했던 서양인의 태도와는 달리 자국어 문법체계에 한국어를 편입시키고자 한 일본인의 의도가 반영된 것이라고도 할 수 있을 것이다.

다만, 본고는 미처 다루지 못한 한계 역시 적지 않다. 우선『韓語硏究法』에 나타난『韓語通』과『韓語文典』의 영향 관계에 대하여 본격적인 논의에는 이르지 못하였다. 이와 함께 안확의『朝鮮文法』및『修正朝鮮文法』을 언급하며 제기한『韓語文典』과『韓語硏究法』의 절충 양상 및 그 예시가 제한적이어서 종합적인 논거를 요한다는 점도 들 수 있다. 금번 연구에서 충분히 살피지 못한 이와 같은 문제점은 금후의 과제로서 보다 충분한 자료에 근거한 면밀한 분석을 통하여 보완 발전시켜가고자 한다.

규장각 소장 한글번역역사서 『ᄌᆞ티통감』 연구

– 번역양상과 국어학적 특징을 중심으로

박 재 연* · 김 민 지**

1. 머리말

『資治通鑑』은 孔子의 『春秋』와 司馬遷의 『史記』와 더불어 손꼽히는 중국의 역사서 중 하나로 약칭하여 『通鑑』이라고 부른다. 일찍이 『資治通鑑』에 音注를 단 胡三省(1230~1302)은 "임금이 『資治通鑑』을 모르면 다스리고자 해도 잘 다스릴 수 있는 근원을 알지 못하고, 혼란스러움을 싫어하면서도 그 혼란을 막는 법을 알지 못한다. 또, 신하된 자가 『資治通鑑』을 알지 못하면 위로는 임금을 섬길 줄 모르고, 아래로는 백성을 다스릴 수 없다."[1]고 평하였다.

서울대 규장각에 소장되어 있는 한글필사본 『ᄌᆞ티통감』은 바로 司馬光이 지은 『資治通鑑』에서 「晉記」를 발췌하여 한글로 번역한 것이다. 조선시대에 역사서가 한글로 번역된 사례는 매우 드물다.[2] 『ᄌᆞ티통감』은

* 선문대학교
** 선문대학교

1) 元朝 胡三省, 『新註資治通鑑序』, "爲人君而不知通鑑, 則欲治而不知自治之源, 惡亂而不知防亂之術. 爲人臣而不知通鑑, 則上無以事君, 下無以治民." (資治通鑑(一), 中華書局, 1996, 28쪽.)

2) 조선시대에 한글로 번역된 역사서로 우리나라 역사류인 『朝野僉載』, 『朝野會通』,

그러한 희소성 때문에 높은 자료적 가치를 가지며 가장 이른 시기에 『資治通鑑』을 번역했다는 점에서 그 의미가 있다. 또한 『ᄌᆞ티통감』은 지금까지 제대로 연구되거나 정리되지 않은 새롭게 발굴된 문헌이다. 이는 국어사 연구가 대부분 목판본이나 활자본 자료에 치중되어 연구되었고 상대적으로 필사본 자료에 대한 연구는 활발하게 진행되지 않은 것과도 관련이 있다. 한글필사본 문헌은 그동안 불분명한 필사 시기와 한글 판독의 어려움 등의 이유로 인해 그동안 학자들에게 연구대상으로 많이 다루어지지 못하였다. 최근 한글필사본 자료에 대한 연구가 조금씩 진행되고 있으나 아직 미약한 수준이다. 한글필사본은 양적인 측면에서도 방대하고 내용과 언어가 다양하고 풍부하며 실제 언어, 사회 현실의 생생한 구어를 반영하고 있는 것들이 많다. 이러한 필사본 자료에 대한 연구는 국어사에 있어서 자료의 풍부함과 다양성을 확보하여 새로운 연구 방향을 개척하는데 도움이 될 수 있을 것으로 기대된다.

본고에서는 한글필사본 번역역사서인 서울대 규장각 소장 『ᄌᆞ티통감』을 대상으로 우선 서지적 측면을 검토할 것이다. 다음으로 한문본과의 대비를 통하여 그 번역 양상에 대해서 논하되 전반적인 번역 양상, 추가로 번역된 부분과 어휘 번역상의 특징, 특이한 한자음과 쌍행 협주 번역의 특징, 단순 오류를 중심으로 논의할 것이다. 또한 이 책의 필사시기 추정을 위하여 국어학적 특징을 고찰할 것이다. 국어학적 특징은 크게 표기법 및 음운, 문법, 어휘로 세분하여 살펴보되 어휘적 특징으로는 희귀어와 고형의 어휘, 중국어 차용어 등을 중심으로 논의하고자 한다. 본 연구는 『ᄌᆞ티통감』 11권 11책에 대한 원문 입력 및 한문본과의 대비를 통한 주석 작업을 토대로 진행되었기 때문에 보다 정밀하고 폭넓은 연구가 될 수 있을 것이라 생각된다.

『朝野記聞』, 『國朝故事』, 『正史紀覽』, 『彙言』과 중국 역사류인 『資治通鑑』, 『宋史要覽』, 『綱鑑正史約』이 있다.

2.『ᄌᆞ티통감』의 서지적 고찰

1) 한문본『資治通鑑』

한문본『資治通鑑』은 총 294권의 編年體 史書로 司馬光이 北宋 중기에 황제의 명령을 받아 1065년부터 1084년까지 편찬한 거질의 저작이다. 이 책에 포함되어 있는 시대는 周 威烈王 23년(기원전 403)으로부터 후주 세종 顯德 6년(959)에 이르기까지 1362년간이다. 이후 1285년에 元나라 胡三省이『資治通鑑』에 주를 달아『資治通鑑音注』을 펴냈는데 이것이 사람들에게 널리 유포되어 각광을 받았다.『資治通鑑』이 국내로 유입된 시기는『高麗史』의 기록에서 찾아볼 수 있다.

> 4월 임자에 이부상서 鄭國儉과 판비서성사 崔詵에게 명령하여 서연의 여러 유신들을 寶文閣에 모아『增續資治通鑑』을 교정하게 하고 州縣에 나누어 보내어 雕印하여 바치도록 하여 시종과 유신들에게 나누어 주었다.[3]

이는 명종 22년(1192)의 기록이다. 이를 통해 이 시기에『增續資治通鑑』이 이미 들어와 있었고,『資治通鑑』은 이보다 앞서 유입되었음을 짐작할 수 있다.

현재 국내에 남아있는 판본으로는 세종 연간에 간행된 '甲寅字本'[4]과

---

3)『高麗史』20卷, 明宗 22年, "夏四月壬子, 命吏部尚書鄭國儉, 判秘書省事崔詵, 集書筵諸儒於寶文閣, 讎校增續資治通鑑, 分送州縣, 雕印以進, 分賜侍從儒臣."

4) 국립중앙도서관 소장. 귀중본.『資治通鑑』卷281(零本), 司馬光撰, 思政殿訓義, 金屬活字本(初鑄甲寅字). [刊寫地未詳] [刊寫者未詳], 世宗 18(1436). 형태사항: 1卷1册(全294卷100册). 四周單邊, 半郭: 27.8×19.8cm, 有界, 10行19字. 註雙行, 內向黑魚尾. 39.6×24.7cm. 版心題: 通鑑.

'改鑄甲寅字本'[5]이 있고, 그 외에 성종 연간에 간행된 '癸丑字本', 숙종 연간의 '韓構字本', 영조 연간의 '戊申字本' 등이 있다.

2) 한글본『ᄌᆞ티통감』

한글본『ᄌᆞ티통감』은 11권 11책의 필사본으로 서울대학교 규장각에 소장되어 있다.[6]

[그림 38]『ᄌᆞ티통감』 권1 표지

[그림 39]『ᄌᆞ티통감』 권4 표지

5)『資治通鑑』, 司馬光(宋)編, 思政殿(朝鮮)訓義. 〔刊年未詳〕 卷首1册, 294卷, 合100册. 活字本(改鑄甲寅字), 35×25cm. 上下單邊, 左右雙邊. 半葉匡郭: 26.2×17cm. 10行19字. 注雙行. 版心: 上下花紋魚尾. 卷頭書名: 資治通鑑. 版心書名: 通鑑. 刊記: 正統元年(1436)八月日印出. 청구기호: 奎 7526 (『奎章閣圖書韓國本綜合目錄』(上)(1981), 서울大學校圖書館, 105쪽.)

6)『ᄌᆞ티통감』, 〔著者未詳〕 11卷 11册, 筆寫本 〔年紀未詳〕, 30.7×23.8cm, 表紙書名: 西晉演義(卷1-3), 東晉演義(卷4-11), 宮體筆寫本, 청구기호: 古 3350-87. (앞의 책, 105쪽.)

『ᄌᆞ티통감』의 표제는 [그림1, 2]에서 보는 바와 같이 권1부터 권3까지는 '西晉演義', 권4부터 권11까지는 '東晉演義'이나 권수제는 'ᄌᆞ티통감'이다. 권1에는 'ᄌᆞ티통감셔진긔뎨일'이라 되어 있으나 권2부터는 일괄적으로 'ᄌᆞ티통감권지…'로 되어 있다. 표제가 '西晉演義', '東晉演義'로 되어 있어서 소설이라고 생각할 수도 있으나 역사서 『資治通鑑』의 「晉記」를 거의 그대로 한글로 번역한 것이다.

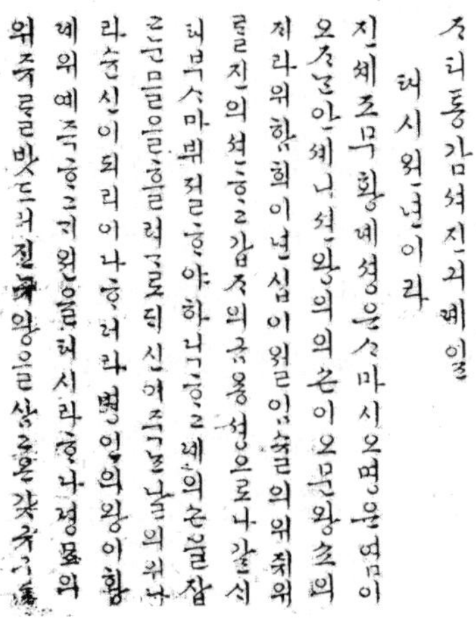

[그림 40] 『ᄌᆞ티통감』 권1 첫면

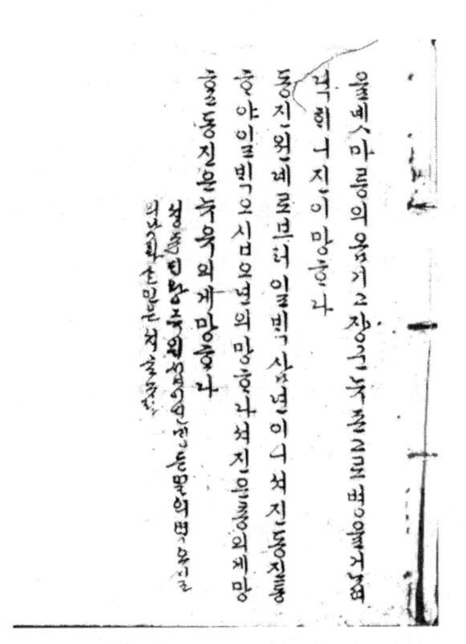

[그림 41] 『ᄌᆞ티통감』 권11 권말

광곽이나 계선이 없이 매면 11행 15~20자 내외로 필사되어 있다. 이 책에 나타나는 서체는 모두 궁서체이며 주석을 달 때는 쌍행협주로 필사하였다. 권11 말미에는 '셩종ᄃᆡ왕 즉위 십이년(1481) ᄆᆡᆼ동일의 벽오실의 남화ᄉᆞᆫ인은 셔ᄒᆞ노라'라는 필사기가 있는데 서체는 본문과 다르게 민간서체이다.

이밖에 『通鑑』에 대한 한글 번역본으로 대정 2년(1913) 9월에 간행된

15권 15책의 구활자본 『詳密註釋通鑑諺解』이 있으나[7] 이는 『少微通鑑節要』를 대본으로 국역한 것이다.[8]

3. 『ᄌᆞ티통감』의 번역양상

서울대 규장각 소장 『ᄌᆞ티통감』은 宋나라 司馬光이 지은 『資治通鑑』에서 「晉記」를 발췌하여 한글로 번역한 것이다. 사마광의 『資治通鑑』 전체 294권 중에서 「晉記」는 권79부터 권118까지의 40권에 해당한다. 구체적으로는 司馬炎이 265년 魏 왕실을 무너뜨리고 晉 왕조를 세운 이후 420년 劉裕가 東晉을 대신해 宋을 개국한 시기까지이다. 전체적으로는 비교적 원문에 충실하게 번역하여 거의 직역에 가까우나 경우에 따라 심하게 생략하고 일부만 번역하였고, 아예 번역을 하지 않고 생략하기도 하였다. 「晉記」에 해당하는 권79부터 권118까지의 40권 중에서 특히 권82, 권88, 권111 등은 심하게 생략하고 일부만 번역하였으며 권89, 권97, 권98, 권118 등은 아예 번역을 하지 않았다.[9]

일부 부분은 한문본에 없는 내용을 추가하여 번역하기도 하였다.

---

7) 『詳密註釋通鑑諺解』는 완질의 형태로 경희대 도서관, 성균관대 도서관, 충남대 도서관, 영남대 도서관, 부산대 도서관, 계명대 도서관 등에 소장되어 있다.

8) 이에 대한 자세한 사항은 이충구(1994), 「通鑑類의 受容과 通鑑諺解」, 『泮橋語文研究』, 11~18쪽 참조.

9) 번역이 되지 않은 권89는 晉나라 孝愍皇帝 建興 2년(314)부터 建興 4년(316)까지 서진이 멸망하는 때이고, 권97과 권98은 成帝 咸康 8년(342)부터 穆帝 永和 6년(350)까지의 시기이며, 권118은 『資治通鑑』「晉記」의 마지막 권으로 安皇帝 義熙 13년(417)부터 義熙 14년(418)까지에 해당한다.

(1) 온이 변ᄉᆡᆨᄒᆞ고 ᄯᆞᆷ을 흘녀 희와 그 세 아ᄃᆞᆯ을 죽이지 아냐 신안의 옴기고 신ᄎᆡ왕 황은 셔인을 삼고 은연·뉴청·뉴강·유유 등을 ᄌᆞᆨ멸ᄒᆞ니 유온은 약 먹고 죽고 온의 형 유우의 며ᄂᆞ리ᄂᆞᆫ 환온의 아ᄋᆞ 환할의 ᄯᆞᆯ이니 남진 유리ᄅᆞᆯ 살와디라 ᄒᆞ고 머리 플고 온의게 구지 쳥ᄒᆞ므로 온이 브득이ᄒᆞ야 웃고 ᄀᆞᆯ오ᄃᆡ, "유시 비록 죄 이시나 내 ᄯᆞᆯ을 보아 샤ᄒᆞ노라." ᄒᆞ고 인ᄒᆞ여 살오다 <7:25>

(溫覽之, 流汗變色, 乃奏廢晞及三子, 家屬皆徙新安郡. 丙辰, 免新蔡王晃爲庶人, 徙衡陽; 殷涓、庾倩、曹秀、劉强、庾柔皆族誅, 庾蘊飮鴆死. 蘊兄東陽太守友子婦, 桓豁之女也, 故溫特赦之.) <卷103 晉紀二十五>

인용문 (1)은 환온이 황제의 조서를 보고 놀라 사마희와 그의 세 아들을 폐출하고 가족들을 귀양 보내도록 상주문을 올려 신채왕 사마황을 면직시켜 서인으로 만들고 형양으로 귀양 보낸 뒤, 은연·유천·조수·유강·유유는 모두 族滅시키고 유온은 독을 마시고 죽었는데 유우의 며느리는 환활의 딸이었으므로 환온이 특별히 용서하였다는 내용이다. 한문본의 '환온이 특별히 그녀를 용서했다[故溫特赦之]'는 간단한 서술을 한글본에서는 구체적인 상황의 묘사와 대화를 통해 길게 풀어서 설명하고 있다. 이와 같이 원문에 부연되거나 추가된 문장들은 번역되지 않더라도 문맥에 큰 영향을 일으키지 않지만 이야기 내용을 좀 더 분명하고 구체적으로 드러내는 작용을 한다.

이 책에는 한자어가 많이 등장하는데 한자어를 고유어로 풀어쓴 어휘들이 많이 보인다. 이렇게 한자어를 고유어로 풀이한 것은 이 문헌에서 보이는 번역상의 특징이다.

(2) 드ᄃᆡ여 동양문과 모든 마ᄋᆞᆯ을 블 디ᄅᆞ고 ᄲᅧ곰 밧군ᄉᆡ 오디 아니ᄒᆞ엿다 ᄒᆞ야 크게 노략ᄒᆞ고 가니 (遂焚東陽門及諸府寺. 六月, 丁亥朔, 晏以外繼不至, 俘掠而去.) <3:59>

(3) 환현이 가ᄂᆞᆫ 길흘 금단ᄒᆞ니 당ᄉᆞ나그내 긋처뎌 공ᄉᆡ 궤핍ᄒᆞ니

도토리와 등겨로 군ᄉᆞ들을 주더라 (桓玄禁斷江路, <u>商旅</u>俱絶, 公私匱乏, 以桴、橡給士卒.) <10:23>

(4) 이 ᄒᆡ예 부진이 풍년이 되니 <u>웃듬밧츤</u> ᄒᆞᆫ 이령의 닐흔 셤이 나고 ᄂᆞᄌᆞ니이야 셜흔 셤이 나고 (是歲, 秦大熟, <u>上田</u>畝收七十石, 下者三十石.) <7:95>

(5) <u>버금ᄆᆞᆯ</u>을 죽여 먹어도 사흘 냥식이 되리라 (若殺副馬, 爲三日食, 足乎?) <8:88>

(6) 날이 디나ᄃᆡ 밥을 못 먹엇ᄂᆞᆫ디라 좌위 <u>뉘밥</u>을 드리니 목몌여 능히 ᄂᆞ리디 아닛ᄂᆞᆫ디라 (經日不食, 左右進粗飯, 玄咽不能下.) <10:74>

(7) 뉵긔 본ᄃᆡ <u>왼ᄃᆡ</u> 사ᄅᆞᆷ으로 영을 셤기다 일됴의 졔쟝의 우히 되니 (機以<u>羈旅</u>事穎, 一旦頓居諸將之右.) <2:93>

(2)에서 "원군(援軍)"의 뜻으로 쓰인 '밧군ᄉᆞ'는 '外繼', (3)의 '당ᄉᆞ나그내'는 '商旅', (4)의 '웃듬밫'은 '上田', (5)의 '버금ᄆᆞᆯ'은 '副馬'의 대역어로 쓰였다. (6) '뉘밥'은 "거친 밥"의 의미로 '粗飯'의 대역어이다. (7)의 '왼ᄃᆡ'는 '羈旅'의 대역어로 쓰였다. "먼데", "외진 데" 또는 "외지(外地)", "객지(客地)"의 뜻으로 풀이하면 자연스러울 듯하다. 16~17세기 언간에 자주 출현하며[10] 번역 고소설에도 나타난다.[11]

이 문헌에서는 위와 같이 한자어에 대한 고유어로 번역하기도 하였지만 다른 한자어로 대체하기도 하였다.

---

10) 내 ᄉᆞ시를 모ᄅᆞ고 <u>왼ᄃᆡ</u>셔야 ᄆᆞ야히 아니 너기랴 ᄒᆞ뇌 <순천김씨189 채셔방씌> <u>왼ᄃᆡ</u> 이리 이런 줄 모ᄅᆞ고 ᄂᆞᆷ 어려우며 시난동ᄃᆞᆯ 붓러워이다 <현풍곽씨141 며누리> 대강 <u>왼ᄃᆡ</u> 거시야 더옥 사쇼ᄒᆞ니 니ᄅᆞ리잇가 <해남윤씨22 힉천1664> 예문 용례의 출전 표시할 때 사용하는 줄인 서명은 박재연(2001, 2006)과 박재연(2002)을 따름. 이하 동일.

11) <u>왼ᄃᆡ</u> ᄀᆡᆨ인이 아ᄂᆞᆫ 사ᄅᆞᆷ을 기다려 홍셩ᄒᆞ려 ᄒᆞ고 예셔 잠만 ᄌᆞᄂᆞ니라 (是外方客官, 因等一位相識, 同買貨物, 賃我房兒借宿, ……日間無事, 只是打睡哩.) <禪眞 6:51> 내 ᄉᆞ부로 더브러 ᄒᆞᆫ가지로 여긔 이시니 텬니안과 슌풍이 아니어든 <u>왼ᄃᆡ</u> 일을 어이 알 거시라 (我與你同在這裡, 那個是順風耳, 千里眼, 曉得<u>他方外郡</u>的事.) <羅孫平妖 3:19>

(8) ㄱ. ᄯᅩ 회뢰ᄅᆞᆯ 샹과 풍ᄒᆡ의게 드린대 샹 ᄒᆡ 이인이 허락ᄒᆞ다 (又納賂於尙及馮該, 尙、該許之.) <2:59>

ㄴ. 궐이 한듕의 니ᄅᆞ러 뉴민의 갑ᄉᆞᆯ 밧고 표ᄒᆞ여 ᄀᆞᆯ오ᄃᆡ (苾至漢中, 受流民賂, 表言.) <2:6>

(9) ㄱ. 즉시 병을 거ᄂᆞ려 티려 ᄒᆞ니 ᄆᆡᆨ이 ᄉᆞ쟈로 ᄒᆞ여곰 녀기와 깁을 보내고 나라 됴셔ᄅᆞᆯ ᄡᅥ 간을 뵈거ᄂᆞᆯ (卽將兵討之. 黙遣使送妓妾及絹, 並寫中詔呈侃.) <5:18>

ㄴ. 슌이 면티 못ᄒᆞᆯ 줄 알고 몬져 쳐ᄌᆞᄅᆞᆯ 죽이고 ᄀᆞᆺ나ᄒᆡ쳡 들을 블너 무러 ᄀᆞᆯ오ᄃᆡ 뉘 능히 날을 조차 죽을다 (循知不免, 先鴆妻子, 召妓妾問曰: "誰能從我死者?") <11:39>

(8ㄱ)에서는 '賂'를 한자어 '회뢰(賄賂)'로 언해하였지만 (8ㄴ)에서는 '賂'에 대해서 고유어 '값'으로 번역하였다. 여기서 '값'은 "뇌물"의 의미로 쓰였다. 한문본의 '妓妾'을 (9ㄱ)은 한자어 '녀기(女妓)'로 번역하였고, (9ㄴ)에서는 고유어 'ᄀᆞᆺ나ᄒᆡ'와 한자어 '쳡(妾)'의 합성어인 'ᄀᆞᆺ나ᄒᆡ쳡'으로 언해하였다.

이 책에 보이는 한자음 중에서 현대 국어의 한자음과 차이를 보이는 것들이 눈에 띈다. 그 중 몇 예를 들어보면 다음과 같다.

(10) 군현으로 ᄒᆞ여곰 ᄇᆡᆨ셩을 일천 집식 ᄒᆞᆫ 됴ᄅᆞᆯ ᄆᆡᆼ글고 길ᄒᆞᆯ ᄆᆞᆰ혀 기ᄃᆞ리면 냥식이 업셔 ᄌᆞ연 도라가리라 (宜令郡縣聚民千家爲一堡, 深溝高壘, 淸野以待之. 彼至無所掠, 不過六旬, 食盡自退.) <9:29>

(11) ᄲᅩᆼ남글 버혀 병잠기ᄅᆞᆯ ᄆᆡᆼ글고 치마 복을 ᄧᅴ여 긔ᄅᆞᆯ ᄆᆡᆼ글고 모든 오랑캐들이 각각 군ᄉᆞᄅᆞᆯ 거ᄂᆞ려 와 도으니 듕이 수만이어ᄂᆞᆯ (斬桑榆爲兵, 裂襜裳爲旗, 使趙秋說屠各畢聰.) <8:26>

(12) ㄱ. 군ᄉᆡ 십여 만이오 젼션이 쳔여 ᄎᆡᆨ이라 (戰士十餘萬, 樓船千餘艘.) <10:10>

ㄴ. ᄉᆔ 영을 옴겨 션녁 ᄂᆞᆯᄂᆞ로 나아가 쇠가족 ᄇᆡ ᄇᆡᆨ여 ᄎᆡᆨ을 ᄆᆡᆼ그라 병을 시러 올나 가니 (辛亥, 垂徙營就西津, 去黎陽西四

十裡, 爲牛皮船百餘艘, 僞列兵仗, 溯流而上.) <8:92>

(13) 눅긔 본ᄃᆡ 왼ᄃᆡ 사ᄅᆞᆷ으로 영을 셤기다 일됴의 졔쟝의 우히 되니 왕슈 등이 깃거 아니ᄒᆞ거ᄂᆞᆯ (機以羈旅事穎, 一旦頓居諸將之右, 王粹等心皆不服.) <2:93>

(10)은 '보(堡)'를 '됴'로, (11)은 '폭(幅)'을 '복'으로 되어 있으며, (12)에서 '척(隻)'은 '쳑'으로, (13)에서 '일단(一旦)은 '일됴'로 읽고 있다. 위에서 보는 바와 같이 여기에 나타난 한자음들은 현대국어에서의 현실 한자음과 큰 차이를 보인다.

이 책에서는 잘 쓰이지 않아 생경한 단어이거나 해석이 필요한 경우에는 쌍행 협주로 주석을 달아 번역하였다.

(14) ㄱ. 년샹[됴뎡이라]의 군ᄌᆡ 다 뻐 요슌 시졀이라 ᄒᆞ니 신이 어이 감히 살 말을 ᄒᆞ리잇고 (輦上君子皆以爲堯、舜之世, 臣何敢言!) <10:62>

ㄴ. 셩이 호치ᄒᆞ야 밥을 먹으매 반ᄃᆞ시 방댱을 ᄒᆞ야[방댱은 밥상이 너ᄅᆞ기 ᄒᆞᆫ 길이나 ᄒᆞ닷 말이라] ᄆᆡ양 아ᄎᆞᆷ에 믄득 열 사ᄅᆞᆷ의 상을 ᄒᆞ야 일즉 혼자 먹디 아니ᄒᆞ더라 (性奢豪, 食必方丈, 旦輒爲十人饌, 未嘗獨餐.) <11:101>

ㄷ. 슌으로 더브러 빠홀ᄉᆡ 티미긔ᄅᆞᆯ[티미긔ᄂᆞᆫ 홰ᄅᆞᆯ 뭇그ᄃᆡ ᄭᅩ리ᄅᆞᆯ 프러 ᄭᅯᆼ의 ᄭᅩ리ᄀᆞ티 ᄒᆞ야 블을 브텨 도적의게 더지ᄂᆞᆫ 거시라] 더뎌 그 ᄇᆡᄅᆞᆯ 블 디ᄅᆞ고 보병으로 두던을 ᄡᅧ ᄡᅩ니 (與循合戰, 擲雉尾炬焚其艦, 以步兵夾岸射之.) <11:39>

(14ㄱ)의 '년샹(輦上)'은 "조정(朝廷)"을 뜻하며, (14ㄴ)의 '방댱(方丈)'은 "가로 세로가 한 장인 넓이"를 뜻하는데 '방장은 밥상의 넓이가 한 길이나 한다는 말이다'라고 언해하였다. (14ㄷ)의 '티미긔(雉尾炬)'는 "고대에 火攻用으로 쓰였던 병기의 하나"이다. 이 예문에서는 '치미거는 횃대의 머

리를 묶고 꼬리 쪽을 풀어서 꿩의 꼬리 모양처럼 하여 불을 붙여서 도적에게 던지는 것이다'라고 풀어서 설명하였다.[12]

(15)는 관직명에 대하여 협주를 달아놓은 예들이다.

(15) ㄱ. 일이 이디 못ᄒᆞ면 맛당이 ᄒᆡ관[관노비란 말이라] 듕의셔 대가ᄅᆞᆯ 밧드러 치리니 의예 도라갈 쓰디 업ᄉᆞ롸 (事之不成, 當於奚官中奉養大家, 義無歸志也.) <10:52>

ㄴ. 슌은 도의 손이라 샤현으로 더브러 다 온의 연이 되엿더니 [연은 막하 벼ᄉᆞᆯ] 온이 다 듕히 너겨(珣, 導之孫也, 與謝玄皆爲溫掾, 溫俱重之.) <6:84>

(15ㄱ)의 'ᄒᆡ관(奚官)'은 "관노비"를 지칭하는데 官人의 질병이나 범죄 따위를 맡아보던 내시부의 종팔품 관직이었으며 (15ㄴ)의 '연(掾)'은 "막하 벼슬"로 "관아에 소속된 하급관리"를 뜻한다.

위의 예문들은 특정 단어에 대해서 풀이를 한 것인데 비해 (16)은 문맥상 부연 설명을 하기 위해서 주석을 단 것들이다.

(16) ㄱ. 쥬휘 날을 경ᄉᆞ로 아니 보내기ᄂᆞᆫ 멸구ᄒᆞ미라 [녕셕이 고의 ᄌᆡ믈을 다 가진 고로 탐을 죽여 멸구ᄒᆞ니라] 내 면티 못ᄒᆞ리라 (朱侯不送我京師, 欲滅口也, 吾必不免.) <11:70>

ㄴ. 츈 삼월의 ᄒᆡ 가온대 검은 뎜이 박히다 [일듕 흑ᄌᆞᄂᆞᆫ 음이 양을 침노ᄒᆞ미니 시졀의 왕돈이 교패ᄒᆞᆫ 연괴러라] (三月, 癸亥, 日中有黑子.) <4:56>

(16ㄱ)은 西蜀의 상서령이었던 馬耽이 그 무리들에게 주후가 자신을 경사로 보내지 않은 것은 멸구하기 위함이니 자신이 죽음을 면치 못할 것이

12) 元나라 胡三省은 '雉尾炬'에 대해 다음과 같이 주석을 달았다. "雉尾炬, 束草之一頭, 施鐵鏃, 草尾則散開如雉尾然, 爇火以投敵." (資治通鑑(四)(1996), 中華書局, 3646쪽.)

라고 말한 부분이다. 이에 필사자는 朱齡石이 고의 재물을 다 가졌기 때문에 마탐을 죽여서 멸구하는 것이라고 보충하여 설명하고 있다. (16ㄴ)은 춘삼월에 해 가운데 검은 점이 나타났다는 내용인데, 필사자는 해 가운데에 검은 점은 음이 양을 해치는 것이며 이는 당시 王敦이 교만하고 패역하였기 때문이라고 주석을 달았다.[13]

번역상에 나타나는 단순 오류들도 간혹 나타나는데 예문을 살펴보면 다음과 같다.

(17) 패ᄒᆞ면 ᄀᆞᆯ오ᄃᆡ 늙은 놈의 죄라 ᄒᆞ고 손도 편지로 아랫 사ᄅᆞᆷ의게 븟티ᄃᆡ 말ᄉᆞᆷ이 뎡녕ᄒᆞ고 (如有負敗, 則曰:“老子之罪”. 每有興發, 手書守相, 丁寧款密.) <3:3>

(18) 셕감은 본ᄃᆡ 뎡ᄡᅵ의 아ᄃᆞᆯ이러니 ᄌᆞ도 공 이시매 셕늑이 아ᄃᆞᆯ을 사맛더라 (堪本田氏子, 數有功, 趙主勒養以爲子.) <5:32>

(19) 환현이 병잡기ᄅᆞᆯ ᄀᆞ다ᄃᆞᆷ고 군ᄉᆞᄅᆞᆯ 년습ᄒᆞ여 ᄆᆡ양 됴뎡의 틈을 기ᄃᆞ리더니 (桓玄厲兵訓卒, 常伺朝廷之隙.) <10:12>

(17)의 ‘손도[手]’는 ‘손됴’의 오기, (18)의 ‘ᄌᆞ도[數]’는 ‘ᄌᆞ됴’의 오기이며, (19)의 ‘병잡기[兵]’는 ‘병잠기’를 잘못 적은 것이다. 이같이 글자가 잘못 적힌 예는 필사본에서 흔히 볼 수 있는데 이는 책을 전사하는 과정에서 주로 발생한다.

그밖에 책을 장정하는 과정에서의 단순 실수로 순서가 뒤바뀐 경우가 확인되며[14], 원문이 누락된 부분도 발견된다. (20)은 일부 번역이 생략되어 내용이 바로 이어지지 않는 예이다.

---

13) (元)胡三省音注: “日中有黑子, 阴侵阳而磨荡之也. 时王敦骄悖侵甚, 故象见于天.” (앞의 책, 2886쪽.)

14) 책을 매는 과정에서 실수로 20면 뒷부분에 있어야 할 7~8면을 6면의 뒤로 잘못 배열하였다. 권1의 7~8면은 권1의 20면의 ‘시듕 임개와 하람 윤[영] 유’ 뒤에 연결되는 내용이며 권1의 9면은 권1의 6면 뒷부분의 내용과 바로 연결된다.

(20) 【2:18】 태ᄌᆡ 브득이 강잉ᄒᆞ야 다 먹으니 대취ᄒᆞᆫ디라 이에 황문 시랑 반악을 명ᄒᆞ야 글초ᄅᆞᆯ ᄆᆡᆼ그라 져근 죵 승복으로 ᄒᆞ여곰 지필과 글 【2:19】 “…쇼셔. 군신이 좃디 아닛ᄂᆞ니 잇거든 군법을 ᄒᆡᆼᄒᆞ쇼셔.” <2:18~19>

(太子不得已, 强飮至盡, 遂大醉. 後使黃門侍朗潘岳作書草, 令小婢承福, 以紙筆及草, 因太子醉, 稱詔使書之, 文曰: “陛下宜自了, 不自了, 吾當入了之. 中宮又宜速自了, 不自了, 吾當手了之. 並與謝妃共要, 刻期兩發, 勿疑猶豫, 以致後患. 茹毛飮血於三辰之下, 皇天許當掃除患害, 立道文爲王, 蔣氏爲內主. 願成, 當三牲祠北君.” 太子醉迷不覺, 遂依而寫之. 其字半不成, 後補成之, 以呈帝. 壬戌, 帝幸式乾殿, 召公卿入, 使黃門令董猛以太子書及靑紙詔示之曰: “遹書如此, 今賜死.” 遍示諸公王, 莫有言者. 張華曰: “此國之大禍, 自古以來, 常因廢黜正嫡以致喪亂. 且國家有天下日淺, 願陛下詳之!” 裴頠以爲宜先檢校傳書者, 又請比較太子手書, 不然, 恐有詐妄. 賈後乃出太子啓事十餘紙, 衆人比視, 亦無敢言非者. 賈後使董猛矯以長廣公主辭白帝曰: “事宜速決, 而群臣各不同, 其不從詔者, 宜以軍法從事.”) <卷83 晉紀五>

(20)은 가황후가 태자를 만취하게 하여 황문시랑 潘岳이 초서로 쓴 황제를 모함하는 글을 태자가 베껴 쓰도록 한 뒤 그 글을 황제에게 조서로 올리자 황제가 이를 태자가 쓴 것으로 여기고 태자를 처벌하려고 하는 내용이다. 한문본에서 밑줄 친 부분은 모두 번역되지 않았으며 권2의 18과 19면도 매끄럽게 연결되지 않아 이를 통해 일부 원문이 누락되었음을 알 수 있다.

4. 한글

1) 표기법 및 음운적 특징

『ᄌᆞ티통감』에 나타난 표기적 특징을 보면 어두 된소리 표기에 'ㅅ'계 합용병서의 'ㅺ, ㅼ, ㅽ, ㅾ'과 'ㅂ'계 합용병서 'ㅄ, ㅶ'이 사용되었고[15] 각자병서는 쓰이지 않았다. 이 문헌에서는 'ㅆ'과 'ㅳ'은 보이지 않는다. 때문에 ㅅ의 된소리는 'ㅄ', ㄷ의 된소리는 'ㅼ'에 의해 실현되었음을 알 수 있다. 'ㅾ'과 'ㅶ'은 서로 공존하여 나타나는데 출현 빈도가 'ㅾ'은 2회, 'ㅶ'은 12회로 ㅈ의 된소리는 'ㅶ'이 우세하게 쓰였다.

이 문헌에서는 'ㄱ, ㄴ, ㄹ, ㅁ, ㅂ, ㅅ, ㅇ' 의 7종성법이 잘 지켜지고 있다. 어간말 종성 표기의 합용병서는 'ㄺ'이 59회, 'ㄼ'이 23회 나타나며, 'ㅁ ㄹ'이 1회 쓰인 점[16]이 특기할 만하다. 종성자가 'ㄺ'인 예로 '늙-, ᄆᆞᆰ-, 븕-, 읽-' 등이 있는데 분철 표기와 연철 표기가 함께 쓰였다. 한편 '옮-' 등과 같이 'ㄻ'을 어간말로 가지는 어휘들은 '올마'<1:50>, '올므니'<2:34> 등과 같이 모두 연철 표기를 하였다.

이 문헌에서는 근대국어 시기의 일반적 경향과 유사하게 분철의 경향이 점점 강해지는 양상이 나타난다. 체언의 경우 대체로 분철 표기를 하고 있고 용언의 경우에는 연철과 분철 표기가 함께 나타나며 중철 표기가 일부 보인다. 체언의 어간말음이 'ㄱ, ㄴ, ㄹ, ㅁ, ㅂ'일 때는 모두 분철되었고 어간말음이 'ㅅ'인 경우에는 대부분 분철되었으나 일부 연철되거나 중철되기도 하였다. 동명사형은 연철과 분철 표기가 함께 나타난다.

---

15) 초성 병서자의 빈도를 살펴보면 'ㅺ'은 268회, 'ㅼ'은 1011회, 'ㅽ'은 126회, 'ㅾ'은 2회 나타나며, 'ㅄ'은 1063회, 'ㅶ'은 12회 쓰였다.

16) ᄉᆞᆷᆯ고 <10:96>

ㄹ과 ㄹ이 연접할 때 후행하는 ㄹ이 ㄴ으로 표기되는 예가 이 문헌에 적지 않게 보이나 전반적으로 보면 'ㄹ－ㄹ' 표기와 'ㄹ－ㄴ' 표기가 비슷한 분포를 보인다. 동사의 경우 'ㄹ－ㄹ' 표기와 'ㄹ－ㄴ' 표기의 빈도수를 살펴보면 양자의 부분적 공존 양상을 보인다.17) 부사의 경우에도 'ㄹ－ㄹ' 표기와 'ㄹ－ㄴ' 표기가 공존하여 나타나나 'ㄹ－ㄴ' 표기가 더 우세하며,18) 어중의 'ㄹ－ㄹ'이 'ㄴ－ㄴ'과 'ㄴ－ㄹ'으로 표기된 '먼리'(8회)와 '먼니'(3회) 등이 쓰이기도 하였다.

이 문헌은 음운적으로 'ㆍ>ㅏ'와 'ㆍ>ㅡ'의 변화, 원순모음화, ㄷ구개음화 현상 등이 아직 활발히 진행되지 않았고 상당히 보수적인 모습을 보여준다.

'ㆍ'는 일반적으로 두 단계에 걸쳐 소멸되는 것으로 이해되어져 왔다. 제1단계 변화로서 16세기 경에 비어두 음절에서 'ㆍ'는 'ㅡ'로 바뀌고, 제2단계 변화는 'ㆍ'가 어두 음절에서 'ㅏ'로 바뀌는 것으로 18세기 중엽에 완성된다는 것이다. 그러나 이러한 일반적 변화는 왕실 문헌에서는 부합되지 않는다는 점이 지적되었다.19) 『ᄌᆞ티통감』도 'ㆍ'의 변화가 매우 느리게 진행되고 있으며, 제2단계의 어두 음절에서 변화뿐만 아니라 비어두 음절에서도 제1단계 변화를 완전히 마치지 못하였다.20)

---

17) 동사'ㄹ－ㄹ'과 'ㄹ－ㄴ' 표기 빈도수: 말리－(6회) /말니－(8회), 알리－(7회) /알니－(9회), 블러(60회) /블너(65회)

18) 부사'ㄹ－ㄹ'과 'ㄹ－ㄴ' 표기 빈도수: 실로(7회) /실노(7회), 홀로(12회) /홀노(16회), 진실로(14회) /진실노(18회), 섈리(5회) /섈니(5회), 멀리(5회) /멀니(24회)

19) 김주필(2004), 「영조 어제류 한글 필사본의 표기와 음운현상」, 『장서각』11, 한국정신문화연구원, 27－60쪽; 「18세기 중·후기 왕실 자료의 'ㆍ'의 변화」, 『어문연구』122, 어문교육연구회, 41~68쪽 참조.

20) Ⅰ. 'ㆍ' 유지형: ᄂᆞᆫ호－, ᄉᆞ랑ᄒᆞ－, ᄎᆞᆽ－, ᄇᆞᆰ－; 아ᄃᆞᆯ, 오ᄂᆞᆯ, 반ᄃᆞ시, ᄀᆞᆯᄒᆡ－, 다ᄉᆞ리－, 오ᄅᆞ－[上], 아ᄅᆞᆷ답－, ᄀᆞᄃᆞᆨᄒᆞ－, ᄀᆞ음알－
Ⅱ. 'ㆍ>ㅏ' 변화형(비어두) : 다만
Ⅲ. 'ㆍ>ㅡ' 변화형: ᄒᆞᆰ(6회); ᄒᆞ믈며, ᄀᆞ득이
Ⅳ. 'ㆍ'와 'ㅏ' 혼재형(비어두) : ᄇᆞᄅᆞᆷ(3회) /ᄇᆞ람(28회)

순자음 아래에서의 원순모음화 현상은 17세기 중후기의 『朴通事諺解』(1677)나 『老乞大諺解』(1677)에 상당히 확산되어 나타나지만 영조 어제 필사본 언해서 등과 같은 18세기 왕실 문헌의 경우 매우 보수적인 특성을 보인다.21) 이 문헌은 18세기 왕실 자료에 나타나는 양상과 비슷하게 나타난다. 'ㆍ>ㅗ'의 원순모음화22)가 거의 나타나지 않으며 'ㅡ>ㅜ'의 원순모음화23)도 일부 어형에서만 나타나 매우 보수적인 모습을 보이고 있다. 원순모음화와 함께 원순모음의 비원순모음화 현상24)도 일부 나타난다. 이 문헌에서는 ㄷ구개음화가 실현된 예는 그리 많지 않으며 어휘형태소의 구개음화 실현율은 문법형태에서보다 더 낮게 나타난다. ㄷ구개음화의 과도교정의 예는 어두의 환경에서는 거의 보이지 않으며 비어두와 문법 형태에서 확인된다.25)

V. 'ㆍ'와 'ㅡ' 혼재형(비어두) : ᄆᆞᄋᆞᆷ(115회) /ᄆᆞ음(1회), 사ᄅᆞᆷ(459회) /사름(1회), 다ᄅᆞ-(14회) /다르-(1회)

21) 김주필(2005), 「18세기 역서류 문헌과 왕실 문헌의 음운변화: ㄷ구개음화와 원순모음화를 중심으로, 『어문연구』 126, 어문교육연구회, 29~57쪽; 「18세기 왕실 문헌의 구개음화와 원순모음화」, 정신문화연구 제29권 95호, 한국정신문화연구원, 127~157쪽 참조.

22) 희와 다못 예쟝왕을 사ᄅᆞ잡아 <3:66>, 당뷔 나히 뉵십이 나모니 <4:13>, ᄉᆞ태위 다 부허ᄒᆞ기로 아ᄅᆞᆷ다오믈 사모니 <2:4>, 왕셰 군ᄉᆞᄅᆞᆯ 보내여 마자 함의 부ᄌᆞᄅᆞᆯ 믈의 ᄃᆞ모니라 <4:18>

23) ᄌᆞ딜 여라문을 죽이니 <2:43>, 무슴 말을 ᄒᆞ더뇨 <10:2>, 무어시라 니ᄅᆞ리잇가 <3:44>, 더부러 <9:59>, 시졀이 크게 ᄇᆞ람 불고 눈 오니 <9:36>, 셔울을 뭇디ᄅᆞ고 <4:115>, 머무러 <8:42> 머무지 아니ᄒᆞ리니 <8:43> 군ᄉᆞᄅᆞᆯ 부리려 ᄒᆞ여도 못ᄒᆞ리라 <9:38> 무거온 거슬 지ᄂᆞᆫ도다 <6:49> 쥰이 밋부디 아닌 사ᄅᆞᆷ이니 <3:63> 태우 뉴유로 검니샹뎐ᄒᆞ고 입됴불추ᄒᆞ고 <11:93>

24) 블샹이 넉이더라 <2:29>, 붓그리ᄂᆞ니 <1:56>, 븬 궁의 <3:4>, 향 픠오더니 <7:19>, ᄇᆞ야흐로 평안ᄒᆞ니 <11:59>, 비야흐로 <1:60>

25) ᄒᆞᆫ가디로 죽으리라 <6:60>, 아딕 피ᄒᆞ엿다가 <6:15>, 오딕 ᄆᆞᆯ을 취ᄒᆞ야 <2:74>, 노ᄅᆞᆷ노리ᄅᆞᆯ 그티지 아니ᄒᆞ고 <8:6>, 군신이 당 우 션위ᄒᆞ던 일텨로 ᄒᆞ야디라 <5:47>

2) 『ᄌᆞ티통감』의 문법적 특징

이 문헌에서는 비교격 조사 '-도곤'과 연결어미 '-아든', '-괘댜', 평서형 종결어미 '-롸', '-ᄋᆞᆯ와', '-마', 의문형 종결어미 '-ㄹ다', 감탄형 종결어미 '-ㄹ샤' 등 비교적 고형의 문법 형태가 나타난다.

(1) ㄱ. 한쥬 총이 긔특이 너겨 닐오ᄃᆡ 이 아ᄒᆡ 제 형도곤 나으니 이ᄅᆞᆯ 당ᄌᆞᄅᆞᆯ 사므라 (漢主聽奇之, 謂曜曰: "此兒神氣, 非義眞之比也, 當以爲嗣.") <4:100>

ㄴ. 이제 비록 가히 깃븐 ᄣᅢᄅᆞᆯ 어더시나 안흐로 몸을 도라보건ᄃᆡ 근심이 깃브기도곤 듕ᄒᆞ니 (今雖有可喜之會, 內求諸己, 而所憂乃重於所喜.) <6:25>

(2) 이에 군신이 당 우 션위ᄒᆞ던 일텨로 ᄒᆞ야디라 (於是尙書奏: "魏台請依唐、虞禪讓故事.") <5:47>

(3) ㄱ. 필부도 실신을 아니커든 ᄒᆞ믈며 만승텬ᄌᆞᄯᆞ녀 (匹夫猶不食言, 況萬乘乎?) <8:16>

ㄴ. 쟝군은 군쟝의게도 이러ᄐᆞ시 의긔 이시니 ᄒᆞ믈며 국개ᄯᆞ냐 (將軍於郡將尙爾, 況國家乎!) <7:3>

(1)의 비교격조사 '-도곤'은 중세국어 '-두고'에 소급되는 것으로 "-보다"의 의미를 가진다. 현대국어에서는 남아 있지 않으며 '-보다'가 그 기능을 대신하고 있다. (2)의 '-텨로'는 "-처럼"의 뜻인데 '依'의 대역어로 쓰였다. 이는 중세국어에 명사 '톄(體)'에 조사 '-로'가 결합된 형태인 '톄로'에 소급하는 것이다.[26] 16세기 후반까지는 아직 조사로 문법화 되지 않았으나[27] 17세기 이후 근대시기 문헌에서는 '톄'가 명사로서의 지위를 잃고

---

26) 형의나 ᄀᆞᄐᆞᆫ 이ᄅᆞᆯ 기러기 톄로 ᄃᆞ니고(兄之齒를 鴈行ᄒᆞ고) <小學諺解1588 2: 64b>

27) 16세기 후반 자료인 순천김씨언간에는 명사 '톄'가 조사 '-ᄀᆞ티'와 결합한 예가 보인다. 옷ᄃᆞᆯ ᄒᆞ마 스골 톄ᄀᆞ티 아녀 이대 ᄒᆡ여 주고 제기ᄒᆞ마 <순천김씨언간 141:3>

조사 '-로'와 통합된 형식으로만 쓰이면서 문법형태화 되었다. (3ㄱ)의 '-ᄯᆞ녀'와 (3ㄴ)의 '-(이)ᄯᆞ냐'는 "-이야 말할 것이 있겠는가"의 뜻이며 '況…乎'의 대역어이다.28)

(4)와 (5)는 연결어미가 쓰인 용례이다.

(4) 임인의 왕쥰의 쥬ᄉᆡ 삼산을 디날ᄉᆡ 왕혼이 사ᄅᆞᆷ을 보내여 쥰을 청ᄒᆞ여 잠간 와ᄃᆞᆫ 일을 의논ᄒᆞ쟈 ᄒᆞ거ᄂᆞᆯ (壬寅, 王濬舟師過三山, 王渾遣信要濬暫過論事.) <1:77>

(5) 됴의 ᄯᅳᆺ디 니러 쾌댜 ᄒᆞ미어ᄂᆞᆯ 왕이 엇디 그 ᄯᅳᆺ을 조차시뇨 (竊意趙人正欲大王如此耳, 奈何入其計中乎?) <5:67>

(4)의 '-아ᄃᆞᆫ'은 "-거든"의 뜻이며, (5)의 '-쾌댜'는 "-고자"의 의미로 쓰였다.

이 문헌에 쓰인 종결어미를 제시하면 다음과 같다.

(6) ㄱ. 다만 공업을 셰우고 모든 어딘 사ᄅᆞᆷ을 모라 브리기ᄂᆞᆫ 정히 디략 가온대 니 죠곰 나으미 이시롸 (所以得建立功業、驅策群賢者, 正望算略中有片長耳.) <8:92>

ㄴ. 그ᄃᆡ 졈어셔 벼ᄉᆞᆯᄒᆞ야 일홈이 ᄉᆞ히예 덥히고 몸이 듕임을 당ᄒᆞ야시니 엇디 환정이 업ᄉᆞᆯ와 ᄒᆞᄂᆞᆫ다 (君少壯登朝, 名蓋四海, 身居重任, 何得言無宦情邪!) <3:55>

(7) 환진이 뎨ᄅᆞᆯ 쪄 강진의 둔ᄒᆞ고 ᄉᆞᄅᆞᆯ 보내여 형쥐·강쥐ᄅᆞᆯ 버혀 드리고 뎨ᄅᆞᆯ 밧드러 보내마 ᄒᆞ니 (桓振挾帝出屯江津, 遣使求割江、荊二州, 奉送天子.) <10:79>

28) '況…乎'에 대해서 'ᄒᆞ믈며 …-ㅁ과'의 형태로 번역하기도 하였다. 오ᄂᆞᆯ날 일은 강약이 ᄂᆡ도ᄒᆞ니 용녈ᄒᆞᆫ 사ᄅᆞᆷ도 반ᄃᆞ시 이긜 줄 알거든 ᄒᆞ믈며 뉵긔의 명달ᄒᆞᆷ과 ("今日之擧, 强弱異勢. 庸人猶知必克, 況機之明達乎!") <2:97>

(6)과 (7)는 평서형 종결어미가 쓰인 예이다. (6ㄱ)은 '-롸', (6ㄴ)은 '-롸'의 과잉분철형인 '-을와'가 나타난다.[29] (7)의 '-마'는 약속을 의미하는 어미로 현대국어에서도 쓰인다.

(8) ㄱ. 경의 ᄯᆞᆯ은 텬가의 잇디 아니ᄒᆞ냐 (卿女不在天家乎?) <1:48>
ㄴ. 그ᄃᆡ 사라 도라가고 시브냐 죽어 도라가고 시브냐 (君欲生歸乎, 死歸乎?) <7:54>

(9) ㄱ. 처음으로 대의ᄅᆞᆯ 드ᄅᆞ매 ᄒᆞᆫ 군니ᄅᆞᆯ 엇기 심히 급ᄒᆞ니 그ᄃᆡ 니ᄅᆞ라 뉘 맛당ᄒᆞ뇨 (始擧大義, 方造艱難, 須一軍吏甚急, 卿謂誰堪其選?) <10:56>
ㄴ. 경이 엇디 오뇨 (卿何爲來?) <2:26>

(10) 네 혜아리니 네 디혜 능이 우리 쥬샹과 엇더ᄒᆞᆫ다 (汝受人寵祿而叛之, 自視智能何如主上?) <4:74>

(11) ㄱ. 므슴 대업을 일울다 (何謂大業?) <4:74>
ㄴ. 그러면 내 명을 조출다 ᄃᆡ왈 그리ᄒᆞ리이다 ("從我令乎?" 曰: "諾.") <4:3>

(8)~(11)은 의문형 종결어미가 쓰인 예이다. (8)의 '-냐'는 판정의문문, (9)의 '-뇨'는 설명의문문에서 쓰였다. 이 문헌에서는 판정의문문과 설명의문문의 구분이 비교적 잘 지켜지고 있다. (10)의 '-ㄴ다'와 (11)의 '-ㄹ다'는 2인칭 의문문에서 쓰이는 어미이다.

(12) 대ᄉᆞ마의 쳐분을 기ᄃᆞ리쟈 (當須大司馬處分.) <7:32>

(13) 모다 인ᄒᆞ야 ᄀᆞᆯ오ᄃᆡ 그리ᄒᆞ사이다 (衆因曰: "唯.") <1:76>

---

29) 중세국어의 '-오라'에서 순행원순모음화가 일어난 17~18세기 문헌에서 '-오롸'로 나타나며 '-오/우-'의 쇠퇴를 반영하여 18세기에는 '-으롸'와 과잉분철된 '-을와'가 나타난다. 황문환(2004), 「영조 어제류 한글 필사본의 문법론적 특징」, 『장서각』 11. 92쪽. 참조.

(12)와 (13)에는 청유형 종결어미가 나타난다. (12)의 '-쟈'는 ᄒᆞ라체에 쓰인 어미이다. (13)의 '-사이다'는 ᄒᆞ쇼셔체에 쓰였으며 선어말어미 '-이-'의 영향이 남아 있는 경칭의 청유형 어미이다.

(14) 의 탄ᄒᆞ여 ᄀᆞᆯ오ᄃᆡ 법을 ᄒᆞ다가 스ᄉᆞ로 해ᄒᆞ미 이에 니ᄅᆞᆯ샤
(毅歎曰: "爲法自弊, 一至於此!") <11:55>

(15) 모용시 ᄒᆞᆫ 사ᄅᆞᆷ을 어더 밧드러 셰워 위로 더브러 ᄡᅡ호면 죽어도 ᄒᆞᆫ이 업세라 (得慕容氏一人奉而立之, 以與魏戰, 死無所恨.) <9:42>

(14)과 (15)는 감탄형 종결어미가 쓰인 예이다. (14)의 '-ㄹ샤'는 중세국어 '-ㄹ쎠'에 소급되는 것으로 "-구나"의 의미를 갖는다. (15)의 '-에라'는 "-어라" 혹은 "-구나"의 뜻을 가지는 감탄형 어미이다.

3) 『ᄌᆞ티통감』의 어휘적 특징

여기에서는 우선 『ᄌᆞ티통감』에 보이는 희귀 어휘들을 살펴보려고 한다. 희귀어는 엄밀하게 따지면 다른 문헌에 나타나지 않을 뿐만 아니라 현대국어에서 死語가 된 낱말을 지칭한다. 하지만 본고에서는 다른 문헌에서도 일부 보이나 극소수의 예만 나타나거나 고어사전에 등재되지 않은 어휘도 포함하여 다루기로 한다. 이 문헌에서 보이는 희귀어를 예문을 통해서 상세히 살펴보기로 하자.

(16) 믈읏 ᄒᆞᆫ 나라 다ᄉᆞ리ᄂᆞᆫ 쟈ᄂᆞᆫ ᄒᆞᆫ 나라ᄒᆞᆯ ᄆᆞᄋᆞᆷ을 삼을디니 만일 친ᄒᆞᆫ 겨레만 쁠딘대 형쥐 열 ᄒᆞᆯ이니 어ᄃᆡ 가 열 사회를 어더 맛디리오 (夫治一國者, 宜以一國爲心, 必若姻親然後可用, 則荊州十郡, 安得十女婿然後爲政哉!) <2:88>

(17) 이에 ᄇᆡ ᄆᆡᆼ그ᄂᆞᆫ 기족이 강을 덥허ᄂᆞ리니 오 건령태슈 오언이 가져 오쥬의게 ᄉᆞᆯ와 ᄀᆞᆯ오ᄃᆡ (時作船木柹, 蔽江而下, 吳建平太守吳郡吾彦取流柹以白吳主曰.) <1:21>

(16)의 '홀(忽)'은 고대어로 "마을", "군(郡)"의 의미를 지니며, (17)의 '기족'은 "목재(木材)"의 뜻으로 쓰였다. 위와 같은 뜻의 '홀'과 '기족'은 다른 문헌에서 보이지 않는다.

아래 (18)에 나타나는 '티ᄌᆞ'는 이 자료에 나타나기 전까지 조선 후기 번역소설 필사본 『후슈호뎐』과[30] 필사본 어휘자료집인 『課程目錄』에만[31] 보였던 단어이다. '티ᄌᆞ'가 문맥으로 보아서는 "인질(人質)", "볼모"의 뜻이나[32] 그간 고유어인지 한자어인지, 한자어라면 그 한자어가 어떻게 되는지도 제대로 밝혀지지 않았다. '티ᄌᆞ'를 한자 아들을 대신한다는 의미의 '替職(tìzhí 티즈)'의 중국어 직접차용어로 추정하기도 하였다.[33] 그런데 이 문헌에 '티ᄌᆞ'가 네 번이나 출현하여 이 단어의 정확한 의미를 추측할 수 있게 되었다.

(18) ㄱ. 괴 가티 아니ᄒᆞ다 ᄒᆞ고 스ᄉᆞ로 됴의 드러와 습익딘을 마자 도라가라 ᄒᆞ고 저ᄂᆞᆫ 머므러 티ᄌᆡ 되여디라 ᄒᆞ니 (孤不可,

30) 금병이 급히 드러오니 강왕을 티ᄌᆞ로 보내고 화친을 의논ᄒᆞ면 (恰値金兵信急, 朝臣議和, 要將徽宗第九子康王入金質當.) <後水滸 7:25> 셩듕 ᄇᆡᆨ셩의 ᄌᆡ믈을 다 거두워 주고 ᄯᅩ 텬하ᄅᆞᆯ 반남아 버혀 주고 강왕을 티ᄌᆞᄅᆞᆯ 보내고 금을 숙부로 칭ᄒᆞ고 송은 족해 되야 화친을 구ᄒᆞᆫ다 ᄒᆞ더라 (只得着在京官員以及富商各助金餉. 李邦彦主和, 割三大鎭二十州, 屬金管轄, 又見張昌邦奉康王入金質當, 稱金朝爲叔父, 宋朝爲侄兒.) <後水滸 8:27>

31) 티ᄌᆞ (質子) <課目 人倫 44a>

32) 『후슈호뎐』에서는 모두 '質當'의 대역어로 쓰여 "인질", "볼모"의 뜻임을 쉽게 알 수 있다. (박재연(2001), 「중국 번역소설과 역학서에 나타난 어휘에 대하여」, 『한국어문학연구』 제13호, 한국외국어대학교.)

33) 崔世珍 編, 朴在淵 校注(2001), 「머리말」, 『吏文、吏文輯覽』, 선문대학교 중한번역문헌연구소. 6쪽.

自詣鄴迎什翼犍, 請身留爲質.) <5:78>

ㄴ. 밋 ᄌᆞ라매 활 ᄡᅩ기ᄅᆞᆯ 잘ᄒᆞ고 녀력이 과인ᄒᆞ고 얼골이 괴위ᄒᆞ니 티ᄌᆞ로 낙양의 이시매 왕혼과 왕졔 다 듕히 너겨 여러 번 쳔거ᄒᆞ니 (及長, 猿臂善射, 膂力過人, 姿貌魁偉. 爲任子在洛陽, 王渾及子濟皆重之, 屢薦於帝.) <1:56>

ㄷ. 대딘이 ᄇᆞ야흐로 신의로ᄡᅥ 이덕을 ᄃᆡ졉ᄒᆞ시니 엇디 형샹 업ᄉᆞᆫ 의심으로ᄡᅥ 사ᄅᆞᆷ의 티ᄌᆞᄅᆞᆯ 죽이리잇가 (大晉方以信懷殊俗, 奈何以無形之疑殺人侍子乎?) <1:58>

ㄹ. 공이 믈을 거ᄉᆞ려 멀니 졍벌ᄒᆞᆯᄉᆡ 노모와 티ᄌᆞ로 죡하ᄅᆞᆯ 맛뎌시니 만일 일회나 미진ᄒᆞ면 어이 이러ᄒᆞ리오 (公溯流遠征, 以老母稚子委節下. 若一毫不盡, 豈容如此邪!) <11:58>

(18)에서 '質, 任子, 侍子, 稚子'가 각각 '티ᄌᆞ'의 대역어로 쓰였다. (18ㄱ)에서 '티ᄌᆞ'의 대역어로 쓰인 '質'은 "인질" 즉 "볼모"의 뜻으로 쓰였음을 쉽사리 알 수 있고, (18ㄴ)에서 대역어로 쓰인 '任子'는 『語錄解』 초간본에 처음 나타나는데,[34] "지체가 높은 아버지가 그 후광으로 자손에게 음관 벼슬을 주는 것"을 의미한다. (18ㄷ)의 대역어 '侍子'는 "천자국의 볼모가 되어 천자를 시중드는 제후국이나 속국의 왕자"를 뜻하는데, 대개 볼모로 보내지는 자는 어린 왕자이거나 유력한 사람의 자손이어서 어린아이라는 점에서 일치하고 있다. 따라서 (18ㄱ~ㄷ)은 모두 크게 "볼모"의 뜻임을 알 수 있다. 반면 (18ㄹ)은 '티ᄌᆞ'의 대역어로 '稚子'가 쓰였는데 노모와 어린아이를 남에게 맡긴다는 뜻은 위 예문들과 상통한다. 그렇다면 이전에 여러 문헌에 한글 표기로만 보이던 '티ᄌᆞ'가 바로 한자어 '稚子'이었음을 알 수 있다.

(19) 오ᄂᆞᆯ날 일은 강약이 ᄂᆡ도ᄒᆞ니 용녈ᄒᆞᆫ 사ᄅᆞᆷ도 반ᄃᆞ시 이길 줄 알거든 ᄒᆞ믈며 뉵긔의 명달ᄒᆞᆷ과 ("今日之擧, 强弱異勢. 庸人猶

34) 任子: 티ᄌᆞ, 以父蔭官其子孫. <語初 26a>

知必克, 況機之明達乎!") <2:97>

(20) ᄯᅩ 겨집죵을 뵈니 그 듕 능용이란 재 이셔 뵈 ᄧᆞᄂᆞᆫ 방듕의 이시ᄃᆡ ᄂᆞᆺ치 검고 킈 크니 별명을 흑골눈이라[곤눈은 남ᄒᆡ 밧긔 이시니 그 사ᄅᆞᆷ이 하얌되고 어머닷 말이라] (又使視諸婢媵, 有李陵容者, 在織坊中, 黑而長, 宮人謂之崑崙.) <7:31>

(21) 이제 그리로 가면 블상이 너기려니와 형쥐ᄂᆞᆫ 밧그로 ᄉᆞ리ᄂᆞᆫ 사ᄅᆞᆷ이니 엇디 의긔[외]예 일을 ᄒᆞ리오 ("今睹困厄, 必有愍惻之心. 荊州守文, 豈能意外行事邪!") <4:118>

(22) 정월로브터 이에 니ᄅᆞ러 오셩이 하늘의 ᄒᆡ 서ᄅᆞ ᄀᆞ람 나ᄌᆡ 뵈여 ᄎᆞ례 업더라 (自正月至於是月, 五星互經天, 縱橫無常.) <2:50>

(19)의 'ᄂᆡ도ᄒᆞ-'는 '異'의 대역어로 "차이가 나다" 혹은 "다르다"의 뜻이다. (20)에서 '하얌되-'는 "촌스럽다"라는 의미를 가진다. 여기서 '하얌[鄕闇]'은 "시골에서 지내 온갖 사리에 어둡고 어리석은 사람"을 지칭하는데 중세국어 '향삼'에 소급하는 것으로 '향삼>향음>하암'의 변화를 겪었다. 한글 창작 고소설 『낙천등운』에 '하얌젓-'이 한 번 보인다.[35] 한편 같은 예문 (20)에 보이는 '어머-'는 어간 '어멀-'에서 같은 조음 위치에 있는 자음 'ㄷ'이 후행하여 'ㄹ'이 탈락된 형태로, "모자라다", "시원찮다"의 뜻으로 쓰였다.[36] (21)의 'ᄉᆞ리-'는 '守'의 대역어로 쓰였는데 여기에서 처음 보인다. 문맥상 "꺼리다"의 의미로 쓰인 것으로 추정된다. (22)에 보이는 부사 'ᄀᆞ람'은 다른 문헌에서 나타나지 않는 희귀어로 '번갈아'의 의미로 쓰였다.

또한 이 문헌에는 비교적 고형을 띠고 있는 어휘, 다시 말해 보수적인 어휘가 많이 쓰였다. 이 어휘들은 주로 18세기까지 나타나며 그 이후에는 거의

35) 쇼졔 규듕 약질노 사ᄅᆞᆷ을 지내지 아냣고 하얌젓기 심ᄒᆞ니 도라보리 업슬가 ᄒᆞ노라 <낙천 1:156>

36) 『현풍곽씨언간』에도 그 용례가 보인다. 슈개 닷 근 무명을 나하 ᄑᆞ라 머글 거슬 면쇄 하 어머니 엇디ᄒᆞᆯ고 ᄒᆞ뇌 <현풍곽씨102 면화>

보이지 않는다.[37] 이러한 보수적인 어휘들이 나타나느냐 나타나지 않느냐의 대비를 통해서 한글필사본 문헌의 대략적인 연대 추정이 가능하다.

> (23) 샤안이 왕탄지로 더브러 ᄒᆞᆫ가지로 툐ᄅᆞᆯ 보라 가니 날이 나지 나 ᄒᆞᄃᆡ 뵈지 못ᄒᆞ니 탄지 가고져 ᄒᆞ거ᄂᆞᆯ (謝安嘗與左衛將軍王坦之共詣超, 日旰未得前, 坦之欲去.) <7:28>
>
> (24) 쳔쳔이 ᄃᆡᄒᆞ여 ᄀᆞᆯ오ᄃᆡ 쇼ᄋᆞ배 임의 도적을 파ᄒᆞ엿다 ᄒᆞ고 안흐로 오매 격지 굽이 문젼의 거텨 브러지ᄂᆞᆫ 줄을 모로더라 (徐答曰: “小兒輩遂已破賊.” 旣罷, 還內, 過戶限, 不覺屐齒之折.) <8:15>
>
> (25) 남산의 니마 흰 범과 쟝교의 이ᄉᆞᆷ과 그ᄃᆡ 과ᄒᆞ여 세히라 (南山白額虎, 長橋蛟, 並子爲三矣.) <1:38>

(23)은 명사 ‘날’이 “해”의 뜻으로 예이다. (24)에서 ‘격지’는 “나막신”의 의미로 ‘屐齒’가 대역어로 쓰였으며, 『순천김씨언간』에도 그 예가 보인다.[38] 같은 의미의 “나막신”을 그대로 한자어 ‘니극(履屐)’으로 표현한 예문도 보인다.[39] (25)의 ‘이ᄉᆞᆷ’은 “뿔 없는 용” 즉, “교룡(蛟龍)”의 뜻으로 쓰였다.

중세국어에서는 ‘낮’과 ‘나조’가 각각 “낮[晝]”과 “저녁[夕]”의 의미로 사용되었는데 근대국어로 들어오면서 오히려 반대로 ‘낮’이 “저녁[夕]”, ‘나조’가 “낮[晝]”의 의미로 쓰이기도 하였다.[40]

---

37) 현재 선문대 중한번역문헌연구소에서 편찬하고 있는 『필사본 고어대사전』 시고본(글자 크기 8point, 4×6배판, 현재 약 5000쪽, 5만여 단어 수록)에 실린 예문을 살펴 본 결과 이 어휘들은 19세기 이후 문헌에서 거의 보이지 않는다. 아래 제시된 어휘 시기의 추정 역시 『필사본 고어대사전』 시고본을 참조하였음을 밝혀둔다.

38) 국 격지 업ᄉᆞ니 초야ᄂᆞᆫ ᄒᆞ여시ᄃᆡ 굽과 운몬과 업서 몬ᄒᆞ니 슈ᄂᆡ 격짓 구븨 견좌 그 만ᄒᆞᆫ 소나모 구블 살 양이어든 사 보내시면 훗쌔ᄂᆡ 베 내 어더 보내요리 <순천김씨103 분ᄎᆞᆷ개>

39) 그 ᄌᆡ조 브리ᄂᆞᆫ 양을 보니 비록 니극 ᄉᆞ이라도 일ᄌᆞᆨ 그 소임을 ᄒᆞᆯ 적이 업다 (見其使才, 雖履屐間未嘗不得其任, 是以知之.) <7:65>

40) 이에 대해 도움을 준 서울대 이현희 교수께 감사드린다.

(26) ㄱ. 샤안이 왕탄지로 더브러 ᄒᆞᆫ가지로 툐ᄅᆞᆯ 보라 가니 날이 나지나 ᄒᆞ딕 뵈지 못ᄒᆞ니 탄지 가고져 ᄒᆞ거ᄂᆞᆯ (謝安嘗與左衛將軍王坦之共詣超, 日旰未得前, 坦之欲去.) <7:28>
ㄴ. 미 환원으로브터 드러와 관군을 파ᄒᆞ니 경ᄉᆡ 크게 진동ᄒᆞ야 궁셩문을 나죄 닷고 (彌入自轘轅, 敗官軍於伊北, 京師大震, 宮城門晝閉.) <3:29>

(26ㄱ)에서는 '旰'의 대역어로 "저녁 무렵[夕]"을 뜻하는 '낮'이 쓰였고, (26ㄴ)에서는 '晝'의 대역어로 "낮[晝]"을 뜻하는 '나조'가 쓰여 근대국어의 특징적인 모습을 잘 보여주고 있다.

(27) 하뎡이 졔쟝으로 ᄒᆞ여곰 각각 산영개 ᄒᆞ나식 밧티라 ᄒᆞ니 개 ᄒᆞ나 갑시 비단 스므 필이오 개 목ᄆᆡᄂᆞᆫ 노히 돈 일만이 ᄡᆞ니 (定又使諸將各上御犬, 一犬至直縑數十匹, 纓紲直錢一萬.) <1:18>

(27)의 'ᄡᆞ-'는 "값어치가 있다"는 뜻으로 '直'의 대역어로 쓰였다. 19세기 이후부터는 'ᄡᆞ-'가 '싸-'의 형태로 변하여 널리 쓰이고 그 의미도 "값이 있다"의 뜻에서 "가격이 낮다"는 뜻으로 바뀌면서 현대국어에서는 '비싸-'가 "가격이 높다"는 의미를 담당하게 되었다.

(28)~(35)는 비교적 고형에 속하는 부사들이다. 이 부사들은 19세기 이후 문헌에서는 거의 보이지 않는다.

(28) ㄱ. 나ᄂᆞᆫ 얼ᄌᆞ|라 이예 ᄀᆞᆯ오 크디 못ᄒᆞᆯ 거시니 (我, 孼子也, 理無並大.) <4:22>
ㄴ. 셔 양과 쳥 연은 ᄀᆞᆯ오 말능의 모드면 ᄒᆞᆫ 모 오 싸ᄒᆞ로ᄡᅥ 텬하의 즁을 당ᄒᆞ매 (徐、揚、青、兗並會秣陵, 以一隅之吳當天下之衆.) <1:45>
ㄷ. 겸은 지강에 딘 티고 님은 강진에 딘 텨 두 도적이 ᄀᆞᆯ오 강능

을 핍박ᄒᆞ니 (謙屯枝江, 林屯江津, 二寇交逼.) <11:23>

(29) 션군이 제곰 봉ᄒᆞ엿거ᄂᆞᆯ 엇[디]ᄒᆞ므로 멀니 가디 아니ᄒᆞ고 ᄆᆞᆯ을 노하 빠화 샹케 ᄒᆞᄂᆞ뇨 (先公分建有別, 奈何不相遠異, 而令馬有斗傷?) <4:21>

(30) 비록 냥을 어더 신하를 사므시나 엇디 시러곰 쓰시리잇가 ("雖得亮, 得無如馮唐之言乎!") <1:32>

(31) 뎌작낭을 ᄒᆞ이여곰 굿게 ᄉᆞ양ᄒᆞ여 나아오디 아니ᄒᆞᆫ 후 (征爲著作郎, 使希之固辭不就.) <10:46>

(32) 당ᄉᆞ 비 거ᄉᆞ리 빠화 다 잡으니 평이 믈너나거ᄂᆞᆯ (長孫肥逆擊, 盡禽之. 平退走.) <10:35>

(33) 튱이 영으로뻐 승샹을 삼으니 영이 법년을 어그러이 ᄒᆞ니 션비들이 평안이 너기더니 (忠以永爲太尉, 守尙書令, 封河東公. 永持法寬平, 鮮卑安之.) <8:66>

(34) 이제 여긔 와 곤ᄒᆞ니 내의 죽을 ᄯᅡ히라 다시 어ᄃᆞ러 가리오 ("今卒困於此, 此吾之死地也, 尙安之乎!") <7:56>

(35) 블ᄒᆞ야 일 죽으니 딤이 ᄆᆞ양 슬허ᄒᆞ더니 (事垂克而早世, 朕常悼之.)<4:105>

(28)의 '굷'은 "나란히", "함께"의 뜻을 가지는데 (28ㄱ)과 (28ㄴ)에서는 '並'의 대역어로 쓰였고, (29ㄷ)에서는 '交'의 대역어로 쓰였다. (29)의 '제곰'은 "제여곰", "제각기", (30)의 '시러곰'은 "능히"의 뜻으로 쓰였다. (31)에서 "하여금"의 의미를 가지는 'ᄒᆞ이여곰'은 다른 문헌에서는 잘 보이지 않는다.[41] (32)의 '거ᄉᆞ리[逆]'는 "거슬러", "거스르게"의 뜻이며, (33)의 '어그러이[寬]'는 "너그러이"의 의미로 쓰였다. (34)의 '어ᄃᆞ러[安]'는 "어디로", (35)의 '일[早]'은 "일찍"의 의미를 가진다.

다음에 열거하는 용례들은 다른 한글 필사본에서는 흔히 보이지 않거나 찾아볼 수 없었던 예들이다. 이 어휘들은 대개 18세기에서 19세기 초까지의 자료에서 찾아볼 수 있다.

---

41) 'ᄒᆞ이여곰'에 대하여 정보를 준 서울대 이현희 교수께 감사의 말씀을 전한다.

(36) ㄱ. 습익건이 ᄃᆡᄃᆡ로 삭북의 <u>벗드ᄃᆡ여</u> 활 ᄃᆞᆯ의ᄂᆞᆫ 군ᄉᆡ ᄇᆡᆨ만이 범ᄀᆞ티 운듕의셔 보거ᄂᆞᆯ (索頭世<u>跨</u>朔北, 中分區域, 東賓穢貊, 西引烏孫, 控弦百萬, 虎視雲中.) <通鑑 東晉 7:61>

ㄴ. 연을 <u>벗드ᄃᆡ여</u> ᄊᆡ 동희ᄅᆞᆯ 다ᄒᆞ고 븍으로 오환 션비ᄅᆞᆯ 년결ᄒᆞ고 동으로 고려 ᄇᆡᆨ졔ᄅᆞᆯ 브ᄅᆞ면 활 잘 ᄡᅩᄂᆞᆫ 군ᄉᆡ 오십 만의 감티 아닐 거시니 (今<u>跨據</u>全燕, 地盡東海, 北總烏桓、鮮卑, 東引句麗、百濟, 控弦之士不減五十餘萬.) <通鑑 東晉 7:77>

(37) 시듕 왕탄지 됴셔ᄅᆞᆯ 가져 뎨 아ᄑᆡ셔 <u>믯틴대</u> (侍中王坦之自持詔入, 於帝前<u>毁</u>之.) <7:32>

(38) 됴쟝군 호연쳥이 잡아 안의 간 고ᄃᆞᆯ <u>져주어</u> 무로ᄃᆡ 죽도록 니ᄅᆞ디 아니ᄒᆞ거ᄂᆞᆯ (趙輔威將軍呼延青人獲之, <u>拷問</u>安所在, 容卒不肯言.) <4:95>

(36)의 ‘벗드ᄃᆡ–[跨]’는 “벋디디다”, “발에 힘을 주고 버티어 디디다”, “점거(占據)하다”의 뜻을 가진다. 각각 (36ㄱ)의 ‘跨’와 (36ㄴ)의 ‘跨據’의 대역어로 쓰였다. 『수사유문』에 ‘蹬’의 대역어로 유일하게 나타난다.[42) (37)의 ‘믯티–[毁]’는 “미어뜨리다, 찢다”의 뜻으로 쓰였다. (38)의 ‘져주–[拷問]’는 “져주다, 따지다, 신문(訊問)하다”의 의미를 가지는데 근대국어 필사본에서 ‘저주–, 져뒤–, 져조–, 져조오–, 져졸–, 져쥬–, 져쥬우–, 져즈–’ 등의 다양한 이표기가 나타난다.

(39) ㄱ. 이제 구뎍이 안흐로 침노ᄒᆞ고 듕국이 어즈러워 샤직의 위ᄐᆡᄒᆞ미 알ᄒᆞᆯ <u>포집음</u> ᄀᆞᆺ거ᄂᆞᆯ (今寇敵內侮, 中土紛紜, 社稷之危, 有如<u>壘</u>卵.) <9:49>

ㄴ. 셰 ᄃᆡᄅᆞᆯ 졍승 위에 이셔 님군을 도으ᄃᆡ 집의 곡식이 업고 비

42) 그 ᄆᆞᆯ은 녕ᄒᆞᆫ 즘ᄉᆡᆼ이라 저ᄅᆞᆯ ᄑᆞᆯ라 가ᄂᆞᆫ 줄을 아ᄂᆞᆫ ᄃᆞᆺᄒᆞ야 두 압 발로 문ᄐᆡᆨ을 <u>벗드ᄃᆡ고</u> 뒤다리ᄅᆞᆯ ᄭᅮ러 즐겨 나가디 아니ᄒᆞ니 (此龍駒神馬, 乃是靈獸, ……馬把兩隻前腿, <u>蹬</u>定這門檻, 兩隻後腿, 倒坐將下去.) <隋史遺文 2:24>

단옷시 포집히디 ᄒᆞ[아]니ᄒᆞ더라 (輔相三世, 倉無儲谷, 衣不重帛.) <5:83>

(39ㄱ)의 '포집-'은 "포개놓다"의 뜻으로 '壘'의 대역어이다. '포집-'은 필사본 근대국어 자료인 『삼국지통쇽연의』와 『고문백선언해』, 『춘추열국지』 등에서 '壘' 혹은 '壓' 등의 대역어로 쓰였으며,[43] 장서각 소장 장편 국문소설에 보이는[44] 단어이다. (39ㄴ)의 '포집히-'는 "포개지다"의 뜻으로 '重'의 대역어이다. '포집히-'의 용례는 『후슈호뎐』과 이 자료에 단 한 번씩만 나타나 희귀어임을 알 수 있다.[45] 근대국어 자료에는 이외에도 '포집ᄒᆞ-', '포되-'의 형태가 나타나는데 이 자료에는 보이지 않는다.

(40)은 '그치누ᄅᆞ-'가 다양하게 쓰이고 있는 예들이다.

(40) ㄱ. 광한태슈 신염이 흠멸ᄒᆞ믈 제 공을 사ᄆᆞ려 ᄒᆞ야 됴명을 그

43) 빅셩이 것구로 ᄃᆞᆯ린 ᄃᆞᆺ한 급호미 잇고 님군과 신해 알 포지븐 ᄃᆞᆺᄒᆞᆫ 위ᄐᆡ호미 이시니 (百姓有倒懸之危, 君臣有壘卵之急.) <三國 3:65> 방문을 박ᄎᆞ고 드러가 칼흘 포지버 베고 상 우ᄒᆡ셔 코 고으ᄂᆞᆫ 소ᄅᆡ 우레 ᄀᆞᆺᄐᆞ야 자거ᄂᆞᆯ (一脚踢開房門, 黑中摸着了床鋪, 向腰間摸出板刀做了枕頭, 跌倒身便鼻息如雷的睡着.) <後水滸 9:5> 져즈음긔 폐해 ᄒᆡ도의 간관ᄒᆞ실 제 위ᄐᆡᄒᆞ미 알흘 포집음 ᄀᆞᆺᄐᆞᄃᆡ 당시의 오히려 북면을 등지고 오랑캐게 신하ᄒᆞ지 아냣거든 (向者, 陛下間關海道, 危如累卵, 當時尙不忍北面稱臣.) <古百 9:68a> 이런 셰로 우리ᄅᆞᆯ 치미 비컨ᄃᆡ 태산으로 알흘 포집음 갓ᄒᆞᆫ지라 엇지 대뎍ᄒᆞ리오 (征我胡虜, 不啻太山壓卵, 汝能與之相抗乎!) <春秋列國 9:60>

44) ᄯᅩ 구고의 노년을 니측ᄒᆞ여 신혼의 네ᄅᆞᆯ 폐ᄒᆞ미 ᄒᆡᄅᆞᆯ 포집을 쥴을 창연ᄒᆞ여 <윤하뎡 86:15> 념냥이 두 번 밧고이고 니친이 ᄒᆡᄅᆞᆯ 포집으니 <보은 9:9> 진공이 분쇼ᄒᆞ연 지 ᄒᆡᄅᆞᆯ 포집어시ᄃᆡ 묘당의 일이 과다ᄒᆞ고 태식진공이 양부인 분묘ᄅᆞᆯ ᄃᆡᄒᆞᆫ즉 <명힝 20:11> 옥슈긔린을 열흘 포집어 나하도 내 결단ᄒᆞ여 빅슈ᄅᆞᆯ 그음ᄒᆞ고 ᄃᆡ면치 아니리니 <윤하뎡 24:46> 우리 ᄌᆞ당을 위로ᄒᆞ고 ᄆᆡᄌᆞᄅᆞᆯ 후ᄃᆡᄒᆞ야 다시 미쳐ᄅᆞᆯ 포집어 취ᄒᆞ라 <화뎡 11:15>

45) 소ᄅᆡᄅᆞᆯ 놉히고 ᄉᆞ아ᄅᆞᆯ 더디매 븕은 거시 나디 아니ᄒᆞ고 혹 어드면 다ᄅᆞᆫ ᄉᆞ애란 밧긔 나 디거나 서로 포집히거나 ᄒᆞ야 쓰디 못ᄒᆞ니 (及至擲出紅來, 不是色子跳出盆外, 便是兩個色子疊在一堆) <後水滸 4:71>

치누ᄅᆞ고 시힝티 아닌대 즁이 다 원망ᄒᆞ더라 (廣漢太守辛冉欲以滅廞爲己功, 寢朝命, 不以實上, 衆鹹怨之.) <2:59>

ㄴ. 회계왕 도ᄌᆡ 글노뼈 그치누로니 이에 도라가다 (道子以書止之, 仲堪乃還.) <9:58>

ㄷ. 낙이 ᄉᆞ매ᄅᆞᆯ ᄯᅥᆯ치고 소래 질너 ᄀᆞᆯ오ᄃᆡ 고의 ᄠᅳᆺ지 결ᄒᆞ여시니 ᄭᅬᄅᆞᆯ 긋치누르ᄂᆞᆫ 쟈ᄅᆞᆯ 참ᄒᆞ리라 (洛攘袂大言曰: "孤計決矣, 沮謀者斬!") <7:77>

ㄹ. 만일 듯지 아니ᄒᆞ거든 ᄲᆞᆯ니 됴셔로 긋치누ᄅᆞ고 ᄯᅩ 좃지 아니ᄒᆞ거든 당당이 대의로 드러 뼈곰 결단ᄒᆞᆯ 거시니 (若不從, 則遣中詔; 又不從, 乃當以正義相裁.) <6:10>

'그치누ᄅᆞ-'는 "끊어 누르다" 혹은 "억제하다"는 의미를 가지는데 이 문헌에는 다양한 이표기가 혼재하여 쓰였다. (40ㄱ)은 '寢'의 대역어로 '그치누ᄅᆞ-', (40ㄴ)은 '止'의 대역어로 '그치누로-', (40ㄷ)은 '沮'의 대역어로 '긋치누르-'가 나타나며, (40ㄹ)에서는 '긋치누ᄅᆞ-'의 형태로 쓰였다.

이 문헌에는 중국어를 차용하여 쓴 어휘가 일부 확인된다.

(41) 슝은 쵹으로 블 ᄯᅵᆺ고 개ᄂᆞᆫ ᄌᆞ디 실 보댱 ᄉᆞ십 니ᄅᆞᆯ ᄆᆡᆼ근ᄃᆡ (崇以蠟代薪, 愷作紫絲步障四十里.) <1:96>

(42) 병이 ᄡᅡ호디 아냐 적을 패ᄒᆞᄂᆞᆫ 쟈ᄂᆞᆫ 그 예긔ᄅᆞᆯ 최찰ᄒᆞ미라 (兵有不戰而敗敵者, 挫其銳也.) <11:43>

(43) ㄱ. 뎌의 병이 ᄂᆞᆯ나고 계괴 일만 번 죽기로 나시니 만일 ᄎᆡ디ᄒᆞ미 이시면 뎨 긔운이 셩ᄒᆞ고 내 일이 가리라 (彼兵銳甚, 計出萬死, 若有蹉跌, 則彼氣成而吾事去矣.) <10:58>

ㄴ. 구림이 갓가이 강ᄂᆞᆯ네셔 우리 동졍을 여으니 만일 와 셩을 티면 종지 능히 구디 딕희기ᄅᆞᆯ 밋디 못ᄒᆞ니 혹 ᄎᆞ디ᄒᆞ미 이시면 대ᄉᆞ 가리라 (苟林近在江津, 伺人動靜, 若來攻城, 宗之未必能固; 脫有蹉跌, 大事去矣.) <11:25>

(41)의 ‘ᄌᆞ디’는 “자주”, “자색(紫色)”의 의미로 중국어 ‘자지(紫的 zǐde)’의 직접차용어이며, (42)의 ‘최찰ᄒᆞ-[挫]’는 “좌절(挫折)시키다”, “꺾다”의 뜻으로, ‘최찰’은 중국어 차용어이다. (43ㄱ)의 ‘ᄎᆡ디ᄒᆞ-’와 (43ㄴ)의 ‘ᄎᆞ디ᄒᆞ-’는 “차질(蹉跌)을 빚다”의 뜻으로, ‘ᄎᆡ디’와 ‘ᄎᆞ디’는 중국어 ‘蹉跌(cuōdiē)’의 차용어이다.

이 책에는 ‘나모~낡’46), ‘구무~굼’47) 등과 같이 특수어간교체를 보이는 체언이 나타난다. “나루[津]”의 뜻을 가지는 ‘ᄂᆞᄅᆞ’48)는 중세국어에서 ‘ᄂᆞᄅᆞ~ᄂᆞᆯㅇ’의 교체를 보이던 것인데 이 문헌에서는 ‘ᄂᆞᆯᄂᆞ’49)와 ‘ᄂᆞᆯ노’50)의 형태로 나타난다.

ㅎ말음체언으로 ‘돓[石], 졇[左右], 놓[纓紲 /縋], 방ㅎ[縋], 보ᄉᆞᆲ[犁], 갏[劍], 앓[卵], 무룹ㅎ[膝], ᄑᆞᆶ[臂]’ 등이 쓰였다. ㅎ말음체언 중에서 ㅎ말음이 그대로 남아있는 경우와 소멸된 경우가 공존해서 쓰인 예가 보이며,51)

---

46) ᄯᅩ 셩이 탐비ᄒᆞ매 뫼와 내ᄒᆞᆯ 마가 두고 나모와 믈을 다 ᄑᆞ니 (評爲人貪鄙, 鄣固山泉, 鬻樵及水.) <7:3-4> 이에 담을 놉히고 ᄒᆡᄌᆞᄅᆞᆯ 깁게 ᄒᆞ야 셩듕을 딕희니 셩듕이 남기 업서 인 샹식ᄒᆞ거ᄂᆞᆯ (於是爲高牆深塹以守之. 齊人爭運糧以饋燕軍. 龕嬰城自守, 樵采路絶, 城中人相食.) <6:44-45>

47) 왕밍이 구당을 머물러 호관을 딕희오고 병을 인ᄒᆞ야 진양을 티ᄃᆡ ᄀᆞ마니 ᄡᅡ굼글 ᄑᆞ고 (王猛留屯騎校尉苟長戍壺關, 引兵助安攻晉陽. 爲地道.) <7:2>

48) 의논ᄒᆞᄂᆞᆫ 재 닐오ᄃᆡ 병을 난화 모든 ᄂᆞᄅᆞ와 종요로온 ᄡᅡᄒᆞᆯ 딕희미 맛당ᄒᆞ다 ᄒᆞᆫ대 (發民治石頭城. 議者謂宜分兵守諸津要.) <11:12>

49) 쉬 영을 옴겨 션녁 ᄂᆞᆯᄂᆞ로 나아가 쇠가족 비 빅여 칙을 밍그라 병을 시러 올나 가니 (辛亥, 垂徙營就西津, 去黎陽西四十裡, 爲牛皮船百餘艘, 僞列兵仗, 溯流而上.) <8:92>

50) 모용농이 션녁 ᄂᆞᆯ노로 건너 협격ᄒᆞ여 크게 파ᄒᆞ니 (鎭等引兵出戰. 驃騎將軍農自西津濟, 與鎭等夾擊, 大破之.) <8:93>

51) 힝당공 부락이 습익건의 아ᄃᆞᆯ 굴들이 나히 ᄌᆞ랏다 ᄒᆞ여 당안히 보내여ᄂᆞᆯ (行唐公洛以什翼犍子窟咄年長, 遷之長安.) <7:61>, 이제 나라 일을 너ᄅᆞᆯ 맛지ᄂᆞ니 나의 나문 나와 잔ᄒᆞᆫ 명은 밥을 브터 먹을 ᄲᆞᆫ이라 (國事大小, 任汝治之, 吾餘年殘命, 寄食而已.) <7:12>; 이월의 왕미 쳥 셔 두 고을ᄒᆞᆯ 티고 스ᄉᆞ로 졍동대쟝군이로라 일ᄏᆞᆺ다 (二月, 王彌寇青、徐二州, 自稱征東大將軍.) <3:16>, 남셩 등이 임의 큰 의병을 니ᄅᆞ혀 ᄉᆞ군을 마자 우리 고을ᄒᆞᆯ 다ᄉᆞ리고져 ᄒᆞ노라 (男成等旣唱大義, 欲屈府君撫臨鄙州.) <9:60>, 도간이 큰 고ᄋᆞᆯ의 이셔 강병을 거ᄂᆞ려시니 다ᄅᆞᆫ ᄠᅳ디 이시면 형쥐 위틔ᄒᆞ리라 ᄒᆞᆫ대 (“侃居大郡, 統强兵, 脫有異志, 則荊州無東門矣!”) <3:7>

'秋'의 대역어로 쓰인 '가ᄋᆞᆯ'처럼 ㅎ말음이 소멸된 것도 있다.[52]

5. 맺는말

『ᄌᆞ티통감』의 권11 말미에는 '셩종ᄃᆡ왕 즉위 십이년(1481) ᄆᆡᆼ동일의 벽오실의 남화ᄉᆞᆫ인은 셔ᄒᆞ노라'라는 필사기가 있으나 이 책에 나타난 국어학적 특징으로 보건대 1481년에 필사된 것이 아니라 대략 18세기 중후반의 전사본으로 추정된다.

이상으로 본고에서는 『ᄌᆞ티통감』의 서지적 측면과 번역양상, 국어학적 특징을 고찰하였다. 한글본 『ᄌᆞ티통감』은 전체적으로는 비교적 원문에 충실하게 번역하여 거의 직역에 가까우나 경우에 따라 심하게 생략하고 일부만 번역하였고, 아예 번역을 하지 않고 생략하기도 하였다. 일부 부분은 한문본에 없는 내용을 추가하여 번역하기도 하였다. 이 책에는 한자어가 많이 등장하는데 한자어를 고유어로 번역한 어휘들이 많이 보인다.

『ᄌᆞ티통감』에 나타난 표기적 특징을 보면 어두 된소리 표기에 'ㅅ'계 합용병서의 'ㅺ, ㅼ, ㅽ, ㅾ'과 'ㅂ'계 합용병서 'ㅄ, ㅶ'이 사용되었고 'ㄱ, ㄴ, ㄹ, ㅁ, ㅂ, ㅅ, ㅇ' 의 7종성법이 잘 지켜지고 있다. 어간말 종성 표기의 합용병서는 'ㄺ', 'ㄼ', 'ㅁ ㄹ'이 쓰였다. 체언의 경우 대체로 분철 표기를 하고 있고 용언의 경우에는 연철과 분철 표기가 함께 나타나며 중철 표기가 일부 보인다. 음운적으로 'ㆍ>ㅏ'와 'ㆍ>ㅡ'의 변화, 원순모음화, ㄷ구개음화 현상 등이 아직 활발히 진행되지 않았고 상당히 보수적인 모습을 보여준다. 이 문헌에서는 비교격 조사 '-도곤'과 연결어미 '-아든', '-

52) 흉노 뉴의진이 ᄉᆞᄅᆞᆯ 보내여 부진이 항복ᄒᆞ고 ᄂᆡ지의 밧 가라 봄은 오고 가ᄋᆞᆯ은 가지라 ᄒᆞ니 (匈奴劉衛辰遣使降秦, 請田內地, 春來秋返.) <6:75>

괘댜', 평서형 종결어미 '-롸', '-ᄋᆞᆯ와', '-마', 의문형 종결어미 '-ㄹ다', 감탄형 종결어미 '-ㄹ샤' 등 비교적 고형의 문법 형태가 나타난다.

『ᄌᆞ티통감』에 나타난 어휘들을 살펴보면 "다르다"의 뜻으로 'ᄂᆡ도ᄒᆞ-', "모자라다" 또는 "시원찮다"라는 뜻의 '어머-'가 보이며 "촌스럽다"라는 뜻의 '햐암(鄕闇)되-' 등이 나타난다. 그리고 이전에 여러 문헌에 한글 표기로만 보여 정확한 의미를 알 수 없었던 '티ᄌᆞ'가 이 문헌에 네 번이나 출현하여 한자어 '稚子'이었음을 알 수 있게 되었다. 중세국어에서 각각 "낮[晝]"과 "저녁[夕]"의 의미로 사용되었던 '낮'과 '나조'가 근대국어로 들어오면서 반대로 '낮'이 "저녁[夕]"을, '나조'가 '낮[晝]'의 의미로 쓰였는데 이 문헌에서는 '旰'의 대역어인 '낮'과 '晝'의 대역어인 '나조'가 쓰여서 근대국어의 특징적인 모습을 잘 보여주고 있다. 이외에 '격지', '이ᄉᆞᆷ', 'ᄌᆞᆷ', '제곰', 'ᄒᆞ이여곰', '어그러이', '일[早]' 등 18세기까지 나타나는 비교적 고형을 띠고 있는 어휘들이 쓰였다. "포개놓다"의 뜻으로 '포집-'와 '포집히-', "점거(占據)하다"의 뜻으로 '벗드ᄃᆡ-'가 보이며 "찢다"의 의미로 쓰인 '믯티-' 등이 보이는데 이 어휘들은 다른 한글필사본에 흔히 보이지 않는 예들로 대개 18세기에서 19세기 초까지의 자료에서 찾아볼 수 있다. 그 밖에 특수어간교체를 보이는 체언이 나타나고 ㅎ말음체언이 보인다. 이상에 나타나는 국어학적 특징들은 18세기 필사본 문헌에 나타나는 특징을 잘 보여주고 있다.

한민족 문학 · 문화연구의 동향과 전망 _ 국어학

초판 1쇄 인쇄일 | 2015년 12월 18일
초판 1쇄 발행일 | 2015년 12월 19일

지은이 | 한민족문화학회
펴낸이 | 정진이
편집장 | 김효은
편집/디자인 | 김진솔 우정민 박재원 김정주
마케팅 | 정찬용 정구형
영업관리 | 한선희 이선건 최재영
책임편집 | 우정민
인쇄처 | 으뜸사
펴낸곳 | 국학자료원 새미 (주)
등록일 2005 03 15 제25100－2005－000008호
서울특별시 강동구 성안로 13 (성내동, 현영빌딩 2층)
Tel 442－4623 Fax 6499－3082
www.kookhak.co.kr
kookhak2001@hanmail.net

ISBN | 979－11－86478－63－9 *94800
979－11－86478－60－8 *94800(set)
가격 | 25,000원